孙常叙著作集

楚辞《九歌》整体系解 外二種

下册

孙常叙 著
孙屏 整理
张世超 校订

上海古籍出版社

(二) 十一章歌辭裏的"靈"的腳色性

《九歌》十一章,章章有人物。除《禮魂》一章是一個不見個性的集體群象外,其餘十章都有具體生動呼之欲出的人物。

人物、情節,這兩者在戲劇裏是必須有的。可是有這兩者的卻不一定就是戲劇。即或加上詩歌、音樂、舞蹈等條件,也不一定就是戲劇中的歌舞劇。

爲了弄清楚辭《九歌》的性質,研究它的人物是很重要的。

作爲戲劇來説,它是一種由演員當衆表演故事的藝術。這種演員,在一個場面上,他一個人只能扮演一個人物腳色。

楚辭《九歌》人物,從東君眼裏反映的情況來説,是由"靈"上場體現的。"靈"是"以巫而兼尸之用者",——也就是用巫來充當鬼神而表現他(她)的思想感情和一切行動的。

如果《九歌》上場之"靈"是一巫只飾一個鬼神,那麽他(她)就具有一定的"腳色"性質。否則,那就是另外一回事。

《九歌》人物是哪一種?

我們只能從楚辭《九歌》看楚辭《九歌》人物。

《禮魂》一章,"傳芭代舞",前十章衆"靈"一齊上場。從歌辭裏看不到什麽人物特點。儘管"觀者"可以根據前十章上場印象,從中指出誰是誰來,可是"禮成會鼓",她們已經不再表演故事。因此,這一場只能是一個祝福的集體歌舞群象,對分析人物形象來説,已不起什麽作用。

可以根據歌辭分析研究《九歌》人物性質的是其餘十章。

按歌辭所反映的上場人物數目,這十章可以分爲兩類:一類是上場人物只有一個,另一類是有兩三個人物上場。《東皇太一》、《東君》、《山鬼》是前者,《雲中君》、《湘君》、《湘夫人》、《大司命》、《少司命》、《河伯》、《國殤》是後者。

一章一個人物的,按標目鬼神和上場人物的關係,又可分爲兩種:一種是上場人物即標目鬼神。它們是《東君》、《山鬼》。一種是上場人物不是標目之神。它是《東皇太一》。

《東皇太一》是用東皇太一神名標目的。可是歌辭内容反映上場的是主祭巫。他登上祭壇,撫劍前進,鎮席,布芳,進肴烝,奠桂酒,顧樂,顧舞,期待東皇太一的降臨。自始至終,太一並没有上場。

《東君》是由巫飾太陽神,一個"靈"上場演唱的。

《山鬼》是由巫飾"於山"之鬼,也是一個"靈"上場演唱的。

《東君》、《山鬼》兩章,每章都是一"人"上場。由於巫所飾鬼神形象就是標目鬼神名字,而且由他上場演唱,致使這兩個"靈",作爲上場人物,已具有初步的"腳色"性質。

一章歌辭有兩三個上場人物的,按上場情況,又可分作兩種:一種是兩三個人物都是"上"場的;另一種則是其中只有一個是"上"場的,而另一個則是早已在場——坐在壇上待唱的。

一個人物上場的,除《東皇太一》外,其"靈"必是標目鬼神。

兩三個人物上場的,其"靈"必有一個是那一章歌辭的標目鬼神。

全章不止一個人物的歌辭,它的人物形象是從互相對立,互相排斥,而又互相聯繫,互相依賴的各種錯綜復雜的對立統一關係中發掘出來的。語言的對立統一規律是打開這些場面之門的鑰匙。

在一定的依存關係中,人稱代詞也起著揭示在場人物的作用。

　　彼此雙方,在同一時間同一空間,有互相依賴的共同活動。在這三種條件下的對話,不拘對方回答與否,"爾"、"我"之詞反映了兩方同時存在於同一場面上。試看:

　　《大司命》

　　大司命是這一章歌辭的標目之神。第一人稱代詞是他的自稱。

　　　　廣開兮天門,
　　　　紛吾乘兮玄雲。

　　這個"吾"是大司命說他自己。

　　　　君回翔兮以下,
　　　　踰空桑兮從女。

　　你在前面走,我在後跟。這個"從"字表明大司命前邊必有一"人"。

　　這些語言條件限定了

　　　　吾與君兮齋速,
　　　　道帝子(之)兮九坑。

　　是兩個執行同一任務的"人",在共同前進中的談話。"吾與君"的邊走邊談,又進一步地表明大司命身邊必有一個和他同行之"人"。

　　從《九歌》標目諸神的神職名稱和上下章關係,可知這個與大司命同行之"人"當是少司命。

　　因此說:《大司命》一章,實際演唱時,是由兩個巫分別裝扮爲大司命和少司命,由兩個"靈"一同上場的。"吾"是大司命之"靈"的自稱,而"君"則是他指少司之"靈"而說的。

《少司命》

> 秋蘭兮麋蕪,
> 羅生兮堂下。
> 綠葉兮素枝,
> 芳菲菲兮襲予。
> ——夫人兮自有美子,
> 蓀何以兮愁苦?
> 秋蘭兮青青,
> 綠葉兮紫莖。
> ——滿堂兮美人,
> 忽獨與余兮目成?

兩個問句之前,都是以"秋蘭""綠葉"爲中心而興起的。兩問語意相連。中間又沒有其他事情相隔,當是一個物件發問的。

第一人稱代詞,在《九歌》歌辭裏,是標目鬼神的自稱。那麼,《少司命》上場四句唱辭,因有"芳菲菲兮襲予"的"予"字爲證,可以説是少司命之"靈"上場所唱的。同理,第二個問句之中,由於"忽獨與余兮目成"有"余"字,可以知道它也是少司命之"靈"唱的。

在"秋蘭兮麋蕪,羅生兮堂下"和"滿堂兮美人,忽獨與余兮目成",以"堂"爲中心的呼應關係下,得知少司命之"靈"是從"堂下"到"堂上"的;而那個被他一問再問,甚至進行調笑的物件是正在"堂"上的。"入不言兮出不辭"的句子是在"忽獨與余兮目成"之後接踵而來的。它表明那個被調笑的"愁苦"之"靈"聽了少司命的調笑之後，扭身便走，走出了他所在之"堂"。這一問、一調、一走，生動地證明了少司命而外，是確實另有一"靈"在"堂"的。

因此，我們可以說《少司命》這一部分歌辭，在實際演唱時，是有兩個"靈"同時在場的。

> 荷衣兮蕙帶，
> 儵而來兮忽而逝。
> 夕宿兮帝郊，
> 君誰須兮雲之際？

這又是一問。

"儵而來""忽而逝"是和它前面的"入不言""出不辭"相應的。這個被問詢者——"君"——就是前面由於少司命調笑扭身而出的"靈"。

這一問的發問者不是少司命而是河伯之"靈"。

1. "入不言"、"出不辭"，他已不辭而出地離開了少司命和他所在的"堂"上。

2. "君誰須兮雲之際？"在這一發問之後，接著就邀請，說：

> 與女遊兮九河，
> 衝風至兮水揚波。
> 與女沐兮咸池，
> 晞女髮兮陽之阿。

前兩句與《河伯》章的起句"與女遊兮九河，衝風起兮水橫波"，除"至""起"、"揚"、"橫"之差外，語意是完全相同的。後兩句與《河伯》"登崑崙"相應，——咸池在崑崙之上，而"陽之阿"乃是漾水之阿，是自昆侖下漢水之路。（說見《各章情節的地理關係》）

《河伯》歌辭：遊九河，登崑崙，下漾水，至涔陽，然後又復返河水，一路上邊行邊唱，是實際的行程和行事。《少司命》歌辭只是提出去的行程，而沒有具體地展開故事情節。

大司命之"靈"、"高馳沖天"、"結桂延佇"，自留天上，靜待覆命；少司命之"靈"親臨北渚，升堂調笑，獨見湘君；而河伯所司之水，上起崑崙，下播九河而入海。以及《少司命》"與女遊兮九河"與《河伯》首句的關係等等，它們作爲依存條件，共同地表明瞭《少司命》一章當是少司命之"靈"爲了執行大司命之命，完成"道帝子（之）兮九坑"的任務，而偕河伯之"靈"以見湘君，使他面邀湘君，繞道九河以上崑崙，自崑崙下漢水以見湘夫人。因而《少司命》"君誰須兮雲之際？"和"與女遊兮九河"幾句都是河伯之"靈"的唱辭。

這些關係清楚了，也就清楚了另一事實：被少司命調笑的，就是爲河伯所邀的；爲河伯所邀的又正是大司命、少司命"道帝子（之）兮九坑"的帝子；而這個帝子也就是"駕飛龍"、"遭洞庭"、"橫大江"、"弭節北渚"的湘君。

由此看來，《少司命》一章的上場人物實有三"人"。這三"人"分別見於《湘君》、《大司命》和《河伯》。如此，則由巫分別裝扮而成的三個"靈"，他們的體態、語音、服飾、動作，各不相同，加之以先後兩次上場，在"觀者"的眼裏已形成了視而可識的人物形象，從而具有一定的"腳色"性質。

《河伯》這一章一開始就是：

>與女遊兮九河，
>衝風起兮水橫波。

"與女"的相對稱謂關係表明這兩句省略了主語"吾"字。而第一人稱代詞是標目主神的自謂，那麽這幾句無疑是河伯之"靈"唱的。

《少司命》章，河伯曾面邀湘君遊九河。這一章，河伯一上場就"乘水車"、"遊九河"。作者以同辭復述的手法，點明河伯之"靈"這次上場是接踵《少司命》的故事情節而來的。

在這種情況下，"汝"這個對稱之詞自是對被他邀來而又與他同車的湘君説的。可見這一章一開始就是河伯和湘君同時上場的。

在河伯偕湘君"遊九河"、"登崑崙"繼續前進的水路中，他們走到了一所"魚屋龍堂"、"貝闕珠宫"的所在。

>靈何爲兮水中？

這一問説明他們在這座"貝闕珠宫"的水神居處，發現了一個"人物"。到這時，歌辭告訴我們，場上已有三個"靈"同時存在。

這個被他們發現的第三者，從河伯偕湘君"遊九河"的任務、路程，發問的時間、地點，按《湘君》、《湘夫人》、《大司命》、《少司命》幾章情節的互相依存關係和地理關係，可知她就是湘君急於相見的身在涔陽極浦的湘夫人。

這三者，都是由巫裝扮做"靈"而上場的。他們前此都曾在《湘君》、《湘夫人》、《少司命》三章上過場。"觀者"對他們服飾、聲音、笑貌記憶猶新，也是一望而知的。歌辭、舞蹈和具體人物形象的統一，巫飾爲湘君、湘夫人、河伯上場，這種"靈"已經初步地具有一定的"腳色"性質。

以上三章,有的人稱代詞在語言形式和内容,部分和整體的互相依存關係中,向我們透露:楚辭《九歌》人物,通過巫裝扮作"靈"而上場演唱,已經初步具有一定的"腳色"性質。

《雲中君》:
  浴蘭湯兮沐芳,
  華采衣兮若英。
  靈連蜷兮既留,
  爛昭昭兮未央。

第一韻後三句是彩雲舒卷形象。它反映雲神上場。

  蹇將憺兮壽宫,
  與日月兮齊光。
  龍駕兮帝服,
  聊翱遊兮周章。

"壽宫"是天神之貴者——太一所享祀的地方。能"與日月齊光"的不是一般衆神。《洪範》五祀:"一曰歲,二曰月,三曰日,……"。能與日月媲美的是"歲",而太一爲歲星之神,"龍駕帝服"[1]實爲帝車,而太一爲五帝之一,且爲五帝之長。可見這第一韻四句所反映的身份不是雲神,而是太一。

"穆愉上皇"必須"神保是格"。只有用巫裝扮充神的"尸"——"靈保"登壇就位,才能"以享以祀",達到"隆祭祀,事鬼神,以助卻秦軍"的目的。《雲中君》的前章是《東皇太一》,可是它的歌辭自始至終不見太一出場。它的後章是《湘君》,而《湘

―――

[1] 常敘按:服,服馬。説見《辭解》。

君》、《湘夫人》等七章已是娛神之辭。太一這個被"穆愉"之神應在它們之前登場,而《雲中君》恰好是《湘君》的前章。這些條件也在證明《雲中君》第二韻歌辭所刻畫的身份是在透露著太一形象。

可見這四句歌辭反映:繼雲中君上場之後,巫所充當的東皇太一之神——這個"靈保"之"靈"才始登場。

第三韻頭兩句,又進一步地證明了太一確實是在雲中君之後登場:

> 靈皇皇兮既降,
> 猋遠舉兮雲中。

雲中君是"雲中"之神,而且她在第一韻歌辭中上場。"猋遠舉兮雲中"一句顯然是和她相應的。"靈""既降",而"雲""遠舉",前句是後句的條件。作起飛條件的"靈皇皇兮既降",顯然不是指雲中君說的。何況這"降"而即"舉"的短暫活動又與"靈連蜷兮既留"的"留"相矛盾。

"皇皇"是上帝形象,所謂"有皇上帝"。帝車須雲而行,武梁祠畫像猶如此畫。而"將憺壽宮"的太一,他是後於雲中君上場的。從這些關係,可知前一句是指東皇太一降于帝車之上,後一句則是雲中君擁太一所乘車猋然起飛。這兩句又進一步地說明東皇太一的上場:

> 覽冀州兮有餘,
> 橫四海兮焉窮。
> 思夫君兮太息,
> 極勞心兮忡忡。

這四句是雲中君擁太一所乘帝車起飛之後，在駛向楚國壽宮的途中唱的。從雲中君和太一的身份和他們所趨向的目標看來，"覽冀州""橫四海"，當是太一之"靈"表演他從帝車中俯瞰人間大地的唱辭，而"思夫君"兩句當是雲中君之"靈"在車中指壽宮祭場向太一說的。"思"的主語是切望太一降臨的祭場衆"靈"和壽宮主祭、與祭人衆，而"君"則是雲神稱他所護送的太一。這最後兩句是他們飛近楚國壽宮上空時，雲中君從天上看到祭場上正在殷切翹望的衆"靈"、衆人，指著他們向太一說的。

從以上各種關係，不難看出《雲中君》章有兩個上場"人物"：雲中君和東皇太一。

太一爲五帝之一，且爲五帝之長，他的身份和雲神——雲中君不同。"采衣若英"的雲中君，在服飾、身態等特點上，又與太一相異。這兩個由巫來裝扮的"靈"，在"觀者"的眼睛裏是有區別的，因而他們也是具有一定的"腳色"性質的。

《雲中君》的對稱代詞"君"雖然也有指示在場人物的作用，可是沒有上述幾章那樣鮮明有力，它主要是依靠語言的辯證關係。

實際上，對稱的人稱代詞之所以起一定的指示在場人物作用，是被語言的對立統一規律決定的。代詞本身只有指代作用，它並沒有約束對方必須同時同地的能力。《湘君》"君不行兮夷猶"、"望夫君兮未來"、"隱思君兮陫側"；《山鬼》"君思我兮不得閒"、"君思我兮然疑作"、"子慕余兮善窈窕"等對稱代詞，在具體的語言依存關係中，所指物件都不是同時在場的。

用語言的對立統一規律來分析楚辭《九歌》，即或沒有相應的對稱人稱代詞來指示同時在場人物，可是歌辭裏的人物形象數目和關係，也還是反映得十分清楚。例如：

《湘君》和《湘夫人》

《湘君》歌辭，在湘君"弭節北渚"之後，說他

> 采芳洲兮杜若，
> 將以遺兮下女。

這兩句話和《湘夫人》"聞佳人兮召予"之後的

> 搴汀洲兮杜若，
> 將以遺兮遠者。

是相呼應的。"下女"是居處在下土的神女，是指湘夫人說的；而"遠者"指處在遠方之"人"，它沒性別，在湘夫人爲"女"的條件下，這個與《湘君》相應之辭當是指湘君而說的。在兩章歌辭的依存關係中，"將"不是將要或打算，而是"持"的同義詞[1]。有用手將持的意思。"將以遺兮某某"就是拿著(它)送給某某。"將"這個動詞是現在式，而湘君、湘夫人兩"人"都無法親自送去。在這種情況下而有這樣要求，表明他和她在演唱采杜若時身旁必有可以接受這項任務之"人"。

有沒有這個"人"呢？

我們看：《湘君》章，湘君北上，"橫大江兮揚靈艫"時，他唱：

> 揚靈兮未極，
> 嬋媛兮爲余太息。

橫江北上，湘君身在舟中。舟中有"女"，則此"女"必是與他同舟之"人"。可見《湘君》一章是湘君之"靈"與"女"同時上

―――――――――
[1]《荀子·成相》"吏謹將之無鈹滑。"楊倞注："將，持也。"

場的。

既然有"女"和湘君同舟北上,那麼當他"采芳洲杜若"時,有"女"在旁,是可以順手交付給她的。湘君使她作爲信使,持"芳洲杜若"前去送給他所想望的"下女"。

《湘夫人》之辭也在證明,這個"女"確實是手持杜若作爲信物,爲湘君到湘夫人那裏送信的。《湘夫人》歌辭用下面兩句證明了這一事實:

> 聞佳人兮召予,
> 將騰駕兮偕逝。

在《湘君》和《湘夫人》兩章的依存關係中,湘夫人所説的"佳人"是指爲了她而北上相迎的湘君説的。這時,湘君格於北渚,湘夫人困于涔陽。楚漢一家,分在異國。如果没有"人"從北渚西上帶來湘君資訊,她怎麼能"聞佳人兮召予"?

"聞佳人兮召予"這句歌辭,在《湘夫人》章是緊接——

> 朝馳騁兮江皋,
> 夕濟兮西澨。

兩句唱辭之後而説的。而這兩句又和《湘君》

> 鼂騁騖兮江皋,
> 夕弭節兮北渚。

是正好相應的。"馳騁江皋"是湘君北上一路奔波的概括。"北渚"、"西澨"都在漢水。前者是丹陽敗後楚國西境,後者是漢中淪陷後秦國東部要地。兩軍對峙,湘君欲進不能,不得不"弭節北渚"。而"西澨"遂成爲楚人從"北渚"潛入漢中的門户。

在"朝馳騖兮江皋"的共同條件下,可知這個"夕濟西澨"的"人"與"夕弭節北渚"的湘君是有共同來路的。具有這樣奔波歷程的,湘君而外,只有與他同舟之"女"。而這個同舟之"女",她又與湘君"弭節北渚"後,"采芳洲杜若"、使人"將以遺兮下女"相關,而成爲替湘君送杜若的信使。《湘夫人》"聞佳人兮召予"一句正在唱完"夕濟兮西澨"之後。可見這個唱"朝馳"、"夕濟"之辭的不是湘夫人,而是作爲信使的湘君同舟之"女"。

《湘夫人》章,湘夫人"聞佳人召予"之後,她除作了一些幸福生活的遐想外,也去——

　　搴汀洲兮杜若,
　　將以遺兮遠者。

這兩句和《湘君》"采芳洲兮杜若,將以遺兮下女"基本相同。湘君"遺下女"是送給湘夫人,而湘夫人"遺遠者"則説的是送與湘君。兩章歌辭的呼應關係,反映了這幾句是湘夫人答湘君之辭。而"將以遺兮遠者"也説明湘夫人"搴杜若"時,必須有人在旁,才能使她"將"——持著這一把杜若送給她的遠人。

這時,持杜若、發北渚、濟西澨,使湘夫人得"聞佳人兮召予"的湘君信使之"女",她已見湘夫人,正好在旁。湘夫人把杜若交給她,使她回去向湘君覆命。

《湘君》、《湘夫人》兩章,彼此互相滲透,互相貫通,互相依賴,互相聯結。它們錯綜復雜的對立統一關係透露了這樣一個事實:在當年實際演出時,除由巫分別裝扮爲湘君、湘夫人之"靈"外,還必須有一巫充當與湘君同舟之"女"。這個"女"也是一個上場之"靈"。只是她無名而已。在前兩章,她爲湘君傷心隕泣,湘君使她"將"杜若"以遺兮下女";在後章,她使湘夫人得"聞佳人兮召予",而湘夫人又使她"將"杜若"以遺兮遠者"。這"靈"女,她身份雖小,卻是個關鍵人物。她是連接《湘君》、《湘夫人》的紐帶,使兩章歌辭氣息相通。

這樣,《湘君》一章上場之"靈"有二:湘君和他同舟之"女"。《湘夫人》一章也有兩個"人物"上場:湘夫人和由湘君派來的信使——那個曾與他同舟之"女"。

這個"女",從她在兩章歌辭裏的身份、地位和作用,可以說她是湘君身邊的女侍。她在前後兩章分別與湘君、湘夫人一同在場。這三個"靈"在音、容、服飾、行動上的差異,使"觀者"在觀感中,自然而然地形成了三個不同的人物形象。這就使她和湘君、湘夫人都初步具有一定的"腳色"性質。

再如:《國殤》

國殤是爲國捐軀死于戰場的楚國陣亡將士形象。從"操吳戈兮披犀甲"到"首身離兮心不懲",這十句都是國殤的自述,是國殤的唱辭。

其中,從"車錯轂兮短兵接"到"嚴殺盡兮棄原野",說他們英勇奮戰,全軍覆沒。"出不入兮往不返,平原忽兮路迢遠",則是講述他們死後對鄉國的懷念。而——

> 帶長劍兮挾秦弓,
> 首身離兮心不懲。

則慷慨激昂地追述他們與敵人肉搏壯烈犧牲的最後情況,和犧牲後殺敵報國之心依然不改的英雄氣魄。[1]

---

[1] 常敘按:"帶"借作"搩",張開手指抓取。説見本書《辭解》。

這十四句歌辭内容都是和國殤本身相合的。

可是,全章最後四句

> 誠既勇兮又以武,
> 終剛強兮不可凌。
> 身既死兮神以靈,
> 魂魄毅兮爲鬼雄。

全是對國殤贊揚和襃獎之辭。很顯然,這不可能是國殤的自我表揚,當是另一個"靈"的唱辭。

楚辭《九歌》的中心任務是"穆愉上皇",而"愉上皇"的目的是爲了借太一的靈威,激勵將士以戰勝秦國。而十一章歌辭"人物",在所有標目鬼神中,此刻能與國殤一同在場而又有襃貶獎懲之權的只有太一。他自從由雲中君護送到壽宮祭壇之後、作爲"靈保",他是一直不曾離席的。換句話說,他是一直在場的。《雲中君》證明東皇太一這個"靈保",作爲楚辭《九歌》的一個重要人物,他是有唱辭的。根據這些情況,可和《國殤》最後四句應該是太一之"靈"聽了國殤唱辭之後,他對國殤唱的。

這四句太一唱辭有兩個作用:它既是前次丹陽之戰的陣亡將士的撫慰和嘉獎,又是對爲這次即將奔赴藍田的出征將士的激勵。

《國殤》一章雖由一個巫裝扮爲國殤之"靈"而上場,可是在場上唱辭的人物卻有兩:一個是國殤之"靈",一個是"靈保"東皇太一。這兩個人物形象,除音容、服飾、體態、行動外,還有場上位置之差,在"觀者"的眼目中是很容易區分的。因而也都初步具有一定的"腳色"性質。

《國語・楚語下》觀射父回答楚昭王問時説："民之精爽不攜貳者,而又能齊肅衷正,其智能上下比義,其聖能光遠宣朗,其明能光照之,其聰能聽徹之,如是則明神降之。在男曰覡,在女曰巫。"

在這種巫風中,鬼神是附于巫體,借人身以出其言,以見其行,以顯其"靈"的。儘管她們是在裝鬼裝神,可是在一般人的思想裏,從不想到她們是在"裝",因而根本不存在什麽"腳色"觀念。

楚辭《九歌》則不然,十一章歌辭内容説明:作者是懂得巫術本質,知道裝神裝鬼技法的。他不但沒被鬼使神差,相反地卻是在驅使鬼神,使它們服從自己的創作思想,而成爲一定故事情節中的"人物"。十一章歌辭中的鬼神是受作者支配的,是作者加工塑造的。因此,可以説楚辭《九歌》既出於楚國巫風之中,又超于楚國巫風之上,成爲一個完美的藝術作品。

在這個完美的藝術作品中,巫分别飾鬼飾神,按照歌辭故事的情節發展,先後(或同時)上場,以舞蹈的形式,歌唱、表演。如果揭掉它的巫風外衣,這些裝鬼裝神的巫,由於她們各飾一"靈",音、容、體態、服飾上的差異,已使她們在不自覺中成爲一種初具規模的人物扮演。儘管作者當時還沒有意識到它"戲劇",還沒有"腳色行當"的觀念,可是楚辭《九歌》已在證明,"腳色"性的人物演出,已經從它開始出現。

1990年7月,山東省文物考古研究所考古隊,在章丘縣繡惠鎮西北的女郎山西坡取土場,清理了一座戰國中期大墓,出土了陶俑等各類器物300餘件。據清乾隆《章丘縣誌》引《三齊記》,傳此墓爲齊國大將匡章之墓。[1] 在出土彩繪樂舞陶俑共

---

[1]《章丘女郎山戰國大墓發掘報告》待刊稿。

38件,其中人物俑26件。根據樂舞姿態和造型分別爲歌唱俑、舞俑、演奏俑、觀賞俑以及樂器、祥鳥等6類。〔1〕

這批彩繪陶樂舞俑,無疑是形神兼備、生活氣息最爲濃郁的戰國陶塑佳作,凡舉右臂曲舉、左臂下垂、引吭演唱的謳歌俑〔2〕,長袖飄拂、婆娑起舞的舞蹈俑,右臂上舉、左臂平仲的伴舞俑,雙手執桴的擊鼓俑(擊建鼓、應鼓者各一),雙手持槌的敲鐘與擊磬俑,神情貫注的撫琴俑,籠袖而立、躊躇滿志的觀賞俑等,皆具特定的動作與神志,其塑造技巧雖然尚未擺脱濫觴階段的粗率類型,而洗練概括能力卻十分令人贊歎。〔3〕

"齊謳"和"楚辭"雖然方域有別,但在文化發展上,卻如"翾飛兮翠曾,展詩兮會舞",和當時的歌唱俑相應。"縆瑟兮交鼓,簫鐘兮瑶簴,鳴籟兮吹竽"和當時的演奏俑相應。"羌色聲兮娱人,觀者憺兮忘歸"和當時的觀賞俑相應。楚辭《九歌》十一章所要求的歌唱、舞蹈、演奏、觀賞諸多條件,在山東女郎山出土的彩繪歌舞陶俑——體現。

它名字是樂舞陶俑還是歌舞陶俑,只在演唱時是樂、是歌、還是既歌且舞來定。女郎山出土的彩繪陶俑。就其整體來説,應爲歌舞俑,因爲在它那裏"兩組舞俑右臂彎曲高抬,左臂前伸,在舞湧的手中間,均有一圓孔,説明舞俑手中原應有某種舞具"。又有"右臂彎曲於前胸,左臂自下垂。張口挺胸作歌唱狀"〔4〕的口、胸姿勢。

作爲歌舞俑,我們雖不聞其聲,但是它的聲音卻依稀存在著

―――――――――

〔1〕 李曰訓:《山東章丘女郎山戰國墓出土樂舞陶俑及有關問題》,《文物》1993年第3期。
〔2〕 湯池《文物》1993年3期,第8頁。
〔3〕 湯池:《齊謳女樂曼舞輕歌——章丘女郎山戰國樂舞陶俑賞析》見上。
〔4〕 李曰訓《山東章丘女郎山戰國墓出土樂舞陶俑及有關問題》。

的——至於它是些什麼，只有隨著作品的顯晦而顯晦。章丘女郎山的歌舞俑，它的歌辭我們將永遠不聽到了。楚辭《九歌》的歌辭雖然歌譜淪亡，可我們卻從《楚辭》裏看到它形骸。它歌唱些什麼，我們倒還清楚。

楚辭《九歌》是綜合音樂、詩歌、舞蹈等藝術而以歌唱爲主的一種原始的戲劇形式。現在又得到了戰國時代章丘女郎山出土彩繪歌、舞、音樂，具體而不聞其聲的明證，可見戰國時代（匡章時代）已具備了詩唱、舞蹈、音樂三位一體的條件，說楚辭《九歌》爲原始的歌舞劇是有所依據的。

九、哈雷彗星與楚辭《九歌》

哈雷彗星，在彗星中是赫赫有名的。它和楚辭《九歌》，在事物性質上，是風馬牛不相及的。但是，下列這些史實使我們不能不考慮它們之間的一些關係。

（一）戰國時期哈雷彗星曾出現過四次

在週期彗星中，哈雷彗星的週期是以我國史書記載爲主要依據而推測出來的。克勞密林推算哈雷彗星週期，上至秦王政（那時他還沒有稱爲秦始皇帝）即位七年，公元前 240 年。這一年，《史記·秦始皇本紀》是這樣寫的：

> 七年，彗星先出東方，見北方；五月，見西方。彗星復見西方，十六日。

這時山東六國並存，秦還沒有"盡並兼天下諸侯"，正在戰國的末期。

　　古書所記彗星,因爲那時還没有"尋彗鏡",都是用肉眼看見的。其中有些是依其各自軌道以週期再現的。哈雷彗星便是已經明確了的一顆。先秦史書有佚有存,傳世載記也或有失録闕文。而流光似水,去而不返,過去天象無緣追見。瞭解秦王政七年以前的彗星見,由於記録缺略,有一定困難。

　　但是,哈雷彗星"每七十六年餘而一見。或因行星之攝動,其行道微有變更,而週期亦略有出入"。[1] 從年曆來説,"其再見約計 75 或 76 年"。[2]

　　它是有規律可循的。自然規律是客觀的。它是不因人世滄桑載記有無而有改變的。哈雷彗星運行週期是一把天然的量尺。在歷史洪流裏,它不僅可以使我們從史書記載中精確地推定哪些"彗星見"記的是哈雷彗星,從而驗證它的軌道和週期;而且它又可以使我們在没有記載或記載不全的時代裏,大致地推定出哪些年應有哈雷彗星出現。後者因史無明文記載,而彗星又有行星攝動,只能作概然判斷。

　　哈雷彗星週期,若用年説,如侯失勒所述哈雷推測,"約計 75 或 76 年"。這個遊移尺度不是或然、偶然,而是必然。因此,這個約略資料,在有前後記録的條件下,它也能起一定的指示作用,幫助我們瞭解某些歷史問題,從而補苴了一部分史之闕文。

　　今以公元前 240 年,秦王政七年,哈雷彗星見爲基點,以 76 年爲週期往上推之,可知公元前 316 年,392 年,468 年,都可能是它曾經再現的時期。

―――――

〔1〕朱文鑫《天文考古録》,《萬有文庫》本第 60 頁。
〔2〕侯失勒《談天》,偉烈亞力、李善蘭合譯。《萬有文庫》本第三册第 5 頁。

《史記·六國年表》秦厲共公七年、十年都有"彗星見"的記載。其中，厲共公十年乃公元前 467 年，比上文所推的公元前 468 年遲了一年。也就是説，其中有一個週期是 75 年。這一現象同侯失勒所説的"其再見約計 75 或 76 年"相合。

查哈雷彗星最卑點週期表[1]，在從秦王政七年到清宣統二年 29 次記録中，

  (3) 公元前 87 年　　　漢昭帝始元二年
  (4) 公元 12 年　　　　漢成帝元延元年
  (5) 公元 66 年　　　　漢明帝永平九年
  (6) 公元 141 年　　　漢順帝永和六年
  (15) 公元 837 年　　　唐文宗開成二年
  (16) 公元 912 年　　　梁太祖乾化二年
  (23) 公元 1456 年　　明代宗景泰七年
  (24) 公元 1531 年　　明世宗嘉靖十年
  (28) 公元 1835 年　　清宣宗道光十五年
  (29) 公元 1910 年　　清宣統二年

(3)至(4)、(5)至(6)、(15)至(16)、(23)至(24)、(28)至(29)，這幾次再現，按年曆來説，都是 75 年。從這看來，克勞密林認爲秦厲共公十年（前 467）的"彗星見"記的是哈雷彗星再現，是合乎規律的。

秦厲共公是戰國之初的人物。由此可知戰國時期哈雷彗星一共出現過四次。而秦厲共公十年是這一歷史時期中的第一次。這一次是在公元前 467 年。它與這時期内的最末一次出

---

[1] 朱文鑫《天文考古録》、《中國史之哈雷彗》第 60 至 80 頁，陳遵嬀編譯《宇宙壯觀》第 21—224 頁。

現——秦王政七年(前240)相距227年。

在這種情況下,

已知第一次爲公元前467年,設它75年而再現,則第二次爲公元前392年,第三、第四兩次皆76年而再現,則第三次爲公元前316年。

已知第四次爲公元前240年,設它是75年而再現的,則第三次爲公元前315年,第一至第二,第二至第三兩次皆76年而再現,第二次爲公元前391年。

已知第一次爲公元前467年,第四次爲公元前240年,設第二次至第三次再現爲75年,則第一次至第二次,第三次至第四次都是75年而再現,那麼,第二次是公元前391年,第三次是公元前316年。

這樣看來,戰國時期哈雷彗星四次出現:

第一次　公元前467年

第二次　公元前392年或公元前391年

第三次　公元前316年或公元前315年

第四次　公元前240年

(二) 哈雷彗星在戰國時期的第三次出現正是秦滅蜀取巴奪取楚黔中商於之年

公元前316年是周慎靚王五年,秦惠文王更元九年,楚懷王十三年。

《華陽國志·巴志》:

周慎王五年,蜀王伐苴侯,苴侯奔巴。巴爲求救于秦。秦惠文王遣張儀、司馬錯救苴巴,遂伐蜀,滅之。儀貪巴苴之富,因取巴，執王以歸。置巴蜀及漢中郡，分其地爲三十一縣（今本作"一縣"，據《華陽國志·漢中志》"項羽封高帝爲漢王，王巴蜀三十一縣"改。《路史·太昊紀》注引此正作"三十一縣"）。儀城江州，司馬錯自巴涪水取楚黔於地爲黔中郡。

這片商於之地位於楚國黔中以西。它並不在今陝西商南、河南淅川縣、內鄉縣一帶。現在的四川涪陵是戰國時巴人之枳。現在的烏江，經由澎水至涪陵入江這一段，戰國時是巴之涪水。這片商於之地乃在枳南涪水流域，原是楚黔中以西的巴之南鄙[1]。這片商於之地是楚威王使將軍莊蹻將兵，從楚國循江而上，略巴——黔中以西而得來的[2]。

秦惠文王滅蜀取巴，進而奪取楚商於之地，這一連串的攻伐，按《華陽國志·蜀志》所記時間，並不是在一年之內完成的。《蜀志》是這樣寫的：

> 周慎王五年。
> 秋，秦大夫張儀、司馬錯、都尉墨等從石牛道伐蜀。……
> 冬，十月，蜀平。司馬錯等因取苴與巴。
> 五年，惠王二十二年。[3]
> 司馬錯率巴蜀衆十萬，大舶船萬艘，米六百萬斛，浮江伐楚，取商於之地爲黔中郡。[4]
> 儀與若城成都，周回十二里，高七丈；郫城周回七里，高六丈；臨邛城周回六里，高五丈。[5]

---

[1] 說見拙作《荀子"莊蹻起楚分而爲三四"和楚辭九歌》。
[2] 說見拙作《荀子"莊蹻起楚分而爲三四"和楚辭九歌》。
[3] 今本誤作"惠王二十七年。"——秦惠文王二十二年即更元九年。
[4] 今本此事錯置在"(周赧王)七年，封子惲爲蜀侯"句下。
[5] 關於(7)(8)兩條錯誤問題，另詳拙稿《華陽國志·蜀志司馬錯伐楚取商於之地系年刊誤》文長不能具引。

此事巴蜀兩志所記基本相同，但《蜀志》比《巴志》稍稍具體一些。按照《蜀志》所記日程計之：

周慎王五年冬，十月，滅蜀。則"因取苴與巴"必在十月滅蜀之後。秦國這次出兵是以救苴巴爲名的。苴巴引狼入室，不爲之備。秦以滅蜀之餘威，趁勢掩襲，苴巴之亡是比較快的。即使秦取苴巴也在十月，可是在此基礎上進而浮江伐楚，奪取楚黔中以西的商於之地，事情就不那麼輕而易舉了。

秦軍遠離本土，居新佔領之地，要徵集巴蜀之衆十萬，備大舶船萬艘，聚米六百萬斛，在當時的人力、物力和運輸工具條件下，是要經過一定的過程和時間的。何況浮江伐楚自巴涪水奪取商於必先得枳。而枳是楚人溯江入涪以至商於的咽喉重地，殘酷的爭奪戰是不可避免的，這需要一定時間。得枳南下，溯巴涪水以取楚商於，還是戰爭，也須要一定時間。莊蹻克且蘭，降僰郎，至滇池，"以兵威定屬楚。欲歸報，會秦擊奪楚巴——黔中郡。道塞不通"無路得反。"道塞"、"無路"，除莊蹻是懦夫或叛將外，在反映著他經過反攻而失敗。這又是一段時間。

這些事情都需要一定時間，不是十月之後兩個月所能完成的。

秦師南下，滅蜀取巴，進而攻楚。蜀巴之事遂成了奪取楚國商於的序幕。從序幕到收場，當跨兩個年度。也就是説，從周慎王五年秋到周慎王六年。

這兩年正是公元前 316 年和前 315 年，是哈雷彗星在戰國時期內第三次出現的期間。

不論哈雷彗星在這兩年中的哪一年出現，從當時人看來，它都與這場戰爭有關。

（三）戰國時期對彗星的迷信

古人對大自然不理解。他們認爲"天垂象，見吉凶"[1]，是神意對人們的顯示。後來許慎《説文》引用這兩句話，又給它加上"所以示人也"的補充説明。

彗星，春秋時期，人們對它有兩種看法：一種是"天之有彗也，以除穢也"。[2] "彗所以除舊布新也"。[3] 以爲它的出現是"老天爺"向人顯示人間將有掃除污穢去舊布新之事。另一種是預示著國家災難。《左傳》文公十四年，"有星孛入於北斗。周内史叔服曰：'不出七年，宋齊晉之君皆將死亂。'"——《公羊傳》文公十四年説："秋七月，有星孛入北斗。孛者何？彗星也。"

戰國時期，如《史記·天官書》所説，"田氏篡齊，三家分晉，並爲戰國，爭於攻取，兵革更起，城邑數屠，因以饑饉疾疫焦苦，臣主共憂患，共察機祥候星氣尤急。……而臯、唐、甘、石因時務論其書傳。"對星象的迷信又有進一步的發展，從而出現了荒唐的"星占"之説。到這時，人們對彗星的觀念，就不是一般地"除穢"或"除舊布新"，而是把它看作一種"妖星"，認爲它和歲星有關，預示著軍事上的災難。

《漢書·天文志》：

"歲星贏而東南，《石氏》'見彗星'，《甘氏》'不出三月乃生彗，本類星，末類彗，長二丈'。贏東北，《石氏》'見覺星'，《甘氏》'不出三月乃生天棓，本類星，末鋭，長四尺'。縮西南，石氏'見櫼雲，

---

[1]《易·繫辭上》。
[2]《左傳》昭公二十六年。
[3]《左傳》昭公十七年。

如牛。'《甘氏》'不出三月乃生天槍,左右鋭,長數丈'。縮西北,《石氏》'見槍雲,如馬',甘氏'不出三月乃生天欃,本類星,末鋭,長數丈'。

《石氏》'槍、欃、棓、彗異狀,其殃一也,必有破國亂君,伏死其辜,餘殃不盡,爲旱、凶、饑、暴疾'至,日行一尺。出二十餘日乃入。《甘氏》'其國凶,不可舉事用兵',出而易。'所當之國是受其殃,又曰袄星。不出五年〔1〕,其下有軍,及失地,若國君喪。'"

石、甘二氏是戰國時期著名的天文學家。

《史記·天官書》在寫"昔之傳天數者"時,説戰國時期"在齊,甘公;楚,唐眛,尹皋;魏,石申"。《漢書·藝文志·數術家》:"六國時,楚有甘公,魏有石申夫。"《史記·張耳陳余列傳》張守節《正義》引《七錄》云"甘德,楚人。戰國時作《天文》八卷"。〔2〕《史記集解》引徐廣曰:"或曰'甘公名德也,本是魯人'。"

不拘甘氏是齊、魯、楚哪一國人,他和石氏一樣,代表著戰國時期對彗星的看法。

儘管戰國末期也出現了反對星象迷信的學者荀況,也並没有扭轉這種觀念。荀子在他的《天論》説:

> 星墜木鳴,國人皆恐。……是天地之變,陰陽之化,物之罕至者也,怪之可也,而畏之非也。夫日月之有蝕,風雨之不時,怪星之黨見,是無世而不常有之。

他認爲:

> 天行有常,不爲堯存,不爲桀亡。

---

〔1〕 "五年"今本"三年"。宋祁曰"三年"當作"五年"。錢大昕曰"三"閩本作"五"。朱一新曰"汪本作'五'。"今據改。
〔2〕《史記·天官書》,《正義》引《七錄》作《天文星占》八卷。

大自然有它自己的規律，不論"人世間"有什麼變化，它總是按其"常"規進行的。"怪星之黨（儻）見是無世而不常有之"的。

但是，那時期就連研究天文的甘氏，他不但以"星占"來説解天象，而且還在"占夢"〔1〕，同一般人一樣，充滿著迷信思想。荀子的主張並没有改變那時期的觀念。

《史記·張耳陳餘列傳》記陳余襲張耳，張耳敗走。在張耳考慮歸漢歸楚時，這個迷信星占的"甘公曰：'漢王之入關，五星聚東井。東井者，秦分也，先至必霸。楚雖強，後必屬漢。'"是甘公之年當與孔鮒〔2〕、范增〔3〕相近，是戰國末期人物。"秦楚之際"甘德還在以星占之説説張耳，可見這種迷信思想在戰國時期不僅有人在宣揚，而且有它的社會勢力。

《史記·天官書》可知"秦始皇之時〔4〕，十三［五］年彗星四見。〔5〕久者八十日，長或竟天。其後，秦遂以兵滅六王，並中國，外攘四夷，死人如亂麻，因以張楚並起。三十年之間，〔6〕兵相駢藉，不可勝數"。

"四見"中的第一見，時在秦王政七年（前240），是哈雷彗星在戰國時期的第四見。《史記》雖是漢人之書，在星象的迷信思

---

〔1〕《漢書·藝文志》著録有《甘德長柳占夢》二十卷。
〔2〕《史記·孔子世家》孔鮒"年五十七，爲陳王涉博士。死于陳。"秦二世元年（前209）陳涉起義。秦王政二十六年（前221）兼併天下稱始皇帝。可見秦王政二十六年並兼天下時，孔鮒巳四十五歲。
〔3〕《史記·項羽本紀》"項梁聞陳王定死，召諸別將會薛計事。……居鄹人范增年七十，素居家好奇計，往説項梁"陳王死於二世二年，公元前208年。
〔4〕就"彗星見"一事説，這是秦王政盡并兼天下諸侯稱始皇帝之前，戰國之時。
〔5〕按《史記·六國表》秦始皇帝七年一見，"彗星見北方西方。"九年兩見，"彗星見竟天"，"彗星復見"。十三年一見，"彗星見"。十三年以後不再見。"十五年"當是十三年之誤。稱"十三年四見"，是從元年論起的。
〔6〕"三十年之間"是從秦王政即位七年"彗星見"計起的。從七年（前240）到三十七年（前210）秦始皇死，立胡亥爲二世，整三十年。

想上,同甘公説張耳一樣,還是戰國時代的星占。

我們知道彗星是一種自然天體。它是按其自己軌道照"常"運行的。以哈雷彗星爲例,我們已經掌握了它的運行軌道、週期和使地球人看到它的再現時間。它何時進入近日點,何時再被人看見,這種自然現象和人世滄桑戰亂禍福根本無關。

司馬遷所承襲的,以甘石爲代表的,戰國時期的彗星觀念,是當時地主階級政權,利用人們對彗星的恐怖,在有神論的基礎上,爲適應他們對外兼併和反兼併,對內進行階級統治的需要而發展起來的。

我們既要明確指出這種星象觀的愚昧無知,又要理解他們所以產生這荒謬思想的階級根源和所處時代的歷史局限。

(四) 楚懷王喪師失地辱國又喪師失地

楚威王末年,遣將軍莊蹻率兵循長江而上,攻取了巴人重地——枳。又溯巴涪水,揮戈南下,又奪取了楚黔中以西的巴之南鄙,開拓並建立了楚黔中的商於之地。經過一定時間的休整鞏固之後,他又溯巴涪水南下西上直至滇池之地。爲楚國開拓了廣闊的領域。[1]

這時已是楚懷王之世。

楚國在西南的擴張,促使秦惠文王急於"謀楚"。

公元前316年,周慎王五年,楚懷王十三年,秦惠文王更元九年,"蜀王伐苴侯。苴侯奔巴。巴爲求救于秦。"[2] 秦國認爲:

---

〔1〕 本文所舉莊蹻及其以後之事,説見拙作《荀子"莊蹻起楚分而爲三、四"和楚辭〈九歌〉》——這裏不重述。
〔2〕 《華陽國志·巴志》。

蜀有桀紂之亂，其國富饒。得其布帛金銀，足給軍用。水通于楚，有巴之勁卒，浮大舶船以東向楚，楚地可得。得蜀則得楚。楚亡則天下并矣。[1]

遂決意從西南攻楚。

莊蹻勞師襲遠，商於空虛。秦乘其隙，滅蜀取巴，浮江伐楚，自巴涪水攫取楚商於之地，從而把莊蹻南下西上所開拓的楚地和楚國本土的一體關係從中掐斷。致使莊蹻欲歸無路，還而王滇，造"楚分爲三"支離破碎的殘局。

爲了使陷秦、王滇兩部分楚人楚地歸還楚國，收復商於，遂成了楚國自救的當務之急。

公元前313年，楚懷王十六年，秦國利用楚懷王想"吾復吾商於之地"的急切心情，使張儀以商於之地六百里誘楚絕齊，使她更加孤立，以便進一步削弱楚國。楚懷王受張儀之欺，忿而興師，公元前312年，楚懷王十七年春，與秦大戰於丹陽。秦大敗楚軍，斬甲士八萬，虜楚將屈匄、裨將軍逢侯丑等70餘人，遂取漢中之郡。

楚懷王，商於未復，又失漢中。

他喪師——失地——辱國——又喪師——失地。這一連串兒的重大災難，都是從公元前316、315兩年秦司馬錯自巴涪水取楚商於之地開始的。

無關人事的哈雷彗星，按其運行週期，在公元前316或315年出現。

在我們看來，彗星不管太陽系各行星有人無人，它總是按其

---

[1]《華陽國志·蜀志》。

自然的軌道運行的。它的出現是一種自然現象。它和國家治亂戰爭勝敗没有因果關係。可是在講星占信鬼神認爲天有意志的戰國時期，它對人們的思想影響卻不同於我們今天。

（五）楚辭《九歌》是楚失商於後一連串失敗中的產物

公元前316年，秦奪取楚國商於，使楚國發生了一連串的失敗。楚辭《九歌》是楚懷王爲復商於反失漢中準備再舉襲秦時的產物[1]。

所以這樣説，是因爲用唯物辯證法從作品語言的對立統一關係來研究楚辭《九歌》，得知它這十一章歌辭是由四個部分組成的一個整體。其主題思想是借太一靈威以戰勝秦國，收復漢中而不忘商於。其寫作方法是利用楚人所熟知的以九歌愉享上帝的神話傳説，以丹陽戰敗漢中陷秦爲題材，創作象徵漢中淪陷楚人離散，得神助，離而復合的楚辭《九歌》，以之愉享上帝而兼戰神的東皇太一。並在太一神前褒揚丹陽陣亡將士，以慰英靈而勵士氣。

愉神之辭七章（《湘君》以迄《山鬼》）是楚辭《九歌》之所以名爲《九歌》的主體。它的主要内容是：以湘君湘夫人之離合，反映由丹陽戰敗，漢中淪陷，給楚國人造成家人離散之苦，由於司命之神相助，使代表楚國本土的湘漢水神一家眷屬終於離而復合。用以象徵漢中地方復歸故國——收復漢中。

---

[1] 本文所説各事，其論證分別見本書下列論著，這裏不一一重述。1.楚神話中的九歌性質作用和楚辭《九歌》。2.東皇太一的性質和作用。3.莊蹻起楚分而爲三四和楚辭《九歌》。4.莊蹻的時代問題。5.《華陽國志・蜀志》司馬錯伐楚取商於之地系年刊誤。6.楚辭《九歌》各章情節的通體關係。7.楚辭《九歌》各章情節和地理關係。8.楚辭《九歌》各章稱謂之詞的通體關係。9.楚辭《九歌》章句系解。其中1、2兩篇見《吉林師大學報》；6、8兩篇見《社會科學戰綫》。

漢水女神——湘夫人被湘君迎接歸楚之後，"於山"山鬼以"若有人兮山之阿"的歌聲接之而上。

"采三秀兮於山間"，她是處在"於山"之上的。"於山"不是巫山[1]，而是"商於之山"。山鬼在楚辭《九歌》中象徵著淪陷于秦的商於之人，而不是巫山神女。

"若"猶"尚"也[2]。"若有人"猶"尚有人"，"還有人"。"若有人兮山之阿"，還有人在於山之阿，——她翹首希楚，盼望早歸故國。

這一章提醒楚人：雖收漢中，不忘商於。

這樣，楚辭《九歌》又把事情追溯到楚懷王十三、十四兩年，司馬錯趁莊蹻南下西上入滇之機攫取楚國黔中以西的商於。公元前316、315年之事又躍然在目。

（六）楚辭《九歌》的"撫彗星"

楚辭《九歌》寫少司命看河伯引湘君自北渚出發，執行"導帝子（之）兮九坑"的任務之後，他上天向大司命覆命。他在乘車之際唱——

　　孔蓋兮翠旌，登九天兮撫彗星。

"撫彗星"作什麼？

王逸說："撫持彗星，欲掃除邪惡輔仁賢也。"他把"撫"看作"撫持"。這是在"天之有彗也，以除穢也"的思想上來作解釋的。在《九歌》注釋中，持這種看法的人是不少的。

另一種看法是把"撫"理解爲"按"。這可以用蔣驥、戴震爲

---

[1]"於"古聲屬影，"巫"古聲屬明。兩字雖古韻同在魚部，並不同音。
[2] 裴學海《古書虛字集釋》卷七。

代表。蔣説:"撫,按止之也。彗星,妖星,以喻凶穢。"戴説:"彗星,或謂之掃星,妖星也。按撫之,使不爲災害。"

如前所説,楚辭《九歌》是楚懷王十七年,公元前312年,丹陽戰敗,漢中淪陷之後,準備再舉伐秦時創作的。楚懷王喪師、辱國、失地。就事推原,事原於十三年、十四年秦取巴後,浮江伐楚,自巴涪水取楚商於之地。而這兩年,公元前316或315年,又正是時值哈雷彗星再現之年。

在迷信鬼神,星占方興的時代,楚懷王爲雪恥復地準備再戰而命人創作的《九歌》,在愉神求助的歌辭中,表明了收復漢中而不忘商於。

商於之事適有彗星。在我們看來,這是與戰爭無關的偶然遇合。可是在當時的迷信觀念中,它的所在和所指的分野,是一種災禍的預示。

《少司命》的"撫彗星"不是作者隨文借喻,而是實有所指的。

"撫彗星"、"按止之"、"使不爲災害",這與祀太一借其靈威以戰勝秦國,在思想上,是一致的。東皇太一,在戰國時期是歲星之神,亦即戰爭之神。愉享他,是企圖借助它所居國不可伐而可以伐人。"撫彗星",則按止其鋒芒使其災害不再掃射楚國。兩件事都以部分與整體的對立統一關係,在作品中,又取得了彼此的依存。因此,我認爲關於"撫"的理解,蔣、戴兩家是有其可取之處的。

"撫"在一定條件下可以被理解爲"持"。《廣雅·釋詁三》:"撫,持也。"實際上,"撫"與"持"兩者有別,原詞彼此並不同義。

《説文》"撫,安也"朱駿聲"疑當作'按也'"[1],安之以手爲

---

[1]《説文通訓定聲補遺·豫部》。

"按"。《說文》:"按,下也。"

《說文》:"持,握也。""握,搤持也。""搤,捉也。""捉,搤也。"《史記·孝武紀》:"而海上燕齊之間,莫不搤捥而自言有禁方,能神仙矣。"《集解》引服虔曰:"滿手曰搤"。《莊子·庚桑楚》:"終日握而手不掜。"《釋文》:"李云:'卷手曰握。'"俞樾《諸子平議》說:"按《說文》無掜字。《角部》:'觬,角觬曲也。'疑即此掜字。以角言則從角,以手言則從手,變觬爲掜,字之所以孳乳浸多也。'終日握而手不掜'謂手不拳曲也。"〔1〕

"持"與"握"、"搤"同義,是"持"有拳曲其手滿把握物之義。可見它與以手下按之"撫"是不同的。《左傳》襄公二十三年,"鞅請參乘持帶。遂超乘,右撫劍,左援帶,命驅之出。""持"、"撫"並用而握、按不同,可見兩詞之別。

以手按物爲"撫"。在不同的用場中,常表現出不同的意趣。單就以手按物這一點來說,一般有兩種情況:

語意在處置被"撫"之物,則有使之勿動之義。所謂"以手按止之也"。如《禮記·曲禮上》:"若非飲食之客,則布席。……主人跪正席。客跪撫席而辭。"疏云:"'客跪撫席而辭'者,'撫'謂以手按止之也。客跪以手按止于席,而辭,不聽主人之正席也。"同篇,"車驅而騶,至於大門。君撫僕之手,而顧命車右就車。"疏云:"'君撫僕之手'者,'撫',按止也。僕手執轡,車行由僕,君欲令駐車,故君抑止僕手也。"

語意以按物爲行動條件,則此"撫"有準備或支持某一行動

---

〔1〕 俞樾《諸子平議》卷十九。《莊子》三。

之意。如《孟子·梁惠王上》:"夫撫劍疾視曰:'彼惡敢當我哉!'此匹夫之勇,敵一人者也。"這個"撫劍"是按之準備抽拔。《曲禮上》:"國君撫式,大夫下之。"鄭氏注:"撫,猶據也。據式小俯,崇敬也。"《廣雅·釋詁三》:"據,按也。""撫式"是以手按車式以支持其身之小俯而致敬也。

楚辭《九歌》"撫"字有兩類三種用場:

"撫長劍兮玉珥"和"登九天兮撫彗星"是一類,都用本詞本義本字。在具體用場中,前者,"撫劍"是按而止之使不動搖以見莊嚴肅穆之意,與"撫劍疾視"按劍欲拔的"撫劍"不同。後者,"撫彗星"是按而止之使它不再發生作用。

"撫余馬兮安驅"的"撫"藉以寫"拊",則另是一類。《詩·小雅·蓼莪》:"拊我畜我"《後漢書·梁竦傳》引作"撫我畜我","撫"、"拊"音近相借。"拊"擊也。《戰國策·衛策》:"新婦謂僕曰:'拊驂,無笞服。'""撫余馬"之"撫"即"拊驂"之"拊",謂擊馬也。與"撫劍"撫彗星之"撫"不同。

《少司命》"撫彗星",按止之,使它不再發揮作用。其意與《東君》"舉長矢兮射天狼"遙遙相應。

戴震云:"天狼,一星。弧,九星。皆在西宮。……《天官書》:'秦之強也,占於狼弧。'此章有報秦之心,故與秦分野之星言之。"

"射天狼"——志在報秦,"撫彗星"——在護楚。

(七)哈雷彗星週期使我們進一步瞭解楚辭《九歌》,楚辭《九歌》歌辭又相對地填補了哈雷彗星史書載記的闕文

哈雷彗星運行週期,使我們得知它在戰國時期的第三次出

現在公元前316或315年。公元前316年，秦滅蜀取巴，浮江伐楚。公元前315年，秦自巴涪水取楚商於。從而得知秦伐楚而楚失商於時，正值"彗星見"。

古人對大自然是不理解的。他對彗星的形狀及其突然出現（實際不突然）感到恐怖。愚昧的迷信思想使他們在畏懼中誤以爲它預示著災難，商於之失及其後一連串的失敗，加深了楚人對它的迷信。

公元前313年，楚懷王爲"吾得吾商於之地"，受欺于張儀，怒而興師伐秦。公元前312年春，大敗於丹陽。商於未復，又失漢中之地。同年秋，爲再次大舉襲秦，作楚辭《九歌》以祀東皇太一。其辭意欲復漢中而不忘商於。既欲借助太一靈威以勝秦，又想消除彗星影響以護楚。哈雷彗星週期幫助我們進一步瞭解楚辭《九歌》的背景和歌辭，而楚辭《九歌》所反映的歷史時期及其歌辭又幫助我們添補了戰國史書關於哈雷彗星記載的部分闕文。

十、"吹參差"非"吹洞簫"説
——《洞簫賦》"吹參差而入道德兮"和《湘君》"望夫君兮歸來，吹參差兮誰思"解

前　篇
"參差"不是洞簫

《湘君》"吹參差兮誰思"，王逸云："參差，洞簫也。"諸家承之不疑。像劉良那樣，提出不同意見，以"吹聲"來説"參差"[1]是

---
[1]《六臣注文選》四部叢刊本卷第十七、二十一頁。

少見的。

王氏之說對不對呢？不對。今分述如次：

（一）"參差"是列管形象而不是洞簫的別名

首先，我們承認：比竹參差，形如鳥翼，這是簫的編管形象。

《周禮·春官》："小師，掌教鼓鼗柷敔塤簫管弦歌。"鄭注云："簫，編小竹管，如今賣飴餳所吹者。"賈公彥疏引《通卦驗》云："簫，長尺四寸。'注云："簫，管形，象鳥翼。"

"管形象鳥翼"其形象特點在於參差不齊。

應劭《風俗通義·聲音》："簫，謹按《尚書》，舜作'簫韶九成，鳳凰來儀。'其形參差，象鳳之翼。十管，長一尺。"《急就篇》："鐘磬鼗簫鼙鼓鳴。"顏師古注："簫，一名籟，編管而列之，參差象鳳翼也。大者二十四管，長一尺四寸，謂之言；小者十六管，長十二寸，謂之交。"

"管形象鳥翼"——"其形參差，象鳳之翼"、"參差象鳳翼也"。"參差"是簫的編管形象，它並不是簫的別名。

其次，也必須承認：比竹參差，形如鳥翼，這種形象並不是只有簫才有的。

《周禮·春官》："笙師，掌教歙竽笙塤籥簫篪篴管。"鄭司農云："竽三十六簧。"賈公彥疏引《通卦驗》云："'竽長四尺二寸。'注云：'竽，管類，用竹爲之，形參差象鳥翼。'"長沙馬王堆漢墓出土的竽，用竹製成，前後兩排編管，也是參差如鳥翼之形的。

《呂氏春秋·仲夏紀》："調竽笙塤篪。"高誘注云："竽，笙之大者。"

《文選》潘安仁《笙賦》在"曲沃之懸匏"、"汶陽之孤筱"的基

礎上,說"觀其制器也":

> 則審洪纖,面短長,
> 剠生榦,裁熟簀,……

> 管攢羅而表列,……

> 望鳳儀以擢形,
> 寫皇翼以插羽,……
> 如鳥斯企,翾翾歧歧,……
> 脩櫨內辟,餘簫外逶,
> 駢田獦攦,鮂鰈參差。

笙的管也是長短不齊參差羅列形如"寫皇翼以插羽"的。李善注說:"列管以象鳳翼也。"

隋縣曾侯乙墓出土了五個笙,有十二管的、有十四管的、有十八管的,都已殘毀。其笙斗上有兩排插管之孔,而笙管也長短不一。它的形制與馬王堆漢墓之竽相同。插管之孔和同出之管接插在一起,是可以見其列管參差形如鳥翼的。

出土實物和文獻記載都說明:列管參差,形如鳥翼,這種形象並不是簫所獨有的。因而"參差"一詞,在竽、笙、簫之間已經失去它區別樂器的作用,違反"制名之樞要",不能成為簫的別名。

實際上《說文》也並不以"參差"為簫之別名。

慧琳《一切經音義》卷二十五(《開元二十一年壬申歲終南太一山智炬寺集》)頁四、雲公《大般涅槃經音義》卷上,"簫瑟"條下云:"(簫),《說文》:'編管為之,象鳳之翼。'"按雲公《音義序》說,他是"遂觀《說文》以定字"的，所引當是他所見的許書原文。同書卷六十頁十二，慧琳《根本説一切有部毗奈耶大律音義》"簫笛"條下，引《說文》云："簫，象鳳翼，編小管爲之。二十三管，長一尺四寸。"後兩句用《爾雅·釋樂》郭注之文而略有增減。慧琳引《說文》，顛倒句次以趁所附《爾雅》郭注。雖然不像雲公那樣嚴格，但是，他兩家卻共同地反映了一個事實：他們所見的《説文》"簫"字解説是没有"參差"兩字的。

在雲公《音義》之後兩個半世紀，大小二徐的《說文》，在"簫"的解説上，出現了"參差"二字。説："簫，參差管樂象鳳之翼。""管樂"，以同書"籲，管樂，有七孔"[1]例之，是用管製成的樂器。它既不是樂管，更不是用樂管吹奏的音樂。

"管樂，象鳳之翼"句與"管樂，有七孔"同例，"管樂"作主語，語意自足，前面無須形容之詞。

《說文》是後漢和帝永元十二年（100）成書的。王逸《楚辭章句》，如蔣天樞推測，"疑在（安帝）元初二年（115）至建光元年（121）七年之間"成書的。許慎作《說文》時，王逸《章句》還没有出世；而兩漢學人之言名物訓詁者，除王逸外，迄至公元190年前後（黃巾起義之後，靈帝、獻帝之間）應劭《風俗通義》，也只説"簫，……其形參差，像鳳之翼"，没有以"參差"爲簫者。

從這些情況看，可見徐氏兄弟所據《說文解字》"簫"下"參差"兩字，當非許氏原文。以雲公《音義》繩之，當是晚唐或五代時人據王逸《湘君》注增補的。《說文繫傳·九》在"簫，參差。管樂，象鳳之翼，從竹肅聲"之下云："臣鍇按：……《楚辭》曰'吹參

---

〔1〕 小徐本。"有"據《一切經音義》卷五十六、卷七十三補。

差兮誰思'——參差,簫也。"以晚于《說文》的王逸《章句》證許,正顯出它是後補之詞的痕跡。用二徐《說文》證"參差"爲"簫"是不可信的。

郭象《莊子·齊物論注》:"籟,簫也。夫簫管參差,宮商異律,故有短長高下,萬殊之聲。"明"參差"乃列管之形,並不是它的名字。

(二)《洞簫賦》的"吹參差"並不是"吹洞簫"

支持王逸《湘君》注,主張"參差"是"洞簫"者,可以舉《文選》王子淵《洞簫賦》的"吹參差"作證。

可是這個證據也很難成立。

《洞簫賦》("賦"《漢書》作"頌")"吹參差而入道德兮,故永御而可貴",李善注:"《楚辭》曰'吹參差兮誰思',王逸曰:'參差,洞簫。'"比李善注晚60年的五臣注不同意王逸說,因而也反對李氏此注。

五臣注《文選》,在《湘君》"吹參差兮誰思"句下,劉良以"吹聲參差"說之。因而他注《洞簫賦》"吹參差而入道德兮"時,摒棄了引"王逸曰"的李注,劉良說這句賦文的"參差"是"簫曲名"。他們也可能是因爲以"參差"爲洞簫之說,除王逸《湘君》注外,于古無征。

王褒《洞簫賦》早于王逸《楚辭章句》約180年左右[1],如果

---

[1]《漢書·元帝紀》:"元帝多材藝。……吹洞簫,……窮極幼眇。"《王褒傳》:"(宣帝)詔使褒等皆之太宮,虞侍太子,……太子喜褒所爲《甘泉》及《洞簫賦》。"《宣帝紀》:"地節三年(前67)立劉奭爲皇太子(歲年八歲)",《郊祀志》:"(宣帝)改元爲神爵(前61年——時太子16歲),或言益州有金馬碧雞之神。……於是遣諫大夫王褒,使持節而求之。"《王褒傳》:"方士言益州有金馬碧雞之寶,可祭祀致也。宣帝使褒往祀焉。褒於道病死。"由此可知《洞簫賦》約作于元康、神爵元年之間,劉奭12—14歲,公元前63—61年。

王逸"參差，洞簫也"是據《洞簫賦》以注《湘君》，而李善又以王逸《湘君》注來注王褒的"吹參差"，那末，以甲證乙，反過來又以乙證甲，在沒有其他證據的情況下，循環論證是令人難以信服的。

《洞簫賦》"吹參差而入道德兮"的"參差"到底是不是就如王逸所說？在沒有早於王子淵的文獻材料和出土銘刻作證的情況下，最有力的證據就是這篇《賦》的賦文。

王子淵這句賦文，在《賦》裏，是"若乃徐聽其曲度兮，廉察其賦歌"一段的小結。"曲度"是"度曲之節奏"。這段賦文極力描寫和提示用洞簫吹奏出來音樂旋律和它給人的音感及其在社會上的作用和效果。它給人的音感是參差多變的：

其巨音……
　　若慈父之畜子也
其妙聲……
　　若孝子之事父也
澎濞慷慨
　　一何壯士
優柔温潤
　　又似君子
其武聲……
　　佚豫以沸渭
其仁聲……
　　容與而施惠

它的社會作用，可以使：

貪饕者
　　聽之而廉隅

狼戾者
　　聞之而不懟
剛毅强暴
　　反仁恩
嘽咺逸豫
　　戒其失
嚚、頑、(丹)朱、(商)均惕復慧
桀、蹠、(夏)育、(申)博僞以頓悴

這些簫聲效果，對涵養德性，陶冶情操都起了一定作用。可見吹奏洞簫足以進行道德教育，因此才説：

吹參差而入道德兮，
　故永御而可貴。

賦文的語言形式和思想内容、辭句的部分與整體的相互依賴相互制約的對立統一關係，都在説明"吹參差而入道德兮"的"參差"，它絕不是被"吹"之物，而是吹奏出來的音樂旋律——巨音、妙音，武聲、仁聲、高低、强弱、長短、疾徐，參差不一的變化。

假如"參差"在這句賦文中是名詞作賓語，是被"吹"之物——洞簫，那就要有人出來作它的主語——吹洞簫者，這個人是誰呢？是王子淵？賦中並没有説他自己吹著洞簫而步入道德，是賦中人物？無論貪饕者、狼戾者乃至丹朱、商均、桀、蹠、夏育、申博等人在賦中都是"聽其曲度"而可能發生變化之人，是聽者而不是吹者。可見把《洞簫賦》"吹參差"的"參差"理解爲洞簫是有困難的。

由此可見，想用《洞簫賦》來證明王逸《湘君》注"參差，洞簫也"之説是有困難的。

(三)《洞簫賦》"吹參差"的"吹"是"籥"的借字

《爾雅·釋樂》:"徒鼓瑟謂之步,徒吹謂之和,徒歌謂之謡,徒擊鼓謂之咢,徒鼓鐘謂之脩,徒鼓磬謂之寋。""吹"和鼓瑟、鼓鐘、鼓磬、擊鼓一樣,都是以人力用樂器按樂曲而進行的演奏。《吕氏春秋·季冬紀》:"命樂師,大合吹而罷。""大合吹",猶現代漢語之"大合奏",所不同的只是它僅僅是管塤等吹奏樂器的合奏而已。同書《季秋紀》"上丁入學習吹。"這個"吹"也是指"吹奏"而説的。

《周禮·春官·籥章》:"中春,晝擊土鼓,龡豳詩,以逆暑。……凡國祈年于田祖,龡豳雅,擊土鼓,以樂田畯。國祭蜡,則龡豳頌,擊土鼓,以息老物。"

"龡"即"吹奏"之"吹"管樂而言"吹"不是只吹響它,而是用它按照樂曲吹出它的音律。它是有具體內容的,"豳詩"、"豳雅"、"豳頌"即其一例。

"龡"《説文》作"籥",許慎説它所寫詞的詞義是:"籥音律,管塤之樂也。從龠,炊聲。"它和"吹"同音,實際上是"吹"在書寫形式上表現出來的詞的分化。《廣韻》"籥"古文"吹":"吹,鼓吹也。《月令》曰:'命樂正習吹。'尺僞切。"習吹、鼓吹,這個"吹"是吹奏之義。"籥音律",吹奏樂曲,是用管塤之類的樂器吹奏出樂曲音律。古籍多用"吹"來寫它,很少使用那個從龠炊聲的繁體字。

"吹音律"之"吹"是動詞,而"參差"是形容詞,是不可吹奏的。因此"吹參差"在理解上遂出現了分歧。

在《洞簫賦》中，洞簫不僅是賦文所敷陳的被吹之物，而且它"其形參差，象鳳之翼"。於是有人把"參差"當作洞簫的別名，使它成爲可吹之物，變成"吹"的賓語，以解決它的矛盾。

但是，這種解釋于古無徵，在賦文中又意不能安，遇到困難。

"吹"除作動詞外，它在古書裏，有時也作名詞。《莊子·齊物論》："夫吹，萬不同。而使其已也，咸其自取，怒者其誰邪？"這個"吹"是名詞，是就風作用于萬竅——"山林之畏佳，大木百圍之竅穴"，而使之"怒號"，以發出"激者、謞者，叱者，吸者，叫者，譹者，宎者，咬者，前者唱於而隨者唱喁"的聲響而說的。種種樣樣，所以說它是"萬不同"的。

"吹音律"的"吹"作爲名詞來用，則是用管塤之類的樂器吹音律——吹奏出來的樂曲聲音。就《洞簫賦》來說，就是用洞簫吹奏出來的樂曲聲音。

《洞簫賦》"吹參差"的"參差"是以形容詞作謂語，述說用洞簫吹奏出來的樂曲聲音悠揚起伏。因而它既不是洞簫，也不是樂曲之名，而是用它的本義說明吹奏出來的樂音悠揚動聽，有高有低，有強有弱，有長有短，有疾有徐。如果它的吹聲自始至終齊平如一，那就成了"吹聲響兒"而不是"吹音律"以奏曲了。

後　篇
作品語言的對立統一關係和
《湘君》"望夫君兮歸來，吹參差兮誰思"

（一）蕭選《九歌》別有所據，不同于王逸之本

"望夫君兮未來，吹參差兮誰思？"這是王逸《楚辭章句》中

《九歌·湘君》的兩句。其中"未來"兩字,胡克家翻刻宋淳熙中尤延之本《文選注》(唐李善注)的《湘君》作"歸來",可是《文選五臣注》卻不是"歸來",而是寫作"未來"〔1〕。這是不是說尤刻《文選》把字刻錯了呢?

不是,請看——

王逸注:"言已供修祭祀,瞻望於君,而未肯來,則吹簫作樂,誠欲樂君,當復誰思念。"

五臣注,良曰:"夫君,神也。謂神肯來斯,而我作樂,吹聲參差,當復思誰。言思神之甚。""神肯來斯"並不與"未來"相應。

言"肯來",意則必其欲來,無所疑慮。

言"未來",則難以意必其是否欲來——是欲來而未行,是已行而未至,還是根本上就不願意來? 內容含糊。這種語意是不能被理解爲"肯來"的。

言"歸來",則其意必然"肯來",不肯則不歸,是不言而喻的。從注義上看,五臣注《文選》原本也當是"望夫君兮歸來",而不是"未來"。其"五臣作未"一語,說明在合李善注爲"六臣注"之前,五臣注本"歸"字已經有被改寫爲"未"的。王逸在蕭統之前,在《楚辭章句》的影響下,據《章句》以改動《文選》是可以理解的。

問題不止於五臣和李善的差別,更重要的是在王逸之前楚辭傳寫本早有異文。

1. 楚辭在漢代除劉向所集外尚有別本

王逸《楚辭章句》直記"漢劉向編集"。可知《章句》是依據劉

---

〔1〕 四部叢刊《六臣注文選》卷三十二頁二十七。"歸"字下云"五臣作'未'"。

氏輯本作成的。

《史記·屈原列傳》,文引《懷沙之賦》。今以《章句》校之,王本《懷沙》有一些字詞句是不同於《史記》所錄的。這一點,王氏自己就已指出,例如:

(1) 鬱結紆軫兮

王云:鬱,《史》作冤。

(2) 易初本迪兮

王云:迪,《史》作由。

(3) 章畫志墨兮

王云:志,《史》作職。

(4) 前圖未改

王云:圖,《史》作度。

(5) 内厚質正

王云:《史》作"内直質重"。

(6) 巧倕不斲兮

王云:倕《史》作匠。

(7) 雞鶩翔舞

鶩,王云:《史》作雉。

(8) 夫惟黨人鄙固

固,王云:《史》作姤。

(9) 誹駿疑傑兮

傑,王云:《史》作桀。

(10) 衆不知餘之異采

余,王云:《史》作吾。

(11) 重華不可遻兮

遻,王云:《史》作悟。

(12) 舒憂娛哀兮

舒,王云:《史》作含;娛,王云:《史》作虞。

此外,它還有些異文不是從《史記》中校出來的。例如:

(13) 陶陶孟夏兮

陶陶,王云:或云滔滔。

(14) 孰察其撥正

撥,王云:一作揆。

"或云"、"一作",在《史記》標《史》的條件下,明示王逸作《章句》時,除《史記》外,他還看到了一些不同于劉向的傳本。

這些事實告訴我們:在漢代,迄王逸作《章句》時,《楚辭》已有好幾個文字上互有出入的傳本,劉向本只是其中之一。

2. 洪氏《補注》早于尤刻《文選》,"歸來"自是蕭統所據傳本之文而不是尤氏誤刻

蕭晚于王。但是下列這些異文情況,反映《文選》所錄《九歌》和王氏章句不是一個系統。下列現象說明它應是和劉向本並行而爲王逸作校本時未曾收到的另一傳本。

其中,同句同位而異詞的不止是《湘君》之《章句》本"望夫君兮未來"的"未來"《文選》作"歸來",例如《湘夫人》:

《章句》"麋何食兮庭中",《文選》"何食"作"何爲"。
《章句》"播芳椒兮盈堂",《文選》"盈堂"作"成堂"。
《章句》"疏石蘭兮爲芳",《文選》"兮爲"作"以爲"。

《少司命》:

《章句》"沖風至兮水揚波",《文選》"風至"作"颸起"。

此外，還有的同句而字有增減，例如《湘夫人》：

《章句》"葺之兮荷蓋"，《文選》多"以"字，作"葺之兮以荷蓋"。
《章句》"鳥何萃兮蘋中"，《文選》少"何"字，作"鳥萃兮蘋中"。

同句而詞有移位，例如《少司命》：

《章句》"夫人兮自有美子"，《文選》作"夫人自有兮美子"。"兮"字移位。

這幾類異文現象是比較多的。它們以不同程式存在著，這裏不能逐一列舉。它們反映一個事實：蕭梁時代，楚辭《九歌》傳本在王逸《章句》之外，還有別的。

或者有人説：胡克家翻刻宋淳熙中尤延之《文選李善注》，《湘君》"望夫君兮歸來"確實是"歸來"，可是它這句辭在《文選五臣注》本裏卻不是"歸來"而是"未來"。能不能是尤本搞錯了呢？不能。因爲有洪興祖作證。王逸《章句》在"望夫君兮未來"句下只注："君，謂湘君。"以後洪興祖又在這句注文之下加以《補注》，説："未，一作歸。"洪氏是紹興二十五年（1155）去世的。他死後二十六年，淳熙辛丑（1181），尤袤才在貴池刻出這部《文選》。可見"未"、"歸"兩字是早在尤氏之前就已存在的。

洪興祖《補注》所舉異文多是與《文選》相同的。即以《湘君》爲例，異文十五，與《文選》同者七：

- 望夫君兮未來
  "未"一作"歸"與《文選》同。
- 薜荔柏兮蕙綢
  "柏"一作"拍"與《文選》同。
- 蓀橈兮蘭旌

"蓀"一作"荃"與《文選》同。尤本"承荃"之"承"是"荃"的草書致誤。〔1〕

- 桂櫂兮蘭枻

"枻"一作"栧"與《文選》同。

- 晁騁騖兮江皋

"晁"一作"朝"與《文選》同。

- 遺余佩兮醴浦

"醴"一作"澧"與《文選》同。

- 豈不可兮再得

"豈"一作"時"與《文選》同。

可見《文選》所錄《九歌》是別有所據的，它不同于王逸《章句》所用之本。

如果洪氏所說"一作歸"的"一"是指《文選》說的，那麼"歸來"兩字早在尤刻之前就已存在，尤本作"歸"並非誤字。

若是洪氏所據"一本"並不是《文選》，而是與之並存的，在王氏《章句》之外的別本《楚辭》，這就說明《九歌·湘君》是不止一本寫作"望夫君兮歸來"的。

"歸來"與"未來"兩本並存。"歸"與"未"兩者音義俱別——《楚辭》音，"歸"在微部見母，其音爲[*kiuəi]；"未"在物部明母，其音爲(*muət)。〔2〕除在不同的辭意理解上，以[-uəi]和[uət]的陰入對轉而改字外，它們是不會彼此通假的。

音近而譌，必有其正。"歸來"和"未來"哪一個是《湘君》原文呢？這不能憑讀者的主觀好惡取捨，而是要由作品語言的對

---

〔1〕說見本書《楚辭九歌系解·湘君》。
〔2〕參見王力《楚辭韻讀》。

立統一關係來定。

"望夫君兮未來",是和"吹參差兮誰思"緊相依存的。爲了弄清《湘君》原文是"歸來"還是"未來",語言的對立統一規律要求我們必須研究"吹參差"和"誰思"問題。

(二)"歸來"應是原文,"未來"當是後改

"歸"和"未",用周祖謨的《詩經韻字表》和他與羅常培合著的《漢魏晉南北朝韻部演變研究》來看,從先秦到兩漢,這兩個字都是在同一韻部的。《詩經》時代,它們同在微部;兩漢時代,微部與脂部"平去聲完全同用"合爲脂部,它們又是同韻字,只是聲母有見、明之別,彼此不同聲罷了。

"歸""未"詞義不同。"歸來""未來"異文之所以產生,當是讀《湘君》者基於個人對作品語言內容的理解,因兩字同韻,音近,而改字致誤的。

至於原作是"歸"是"未",這個問題要放在楚辭《九歌》十一章和《湘君》本章的語言形式和內容,部分與整體的各種相互依賴相互制約的對立統一關係中來解決。

> 望夫君兮歸來(歸來或作未來),
> 吹參差兮誰思?

這兩句上下相承,依存很緊,是不可分拆的。"歸來"和"未來"問題必須與"吹參差"、"誰思"同時解決。

《湘君》之辭是由靈巫兩人分別做湘君及其侍女出場歌舞的。[1]

────────

〔1〕 説見本書《楚辭九歌系解·湘君》。

這兩句，前有"君不行兮夷猶"，從侍女之口，説明湘君北上載（沛）舟[1]。——啓航之前，他面臨難以克服的困難，對此行能否達到目的中心夷猶，難於自信。

這兩句，後有"望涔陽兮極浦"，説明此行只爲夫人。"横大江"，舟中告禱，"褐（揚）靈"以求神助[2]。難中求進，侍女爲之"嬋媛太息"；湘君亦自"流涕悱惻"，明知其事之難於成功，有如以"桂櫂蘭枻"去"斲冰積雪"，有如"采薜荔于水中"，"搴芙蓉於木末"！[3]

《湘君》之辭不是孤立的。它在《九歌》十一章，特別是娱神之辭七章中，是以部分與整體的關係，和通篇語言及其內容相互依賴，相互制約的。因而"歸來"、"未來"問題，以及"吹參差"和"誰思"的理解等事，又都是與全篇內容、情節發展，在不同程度上相互依存的。

湘君，湘水之神。湘夫人，漢水之神。荆楚兩水，湘漢一家。眷屬往還，横江可通。年年歲歲，期會無阻。張儀欺楚，熊相伐秦，丹陽戰敗，漢中淪陷。涔陽坐困，胡夫人不得東歸，楚秦對峙，湘君難於西上——未奉命而入秦，事同投敵；期不信而輕絶，人成負義。迎夫人以歸楚，欲進不可；望涔陽而興歎，不進何堪！

湘夫人淪陷于秦，湘君急於救她歸楚。形勢險惡，急不暇待。在這種情況下，湘君不會是因爲他在湘中静待夫人而不見其來，方始想起要北上相尋的。看起來，"望夫君兮未來"是不合內容情節的。此其一。

---

〔1〕　説見本書《楚辭九歌系解·湘君》。
〔2〕　説見本書《楚辭九歌系解·湘君》。
〔3〕　説見本書《楚辭九歌系解·湘君》。

就《湘夫人》"登白蘋兮騁望,與佳期兮夕張"來看,湘君與其夫人的期會是約定在湘夫人的"貝闕"、"珠宮"中相會的。相會時是湘君北上西進直至溺陽,而不是湘君在湘水坐待,靜等夫人自己前來的。從《湘君》、《湘夫人》兩章歌辭來看,也不應是"望夫君兮未來"。此其二。

在如前所說的,楚辭《九歌》十一章,特別是從《湘君》以迄《山鬼》的七章娛神之辭,在它們多層多樣、直接間接、語言形式與內容,歌辭部分與整體的相互制約相互依賴關係中,所反映出來的歌辭情節,說明湘君"北征"的目的就是爲了從淪陷于秦的漢中溺陽,把他妻子——湘夫人,接回楚國。因此,在"歸來"、"未來"問題上,作品自己已經作了回答:原本字詞應該是前者。《湘君》這句歌辭本來寫的是"望夫君兮歸來"。

其改"歸來"爲"未來"者,由於楚亡之後,楚辭《九歌》之意失傳,而學者多拘于形式,按標目以求神,遂分神而並祀,化整爲零,不見全牛,斷其呼應,失其脈絡,不知環節與鏈條關係,忘其依存而改字。

(三)"吹參差兮誰思"舊注的否定

王子淵《洞簫賦》"吹參差而入道德兮"的"吹參差"不是吹洞簫。這就相連地否定了後漢王叔師《楚辭章句》"參差,洞簫也"——他給《湘君》"吹參差兮誰思"所作的注釋。

《湘君》的"吹參差"既然不是吹洞簫,那麼是不是劉良所說的"吹聲參差"呢? 也不是。因爲在這句歌辭前後都沒有與吹奏相關的辭句,特別它的前句"望夫君兮歸來"與吹奏之事沒有關係。

而且"望夫君兮歸來"既已明確所望之人和所思之事,則"吹參差兮誰思"的"誰思"之問又和它發生了矛盾。前後句依存關係是理解"吹參差"的關鍵。

假如後句是湘君之外的另一人之辭,譬如説是他的侍女,那也有困難。如歌辭前後所説,她奉命軷(沛)舟,傳令沅湘二水使之"無波",等待起錨發船命令和水程線路指示,正忙於啓航之事,哪裏有暇吹奏樂器?假如是湘君及其侍女之外另有其人,則其人在本章歌辭前後都無著落。没有依以存在的語言關係。

舊注已被否定,如何解决這個新的問題?

語言的討立統一規律告訴我們:必須把它同它的上句聯繫起來作爲一體,放在作品整體裏,在形式和內容、部分和整體的相互依賴、相互制約的關係中,可能得到一定的啓示和相應的解决。

1. "吹"是語首助詞"欥"字的誤改

《湘君》"吹參差兮誰思"的"吹"不是吹嘘之吹,不是吹音律之吹,而是與"曰"、"聿"、"遹"同音的"欥"字的誤寫。從"曰"從"口"只有一筆之差。

《墨子·公孟》:"二三子復於子墨子曰:'告子曰言義而行甚惡。'"把這句話和它的後文"告子謂子墨子曰:'我治國爲政。'子墨子曰,'政者,口言之,身必行之。今子口言之而身不行,是子之身亂也'"相對照,可知"曰言義"當是"口言義"的形近而誤。[1]"口"誤爲"曰"和"曰"誤爲"口"是同一道理。

《説文》:"欥,詮詞也。從欠從曰,曰亦聲。《詩》曰:'欥求厥寧。'"

─────────
[1] 參看《墨子閒詁·公孟》引蘇時學的或説。

"曰"作爲語首助詞不僅見於《說文》所引《詩·大雅·文王有聲》，而且也見於班固的作品。《漢書·敘傳》"（班固）作《幽通》之賦"，其辭有句云"曰中龢爲庶幾兮"，正用"曰"字。從《詩經》到《漢書》都有用這個字的。可見這個從曰從欠的字，在楚辭《九歌》時代，還在被作者使用，是合乎歷史的。

《說文》爲證此字而引的《文王有聲》詩句，《毛詩》寫作"遹求厥寧"。同篇"遹追來孝"，《禮記·禮器》、《三國志·魏書·明帝紀》注引《獻帝傳》引《詩》都寫作"聿追來孝"。是"曰"、"遹"、"聿"三字相通。

許慎說"曰"是"詮詞"。陳喬樅《齊詩遺說考》云："詮詞者，承上文所發端，詮而繹之也。高誘注《淮南·詮言訓》云：'詮，就也。'亦謂就其言而解之也。"

2. "參差"指願望與可能難以齊一

"參差"雙聲。古雙聲之詞有兩種：一是不可分割的單詞，兩字拆下都不成詞，如佗傺、躊躇。一是由兩單音節詞合成的，如恬淡、遞代。參差屬於後者。

第一，"參"有"雜"義。《儀禮·大射儀》："司馬命量人，量侯道與所設乏以貍步。大侯九十，參七十，干五十。"鄭氏注："參，讀爲糝。糝，雜也。雜侯者，豹鵠而麋飾。下天子大夫也。"《商君書·徠民》："彼土狹而民衆，其宅參居而並處。""參居"即"雜居"之意。高亨先生《商君書注譯》云："因爲房屋少，所以雜居合住。"

"糝"，《說文》："糂，以米和羹也。古文糂從參，作糝。"《禮記·內則》："糝，取牛羊豕之肉，三如一，小切之，與稻米。稻米二、肉一，合以爲餌，煎之。"《爾雅·釋器》："肉謂之羹。""以米和羹",正是指這把稻米與小切之成爲小肉丁的牛羊豕肉摻和在一起的食品説的。米肉摻在一起以爲食,其事爲"參",其食爲"糁"。是"參""糁"兩字所寫詞都有"雜"義。

第二,"差"有"不相值"之義。與"相左"之"左"同意。《説文》:"差,貳也。左,不相值也。從左從𠂇。"按:國差蟾"國差立事歲"的"國差"即"國佐",蔡侯申盤"肇轙天子"即"肇轙天子",蔡侯鐘"轙右楚王"即"左右楚王"。"差"與"左"同音相假,段玉裁説"差"是"左聲"是符合實際的。

"相值"是漢代習語。《説文》:"當,田相值也。"《儀禮·喪服》:"大功八升若九升,小功十升若十一升。"鄭注:"不言七升者,主於受服,欲其文相值。"賈疏:"值者,當也。……皆與小功衰相當,故云'文相值也'。"

"相"是表示兩方對待關係之詞。"不相值"、"不相當",則其事其物與其所比之彼事彼物或長度、或高度、或數量、或重量、或性質、或作用不能相當,相形之下出現差等,從而有不齊之義。

"差"的不齊之義,作爲單詞,也有反映。《荀子·君道》:"天下之變,境内之事,有弛易齫差者矣。"王先謙云:"齒不正曰齫,齫差,參差不齊。"按:《説文》:"齹,齒參差。從齒差聲。"以同書"縒,參經也"來作對照,可知"齹"是一個單音詞,而它正是"齫差"之"差"的後起形聲字。

《荀子·正名》:"君子之言,涉然而精,俛然而類,差差然而齊。"楊注云:"差差,不齊貌。"以《詩·柏舟》"憂心悄悄"的"悄悄"毛傳"憂貌",《月出》"勞心悄兮"的"悄"毛傳"憂也"例之,也可證"差"作爲單詞,無論單用疊用都有不齊之義。

第三,"參"與"差"合成詞組,有雜不相值,雜而不齊之義。

在"不相值"、"不相當"、"不齊"方面,"參差"與"齟齬"同義。《說文》:"齬,齖齒也。""齬,齒不相值也。"《廣韻》:"齬,齒不齊皃。""齬齒不相值。"又:"鉏,鉏鋙,不相當也。"

《莊子·秋水》:"無一而行,與道參差。""參差"謂與道相左,不相值也。《史記·三王世家》,褚先生曰:"簡之參差長短,皆有意。"《漢書·揚雄傳》所錄《法言序目》第十"仲尼以來,國君將相,卿士名臣,參差不齊",師古曰:"言志業不同也。"《漢書·敘傳》,其所錄《幽通賦》云:"三樂同於一體兮,雖移盈然不忒。洞參差其紛錯兮,斯衆兆之所惑。"

雜而不相值、不齊、不同、紛然錯出,這是"參差"一詞的主要義象(不是"義項")。

湘夫人是楚國漢水水神。她的"治所"在漢中涔陽。漢中淪陷,湘夫人遂困于秦[1]。湘君北上目的是營救湘夫人歸楚。營救湘夫人歸楚,必須身入漢中淪陷之地。湘君身爲楚國水神,在秦楚兩軍對峙之際,更不能私自越境進入秦人攻佔之地。漢中難入,主觀願望與實際可能兩不相值,出入甚大。這種矛盾是爲"參差"。王勃《滕王閣序》"嗟乎,時運不齊,命途多舛"的"不齊",即是這個"參差"之意。

3. "誰思"的"思"楚語有相憐哀之義

"誰思"的"思",在這句歌辭裏,與上句"望夫君兮歸來"和本句"欵(聿)參差"相互制約。它不是常用的"思念之詞",它的詞義不是"想",而是一個楚方言詞詞義——"相憐哀"。《方言·

---

[1] 説見本書《荀子莊蹻起楚分三四和楚辭九歌》。

十》:"沅澧之原,凡言相憐哀謂之嘖,或謂之無寫。江濱謂之思。""江濱謂之思",在"沅澧之原"的條件下,説楚國江濱之人把"相憐哀"叫作"思"。它正與"欨(聿)參差"取得對立統一。

(四) 小 結

根據上述理據,我們可以説,這兩句《湘君》歌辭,它的原本當是:

望夫君兮歸來,

欨參差兮誰思?

前一句,《文選》本是對的,王逸《章句》把"歸來"寫作"未來"是不對的。後一句的"吹參差",它的原文應是"欨參差"。因受"參差,洞簫也"的觀念的影響,以形近而誤改爲"吹"。

這兩句歌辭,它説的是湘君爲了營救湘夫人,使她從淪陷于秦的漢中涔陽歸回楚國,自述他這次"北征"的目的和他在明知其不可能而鋭意爲之的困境中哀歎望助的急切心情。

"欨"字在這兩句歌辭中起關連作用。它上承迎救夫人,使她得從漢中淪陷之地歸回楚國的急切願望——"望夫君兮歸來";下則就此語而自傷,傷歎自己的主觀願望與實際可能出入太大,在這種事與願違的"參差"困境中,能有"誰"來"相憐哀"!

十一、《荀子》"莊蹻起楚分而
爲三四"和楚辭《九歌》

楚辭《九歌》是在什麼年代、什麼情況下寫作的? 它關係到十一章歌辭的作者、寫作目的、性質和内容理解,是研究《九歌》

的一個重要問題。

古今學者，對此作了很多努力，在許多見解中，孫作雲《論國殤及九歌的寫作時代》[1]我認爲是比較可取的。

孫先生以《國殤》"壯殺盡兮棄原野"、"平原忽兮路超遠"，"援玉枹兮擊鳴鼓"和"子魂魄兮爲鬼雄"四句爲依據説：歌辭"專言戰敗，而且敗的極慘"；"其地必去楚甚遠，而且應該在中原一帶"。"所祭對象應該是一員主將"；"子"字似乎指某一特定的人物而言。從這四個方面，他認爲："全軍覆没，主將被殺，可能是指公元前312年丹淅大戰之事而言，從這裏可以推測《國殤》的寫作年代應該是在這一年，更由此可以推知整個《九歌》的寫作年代，也應在這一年。"

《九歌》作於丹淅之敗以後，這個結論我認爲是可以肯定的。但是。僅僅就《國殤》四句歌辭所反映的情況，即或輔以屈原事蹟、屈原作品年代等等來立論，是不夠的。

很顯然，四句歌辭所反映的情況，在没有其他有關的條件的制約下，只是一般的共性。因爲主將指揮戰鬥，在當時是未有不以擊鼓進行的，此其一；主將在戰敗時爲敵軍所殺而陣亡，單就楚懷王一代而論就有三人：懷王十七年（前312）丹淅之敗，屈匄被殺；二十八年（前301）重丘之敗，唐蔑被殺；二十九年（前300）襄城之敗，景缺被殺。

即或由於齊人夜襲[2]，因爲没有"旌蔽日兮敵若雲"的場

――――――

〔1〕《開封師院學報》1956年創刊號。
〔2〕《吕氏春秋·似順論·處方》："齊令章子將，而與韓魏攻荆。荆令唐蔑將而應之。……（齊）與荆人夾沘水而軍。章子令人視水可絶者。荆人射之。水不可得近。"有芻水旁者，告齊侯者曰："水淺深易知。荆人所盛守，盡其淺者也。所簡守。皆其深者也。侯者載芻者與見章子。章子甚喜。因練卒以夜奄荆人之所盛守。果殺唐蔑，章子可謂知將分矣。"

面而排除唐蔑之死,還有屈、景兩人;而襄城在今河南省中部偏西,比丹淅之地去郢更遠,"平原"、"路遠"的共性是他倆所共有的。既然兩人都具有這些條件,那麼"子魂魄兮爲鬼雄"就很難肯定必是屈句了。

《國殤》四句是研究《九歌》時代的一種線索,這是不容否定的。但是,我們不能在沒有歌辭內部佐證證明這場戰役確在丹陽,是不能只從擊鼓、平原、路遠、戰死等事就論定《國殤》所祭必是屈句。

相反的,倒是可以在楚辭《九歌》十一篇所反映的史實是不是在秦楚丹陽戰後這個問題上,來討論這四句歌辭是不是指的屈句。

因此,《九歌》十一篇歌辭情節內容和它所反映的具體史實,是解決楚辭《九歌》問題的關鍵。這個關鍵打開了,《國殤》四句也就自然有了著落,作品時代問題也就迎刃而解了。

通過《九歌》十一章的語言形式與思想內容、部分與整體等等對立統一關係,看到這十一章歌辭所反映的史實是與楚威王使莊蹻西上略地以迄楚懷王爲"吾復得吾商於之地"而展開的楚秦戰爭相應的。史實說明了歌辭理解,而歌辭內容又證明了這一段歷史。作品及其時代也是互相依存的。

《荀子·議兵》"莊蹻起楚分而爲三四"這句話,它概括了作爲寫作楚辭《九歌》的時代背景。

本篇任務只在闡明《荀子·議兵》這句話所概括的具體史實。

(一) 從《荀子》看莊蹻

"莊蹻起,楚分而爲三四。"這句話見於《荀子·議兵》。《韓詩外傳》卷四，補《史記·禮書》都有轉録，而文字稍有異同：

《荀子》這段文字是：

> 楚人鮫革犀兕以爲甲鞈如金石，宛鉅鐵釶慘如蜂蠆，輕利僄遫卒如飄風。然而兵殆于垂沙，唐蔑死；莊蹻起，楚分而爲三四。是豈無堅甲利兵也哉？其所以統之者非其道故也。

《韓詩外傳·四》則是：

> 昔楚人蛟革犀兕以爲甲，堅如金石，宛如鉅虵，慘若蜂蠆，輕利剛疾，卒如飄風。然兵殆于垂沙，唐子死；莊蹻起，楚分爲三四者，此豈無堅甲利兵也哉？所以統之非其道故也。

補《史記·禮書》則爲：

> 楚人鮫革犀兕，所以爲甲，堅如金石，宛之鉅鐵施，鑽如蜂蠆，輕利剽速，卒如熛風。然而兵殆于垂沙，唐眛死焉；莊蹻起，楚分而爲四參。是豈無堅革利兵哉？其所以統之者非其道故也。

《議兵》不是僞篇，（見後），而《外傳》、《禮書》都是漢人之作。兩書此事與《荀子》基本同文，它們同出於《議兵》是可以肯定的。至於《商君書》，在《弱民篇》裏也有一段話與之同源，它是：

> 楚國之民，齊疾而均，速若飄風，宛鉅鐵拖，利若蜂蠆，脅蛟犀兕，堅若金石。江漢以爲池，汝潁以爲限，隱以鄧林，緣以方城。秦師至，鄢郢舉，若振槁，唐蔑死于垂沙。莊蹻發于內，楚分爲五，地非不大也，民非不衆也，兵甲財用非不多也，戰不勝，守不固，此無法之所生也。

它是把《荀子·議兵》"楚人鮫革"一節之後的"汝潁以爲險，江漢以爲池，限之以鄧林，緣之以方城，然而秦師至而鄢郢舉，若振槁然。是豈無固塞隘阻也哉？其所以統之者非其道故也"一節,也糅合到裏面的。很顯然,它是根據《議兵》寫成的。

不但如此,"莊蹻發於內"這句話是把《韓非子・喻老》"楚莊王欲伐越"一段"莊蹻爲盗於境内而吏不能禁"也吸收到裏邊去的。是以《荀子》爲基礎的改作。

論人,商君早于荀卿。論書,《商君書》,特別是它的《弱民》和《説民》,這兩篇都是《去強》的解説。它倆是以《去強》爲"經",分工作"説",逐條依次作説明的。〔1〕《弱民》晚于《去強》,顯然是商君後學所作,其時代遠在《荀子》、《韓詩外傳》成書之後。

因此,在史料上,從《荀子》看莊蹻是比較可靠的。

1.《議兵》是一篇完整可信的史料

《荀子・議兵》是公元前 3 世紀 50 年代,荀卿在趙國趙孝成王主持的一個軍事理論會上的答辯記録。

這篇記録的時間、地點、人物和語言内容都是合乎當時史實的。它是一篇完整的可信材料。

《史記・孟子荀卿列傳》:"荀卿,趙人。年十五〔2〕,始來遊學于齊。……齊襄王時,而荀卿最爲老師。齊尚修列大夫之缺,而荀卿三爲祭酒焉。齊人或讒荀卿。荀卿乃適楚,而春申君以爲蘭陵令。"同書《春申君列傳》:"春申君相楚八年,爲楚北伐,滅魯,以荀卿爲蘭陵令。"

《史記・六國表》楚考烈王八年,"取魯,魯君封於莒"。這一年是趙孝成王十一年,公元前 255 年。

―――――――

〔1〕 參見本書《商君書去強爲經弱民説民爲説説》。
〔2〕 今本《史記》作"年五十",依晁公武説改。

荀卿在楚爲令的時間並不很久。劉向《孫卿書録》："齊人或讒孫卿，乃適楚。楚相春申君以爲蘭陵令。人或謂春申君曰：'湯以七十里，文王以百里，孫卿賢者也，今與之百里地，楚其危乎？'春申君謝之，孫卿去之趙。"

　　《荀子·議兵》記"臨武君與孫卿子議兵于趙孝成王前"，在趙議兵是符合荀卿去楚之趙的史實的。

　　《史記·李斯列傳》："李斯者，楚上蔡人也。年少時，爲郡小吏。……乃從荀卿學帝王之術。學已成，度楚王不足事，而六國皆弱，無可爲建功者，欲西入秦，辭于荀卿。"這説明荀卿在楚曾有一段聚徒講學時間，而李斯入秦之前是一直追隨荀卿的。所以荀卿在趙議兵，李斯隨侍入座而有請于先生，也是合乎史實的。

　　李斯"至秦，會莊襄王卒"。莊襄王卒于趙孝成王十九年，公元前 427 年。而議兵中，荀卿、李斯都説明"秦四世有勝"。楊倞注："四世：孝公、惠公、武王、昭王"，可見秦昭王當時是健在的。秦昭王是在趙孝成王十五（前 251）年死去的。議兵之會至遲不得晚於此年。李斯入秦至多晚於議兵四年。那麼，他隨師至趙，而參與議兵之會，是合乎事實的。

　　臨武君，也見於《戰國策》。《楚策·四》"天下合從，趙使魏加見楚春申君曰：'君有將乎？'曰：'有矣，僕欲將欲臨武君'。"魏加在以"引弓虛發而下鳥"爲喻之後，説"今臨武君嘗爲秦孽，不可爲拒秦之將也"。他所謂"孽"是就"故瘡未息，而驚心未去也"説的。看來，臨武君是曾敗于秦的。這個與春申君同時，也就是與荀卿同時的臨武君是當時比較知名的一員楚將。無論他以什麼身份得以同趙孝成王與荀卿議兵，時間、地點和人物也都是合乎史實的。

議兵時，在坐發言的一共五人。陳囂事蹟不詳。其餘四人，除趙孝成王外，臨武君、李斯和荀卿都是從楚國來的。或爲楚人，或爲楚官，他們對楚國大事是比較熟悉的。荀卿在答辯中論楚事，對楚談楚，事例是不容假託和顛倒的。因而《議兵》的"楚之莊蹻"和"莊蹻起，楚分而爲三四"是可信的史料。

2.《議兵》中的莊蹻不與"盜蹠"同類

"盜蹠"和莊蹻，荀卿在《議兵》中都提到了。

在荀卿和臨武君辯論時，荀卿説："人之情，雖桀、蹠豈又肯爲其所惡，賊其所好者哉？"這裏說到了蹠。

在回答孝成王、臨武君問王者之兵設何道，何行而可時，荀卿提了"楚之莊蹻"；在回答李斯提問時，荀卿又説了"莊蹻起，楚分而爲三四"這句話。

可見在荀卿思想中，對"盜蹠"和莊蹻兩人，都是有比較強的印象的。但是在《議兵》一篇中，蹠和桀相提並論，而蹻卻與田單、衛鞅、繆蟣、唐蔑連類而及。就是說他認爲莊蹻只能與將帥爲伍，而不能與"盜蹠"同類；蹠只能與桀紂並舉，而不能同莊蹻並論。

請看——

《勸學》："其善者少，不善者多，桀、紂、'盜蹠'也。"

《榮辱》："可以爲堯、禹，可以爲桀、蹠。"

"爲堯、禹則常安榮，爲桀、蹠則常危辱。"

"以夫桀、蹠之道，是其爲相縣也，幾直夫芻豢稻粱之縣糟糠爾哉！"

《儒效》："天不能死，地不能埋，桀、蹠之世不能汙。"

《王制·序官》："彼人之情性也，雖桀、蹠豈有肯爲其所惡賊其所好者哉！"

《性惡》："凡人之性者，堯、舜之與桀、蹠，其性一也"。

"所賤於桀、蹠小人者，從其性，順其情，安恣睢，以出乎貪利爭奪。"

《不苟》："盗蹠吟口，名聲若日月，與舜禹俱傳而不息；然而君子不貴者，非禮義之中也。"對蹠這位赫赫有名的勞動人民起義領袖，荀卿出於地主階級本性，認爲他和桀、紂一樣，雖然階級不同，都是危害地主階級政權，致使國家滅亡的人物。因而從兩個極端，把蹠和桀、紂相提並論。在修辭的對偶關係中，單音詞並列時，荀卿始終是"桀、蹠"並舉的。在使用桀、紂兩詞時，如以禹、湯對桀、紂，一般是用兩人之名而和它們相配的。可是荀卿以桀、紂配蹠時，總是拿不出與蹠同類的第二人來。在語言形式的制約下，只好給蹠加以定語凑成雙音節詞"盗蹠"，以一人對兩人，說"桀、紂、盗蹠"。

通觀《荀子》書，既沒有蹠、蹻並舉之文，也没有"桀、紂"與"蹠、蹻"相對之辭。可見在有"盗蹠"觀念的荀卿思想中，莊蹻是不與蹠同類的。換句話説，在荀卿觀念中莊蹻非"盗"。

3. 《議兵》裏的莊蹻是一名楚將

在《議兵》這篇答辯記錄裏，荀卿答趙孝成王、臨武君問"王者之兵設何道，何行而可"時，説：

"凡在大王。將率，末事也。"

他在下面一段話裏,點名地提到幾個將帥。他説:

> 故兵大齊則制天下,小齊則治鄰敵,若夫招近募選,隆勢詐,尚功利之兵,則勝不勝無常。代翕代張,代存代亡,相爲雌雄耳矣。夫是之謂盜兵,君子不由也。
>
> 故齊之田單、楚之莊蹻、秦之衛鞅、燕之繆蟻,是皆世俗之所謂善用兵者也。是其巧拙強弱則未有以相君也,若其道一也,未及和齊也;掎契司詐,權謀傾覆!未免盜兵也。

明確點出莊蹻是同田單、衛鞅、繆蟻(樂毅)一樣的名將帥。或者有人説:不,莊蹻只是由於他是"世俗之所謂善用兵者"被拉了進去的。他不是楚將。

語言的對立統一規律駁斥了莊蹻例外不能與三將並列之説。

荀卿緊接上文説:

> 齊桓、晉文、楚莊、吳闔閭、越勾踐,是皆和齊之兵也,可謂入其城矣,然而未有本統也,故可以霸而不可以王,是強弱之效也。

他在整個答辯中是以"和齊"和"本統"兩事,分類層進地評論了九個用兵人物的。其中,齊桓、晉文、楚莊、吳闔閭、越勾踐五人爲一類,在《荀子·王霸》是作爲"五伯"(即"五霸")來説的,他們的身份是相同的。同理,與之對比的田單、莊蹻、衛鞅、繆蟻(樂毅),也必然是同類並舉四人爲一類的。田單以火牛擊敗燕軍,一舉收復七十余城,齊襄王任以爲相,封安平君;衛鞅計勝魏軍,俘魏公子卬,因功封于鄢商,號爲商君;繆蟻(樂毅)率軍擊破齊國,先後攻下七十餘城,因功封于昌國,號昌國君。這三人都是戰國時期的名將。語言的部分與整體的依存關係,在申述"將率,末也"的思想下,以他們的共性——"世俗之所謂善用兵者"制約著莊蹻,限定他必然也是一位名將,這是可以無疑的。

《史記》和《華陽國志》都寫莊蹻是楚國的將軍,《史記·西南夷列傳》説:"始楚威王時,使將軍莊蹻將兵循江上,略巴蜀黔中以西。"《華陽國志·南中志》:"周之季世,楚威王遣將軍莊蹻,泝沅水,出且蘭,以伐夜郎。"《史記》説:"莊蹻者,故楚莊王苗裔也。蹻至滇池,地方三百里,旁平地肥饒數千里,以兵威定屬楚"。明記他是戰國時爲楚國遠征略地的一員名將,是一位"世俗之所謂善用兵者"。所以荀卿把他和田單、衛鞅、繆蟣(樂毅)連類並舉,從而以是否"合齊"治兵來與"五伯"對比。

4. 莊蹻和唐蔑的先後

《荀子·議兵》答李斯問時,有一段話也説到莊蹻。他説:

楚人鮫革犀兕以爲甲鞈如金石,宛巨鐵釶,慘如蜂蠆,輕利僄遬卒如飄風。然而兵殆于垂沙,唐蔑死;莊蹻起,楚分而爲三四,是豈無堅甲利兵也哉!其所以統之者,非其故道也。

這段話説到唐蔑、莊蹻兩人。學者多據語言順序推定他們的先後,認爲"唐蔑死"後,莊蹻才"起",從而把"莊蹻起"定在楚懷王二十八年(前301)。〔1〕

考《荀子》一書,論人敘事,不都是按時代先後次序的。《性惡》"天非私曾、騫、孝己也"。曾參、閔子騫是孔丘弟子,春秋時人;而孝己則是殷高宗(武丁)之子,他的時代早於曾、騫,可是語

---

〔1〕 例如:楊寬《戰國史》把莊蹻起義時間定在公元前300年(楚懷王二十九年)(第174頁),所附《戰國大事年表》説公元前301年,楚懷王二十八年,"楚國爆發了以莊蹻爲首的農民大起義"。(第263頁)

序卻在其後。《王制》"閔王毀于五國,桓公劫于魯莊。"前半句說的齊湣王十四年(前284)樂毅以燕、秦、趙、魏、韓五國之師破齊,攻入臨淄,湣王奔莒;後半句則指魯莊公十三年(前681)柯之盟,魯大夫曹沫劫齊桓公,也不是按歷史順序先遠後近的,可見語序先後和年代遠近是沒有必然關係的。

是不是兩句敘事前後制約呢?也不是。"唐蔑死"由於"兵殆于垂沙",而"兵殆于垂沙,唐蔑死"卻不是"莊蹻起"的前因,可是"楚分而爲三四"卻是"莊蹻起"的後果。事屬兩橛,彼此並無因果關係。

唐、莊兩事,在《議兵》中,是以如下思想統一起來的:

荀卿"楚人鮫革犀兕以爲甲"、"汝潁以爲險"、"紂刳比干"三段話,在思想上是與"是豈無堅甲利兵也哉"、"是豈無固塞隘阻也哉"、"是豈令不嚴,刑不繁也哉"分別相應,而各以"其所以統之者非其道故也"作結的。荀卿用它們向李斯證明"禮者,治辨之極也","故堅甲利兵不足以爲勝,高城深池不足以爲固,嚴令繁刑不足以爲威,由其道則行,不由其道則廢"的道理。

唐蔑、莊蹻兩人是在這個思想下,被用來說明:如果"其所以統之者非其道",即使有"堅甲利兵",也是不足恃的。兩人並舉,旨在證明這種事理。同時也在表明兩人同類,都是將帥。他們被用來證明"將率,末事"的答辯思想,而不是以"死"、"起"呼應別論它事的。

《淮南子・兵略訓》有這樣一段話:

昔者,楚人地南卷沅湘,北繞潁泗,西包巴蜀,東裹郯淮;潁汝以爲洫,江漢以爲池,垣之以鄧林,綿之以方城,山高尋雲,谿肆無景,地利形便,卒民勇敢,蛟革犀兕以爲甲冑,修鍛短鏦齊爲前行,積弩陪後，錯車衛旁，疾如錐矢，合如雷電，解如風雨；然而兵殆于垂沙，眾破于柏舉。

這段文章，從語言形式到思想內容，顯然是從《荀子·議兵》承襲下來的。值得注意的是：它在"兵殆于垂沙"之後，緊接著就是"眾破于柏舉"，而不是"莊蹻起楚分而爲三四"。

唐蔑"兵殆于垂沙"，事在公元前301年（楚懷王二十八年），而楚人"眾破于柏舉"，事在公元前506年（《左傳·定公四年》）。後者比前者早205年，相差兩個世紀。很明顯，"眾破于柏舉"不是"兵殆于垂沙"的結果。

如果在楚人歷史上，"莊蹻起楚分而爲三四"確是由"兵殆于垂沙，唐蔑死"而帶來的嚴重後果，《淮南子》不能把它置而不顧，換以二百年前的"眾破于柏舉"。由此可見：《荀子·議兵》"兵殆于垂沙，唐蔑死；莊蹻起，楚分而爲三四"兩句沒有因果關係。而兩事並舉，後句之事，在內容上，是可以早於前句所說之事的。《淮南子》這段話充分地說明了這個問題。

垂沙一戰，兵殆將死，而莊蹻之起竟使楚國被割裂得"分而爲三四"。其教訓之慘痛更有甚於垂沙。荀卿議兵到此，爲了總結經驗教訓，先小後大，先輕後重，而不是以時代先後議事的。莊蹻之事重于唐蔑，但不等於其事必晚於唐蔑。

歷史上，"楚分而爲三四"是確有其事的。楚懷王十三年（前316），秦人以滅蜀取巴的餘威，奪取楚黔中西部的商於之地，掐斷了莊蹻遠征軍與楚國的聯繫。他欲歸不得，還而王滇。商於入秦，莊蹻王滇，從整個楚國割去兩塊，致使楚國被分而爲三。爲此懷王急於"吾復吾商於之地"，見欺于張儀。（説見後文）公元前312年，懷王十七年，大敗於丹陽，漢中之地又被秦人奪去。

商於未復，反而又被分掉一塊，並前次失地而計之，到此楚國竟被分爲四。其事由于莊蹻，其時早于垂沙。

[附記]

荀卿論兵，是主張以禮儀教化來"齊之"的。他反對"招近募選，隆勢作，尚功利之兵"的。在這種思想下，他把莊蹻和田單、衛鞅、繆蟣（樂毅）——這四名"世俗之所謂善用兵者"都看作"掎契司作，權謀傾覆"，"未及齊和"是未免爲"盜兵"的。

這個"盜兵"是同"王者之兵"相對而言的。它和反抗階級壓迫，揭竿而起的勞動人民起義軍是有本質區別的。荀卿對莊蹻等名將的譏評，是就其治兵的道路和方法加以指斥的。說他們"未免爲盜兵"並不意味著這些人都是"盜"。所以儘管他幾次地提到"盜蹠"，可是從來不把莊蹻來同蹠並論。

"夔一足"，"（丁氏）穿井得一人"，由於語言上的誤解而造成的傳說變異，在我國古書是不少見的。這種現象，各民族在不同程度上是都有其例的。

至於莊蹻爲"盜"，從而有"蹠、蹻"並論之說，是不是由於人們對《荀子》莊蹻"未免爲盜兵"這句話的語言誤解，則是另外一個問題。因爲它不屬本文範圍，這裏不予論述。

更值得注意的是："莊蹻起，楚分爲三四"一句《韓詩外傳》卷四第十章寫的是"莊蹻走"（沈本、張本、毛本、劉本）按其上下文意來看，前言"昔楚人蛟革犀兕以爲甲，堅如金石；宛鉅鐵釶，慘若蜂蠆；輕利剽疾，卒如飄風。"堅甲、利兵、剽卒，以如此有利條件，可是"然而兵殆于垂沙"，卻吃了敗仗。致使"唐子死，莊蹻走"（他逃跑之後，造成了），"楚分爲三四"的慘局。文章歸結到"此豈無堅甲利兵也哉？其所以統之者非其道也"。（取得部分與整體的統一)與《荀子‧議兵》思想相同。

"莊蹻走"自是戰敗的下場。——這正與"莊蹻到滇池拓地,欲歸報,會秦擊奪楚黔中郡,道塞不通(没有打通),因還,以其衆王滇"相應,確是戰敗而走。

如果是"莊蹻起"則與"唐眛死"不相依存,《荀子‧議兵》、《史記‧禮書》改"走"爲"起",和《商君書‧弱民》作"莊蹻發於内"一樣都是受"莊蹻暴郢"的影響而改的。實際上,"莊蹻暴郢"是"莊蹻暴枳"的譌文,説見本篇附文二。

(二)莊蹻入滇,秦取商於,楚分爲三

莊蹻,《史記‧西南夷列傳》記載了他將兵西上,遠至滇池的事蹟。《漢書‧西南夷列傳》轉録《史記》,是把它作爲信史來看待的。

司馬遷是這樣寫的:

> 始楚威王時,使將軍莊蹻將兵,循江上,略巴——黔中以西〔1〕。莊蹻者,故楚莊王苗裔也。蹻至滇池,地方三百里,旁平地肥饒數千里。以兵威定屬楚。欲歸報,會秦擊奪楚巴、黔中郡,道塞不通。因還以其衆王滇,變服,從其俗以長之。

這事,《華陽國志‧南中志》也有記述。常璩説:

> 周之季世,楚威王遣將軍莊蹻,泝沅水,出且蘭,以伐夜郎,植牂柯,繫船於是。且蘭既克,夜郎又降,而秦奪楚黔中地。無路得反,遂留王滇池。蹻,楚莊王苗裔也。

---

〔1〕《史記》"巴——黔中"之間有"蜀"字,依王念孫説,據《漢書》删。

兩書有好些地方可以互相印證和補充。但是,莊蹻將兵西上之路,《史記》、《漢書》卻是與《華陽國志》大不相同的。司馬遷、班固都是"循江"而上,常璩卻是"泝沅水"。一江一沅,水路不同。《史》、《漢》都是"略巴——黔中以西"的,而《國志》則是"出且蘭,以伐夜郎",作戰之地也不相同。

　　記載上的出入,必然引起理解上的分歧。學者對莊蹻西上之路是有不同意見的。其中,主張"泝沅水"的比較多,有的歷史地圖就把它畫在湘西沅水。

　　方國瑜把這兩種記載統一起來,説:"沅水"當是"延水"之誤,認爲入滇全程是"莊蹻將兵循江上,略巴、黔中以西,溯延水,出牂牁以伐夜郎,至滇池"的。〔1〕

　　楚將莊蹻西上"略巴蜀黔中以西",所走的路是一條,還是兩條? 具體地説,是"循江上",還是"泝沅水"? 而"泝沅水"到底是一條,還是兩條—— 是一條重名,還是一條叫"沅",一條叫"延"? 説起來問題比較復雜,認真分析一下,問題還是比較簡單的。

　　這裏提到的兩條水路,一條是《史記》和《漢書》都有清楚的記載。"始楚威王時,使將軍莊蹻將兵循江上,略巴(蜀)——黔中以西"的記載。這是從長江上游,經過"楚得枳"〔2〕,然後率軍進入巴、涪水,以取商、於之地的。

　　另一條,雖然也提到莊蹻,可是他的路線不同。《華陽國志·南中志》:"楚威王遣將軍莊蹻,泝沅水,出且蘭,以伐夜郎。"以顧頡剛爲代表,及其所編繪的《中國歷史地圖集·古代史部分》第5圖《戰國時代圖》,大圖,起於洞庭與江水夾角J⑤,沿沅

---

〔1〕雲南大學:《思想戰綫》1975年第5期,第66頁。
〔2〕《戰國策·燕二》。

水流域畫一"〜"型曲線,標注"黔中郡×277(公元前)。"特別是第5圖右下角,《戰國時代越人的分布》圖,"楚的向外拓土"標注著(約277)特印的"滇"字。明顯地暗示"(莊)蹻至滇池,地方三百里"(《史記·西南夷列傳》),所謂莊蹻走過的路線。這一條正是湘西路線。

兩條路線分明,各走各的路,好像是没有什麽關係。

可是,當我們翻閱《漢書》時,就會立時發現其矛盾之處。《漢書》:"鱉,不狼山鱉水所出,東入沅。"原因很簡單,不狼山在今貴州,而沅水在今湖南,其間隔著武陵山脈。鱉水"東入沅",用今日水名來説,就是鱉水進入烏江,而烏江進入龔灘,龔灘進入黔江,黔江又匯入長江。如此説來,"循江"和"泝沅"竟是一水可通。"江"和"沅"在這一地理關係上,竟是從長江入"枳",又從"枳"而經"商、於",進入"且蘭",再進入"夜郎"的一個門户。

這樣就把問題限制在武陵山脈以西,而和湘西之沅,在水源上毫無關係了。

這裏又出現一問題,"不狼山鱉水所出,東入沅",這個"沅"字,是《漢書》和《華陽國志》記載的,一般都認爲它是個錯字,應該隨《水經注》,把它改爲"延"字。

以洪亮吉的《延江水考》、《鱉水考》和《貴州水道考》〔1〕等爲代表,根據《水經》和《水經注》,"延水出犍爲南廣縣,東至牂柯鱉縣,又東屈北流","縣有鱉水,出鱉邑西不狼山,……入延江水也。"用《水經注》作證,説"沅"是"延"之誤。〔2〕

根據《水經注》來訂正水名,一般來説是無可厚非的。但是,

---

〔1〕 洪亮吉《洪北江詩文集》,其中《卷施閣文甲集》卷五《貴州水道考·中》。
〔2〕《水經注》卷三十六。

想改正《水經注》以前的文字，還是要經過一番考訂之後，再行定奪爲是。

"不狼山鳖水所出，東入沅。"爲什麼叫"沅"，這一點我們並不清楚。但是，有兩點須引起我們的注意：

第一點，莊蹻之時代是戰國。我們以戰國水名爲例，同一丹水，一在楚北，一在宋地；同一漳水，一在陝西，一在河南，還有一條在四川成都北邊〔1〕。這些水，多水同名，古有先例。所以説對諸水同名表示驚訝，就因爲在心裏首先認定爲——沅水只有一條，而且就在汀西，怎麼會有和它同名之水呢？

莊蹻進入黔中，是楚威王末期，而進入鳖水，則是楚懷王前期。從這時期起，直到《水經注》還稱鳖水，而《水經注》稱今之烏江爲延江。故洪亮吉作《鳖水考》時，説："今以延江水考鳖水，則今之汀江，其即漢之鳖水乎？"今之汀江本在湖南，爲什麼卻反在貴州？今日的貴州確有汀江，由大合口進入烏江〔2〕。不僅如此，貴州還有兩條清水江，一條在貴州省中部，由南向北，自大合口斜對，從清水江處匯入烏江，此水名就叫清水江；一條在貴州省中南部，上爲重安江，下即清水江，清水江流入湖南省舊黔陽〔3〕。

一省之内江水重名，毫不避諱。

古今相比，同名之水，並不少見。想要根據後代之名而更改前代，據《水經注》而更改《漢書》原注，乃至《華陽國志》的沅水，似乎稍嫌過早一些。

第二點，"沅水"和"延水"古爲同音詞。沅，從水元聲，完從

---

〔1〕《中國歷史地圖集》第一册：丹水 33～34③5，43～44⑤3。漳水 37～38⑥11～12，41～42④2～3，洛水 33～34②1～2，33～34④4～5，39～40⑥5～⑦5。
〔2〕《中國分省圖》中華教育文化基金董事會編譯委員會編制 13。
〔3〕《中華人民共和國分省地圖》亞光輿地學社出版。

宀元聲。而院從阜完聲(院、奊或從阜[完聲]),它都是從元得聲的。聲母多變,從"元"得聲之字竟出現了"疑"沅,"匣"院,"於"院。一個"元"字竟出現了三種聲母。至於"延"字,在字形上與"沅"毫無關係,可是在字音上卻與"沅"同部,有時是同音的。例如:院,[于]王眷;延,[于]予綫切。兩個字的聲母都是"於"字。這樣,就是說"沅"與"延"在漢字歷史長河中,在漢代之後,隨著方音的變化,說它們曾是同音,是完全可能的。

    沅 [疑]、愚袁切

    完 院(奊)[匣]、胡官切

        ·院 [于]、王眷切 = ·延[于]、予綫切

                          延[喻]、以然切

如此說來,起先是用"沅"字來說,以後變成了"延"字。它倆都是元部字。原來用"疑"發聲的字,後來變成了用"於"字發聲的。方音變化,原先一個詞,後來變成了一個字兩個音讀。再以後成了兩個字——"沅"和"延"。

莊蹻西征只走一條路。這條路分作兩段走,第一段,先是"循江上",自"枳"進入黔江,取黔中"商、於"之地,並使之成爲楚軍前進的基地。周顯王時,"秦惠文王與巴、蜀爲好。蜀王弟苴(侯),私親于巴,巴蜀世戰爭。"(注:《華陽國志·巴志》)乘巴、蜀戰爭之機,楚軍趁機南下,是爲第二段。發黔江,過龔灘,西上烏江。到烏江與湘江來匯之地。今之湘江,即古之鱉水,而烏江即古之沅水。湘江,《漢書》"不狼山鱉水所出"之鱉水,而烏江——"沅水",後來《水經注》改爲"延水"。

延水即今烏江下游黔江(見後),亦即古"巴涪水",也就是涪陵水或涪陵江。莊蹻泝江西上,以楚黔中爲基礎,略取沿江巴子

國土,進至涪陵水會,轉而南下,又取得了涪陵水流域楚黔中以西的巴地。從而擴大並鞏固了楚西的勢力範圍。在完成這一段西上任務之後,他又以這個地區爲基地,泝涪陵水而南下,"出且蘭,伐夜郎",直至滇池。《史》、《漢》和《華陽國志》各自側重一段,兩種記載是並不矛盾的。方氏之説是合乎戰國當時歷史實際和地理情況的。

所以這樣説,是從以下幾個方面來考慮的:

1. 黔中、巫郡和莊蹻西上前巴、楚疆界

莊蹻將兵循江西上略地,是楚威王派遣的。楚威王時,楚國邊疆四至,如《戰國策·楚策一》蘇秦爲趙合從説楚威王一章所説:

楚地西有黔中、巫郡,東有夏州、海陽,南有洞庭、蒼梧,北有汾陘之塞、郇陽,地方五千里。

同書,張儀爲秦破從連橫而説楚(懷王)時,説:

秦西有巴、蜀,方船積粟,起於汶山,循江而下至郢,三千餘里。舫船載卒,一舫載五十人,與三月之糧,下水而浮,一日行三百餘里。里數雖多,不費馬汗之勞,不至十日而距扞關。扞關驚則從竟陵已東盡城守矣。黔中、巫郡非王之有已!

這兩段文字説明:楚國的黔中和巫郡是它臨江或近江的西部邊境在區。

巴子國的國土方域如何?

我們從《漢書·地理志》可以看到它的基本輪廓。《地理志》説:"巴郡,秦置。"王念孫據《左傳正義》引《地理志》"巴郡,故巴國"。認爲今本《地理志》"巴郡,秦置"之下,當有"故巴國"三字。

(《讀書雜志》）

《地理志》把這個"秦置"爲郡的"故巴國"分爲十一縣。它們是：江州、臨江、枳、閬中、墊江、朐忍、安漢、宕渠、魚復、充國、涪陵。

這十一個縣裏，它的涪陵不是而今的四川涪陵。前漢涪陵現在叫彭水，而現在涪陵則是前漢的枳縣。前者是臨烏江下游——黔江東岸設治的，而後者則是位於黔江進入長江兩水相會的角上。其餘幾縣，江州，按現在地名説來，故城在今重慶市嘉陵江北岸；臨江故城在今忠縣；朐忍故城在今雲陽；而魚復故城在奉節縣北赤岬山。

江州、枳、臨江、朐忍、魚復都是臨長江而設治的，涪陵雖不臨江，可是它所在的黔江卻是由枳入江的。因此，自江州東下或自魚復西上，都是可以至枳而南，轉溯黔江以至涪陵的。

如《地理志》所示，魚復是故巴子國沿江設治的東部終點。

《水經》江水"又東過魚復縣南，夷水出焉。又東出江關，入南郡界，又東過巫縣南。"《地理志》"南郡，秦置。"《史記·秦本紀》昭襄王"二十九年，大良造白起攻楚，取郢，爲南郡。"可知當年巴、楚對峙時，巴子國是以魚復東境江關與楚爲鄰的。

《水經注》"江水又東逕魚復縣故城南，縣有夷溪，即㮎山清江也。《經》所謂'夷水出焉'。江水又東逕廣溪峽，斯乃三峽之首也。峽中有瞿塘、黄龕二灘。"巫峽屬巫，屬楚，則巴國江關實扼三峽之首。

《史記·秦本紀》昭襄王二十七年，"又使司馬錯發隴西，因蜀，攻楚黔中，拔之"。"三十年，蜀守若伐楚，取巫郡及江南，爲黔中郡"。這説明秦的黔中郡，是包括原楚黔中、巫郡及江南之地而成的。

秦黔中郡，如 1975 年中華地圖學社出版的《中國歷史地圖集》第二册所示，它的轄境相當於而今湖南沅水、澧水流域、湖北清江流域、貴州東北一部分和四川黔江流域。

《左傳》桓公九年，"巴子使韓服告于楚"。《正義》引《地理志》説："巴郡，故巴國。"作爲故巴國土地之一的涪陵，它的故城在今黔江東彭水縣治。可見在楚人襲巴之前，黔江流域自是巴國領土，楚黔中之地去黔江流域還有一定距離。後來秦滅巴征楚，才把它們混而爲一。

瞭解這些情況之後，再看《地理志》所反映的巴國故地：從江關起，由魚復、朐忍、臨江到枳，再從枳到涪陵，這一曲尺形的地理形勢表明：故巴子國土的南部邊疆是以長江、黔江兩水所形成的夾角與楚黔中之地爲鄰的。

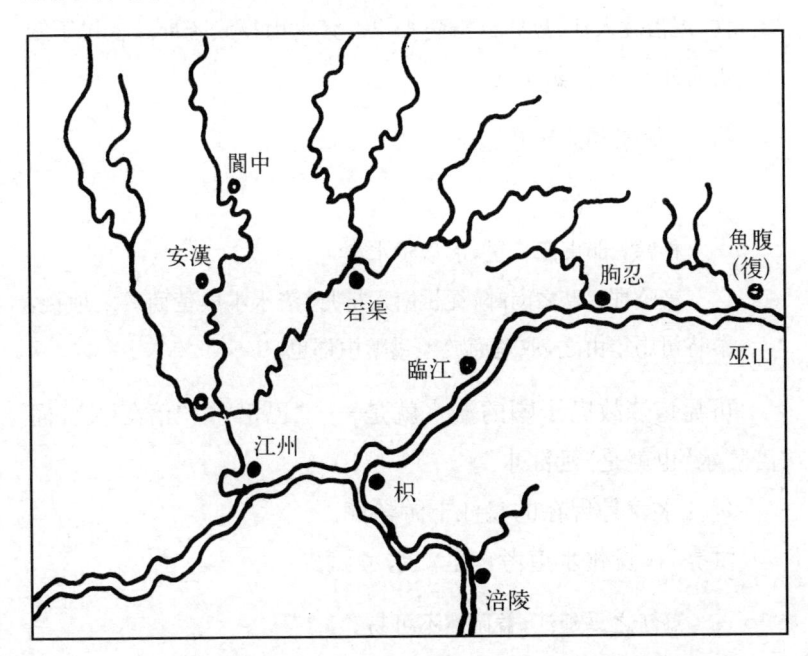

這就是楚威王使將軍莊蹻循江西上略地以前巴、楚邊疆的部分形勢。

2. "巴涪水"和"楚商於"

《華陽國志·巴志》說"司馬錯自巴涪水取楚商於地爲黔中郡"。這條巴涪水在哪裏？

《水經》江水"又東至枳縣西，延江水從牂柯郡北流西屈注之"。酈道元注引《華陽記》曰：

> 枳縣在江州巴郡東四百里，治涪陵水會。

並且說：這就是——

> 庾仲雍所謂有別江出武陵者也。水乃延江之枝津。分水北注，逕涪陵入江，故亦云涪陵水也。其水南導武陵郡。昔司馬錯泝舟此水，取楚黔中地。

按：《華陽國志·巴志》：

> 江州：郡治。
> 枳縣：郡東四百里，治涪陵水會。
> 涪陵郡：巴之南鄙，從枳南入析丹，涪水本與楚商於之地接，秦將司馬錯由之，取楚商於地爲黔中郡也。

可見這條故巴子國的涪水就是——"巴涪水""涪陵水"，而"涪陵水"也就是"延江水"。

延江水就是現在的烏江下游黔江。

洪亮吉《貴州水道考·延江水考》說：

> 烏江之爲延江，益確然不可易。

……

今考烏江一名黔江，源出威寧州東北山，……至涪州城東北銅柱灘入大江，亦曰涪陵江也。

統而計之，其在安順府普定縣者曰三岔河，清鎮縣境者曰的澄河，大定府境者曰六歸河，畢節縣境者曰七星水，黔西州境曰獺革河、鴨池河、陸廣河、黃沙渡河，至烏江城以下，始名烏江，至餘慶縣界名巖門江。過思南府城曰思南河。又名德江，至彭水縣以下曰黔江河，又總曰涪陵水，亦謂之内江水。

彭水是故"巴之南鄙"涪陵縣治。從"巴涪水"説來，這條河流本名涪水，而涪陵則因水得名，以後又爲了與川北嘉陵江支流涪江相區别。更以地名爲水名，遂稱之爲涪陵水。這是隨人們對烏江認識的擴大，又變而爲烏江的一種全稱。它是至"涪州城東北銅柱灘入江"的。涪州（今涪陵縣）是枳的故城所在。

涪陵水原名是涪水。"巴涪水"應讀作"巴——涪水"，意爲"巴子國的涪水"。三個字進一步地提供了研究巴、楚邊界綫索。

涪水屬巴，這表明它原是巴的内河。换句話説，涪水兩岸都是巴的土地。這一事實使我們看到：以涪陵水會枳縣爲角，而由江、涪兩水夾成的磬折形勢，不是以水道與楚黔中分界的。這也就是説，楚黔中之地，處在這個夾角之中，去江水和涪水都還有一定距離。江水之南、涪水之東，還有一片土地原是屬於巴子國的。

江、涪兩水既然不是巴、楚界河，那麼，怎麼會"涪水本與楚商於於之地接"呢？

河流而與地區相接，在疆界上，這個"接"不是指其源委，而是就其水流兩岸説的。

如前所説，故巴子國和楚黔中是不以水道分界的。也就是説，楚黔中之地原來是不與江水，涪水相接的。

但是，楚威王"使將軍莊蹻將兵，循江上，略巴——黔中以西"，用武力打破了這種局面。他把楚黔中以西，位於江水、涪水兩側的故巴國土地奪爲楚有，使楚國國境不但從黔中向西推進到長江南岸和涪水東岸，而且並其對岸巴地也一舉入楚。從而把自魚復到枳。自枳到"巴之南部"涪陵，江水、涪水兩側巴地，都置於楚軍勢力範圍之内，成爲莊蹻南下，出且蘭，伐夜郎，直至滇池的前進基地。

這一片被楚攫取的巴子國土，在行政上。楚人是如何區劃的呢？

《史記》"蹻至滇池，……以兵威定屬楚。欲歸報，會秦擊奪楚巴——黔中郡"我們從這段話，得知楚國在莊蹻奪取這一片土地之後，把它劃歸楚國的黔中，爲了區劃而把它叫作"巴—黔中郡"。

可是這個新的"巴——黔中郡"，我們從《華陽國志·巴志》看出：它們是在楚黔中郡的基礎上，擴大了的。它包括江南、涪東與楚黔中相鄰的原巴子國土。

《巴志》説"涪水本與楚商於之地接。司馬錯由之，取楚商於地爲黔中郡。"這句話表明，在莊蹻"略巴——黔中以西"之後，楚人已把江水南岸、涪水東側，原楚黔中以西的故巴子國土改名爲楚國的"商於"之地。在行政區劃上，把它歸屬於黔中，把原黔中郡擴而大之，直抵江、涪兩水之濱。因此，涪水與楚商於之地相接，而司馬錯得以由涪水取楚商於之地，也就因爲有這樣一段歷史，所以把他浮江東下，由枳入涪水而擊奪楚商於之地改置爲秦的黔中郡。

涪水南來北上,是由枳入江的。由江水、涪水形成的,以枳爲角的夾角地帶,它限定了這片楚商於之地是西接涪水,南至"巴之南鄙"涪陵,北抵長江,以磐折之勢跨原楚黔中之西而之爲鄰的。

這一片商於之地,它的長度大致與漢中相仿佛。

《史記·秦本紀》"(惠文君更元)十三,庶長章擊于楚丹陽,虜其將屈匄,斬首八萬。攻楚漢中,取地六百里,置漢中郡。"

《漢書·地理志》"漢中郡,秦置。"《水經注·沔水注》"秦惠王置漢中郡。"秦惠王與楚懷王同時(惠王更元十三年,楚懷王十七年,有楚秦丹陽之戰)。王先謙《補注》説:《楚世家》"秦敗楚丹陽,遂取漢中之郡,蓋郡名自楚。"《地理志》漢中郡有縣十二。它們是:西城、旬陽、南鄭、褒中、房陵、安陽、成固、沔陽、錫、武陵、上庸、長利。

從地圖來看,自長利以迄南鄭,它的里數和自魚復經枳而至涪陵之長基本相當。可見所謂"商於之地六百里",正是指這一片土地而説的。

這一片商於之地是楚人擴大了的黔中的重要部分。它使楚國控制了江水和涪水,是楚國西境的生命線:在經濟上"私商於以爲富"得到重要的補給;在軍事上基本上排除了巴、蜀從江上給楚國的威脅。同時又爲莊蹻南下奠定了前進基地。

楚懷王十三年(前 316),秦人以滅蜀餘威,擊奪楚國的巴、黔中郡,掐斷楚軍咽喉孔道,致使莊蹻欲歸不得,還而王滇,商於入秦,西上楚人淪於異國。秦據長江上游,壓江關,騖扞關,直接威脅著楚國。

爲此，楚懷王一心要"吾復吾商於之地"。他見欺于張儀，大敗於丹陽。

楚辭《九歌》内容情節，正是和這種形勢相應的。

《九歌・山鬼》"采三秀兮於山間"的"於山"就是指這一片商於之地的山而說的，是商於之山。作者用淪陷于秦的於山象徵楚黔中商於之地，用山鬼來寫淪爲異國的楚商於之人。

把"於山"理解爲山名，這是郭沫若在《楚辭》研究工作上的重要貢獻之一。

但是，在語言上，"於山"不是"巫山"。"於"與"巫"雖然古音同在魚部，可是前者在影母，後者屬明母，古聲母不同，不是同音借字。

在歷史上，當時楚國"巫郡"並未入秦，它自是楚國本土，不屬黔中商於。

在地名上，商於之地本名爲"於"，字也寫作"郲"或"鄔"。《竹書紀年》"周顯王二十八年，秦封衛鞅于鄔。改名尚。"《水經注・斯洨水》"又東經樂信縣故城南，……又東入衡水。"《竹書》："梁惠成王十三年（按《秦本紀》事在秦孝公二十二年），秦封衛鞅于鄔，改名曰商。"《史記・商君列傳》："衛鞅既破魏還，秦封之'於商'十五邑，號爲商君。"同篇，趙良説商君之辭有曰："君尚將貪商於之富"，倒"於商"爲"商於"，秦《詛楚文》"求取吾邊城新郢及郲長。（《汝帖》）"於和鳥是同一詞的不同寫法，是或體字。因而"郲"就是"鄔"，也就是商於之"於"。《論語》申棖，《史記》作申棠。棖從長聲，而棠從尚聲。從"秦封衛鞅于鄔，改名尚"來看，"長""尚"同音，那麼"郲長"就是"鄔尚"，也就是"於商"。

於商之地，本名爲於（鄔）。可知商於之地是以於名爲主的。

因而把商於之地的山叫作於山,這是可以理解的。

3. 沅水和商於

莊蹻循江西上,轉涪水(涪陵江)而南下,爲什麼《華陽國志》寫作"泝沅水"? 方先生據洪亮吉《貴州水道考·延江水考》説"沅爲延之誤"。查《延江水考》中無此文,而《鱉水考》説:"今本《漢書》鱉水東入延,延字誤作沅。(洪氏自注云'《華陽國志》亦同')當屬傳寫之誤。"

"沅"、"延"字形相遠,而古音同在元部,音近字誤,可能性是存在的。問題在於,爲什麼會考慮它是錯字?

引起問題的疑竇可能是:延水自是巴國内河,而沅則本是楚水。楚水明不在巴,它的名稱怎麼會落在這條巴國的涪水之上?

如果孤立地只看《華陽國志》的《南中志》,"泝沅水"確實可疑。可是《漢書·地理志·牂柯郡》"不狼山鱉水所出,東入沅。"而不是"入延",這就不是偶然之事。若是把這一現象同《巴志》合起來看,則知它不但不是字誤,而且還在反映著一部分已被人忽略了的史實。

《華陽國志·巴志》説:

  涪陵郡,巴之南鄙。從枳入析、丹,涪水本與楚商於之地接。

我們知道,析、丹、商於都是位於楚北之地,而它們卻也同時落到了這片巴涪水流域。不僅如此,而且在寫它們時,有的還特別著重地點出它是"楚——商於之地"。

析、丹、商於和沅,這麼多的原楚國地名同見於巴之南鄙,那就不是個別的、無意識的、偶然之事。應該先弄清這一事情,然後才能考慮它是否字誤。

張儀藉以欺楚,而楚懷王爲之顛倒夢想的"故秦所分楚商於之地,自裴駰爲《史記》作《集解》之後,一千五百年來,地在楚北,已成爲一般人讀史常識"。

《楚世家集解》是這樣説的:"商於之地在今順陽郡。南鄉、丹水二縣有商城在於中,故謂之商於"。司馬貞《索隱》説:"商於在今慎陽"。案《地理志》,丹水及商屬弘農。今言順陽者,是魏晉始分置順陽郡,商城、丹水俱隸之。張守節《正義》説:"《荆州圖副》云:'鄧州内鄉縣七里,張儀所謂商於之地。'"瀧川氏《考證》説:"商、於二邑名。商,今陝西商州故商城是;於,今河南内鄉縣故於城是。"

《史記·張儀列傳》,"臣請獻商於之地六百里",《索隱》引劉氏云:"商,今之商州,有古商城。其西二百餘里有古於城。"

《水經注·丹水》"丹水逕流兩縣之間,歷於中之北,所謂商於者也。——故張儀説楚絶齊,許以商於之地六百里,謂以此矣。"

這就是自劉宋以來,傳定了的張儀用以欺楚的商於之地在楚北的大致輪廓。

《漢書·地理志》丹水、商、析都屬於弘農郡。楚北有商於當是事實。

但是,《華陽國志·巴志》卻説:

　　涪陵郡,巴之南鄙。從枳南入析、丹。涪水本與商於之地接。

涪陵郡而與涪水相接?

如果把楚威王使將軍莊蹻將兵循江西上，略取巴子國這片位於黔中以西之地這個史實和楚人給新地命名的一種習慣聯繫起來看，這個問題就迎刃而解了。

（1）如前所說，巴子國的涪水（即今黔江）在楚黔中以西。莊蹻溯江，由枳南下，從涪陵水攻略楚黔中以西的巴國土地，使楚國領土擴展到涪水流域。這是涪水被攬入楚地的歷史事實。

（2）楚人常用它舊地之名，來名他新定之地。《路史·國名紀丙》："楚，子爵，芉姓後，熊繹初封丹陽，——今之秭縣，本曰西楚。武徙枝江，亦曰丹陽，是爲南楚"。羅苹注："佑云：'楚自丹陽徙枝江，亦曰丹陽'。"《史記·楚世家》楚文王熊貲"始都郢"。考烈王二十二年，"楚東徙都壽春，命曰郢"。用舊有的地名，來叫這新定之地，在楚國是自有其例的。

莊蹻"略巴——黔中以西"之後，對這新得之地，以楚湘西沅水之名來叫"巴涪水"，以楚北商於之地的名字來稱這黔中以西直抵涪水的新得之地，因而巴之南鄙遂有析、丹、商於和沅水。

這種事情正像張儀、司馬錯滅蜀之後，秦國爲了佔領她，移民南下，這些從秦地遷來入蜀之人，他們直以其故鄉秦川涇水之名來名他們新居所在之水一樣，是拓地移民對他們所得新地的一種命名方法。《太平寰宇記》卷七四羅目縣秦水說：

> 秦水在縣西一百二十里。昔秦惠王伐蜀，移秦人萬家以實蜀中。秦人思秦之涇水，乃呼此水爲涇水。唐天寶六年改爲秦水。

從當時楚秦兩國這種名地方法看來，沅水並不是延水之誤，而是楚人略取巴黔中以西之後，對巴涪水的改稱，——用楚地沅水之名來名他們所新得的巴國涪水；而這條水域上的"楚商於之地"也正是楚人對他們新略取的領地所賦給的楚名。

歷史上,遠征拓地,據而有之,征服者往往以其故國的地名來叫他新得的山川郡邑。這事在世界上也是不乏其例的:

> 要是仔細看一下南非洲地圖,就會驚異地看到歐洲的許多地方都搬到這裏來了。在這兒可以找到漢諾威,也可以找到韋斯敏斯德;此外,阿卑爾丁也從蘇格蘭移到南非來了。一個沒有經驗的巴黎郵局職員揀航空信件時,忽然看見馬賽底下有"南非"字樣,一定會迷惑不解。可是甚至連巴黎本身也已搬到了南非,就跟柏林、利戈門、海得爾堡、阿姆斯特丹、法蘭克福和紐卡斯爾一樣。甚至連西西里的墨西拿也遷到這裏。南非甚至還有一個伯利恒呢。[1]

楚人西上拓地,改巴涪水爲"沅水",稱黔西巴涪水兩側地爲析、丹、商於,實質上也是這種性質。《漢志》"鼈入沅",《國志》莊蹻"泝沅水","涪水本與楚商於之地接",都是這次改名的歷史殘迹。

4. 巴楚形勢和莊蹻西上

"循江","泝沅"(即延水、亦即烏江),這是莊蹻西上略地先後兩次進軍和再進軍的連續水路。

《史記》所記"始楚威王時,使將軍莊蹻將兵,循江上,略巴——黔中以西",是他第一次受命遠征。"蹻至滇池,……以兵威定屬楚",如《華陽國志·巴志》所記:是"楚威王遣將軍莊蹻,泝沅水,出且蘭,以伐夜郎"而至滇池的。這是他第二次受命略

---

〔1〕 傑·漢澤爾卡與米·席克蒙德:《非洲——夢想與現實》,辛華譯,三聯書店 1958 年,第 398 頁。

地。沅水即延水,亦即涪陵水。它是從枳入江的。後一次是在前一次取勝的基礎上,從所略地溯巴涪水南下西上而進軍的。"循江"是第一次出征水路,"略巴——黔中以西"是第一次出征的目的;"泝沅"是第二次出征水路,"出苴蘭,以伐夜郎"直"至滇池"是第二次出征的任務。《史記》、《華陽國志》各有側重,兩書所記是並不矛盾的。

這兩次出征略地,是同當時的巴楚形勢相關的。

戰國時期的巴子國,原如《華陽國志》所說,"其地東至魚腹,西至僰道,北接漢中,南極黔涪,"是三面與楚接壤的。而"巴楚數相攻伐,故置江關"〔1〕以御之。

《水經·江水》:"又東過魚腹縣南,夷永出焉。又東,出江關,入南郡界。"酈道元注云:"江水自關東逕弱、捍關。捍關廩君浮夷水所置也。弱關在建平秭歸界。昔巴楚數相攻伐,籍險置關以相防捍。"

《漢書·地理志·巴郡》:"魚腹,江關都尉治。"魚腹故城在今奉節(夔州)東北。瞿塘關在縣東,即古江關。而瞿塘為三峽之首。亦即巴人東下的咽喉之路。

巴東一線,巴子國地處長江上游。它以建瓴之勢威脅著楚國。楚人雖在巴東為捍關以設防(《括地志》捍關在巴山縣界),實際是處在被動地位。擺脫這種局面,化被動為主動,這是楚人夢寐以求的。

《華陽國志·巴郡》:"周顯王時,楚國衰弱。秦惠文王與巴蜀為好。蜀王弟直侯和親于巴。巴蜀世爭。"這時巴人無暇東顧

---

〔1〕 此從《後漢書·公孫述傳注》和《岑彭傳注》所引。今本《國志》作"故置捍關、陽關及沔關"。

莊蹻是楚威王時人。楚威王當周顯王三十至四十年（前339—前329）在位。其時相當於秦孝公二十三年至惠文王九年。他力圖扭轉"楚國衰弱"的局面，使將軍莊蹻趁機循江西上，"略巴——黔中以西"，兼併巴子國沿長江、涪水流域的兩岸土地，以改變過去巴、楚形勢。

這時秦國還没有取得巴蜀。

直到秦惠文王九年，也就是周慎王五年，公元前316年，如《史記·秦本紀》所記"司馬錯伐蜀滅之"之後，形勢發生了陡然的變化。

《華陽國志·巴志》：

> 周慎王五年，蜀王伐苴侯，苴侯奔巴。巴爲求救于秦。秦惠文王遣張儀、司馬錯救苴、巴，遂伐蜀，滅之。儀貪巴、苴之富，因取巴，執王以歸。置巴、蜀及漢中郡，分其地爲一（？）縣。儀城江州，司馬錯自巴涪水取楚商於地力黔中郡。

這件事，同書《蜀志》也有記載。它説：

> 周慎王五年，秋，秦大夫張儀、司馬錯、都尉墨等從石牛道伐蜀。蜀王自於葭萌拒之，敗績。王遁走，至武陽，爲秦軍所害。其相傳及太子退至逢鄉，死于白鹿山，開明氏遂亡。凡王蜀十二世。冬，十月，蜀平。司馬錯等因取苴與巴。
>
> 司馬錯率巴蜀衆十萬，大舶船萬艘，米六百萬斛，浮江伐楚，取商於之地爲黔中郡。[1]

其時去楚威王之世至少經十又三年。

---

[1] 今本錯簡，誤綴於（周赧王）七年"封子惲爲蜀侯"句下。以《巴志》校之，當與前條相接。今正。

這十幾年時間，正好與楚威王使將軍莊蹻循西上略地相應。它説明楚威王是乘巴蜀世爭無暇東顧的時機，派莊蹻溯江而上，過三峽天險，奪取江關，把楚人防線向西推進到以枳爲樞紐的長江、涪陵水域，從而解除了在軍事的被動局面。

由於巴人無力東顧，使莊蹻所率楚軍得到一個較長的休整鞏固的時間。把從江關到枳，從枳到涪陵水域變成楚人西上的前進基地。這是需要一個過程的，它不是短時間所能完成的。

經過一段時間，把新略取的"巴——黔中以西"的前進基地鞏固之後，楚威王欺巴人無力，又貪利前進，使將軍莊蹻從枳南下，訴楚人所稱的沅水（巴涪水），出苴蘭，伐夜郎，直到滇地。這一段孤軍深入，勞師襲遠，攻略佔領，須要相當人力，也須要相當時間。

等到他把滇池事情作好之後，想要回楚"歸報"時，秦人已經以滅巴蜀之餘威，奪取了楚人所略取的巴——黔中以西之地。使他"道塞不通"，"無路得反"。

巴楚形勢和莊蹻西上是緊密相應的。可以説，莊蹻是在楚威王之世"循江"西上的，是在楚懷王十三年被司馬錯截斷歸路的。

5. 司馬錯取楚商於之地和楚分爲三

《華陽國志·巴志》説巴子國"其先王陵墓多在枳"。枳是巴人重地之一。其地爲"涪陵水會"，是自江南下的咽喉。莊蹻爲了鞏固和擴大江南涪東的楚黔中之地，必須先從巴人手中奪枳，取得自江南下的門户。同理，司馬錯自江州東下，溯涪陵水以擊奪楚人控制的巴、黔中郡，也必須先從楚人手中搶下這個"涪陵水會"。枳是楚黔西商於鎖鑰，是秦楚必爭的戰略要地。

楚人得枳，則"循江上，略巴——黔中以西"，深入西南，直抵滇池，所到之處可"以兵威定屬楚"，拓土開疆，形勢是十分有利的。但是，轉戰十餘年（自楚威王末到楚懷王十三年司馬錯取商於之地），拓地遠過千里，攻戰駐守，分散並消耗了大量人力和物力。漫長的進軍孔道，路遠人稀，暴露了不可克服的弱點，從而給秦人以可乘之機。

土地的擴張兼併是戰國時期封建地主階級政權的階級本質。儘管各國路線和政策有所不同，擴張和反擴張，兼併和反兼併，秦、楚和其他各國都是一致的。

莊蹻循江西上，南下拓地，氣吞巴蜀，威脅強秦。秦國爲了打擊並破壞楚國的西上政策，以保障並達到自己擴張兼併的目的，秦惠文王派司馬錯滅蜀取巴，進而"率巴蜀衆十萬，大舶船萬艘，米六百萬斛"浮江伐楚，乘虛而入。橫戈一擊，斷楚右臂，商於淪陷，道塞不通，使莊蹻"以兵威定屬楚"之地與楚隔絶，楚國的遠征將士無路得反。拓地千里，事同畫餅。遙望楚天，翻成異國。喪師失地，肢解釁割，對楚國是一個極其沉重的打擊。

商於的要害在"涪陵水會"。秦人奪枳，對楚是攻其所必救。對這塊生死攸關的咽喉要地，楚人反奪枳無疑是非常激烈的。在一般情況下，"歸師勿遏"，人懷歸心，必能死戰。但是，勞師襲遠，久暴沙場，師老惰歸，無復精壯。莊蹻雖有死地則戰之勢，奈秦人以十萬之衆，以近待遠，以逸待勞，以衆擊寡，兩軍主客形勢大相懸殊。在軍事上，"凡先處戰地而待敵者佚，後處戰地而趨戰者勞"[1]，在這種形勢下，莊蹻想奪回

---

〔1〕《孫子·虛實篇》。

"涪陵水會",打開入江歸楚的門戶是困難的。"道塞不通,還而王滇",說明他在已經取得絕對優勢的秦軍面前,反奪枳的激戰,是失敗了的。

楚人奪枳而不勝,從而使楚國版圖發生了變化:商於入秦,莊蹻王滇,把整個楚國分割成三塊:一塊是被司馬錯攫取入秦的,所謂"秦所分楚商於之地",一塊是由於商於入秦而隔絕于楚國之外的,這就是因"道塞不通,還而王滇"的莊蹻所率楚師及其"以兵威定屬楚"的楚國土地,一塊是被分割剩下的楚國本土。這就造成了楚分三的殘破局面。

(三)"吾復吾商於之地"和楚分爲四

1. 張儀藉以欺楚的是黔中商於

《史記·楚世家》,懷王十六年。

> 秦欲伐齊,而楚與齊從親。秦惠王患之,乃宣言張儀兔相,使張儀南見楚王,謂楚王曰:"……王爲儀閉關而絕齊,今使使者從儀西取故秦所分商於之地方六百里,如是則齊弱矣。是北弱齊,西德于秦,私商於以爲富,此一計而三利俱至也。懷王大悦,乃置相璽于張儀,日與置酒,宣言'吾復得吾商於之地。'"

裴駰《集解》説"商於之地在今順陽郡南鄉、丹水二縣,有商城在於下,故謂之於商"。

《水經》丹水"又東南過商縣南又東南至於丹水縣入於均"。酈道元注:"丹水逕流兩縣之間,歷於中之北,所謂商於者也。故張儀説楚絕齊,許以商於之地六百里,謂以此矣。"

後之學者,多本裴説,以爲有商城在於中,而於中在今河南浙川縣西南。也有認爲商於是兩邑,商於之地是兩邑及兩邑間的地區,"商,今陝西商州商城是,於今河南内鄉縣故於城是"。[1] 認爲商於之地即今丹江中下游一帶。兩説雖有差別,但地在楚北則是一致的。

至於巴之南鄙,涪陵郡"涪水本與楚商於之地接,秦將司馬錯由之,取楚商於地爲黔中郡也"的商於地在楚西涪黔,則很少有人注意。

楚北、楚西兩商於。張儀説楚懷王以"故秦所分楚商於之地",而懷王則宣言"吾復得吾商於之地"。他倆所説的商於之地指的是哪塊土地呢?

指楚北商於。這是自斐駰、酈道元以來的"通説"。

但是,下列事實告訴我們:張儀藉以欺楚,楚懷王爲之置酒宣言的商於之地,不在楚北,而在楚西。他倆所説的商於就是司馬錯自江州浮江東下至枳,轉泝涪陵水而攻取的楚黔中西部的商於。而所謂"通説"則是不符合當時歷史實際的。

所以這樣説,是因爲:

(1) 在淪陷時間上,楚西商於晚于楚北。

《左傳》文公十年"子西縊而懸絶,王使適至,遂止之,使爲商公。"可見商在春秋時原是楚地。但是,戰國時它早已入秦。《史記·六國表》秦孝公十一年,楚宣王十九年(前351)秦"城商塞"。古本《竹書紀年》梁惠成王三十年(楚宣王三十年,前340)"秦封衛鞅于鄔,改名曰商"。《史記·商君列傳》:"衛鞅既破魏還,秦封之於商十五邑,號爲商君。""鄔"即"於","於商"即"商於"。這

---

[1] 瀧川資言《史記會注考證》、《楚世家》考證。

説明早在衛鞅受封之前其地早已歸秦。

秦"城商塞",其事下距公元前313年張儀以商於欺楚38年。則楚北商於入秦之時當比它更早,而秦使司馬錯取楚商於地爲黔中郡,事在楚懷王十三年(前316),去張儀説楚僅有三年,楚西商於淪陷于秦,在時間上比楚北爲近。它是當時秦楚土地爭奪戰中,楚所遭受的最沉重的打擊。而且"吾復得吾商於之地"在語言上有自我失之,自我復之之意,也反映楚懷王所説的商於是指最近淪陷的楚西商於説而已。

(2)在危急程度上,楚西商於甚于楚北。

《史記·甘茂列傳》:"楚懷王怨前秦敗楚於丹陽,而韓不救,乃以兵圍韓雍氏。韓使公仲侈告急于秦。秦昭王新立,太后楚人,不肯救。"《韓世家》記此事云:"韓求救於秦,秦未爲發,使公孫昧入韓。公仲曰:'子以秦且救韓乎?'"在公孫昧的答話裏説到秦"甘茂與(楚相)昭魚遇于商於"這句話,《戰國策·韓策二》寫作"甘茂與昭𢾕〔1〕遇於境",可見這片早已入秦的楚北商於是秦國的邊境之地。楚北的商於之地,對楚國説來,雖然也存在著收復問題,但它的危難情况和急切程度,在當時,是不如楚西商於的。

可是楚西商於則不然。它是楚國西上南下、在西境的重要據點。南下,則出苴蘭、伐夜郎,直至滇池;西上,則可以並巴蜀而抑强秦。同時,它也是防止秦人自巴蜀浮江東下襲楚的重要屏障。在戰略地位上是極其重要的。

它一旦淪陷,楚國不但不能"私商於以爲富",而且被切斷了

---

〔1〕 𢾕,今本作獻。

與滇池一帶的關係，使莊蹻"以兵威定屬楚"之地成爲畫餅，循江而上轉戰西南的楚軍將士身陷絶域。不僅喪師失地，楚分爲三，而且又失去了西部屏障，給秦人打開了浮江東下的大門，使他們取得了"起兩軍，一軍出武關，一軍下黔中"，兩路夾擊，鉗形攻楚，直取郢都的形勢。損失慘重，形勢危急，對楚國是一個極其沉重的打擊。

爲了解除這些危難，楚懷王急切想要"吾復得吾商於"之地。

後來的事實證明，秦國攫取商於之後，更想進一步把它的勢力擴張到整個黔中。《史記·張儀列傳》，懷王爲收復商於之地，受欺于張儀，一敗於丹陽，再敗於藍田。藍田敗後"於是楚割兩城與秦平"。在楚國割地認輸的情況下，秦要脅楚，"欲得黔中地"以擴大他的東進基地，其急切程度，甚至不惜"欲以武關外易之"。武關是楚入秦的要地，秦寧肯以距咸陽較近的武關外原楚北商於之地換取距秦甚遠的楚西黔中地。一個"易地"要脅，它反映了遠在黔中西部地區的商於，在戰略上占何等重要地位。

如果楚西商於不能收復，不僅楚分爲三的殘破局勢不能復歸於一，而且剩餘楚國本土，也岌岌難保。它的危險後果，如張儀二次入楚威脅楚懷王所説：

> 秦西有巴蜀，方船積粟，起於汶山，循江而下，至郢三千餘里。舫船載卒，一舫載五十人，與三月之糧，下水而浮，一日行三百餘里，里數雖多，不費汗馬之勞，不至十日，而距扞關。扞關驚，則從竟陵已（以）東盡城守矣。黔中、巫郡，非之有已！

一旦"卒（猝）有秦禍"，不但商於不復，就連黔中、巫郡也在所難保了。

張儀欺楚就是利用楚懷王急於"吾復得吾商之地於"的焦躁情緒,破壞楚齊縱親的外交路線,而獲得僥倖成功的。

由此可見張儀和楚懷王當時所說的商於之地是楚西黔中西部,地與涪陵水接的楚西商於,而不是楚北。

2. 楚齊縱親,還是換取秦國的恩賜?

"吾復得吾商於之地"是一個不可動搖的決心,但是,在已經楚分而三的形勢下,如何收復? 在楚國内部是有爭論的。以陳軫爲代表的一派主張楚與齊縱親,聯齊反秦;以楚懷王爲代表的一派則主張絕齊事秦,乞求大國恩賜。

《史記·楚世家》,楚懷王十六年,張儀説懷王:

> 王爲儀閉關而絕齊,今使使者從儀西取故秦所分楚商於之地,方六百里。如是,則齊弱矣。是北弱齊,西德于秦,私商於以爲富,此一計而三利俱至也。

楚懷王聽信了張儀:

> 乃置相璽于張儀。日與置酒,宣言吾復得吾商於之地。

這時,群臣皆賀,而陳軫獨吊。

> 懷王曰:"何故?"陳軫曰:秦之所爲重王者,以王之有齊也。今地未可得而齊交先絕,是楚孤也。夫秦又何重孤國哉! 必輕楚矣。且先出地而後絕齊,則秦計不爲,先絕齊而後責地,則必見欺于張儀;見欺于張儀,則王必怨之;怨之,是西起秦患,北絕齊交。西起秦患,北絕齊交,則兩國之兵必至。臣故吊。楚王弗聽。

從而走上了仰乞大國恩賜的道路。

儘管當時黔中商於已失,征滇將士孤懸絕域,山河破碎,形勢危急,設使楚懷王聽陳軫之言,聯齊反秦,局勢是可以扭轉的。而楚懷王計不出此,拒絕陳軫之言,毀棄楚齊縱親的有利條件,而曲意事秦,仰乞大國恩賜,失敗是必然的,受欺是自取的,喪師辱國是罪有應得的。

3. 商於未復又失漢中,楚分爲四

楚懷王妄圖用毀棄齊楚縱親關係來換取秦國恩賜以得到商於之地。《史記·楚世家》說他:

> 因使一將軍西受封地。
> 張儀到秦,佯醉墜車,稱病不出,三月,地不可得,楚王曰:"儀以吾絕齊爲尚薄邪?"乃使勇士宋遺北辱齊王〔1〕。
> 秦齊交合,張儀乃起朝。謂楚將軍曰:"子何不受地?從某至某廣袤六里。"
> 楚將軍曰:"臣之所以見命者,六百里,不聞六里。"即以歸報懷王。懷王大怒,……遂絕和于秦,發兵西攻秦。秦亦發兵擊之。十七年春,與秦戰丹陽。秦大敗我軍,斬甲士八萬,虜我大將屈匄〔2〕,裨將軍逢侯丑等七十餘人,遂取漢中之郡。
> 楚懷王大怒,乃悉興國兵復襲秦,戰于藍田,大敗楚軍。

至此,楚懷王不但沒有達到他"吾復吾商於之地"的目的,反而又失掉了漢中!剩餘的國土又被秦國割去一塊。這樣,在楚分爲三的基礎上又進而變成楚分爲四。

楚懷王的失地受騙不是偶然的。這時期,楚國國内階級矛盾

---

〔1〕《張儀列傳》作"乃使勇士至宋,借宋之符,北罵齊王。齊王大怒,折楚符而合于秦"。
〔2〕《張儀列傳》作"殺屈匄"。

日益尖鋭。他"見疾於民"[1],自己也公開承認"楚國多盜"[2],多到"竊賊公行而弗能禁也"[3]。在他封建地主階級政權内部,"王之大臣父兄好傷賢以爲資,厚賦斂諸臣百姓"[4],上官大夫争寵害能[5],用事者臣私于張儀[6],内惑鄭袖,外求秦歡,有昭睢、屈原而不能用。

與之相反,秦國就不這樣。他雖然也是地主階級政權,階級矛盾也同樣存在,可是荀卿告訴我們,他入秦看到是:

> 入境,觀其風俗,其百姓朴,其聲樂不流汙,其服不挑。其畏有司順。……及都邑官府,其百吏肅然,莫不恭儉敦敬忠而不楛。……入其國,觀其士大夫,出於其門,入於公門,出於公門,歸於其家,無有私事也;不比周,不朋黨,倜然莫不明通而公也。……觀其朝廷,其期間,聽決百事不留,恬然如無治者。[7]

與楚國大不相同。

韓非子説:"木之折也必通蠹,牆之壞也必通隙。"[8]楚懷王坐失商於之地,絶齊媚秦,見欺于張儀。一敗於丹陽,再敗于藍田,終至入武關而不返,客死于秦爲天下笑。他之所以連連失敗,是自有其内部因素的。

從楚威王使莊蹻西上到楚懷王一連串的失敗,這一嚴酷的史實,荀卿把它概括爲"莊蹻起,楚分爲三四",並用它作爲例證,

---

[1]《戰國策・楚策二》。
[2]《戰國策・楚策二》。
[3]《戰國策・韓策二》。
[4]《戰國策・韓策二》。
[5]《史記・屈原列傳》。
[6]《荀子・強國》。
[7]《荀子・強國》。
[8]《韓非子・亡徵》。

證明他統之者必以其道,"隆禮、效功,上也"的軍事思想。當時"山東之言縱者"也把這一段事情作爲教訓,用來宣揚合縱抗秦之説,蘇代就是其中的一個。

《戰國策・燕策二》,秦召燕王,燕王欲往。蘇代勸阻燕王説:

> 楚得枳而國亡,齊得宋而國亡。齊、楚不得以有枳,宋事秦者,何也？是則有功者,秦之深仇也。秦取天下,非行義也,暴也。

他也把這事作爲證明自己見解的事例之一。終於使"燕昭王不行,蘇代復重于燕。燕反約諸侯縱親,如蘇秦時"。

蘇代所説的"楚得枳",就是莊蹻"循江上",爲"略巴——黔中以西之地,攻取了位於涪陵水會"的巴子國軍事要地——枳,從而在巴之南鄙涪水流域建立了"楚商於之地"。他所説的"而國亡",就是"楚得枳"之後,又南下西上,開疆拓土,將欲歸報時,秦將司馬錯浮江東下,從楚人手中奪枳而南,擊奪了他們的這片商於之地。致使商於入秦,莊蹻王滇,楚分三。楚懷王急於"吾復得吾商於之地",受欺於張儀,大敗于丹陽,商於未復,又失去了漢中,進一步造成楚分爲四的殘局。戰藍田而大敗,入武關而不反,隨之而來的是一系列的失利。

蘇代所説的"國亡",並不是滅亡,而是如《韓非子・有度》"莊王之氓社稷也,而荆以亡,……桓公之氓社稷也,而齊以亡,……襄王之氓社稷也,而楚以亡,……安釐死而魏以亡"的"亡",是衰亡的意思。

(四) 楚分爲四和楚辭《九歌》

屈原被放,楚絶齊交,張儀欺楚。楚懷王怒而興師,大敗於丹陽，未復商於，反失漢中。致使楚分爲三的殘局一變而成楚分爲四。這時楚懷王悔當初不用屈原之策以至於此，乃復用屈原。

楚懷王爲了雪喪師、失地、辱國之恥，準備再一次大舉深入擊秦，使屈原用《九歌》愉太一，慰國殤，事鬼神以卻秦軍；東使齊，尋舊好，而續已斷的合縱之約。

屈原的被放和復用，反映著形勢的發展和變化，而楚辭《九歌》就是他被復用之後，出使齊以前的創作。

1. 楚齊復交和屈原復用

楚懷王爲了從秦人手裏得到他失去的商於之地，他輕信張儀，"使人絕齊，使者未來，又重絕之。"〔1〕意志堅決，氣焰囂張，可以說是幾乎無以復加的了。即使這樣，他感到秦對他還不很相信，張儀認爲他斷得還不夠徹底，於是又進一步"乃使勇士往詈齊王"（《秦策二》）。到這時，楚齊之交被一摧到底，徹底決裂了。

可是《史記・屈原列傳》在"懷王怒，大興師伐秦，秦發兵擊之，大破楚師於丹淅，斬首八萬，虜楚將屈匄，遂取楚之漢中地"之後，說：

> 懷王乃悉發國中兵以深入擊秦，戰于藍田。魏聞之，襲楚至鄧。楚兵懼，自秦歸，而齊竟怒不救。

在楚齊徹底絕交之後，齊對楚已經沒相救的義務。它不出兵救楚是毫不意外的必然之事。在這種情況下，怎麼會寫出表示出乎意料的話，說"而齊竟怒不救楚"呢？

一般説來，"竟不"或"竟某不"往往表示事情的結果和原來

---

〔1〕《戰國策・秦策二》。

意或希望相反,沒想到出現了意料之外的情況。

"而齊竟怒不救楚",這句話意味著:在楚國方面滿以爲齊國可能相救。這個沒有露面的前提,在楚已徹底絕齊之後,必須楚齊又重新復交才能成立。如果兩國沒有復交,那麼這句話必有錯誤。

楚齊復交

從以下幾點看,楚絕齊交之後,確有復交之事:

(1) 楚齊兩方都有復交的基礎。

張儀欺楚,楚懷王發兵攻秦大敗於丹陽,這一年是楚懷王十七年,秦惠文君更元十三年,公元前 312 年。《史記·秦本紀》,說這一年秦分別擊敗了楚齊兩國。

> 庶長章擊楚於丹陽,虜其將屈匄,斬首八萬,又攻楚漢中,取地六百里,置漢中郡。

這就是丹陽之戰。

> 秦使庶長疾助韓,而東攻齊到滿。

瀧川氏《考證》,按《表》及《韓世家》乃助魏攻齊耳。是時無韓伐齊事。

這就是《六國表》所記"(魏)擊齊虜聲子於濮",也就是《戰國策·齊策六》所說的濮上之事。"聲子"《齊策》作"贅子",是字形之誤。《史記》"滿"楊寬說是"濮"字之誤。[1]

《齊策》說:

> 濮上之事,贅子死,章子走,盼子謂齊王曰:"不如易餘糧于宋,

---

[1]《戰國史》,第 164 頁,注八。

宋王必説，梁氏不敢過宋伐齊。齊固弱，縣以餘糧收宋也。——齊國復强，雖復責之宋，可；不償，因以爲辭而攻之，亦可。"

這一仗，秦魏聯合攻齊，齊敗得很慘，甚至想用移餘糧于宋的辦法，以爲緩衝喘息之計，情況也是很危急的。

楚齊兩國絶交之後，同時都吃到了破壞縱約被各個擊破的苦頭。嚴酷的教訓，爲楚齊兩國重新締結縱約奠定了基礎。

(2) 楚懷王悔不用屈原之策。

《新序·節士》在"楚既絶齊，而秦欺以六里。懷王大怒，舉兵伐秦。大戰者數，秦兵大敗楚師"等事之後，説："是時，懷王悔不用屈原之策以至於此，於是復用屈原。"

屈原作左徒，没有因讒被放逐于外時，曾因"秦欲吞滅諸侯，並兼天下爲楚東使于齊，以結强黨。"[1]屈原之策就是與齊合縱共同反秦之策。楚懷王復用屈原，是他在喪師、失地、辱國之後，面對殘酷的現實，幡然悔悟，認識到"叛縱約"的後果，想向齊國重尋舊好，又走上了與齊合縱締交共同抗秦的道路。

(3) 張儀二次至楚煽動楚"叛縱約"説明楚齊之交已經再續。

《楚世家》懷王十八年，"秦使使約復與楚親，分漢中之半以和楚。"張儀爲此二次至楚。"儀因説楚王以叛縱約而與秦合親。"

張儀欺楚，懷王絶齊，楚已經"叛"了"縱約"。這一點，秦王和張儀是最清楚不過的。明知如此，而又派人向楚王退土地，求和親，以策動他"叛縱約"。這一事實説明必是楚齊兩國絶交再續，他們又重新合縱締交走上了聯合抗秦的老路。

---

[1]《新序·節士》。

(4) 楚懷王二十四年倍齊而合秦，也説明前此楚齊必已復交。

《史記·楚世家》，懷王二十四年，"倍齊而合秦。秦昭王初立，乃厚賂于楚，楚往迎婦"。如果不是楚齊之交已經斷而復續，就不會有"倍齊合秦"之事。

《楚世家》在懷王十八年張儀去楚策動楚王"叛縱約"之後，除中間有"二十六年"一段錯簡外，没有楚齊之事，可知這次"倍齊"之前，必已合齊。

這事與十八年相接，也可證張儀説楚王"叛縱約"時，楚齊之交已經斷而復續。

(5) 楚齊絶交復續是經過一定波折才告成功的。

《楚世家》張儀以"叛縱約"説楚，已去，"屈原使從齊來。諫王曰：'何不誅張儀？'懷王悔，使人追儀，弗及。"張儀去而屈原歸，他倆是腳前腳後的。張儀説楚"叛縱約"是楚齊縱約已成。縱約已成，"屈原使從齊來"，而屈原之策是連齊攻秦，那麽，這次楚齊復交是由屈原出使到齊國完成的。

這次復交的主動者是楚，工作進行的地點在齊，能否成功，取決於齊。

張儀欺楚之後，楚齊兩國雖然都有復交的基礎，但是，兩方不是一拍即合的。

這次絶交，是楚懷王在張儀愚弄下，不僅一絶再絶，甚至爲討取秦國信任，"使勇士至宋，借宋之符，北罵齊王"[1]，罵絶的。對此，齊人記憶猶新。縱然有合縱反秦的共同基礎，然而商請、説服，争取齊王改變對楚國的態度是要經過一定周折的。

----

[1] 《史記·張儀列傳》。

藍田之戰，楚國遭到秦魏夾擊陷於困境，"而齊竟怒不救楚"。這句話表明：當時楚齊復交之事，在齊國已有眉目。在楚人眼裏，滿以爲齊人可能相助。只是由於被罵的齊王餘怒未息，還没有獲得成功。直到藍田敗後，轉到第二年，楚國才達到了同齊國合縱締交的目的。

屈原復用

《新序·節士》在"楚既絶齊，而秦欺以六里。懷王大怒，舉兵伐秦。大戰者數，秦兵大敗楚師，"和張儀至楚，"楚囚之。上官大夫之屬共言之王，王歸之"之後，說：

　　是時，懷王悔不用屈原之策以至於此，於是復用屈原。

"以至於此"的"此"指的那一段局勢？它可以告訴我們楚懷王復用屈原的時間。

首先，這個"此"字雖是接在張儀二次至楚之後，但是它不是指這段事而說的。因爲"張儀已去，屈原使從齊來"張儀以"叛縱約"說楚時，屈原正在齊國，他早已被復用了。

其次，"此"也不指藍田之敗。因爲十七年懷王又發兵深入擊秦，戰于藍田，魏聞之，襲楚至鄧，"而齊竟怒不救楚"。表明這時楚齊復交已在談判，十八年締約成功，"使從齊來"的屈原正在齊國。

由此可知：楚懷王"悔不用屈原之策以至此"的"此"，當是指他誤聽張儀之言，斷絶楚齊之交，而造成的受欺、辱國、損兵、折將，大敗於丹陽，又失掉了漢中之地的殘局而說的。

這件事情清楚了，那麼楚懷王復用屈原的時間也就相應地明確了。

2. 屈原復用和楚辭《九歌》

楚懷王十七年，秦大敗楚軍於丹陽之後，楚起用了屈原。

屈原被復用之後，當年作了兩件大事：一是作《九歌》，愉太一，準備大舉襲秦；一是為楚王東使齊，重建楚齊已斷之交。後一事，在前面《楚齊復交》裏已經説過了。這裏只説屈原復用和楚辭《九歌》。

(1) 為了説明屈原復用和楚辭《九歌》的關係，有必要回顧一下當時歷史形勢。

楚懷王十三年，秦司馬錯自江州東下，奪枳南進，攫取了楚黔中以西的商於之地。致使商於入秦，莊蹻王滇，楚地一片分而為三。楚懷王為了"吾復得吾商於之地"，絶楚齊之交，而受張儀之欺。十七年春，與秦大戰於丹陽，結果楚軍大敗，商於未復，又失了漢中之地。在楚分為三的基礎上，一戰而變成了楚分為四的殘局。楚懷王更加憤怒，為了雪恥復仇收復失地，他決定復用屈原之策，準備再次深入大舉襲秦。因而起用了屈原。

(2) 楚辭《九歌》的主要内容情節是和這種形勢相應的。

楚辭《九歌》的中心任務是"穆愉上皇"。上皇即東皇太一。東皇太一是天神五帝（五個上帝）之一，而且是五帝之長。其神為歲星，它所在國不可伐而可以伐人。愉太一的目的在於乞借歲星之神的靈威，用它的"衝"力，來厭勝敵國。這種思想，與楚國在丹陽敗後藍田戰前準備再次大舉襲秦是相應的。

湘君是湘水之神。湘夫人是漢水之神而為湘君之妻。他們夫婦各主一水。一家眷屬，南北相通。可是楚辭《九歌》所寫的是：湘君與湘夫人湘漢一家，忽成異國。這一情節，與丹陽大敗漢中淪陷是相應的。

大司命、少司命、河伯，他們幫助湘君偕湘夫人東歸於楚。這種離而復合，漢中終於歸楚的思想，與丹陽戰敗，漢中淪陷，楚懷王準備大舉襲秦以收復漢中是相應的。

山鬼，商於之地的於山之女。她東望楚國不勝淒怨。這種收復漢中而不忘商於的思想，與懷王受欺、丹陽大敗、漢中淪陷等一系列失利之事都出於楚國想要"吾復得吾商於之地"是相應的，與收復漢中之後，又想進一步收復商於是相應的。

東君，日神。"舉長矢兮射天狼"這句歌辭，按《史記·天官書》"秦之強也，候在太白，占於狼弧。"來說，是"有報秦之心"的。[1]。這種思想，與楚懷王受欺、辱國，喪師失地，丹陽敗後準備再次興兵大舉襲秦是相應的。

國殤，楚國的陣亡將士形象。"帶長劍兮挾秦弓"，在肉搏時，他用手指抓取敵人長劍，挾取秦人之弓，[2]這個英勇壯烈的場面，無疑是與秦人作戰的，而這壯烈犧牲的國殤，又是"援玉枹兮擊鳴鼓"的主將。這些情況，與楚秦丹陽之戰，屈匄戰死，列侯執珪死者七十餘人的激戰情景相應的。

從這些方面看，楚辭《九歌》主要內容在反映著楚國在丹陽敗後藍田戰前的形勢和任務，它是爲準備再一次大舉襲秦而作的娛神之辭。

藍田之戰，屈原已出使在齊國。這時他還在楚國。

因此，可以說楚辭《九歌》是楚懷王十七年，公元前312年，

---

[1] 戴震《屈原賦注》。
[2] 説見拙著《楚辭九歌整體系解》的《辭解》。

丹陽大戰之後，屈原在出使齊國之前，爲準備再次大舉襲秦，祭祀東皇太一而作的。

十二、"莊蹻暴郢"乃是"莊蹻暴'枳'"的方音誤記
——支耕陰陽對轉造成的語言誤解

（一）"莊蹻暴郢"的由來

《吕氏春秋·介立》，在寫爰旌目義不食盜食，"兩手據地而吐之，不出，喀喀然遂伏地而死"之後，接著説：

> 鄭人之下轘也，莊蹻之暴郢也，秦人之圍長平也，韓、荆、趙，此三國者之將帥貴人皆多驕矣，其士卒衆庶皆多壯矣，因相暴以相殺。脆弱者拜請以避死，其卒遞而相食，不辨其義，冀幸以得活，如爰旌目已食而不死矣。

學者多據"莊蹻之暴郢也"這句話，把它同《韓非子·喻老》"莊蹻爲盜於境内，而吏不能禁"聯繫起來，用以證明"莊蹻起義"。

這是不對的。

"莊蹻爲盜"之説，是由於人們對《荀子·議兵》説田單、莊蹻、衛鞅、繆蟣這四個"善用兵者"，"掎契司詐，權謀傾覆，未免盜兵也"的語言誤解而生出來的。實際上田單等人都未曾爲"盜"，只是用兵之術是"掎契司詐，權謀傾覆"而已，其本質還是將在用兵的。

至於"莊蹻爲盜於境内"，達到"吏不能禁"的程度，則是漢以後傳聞異詞變本加厲的異説。[1]

---

[1] 王應麟《困學紀聞·考史》。

就莊蹻來説,這個"暴郢"的"郢"乃是"枳"字,由於説話人和聽説人的口音差別,遂"郢書燕説",説成了"郢"字。"所謂周秦古音的確含有各地不同的方音。"〔1〕

這裏須要説明的是《韓非子》"莊蹻爲盜於境内"問題。這事《喻老》是這樣寫的:

> 楚莊王欲伐越。莊子諫曰:"王之伐越何也?"曰"政亂兵弱。"莊子曰:"臣患智之如目也,能見百步之外,而不能自見其睫。王之兵自敗于秦晉,喪地數百里,此兵之弱也。莊蹻爲盜於境内,而吏不能禁,此政之亂也。王之弱亂非越之下也,而欲伐越?此智之如目也。"王乃止。

這段話不可據,因爲:《喻老》並非韓非之作。《喻老》和它的姊妹篇《解老》,它們雖然都在《韓非子》書中,卻非韓非之説,乃是"黄老之言"。

《老子》説"古之(善)爲道者,微眇玄達,深不可志。"又説"道之物,唯望唯沕。沕呵望呵,中又象,望呵沕呵,中有物。"〔2〕"微眇"即"微妙","望沕"即"恍惚"。

《韓非子·五蠹》卻説"所謂智者,微妙之言也。微妙之言,上智之所難知也。今爲衆人法而上智之所難知,則民無從識之矣。……故微妙之言非民務也。"韓非反對微妙之言,與老子的話相抵觸。

《解老》説:"人無愚智,莫不有趨舍。恬淡平安,莫不知禍福之所由來。……恬淡有趨舍之義,平安知禍福之計。"而《忠孝》

---

〔1〕 袁家驊等著《漢語方言概論》第三章《漢語方言發展的歷史鳥瞰》。
〔2〕 馬王堆漢墓帛書《老子乙本》。

卻説：："臣以爲恬淡，無用之教也；恍忽，無法之言也。……恍惚之言，恬淡之學，天下之惑術也。"恬淡和反恬淡，思想對立，絶非一家言。

《史記·韓長孺列傳》說韓安國"嘗受韓子雜家説于騶田生所，事梁孝王爲中大夫"。《韓子雜家説》，《漢書·韓安國傳》作《韓子雜説》。他所受的顯然不是《韓子》和《雜家説》兩事。容肇祖《韓非子考證》："衡量的結果，便證實了《韓子》和雜家説混合，而《韓非子》一書是適宜于用《韓長孺列傳》所説的"韓子雜家説"五字爲標題"〔1〕這個看法是符合實際的。

韓安國從騶田生受《韓子雜説》在文景之世。〔2〕這時期的主要思想傾向，如《史記·吕後本紀》所説，"孝惠皇帝高後之時，黎民得離戰國之苦，君臣俱欲休息乎無爲"。《史記·禮書》"孝文好道家之學"，而吕后時入宫的文帝之妻，景帝之母——竇太后"好黄帝、老子言，""（景）帝及太子諸竇不得不讀黄帝、老子，尊其術。"〔3〕騶田生《韓子雜家説》中有黄老家言正是這種時代思潮的反映。

《喻老》通篇分條舉例，每例都先敘事理，然後以"故曰"引《老子》作結。在體例上，它和《韓詩外傳》相同。而"推詩人之意而作内外傳數萬言"的韓嬰，在"孝文時爲博士"。〔4〕韓嬰與騶田生同時。從這一事實説《喻老》，在文體上，是漢人氣息，非先秦之作。

---

〔1〕《韓非子考證敘》第二頁。
〔2〕"景帝三年吳楚七國反。"吳越反時，梁孝王使韓安國及張羽爲將，扞吳兵於東界。他從田生受《韓子雜説》當在此時。
〔3〕《漢書·外戚傳》。
〔4〕《漢書·儒林傳》。

直到漢武帝"建元元年,冬七月,詔丞相、御史、列侯、中二千石、二千石、諸侯相,舉賢良、方正、直言、極諫之士。丞相綰(師古曰:衛綰也)奏:'所舉賢良,或治申、商、韓非、蘇秦、張儀之言,亂國政,請皆罷!'奏可。"這是《漢書·武帝紀》建元元年第一樁事。可見韓非之言,盡文帝、景帝之朝是暢行無阻的。他從田生受《韓子雜家説》當在此時。

《喻老》"楚莊王欲伐越"與史事不符:第一,《史記·楚世家》及《十二諸侯年表》都没有"自敗於秦晉,喪地數百里"之事。而此事卻與楚懷王十七年"(韓)與秦共攻楚,敗楚將屈丐,斬首八萬於丹陽"〔1〕,"(秦)又攻楚漢中,取地六百里,置漢中郡"〔2〕之事相應。第二,《史記·西南夷列傳》説"莊蹻者,故楚莊王苗裔也。"而《喻老》卻把他説成楚莊王時人。《史記》所記是符合實際的。把"楚莊王苗裔"説成楚莊王時人,可見《喻老》作者是憑已經失實的傳聞而爲文的。這與由莊蹻用兵之道"未免盜兵也"誤成"莊蹻爲盜"是同一性質的。

《解老》、《喻老》都不是韓非之作,而《喻老》"楚莊王欲伐越"一條所説之事都非史實,可見據《喻老》"莊蹻爲盜於境内而吏不能禁"。而説《吕氏春秋·介立》"莊蹻之暴郢"是不合適的。

(二)"相暴"即"相搏"——"暴"乃是"撲"字

那麽,"莊蹻之暴郢也",《介立》篇中這句話該怎樣理解?

如果把"暴郢"之"暴"看作兇殘肆虐,而且它已經達到將帥、貴人、士卒、衆庶"因相暴以殺,脆弱者拜請以避死,其卒遞而相

---

〔1〕《史記·韓世家》。
〔2〕《史記·秦本紀》。

食"的程度。對楚國來說,這是在郢中發生的危及楚王王室的大事。——如此大事,在記載中毫無反映。這是很可疑的。

若從《介立》這一段語言的對立統一關係來看,則知這種理解是不合適的。

我們知道"下轢"、"暴郢"和"圍長平"三個動賓片語是同類駢列的[1],"下"、"暴"、"圍"都是自外進攻之戰。如果把"暴郢"之"暴"看作内在的兇殘肆虐之事,而不是自外進攻,則失掉它和前後兩個片語排比並列的依存關係。

"暴郢"之"暴"怎麽能和"下""圍"同其事類,都有自外進攻之義?

"暴"與"搏"相通。《詩·小雅·小旻》:"不敢暴虎,不敢馮河。"傳:"徒搏曰暴虎。"《論語·述而》:"暴虎馮河,死而無悔者,吾不與也。"何晏集解引孔曰:"暴虎,徒搏。"《孟子·盡心下》:"晉人馮婦者,善搏虎。"趙岐在章旨中說"猶若馮婦,暴虎無已。"是"暴虎"即"搏虎"。

"暴",《説文》説"晞也,從日從出從廾從米",没有"搏"義。

《漢書·宣帝紀》:"既壯,爲取暴室嗇夫許廣漢女。"應劭曰:"暴室,宮人獄也,今曰薄室。"師古曰:"暴室者,掖庭主織作染練之署,故謂之暴室。取暴曬爲名耳。或云薄室者,薄亦暴也,亦俗語亦云薄曬。"這一音變現象。在《匡謬正俗·七》"暴"字條中,他又有所説明。他説郭璞《山海經圖贊·飛蛇》有這種解釋:"'騰虵配龍,因霧而躍。雖欲登天,雲罷陸暴。枝非所體,難以久托。'此則'暴曬'之'暴'有'薄'音矣。"這一現象直到現時也還

---

[1] 陳奇猷《吕氏春秋校釋》卷十二《介立》:"下文明言鄭、莊蹻、秦爲勝利之一方,韓、荆、趙爲失敗之一方,"誤莊蹻攻荆。

存在,例如張洵如《北平音系十三轍》姑蘇轍:"瀑,一布,又見遥條轍。暴,同曝,又見遥條轍。"按他的凡例説,這種有"又讀"的,是"一字兼數音而義相同者"。

古音"暴"在宵部,"搏"在魚部。從"暴室"或曰"薄室"(薄、搏都從専得聲)及"暴"有"薄"音的遺迹,可知"暴虎"和"搏虎"的"暴""搏"關係是宵魚音變而産生的通假。《方言·七》"膊"與"曬""晞"同義,都是"暴也"。它説"東齊及秦之西鄙言相暴僇爲膊"。"暴僇"就是《周禮·秋官·掌戮》"掌斬殺賊諜而搏之"的搏戮。"搏",《左傳·成公二年》:"殺而膊諸城上",以"膊"爲之。《廣雅·釋詁二》:"膊,曬,曝也。""暴僇"之"暴"與"暴虎"之"暴"同音而異義,是兩個詞,而都與"搏"以音變爲通假。可見"暴虎"之爲"搏虎"不是偶然的事。

"搏虎"之"搏",用現代話來説,是奮身進攻撲打目的物的行動。

在動物,如《六韜·武韜·發啓》:"鷙鳥將擊,卑飛斂翼,猛獸將搏,彌耳俯伏。"在人,如《左傳·僖公二十八年》:"晉侯夢與楚子搏。楚子伏已而鹽其腦。"《穀梁傳·僖公元年》:"公子友謂莒挐曰:'吾二人不相説,士卒何罪?'屏左右而相搏。公子友處下。左右曰:'孟勞!'——孟勞者,魯之寶刀也。公子友殺之。"正説明"搏"時是奮身進攻,徒手無兵。所以注家以"手搏""徒搏"説之。

奮身進攻而撲打,其行動以撲打爲主。因而"搏"及其音變之詞"暴"和"暴"的加形字"摻"都有"擊"義。《廣雅·釋詁三》:"摻,搏,擊也。"

實際上,"撲"也是"搏"、"暴"的音變,並從而發生分化的詞。

《説文》"擊,攴也。""攴,小擊也。""撲,挨也。""挨,擊背也。"古音"攴""撲"都在屋部。《詩·豳風·七月》:"八月剝棗",借"剝"寫"攴",而"剝"古音也在屋部。

《史記·絳侯周勃世家》"勃以織薄曲爲生"之"薄曲",即《淮南子·時則訓》"戴鵀降于桑,具撲曲筥筐"之"朴曲",是兩種養蠶用具。

"搏"之與"撲",正如"薄曲"之與"朴曲"是魚屋兩部音變。

虢季子白盤"搏伐厰狁",即《詩·小雅·六月》"薄伐玁狁"。"薄"、"撲"同詞音變,是《小雅·六月》的"薄伐",虢季子白盤的"搏伐"也就是宗周鐘"戮伐氒都"的"戮伐",兮甲盤"敢不用令(命),則即井(刑),戮伐"的"戮伐"。同一詞因音變而異其聲符。方濬益説虢季子白盤"此文'搏'從干,與石鼓文同。而不××'大鼙戟','戟'從戈,即'搏'之異文,從幹與從戈同意。至宗周鐘作'戮伐',兮伯吉父(即兮甲)盤作'厰伐'。戮、搏,則一聲之傳。搏又通薄,《詩·車攻》'搏獸于敖',《東京賦》及《後漢書·安帝紀》章懷注並作'薄狩'。《初學記》引,同是《詩》之'薄伐'本字當作'搏',而'薄'爲假借字。'薄采'、'薄言'之訓爲辭者義別。"〔1〕

"暴"以音變通"搏","搏"以音變通"戮",而"戮"與"剝"古音同在屋部。《周禮·考工記·瓬人》:"凡陶瓬之事,髺墾薜暴不入市。"鄭司農云:"暴,讀爲剝",是"暴"也以音變而可以通"戮"也。

從上述這些關係,我們可以知道《介立》的"莊蹻之暴郢,也","暴"借爲"搏",爲"戮",有攻打之義。

這樣,則"暴郢"之"暴",在《介立》這一段中,一、得到與"下

---

〔1〕《綴遺齋彝器考釋》卷七,第18頁。

轅","圍長平"的"下"、"圍"同類駢列的依存關係。二、與"因相暴以相殺"的"暴"也取得了一致的語言關係，——"相暴"即"相搏"。

（三）"韓、荆、趙"與"此三國者之將帥貴人" 互相依存，莊蹻決非爲盜

楚郢被人攻下，事情是有過的。例如：楚昭王十年，吳兵入郢，昭王出奔。頃襄王二十一年，秦將白起拔郢，楚襄王東北保陳城。都是來自敵國的入侵。但是，郢都被盜攻下，而且達到楚國將帥貴人士卒衆庶因暴以相殺，其卒遞而相食的程度，這樣重大殘酷，危及楚王王室的事件卻不見載記。説莊蹻"暴郢"，這是很可疑的。

莊蹻，是與商鞅、田單、樂毅相提並論的名將，他們的用兵之道，雖被荀况譏評爲"盜兵"，然而他們本人卻都不曾"爲盜"。

説"莊蹻爲盜於境内，而吏不能禁"的《喻老》，乃漢初黄老思想盛行時代的《韓子雜家説》，並不是韓非之作。

"鄭人之下轅"和"秦人之圍長平"，敗韓敗趙，是國與國之戰。夾在兩個事例之間的莊蹻攻城而荆楚敗，正好和莊蹻"欲歸報，會秦擊奪楚巴黔中郡，道塞不通"〔1〕相應。莊蹻以回師攻秦占楚地而不能下，"因相暴以相殺，脆弱者拜請以避死，其卒遞而相食，不辨其義，冀幸以得活。"

從當時的楚國史實和《介立》這段語言的形式與内容、部分與整體的對立統一關係來看，"暴郢"當是"暴枳"的陰陽對轉造成誤解。

《戰國策・燕二》："蘇代約燕王曰：'楚得枳而國亡，齊得宋

〔1〕《史記・西南夷列傳》。

而國亡。齊、楚不得以有枳、宋事秦者,何也？是則有功者,秦之深仇也。"

"枳",現在叫涪陵縣。是黔江匯入長江的地方。黔江,戰國時是巴涪水。

"楚得枳",莊蹻從長江轉溯巴涪水,取巴之南鄙,建立楚商於之地,又從而南下西上,拓地直到滇地。這是于楚有功,而爲秦所深仇之事。因而秦司馬錯滅蜀取巴,浮江伐楚,自枳南下,取楚商於地,截斷莊蹻歸路,楚分爲三,莊蹻王滇,導致一連串地失敗,使楚國從此衰亡下去。

《史記·西南夷列傳》:"蹻至滇池,地方三百里,旁平地肥饒數千里,以兵威定屬楚。欲歸報,會秦擊奪楚巴黔中郡,道塞不通。因還以其衆王滇"。"道塞不通",還而王滇,不是知難而退,而是沒有打開通路。

枳的地理位置決定它是楚秦必爭之地。莊蹻奪枳,則楚軍全線皆活,使司馬錯軍陷於黔中商於而無以自拔。反之,則楚軍陷於絕境,不能復得商於而立足。莊蹻只好率其殘兵敗將,"還以其衆王滇"。

"死地則戰"〔1〕,楚軍奪枳之戰是相當激烈的,《吕氏春秋·介立》用它和"鄭人之下轅"、"秦人之圍長平"相提並論。《史記·白起王翦列傳》:"秦王聞趙食道絕,王自之河内,賜民爵各一級,發年十五以上,悉詣長平,遮絶趙救及糧食。至九月,趙卒不得食四十六日,皆内陰相殺食,來攻秦壘欲出,爲四隊,四五復之,不能出。"而其殘酷程度達到其將帥、貴人、士卒、衆庶"因

---

〔1〕《十一家注孫·九變篇》。

相暴以相殺,脆弱者拜請以避死,其卒遞而相食,不辨其義。"這樣的"莊蹻之暴郢"的"郢"應該爲"枳",其進攻而遭慘敗者爲"荆",情形與莊蹻自滇回師奪枳完全相同。

"枳"從木只聲,古音在支部。"郢"從邑呈聲,古音在耕部。如在詞義上有聯繫,證明確爲一詞之轉,則支耕陰陽對轉是古詞彙音變的一個規律。

(四) "暴郢"乃"暴枳"之誤記
—— 因方音音變,支耕陰陽對轉,說話人與寫話人地區不同、方音差異,而致誤記誤解

"莊蹻之暴郢也","暴郢"乃是"暴枳"二字,因方音音變,支耕對轉,而致誤記的一個實例。説話人原是[*-ie]的,而聽話人狃于方音偏偏聽成[*-ieng][1],隨著各自習慣,用音感和文化素養而進行理解。

"枳""郢"兩字陰陽對轉,其韻部已經清楚,不必再言,但它們是否古爲雙聲?

錢大昕説:"古無舌頭舌上之分。知徹澄三母,以今音讀之,與照穿床無別也。求之古音,則與端透定無異。"[2]他又説:"古讀支如鞮。《晉語》:'以鼓子苑支來',苑支即《左傳》之鳶鞮也。《説文》引杜林説'芰'作'蔘'。"[3]而《説文》"胑,體四肢也,從肉只聲;肢,胑或從支"[4]是枳從只聲,古音當如鞮,其音與端透定無異。這是聲母的口勢。

---

[1] 或是説作[*-ieng],而被習慣地聽作[*-ie]。
[2] 錢大昕《十駕齋養新録·卷五·舌音類隔之説不可信》。
[3] 錢大昕《十駕齋養新録·卷五·舌音類隔之説不可信》。
[4] 《説文解字·四下》。

"郢",首先要分爲"于"、"喻"兩類。曾運乾說:"《顔氏家訓·音辭篇》載梁世有一侯謂郢州爲永州。……考《廣韻》永,于憬切,于母;郢,以整切,喻母。截然兩類,本不相溷。郢元無分,其誤與今等韻家喻於一母正同。"〔1〕

其次,他專說:

> 古讀盈如逞,實如挺。《左·襄廿一年·傳》:"晉欒盈出奔楚。"《史記·十二諸侯年表》,晉平公彪七年,"欒逞奔齊。"《晉世家》平公六年,"欒逞有罪,奔齊。"《齊世家》莊公三年,晉大夫欒盈來奔。《集解》徐廣曰:"盈,《史記》多作逞。"又《左》昭二十三年《經》,"吳敗頓、胡、沈、蔡、陳、許之師于雞父。胡子髡、沈子逞滅。"《公羊》作沈子楹,《穀梁》作沈子盈,皆盈、逞同聲之證。又,《說文》從盈聲之字或從呈聲,如:"縊從系盈聲,讀與聽同。或從呈聲作經。"《說文》:"楹,柱也。"《考工記·輪人》"桯圍倍之",鄭司農注:"桯,蓋杠也,讀如'丹桓宮楹'之楹。"

最後,曾運乾云:

> 今按:逞,丑郢切,徹母;聽,他定切,透母;桯,他丁切,透母。均與定澄母相爲清濁。又諸字皆從壬聲。《說文》"𡈼,象物出地挺生也。"是𡈼本讀如挺。挺,特丁、特頂二切,本定母。

這是"郢"的聲母口勢。

通觀"枳"與"郢"的聲母口勢,"則與端透定無異也"。由此可見它們古音確是雙聲。

雙聲,主要母音相同,那它們在韻母上是否陰陽對轉,其詞

---

〔1〕楊樹達輯《古聲韻討論集·曾運乾·喻母古讀考》,下同。

義是否相同？

據上述情況可知，在不同方音的影響下，原來是寫"枳"的字，被説作或被聽作[＊d'ieng]（枳），由於隨文寫字，按字記音，記録者文化素養不同，而誤以"郢"爲"枳"。於是"郢書燕説"，因非爲是，遂成千古疑案。

實際上，説來也很簡單，只是説話人或聽話人方音誤記或誤解，把"枳"字隨音記寫成了"郢"字。由於黔中商於已澹忘，而"枳"字由陰變陽，化而成"郢"，從而形成誤解。

欲澄清此事，先明確此書"暴郢"之事係何時所作。

"莊蹻之暴郢也"這句話，出自《吕氏春秋·介立》，而這一部書的寫作時間是"維秦八年，歲在涒灘，秋甲子朔，朔之日，良人請問《十二紀》"。孫星衍按曰："考莊襄王滅周之後二年，癸丑歲，至始皇六年，共八年，適得庚申歲。申爲涒灘，吕不韋指謂是年。高誘注，誤以爲秦始皇即位八年，則當云大淵獻也。"據此，則《十二紀》當在前241年之作。《吕氏春秋》的寫作當在此時。

此時，去固慎王六年（前315）已七十四年；去楚頃襄王"二十一年，秦將白起遂拔我郢，燒先王墓夷陵，楚襄王兵散，遂不復戰，東北保于陳城"，（前278）《史記·白起王翦列傳》："秦改郢爲南郡"，郢非楚地已三十七年。"秦之俗，非貴辭讓也，所上者告訐也"，[1]自商鞅法行，"其後民莫敢議令"[2]。郢都之陷雖僅三十七年，而秦人之風愈刮愈深。《吕氏春秋》"布咸陽市門，懸千金其上，延諸侯游士賓客，有能增損一字者予千金"[3]，懍于法

---

[1]《新書·保傅篇》。
[2]《史記·商君列傳》。
[3]《史記·吕不韋列傳》。

治餘威，竟隻字未動。"暴郢"之文亦猶是也。

至於本書各篇，何人著筆，則益不可知。然"是時，諸侯多辯士，如荀卿之徒，著書布天下，吕不韋乃使其客，人人著所聞，集論以爲《八覽》、《六論》、《十二紀》二十餘萬言，以爲備天地萬物古今之事，號曰《吕氏春秋》。"[1]他的"食三千人"、"人人著所聞"，包括了所記之事和所紀之言，自然也包括秦以外的方言和方音。

實際上，"昔繆公求士，西其取由余於戎，東得百里奚于宛，迎蹇叔于宋，來丕豹、公孫支于晉。……孝公用商鞅之法，……惠王用張儀之計，……昭王得范雎，廢穰侯、逐華陽，彊公室，杜私門，蠶食諸侯，使秦成帝業"[2]，除李斯所提到的以外，尚有《史記·秦本紀》客卿胡傷、竈，《楚世家》客卿通，《白起王翦列傳》客卿錯，《范雎蔡澤列傳》拜蔡澤爲客卿。這些都是有影響的頭面人物。至於吕氏門下搖筆寫書的人，東方來客更多，基本上反映了東西南北中各方面的語言情况。

當然，語言的交往在東方也正是如此。

（五）支耕對轉與"枳"、"郢"方音

"枳"、"郢"方音須從語例説起。

1. 同字聲符不變而音相對轉者

炷

炷——讀若回

《説文》："行灶也，從火圭聲，讀若回"。"炷"本在支部，但

---

[1]《史記·吕不韋列傳》。
[2]《史記·李斯列傳》。

《説文》該字語音卻入耕部。

帝

帝——帝讀爲定

《周禮・瞽矇》："世奠系。"鄭注："故書奠或帝。杜子春云：'帝讀爲定。'"帝本是支部字，音轉爲定，變爲耕部字。

鞞

鞞——鞞：並頂切

《説文》："鞞，刀室也。從革卑聲。——孫愐《唐韻》：並頂切。"按：從卑得聲之字本在支部，而音轉入耕。

2. 同字爲聲一省一否而音對轉者

娃——耿

娃——娃省聲：耿

《説文》："耳箸頰也。從耳娃省聲。"娃本支部可是音轉入於耕部。

3. 異字兩聲而相對轉者

蠵——蠳

蠵——司馬相如：蠵從夐

《説文》："大龜也，以胃鳴者，從蟲巂聲。蠳，司馬相如：蠵從夐。"由支部轉入耕部。

嗌 * [1]——螢

《禮記・月令》："腐草爲螢。"這句話被《易緯・通卦驗》寫

――――――

〔1〕支的入聲——錫，支錫通韻。

"螢"爲"嗌"。由支錫通韻轉入耕部。

蠲*——螢

《説文》引《明堂月令》"腐艸爲蠲"。又把《禮記·月令》的"螢"字寫成"蠲"，也是由支錫通轉入耕。

蛙——螢

《逸周書·時訓》："大暑之日，腐草爲螢。"《北户録》引《周書》作"腐草爲蛙"。段公路誤解爲蛙黽之蛙，蓋不知蠲之借字。蛙在支部轉入耕部。

跬——頃

《禮記·祭義》："故君子頃步而弗敢忘。"鄭注："頃當爲跬，聲之誤也。"《釋文》"頃讀爲跬。"

跬——蹞

《荀子·蔽蔽》："醉者越百步之溝，以爲蹞步之澮也。"楊注："蹞與跬同，半步曰跬。"跬本支部，音轉遂成耕部字。

役*——穎

《詩·生民》："禾役穟穟。"《説文》："穎，禾末也，從禾頃聲。《詩》曰'禾穎穟穟。'"役支錫通部字，韻轉入耕。

隁——陘

《山海經·北山經》："又北百七十里，曰隁山，多馬。"郭璞云："或作陘，古字耳。"隁本是支部字，音轉入耕部遂成陘字。

嘶——醒

《逸周書·官人》："心氣鄙戾者，其聲醒醜。"《大戴禮·文王官人》作"其聲嘶醜"。嘶本支部字，轉入耕部遂成醒字。

裨——屏

《墨子·尚賢中》："求聖君哲人以裨輔而身。"同書下篇"裨"

字作"屏"。

禆——鵧

《爾雅·釋鳥》："鶺鳩，鵧鷑。"《淮南子·說林》高注，引"鵧鷑"作"禆笠"。

擗＊——枰

《史記·司馬相如列傳》："華氾擗櫨。"《漢書·司馬相如傳》作"華渢枰櫨"，把"擗"寫作"枰"字。同一作家作品，經《史》、《漢》兩家著錄，遂有入錫入耕之分。

幦＊——幎

《周禮·巾車》："木車，蒲蔽犬幦。"《說文》："幦，鬃布也，從巾辟聲。《周禮》曰'駹車犬幦。'"按《禮》注云："以犬皮爲覆笭。"考覆笭字，《儀禮》、《禮記·王藻·少儀》皆作幦，與《說文》同。幦在錫部，錫支通韻，韻轉入耕，遂成幎字。

4. "軹"、"郢"異字兩聲而音相對轉

軹 枳——

《馬王堆漢墓帛書戰國從橫家書·二一·蘇秦獻書趙王章》："反（返）溫、軹、高平于魏。"這一章在《戰國策·趙策一》中，按此句"軹"寫作"枳"。

咫＝頃

《呂氏春秋·孝行覽》："君子無行咫步而忘之"《禮記·祭義》："君子頃步而弗敢忘孝也。""咫步"即"頃步"，支耕對轉。

＝傾 盈

《老子》二章："高下相傾"漢帛書甲本、乙本"傾"作"盈"。

一逞　盈

《左傳·襄公二十一年》:"故與欒盈爲公侯大夫。"《史記·十二諸侯年表》、《晉世家》、《田敬仲完世家》"欒盈"作"欒逞"。

一郢　逞

《左傳·哀公二年》"公子郢"。《漢書·古今人表》作"公子逞"。

枳—郢

《呂氏春秋·介立》

"鄭人之下轍也,

莊蹻之暴郢也,秦人之圍長平也。"

《介立》:

"莊蹻之暴郢也"等於

"莊蹻之搏枳也。"

暴—搏　宵魚合韻。

郢—枳　耕支對轉。

5. "枳""郢"支耕對轉楚方音"潰""汨"可以爲證

潰——汨

《說文》:"汨,長沙汨羅淵,屈原所沈之水,從水冥省聲。"又"潰,水出豫章艾縣,西入湘,從水買聲。"兩字同爲水部,其間隔越四字。段玉裁改"屈平所沈水"于"從水冥省聲"之後,又增"潰"字于"水"字之上,作爲"潰水"。不僅如此,尤有進者,使篆文"汨"、"潰"兩字相捱、從而恢復了舊本順序。

熊會貞引段玉裁說:《水經·湘水篇》曰:"又北過羅縣西,潰水從東來流注之。"《潰水》又別爲篇:"潰水,出豫章艾縣,西過長沙羅縣西,又西至磊石山,入于湘水。"按《水經》言潰,不言汨,諸書多言汨不言湄。依《廣韻・廿三錫》汨、湄、溟三形同。……考之於今，則由江西寧都州，逕湖南平江縣，至湘陰縣入湘者，但有汨水，別無湄水。則湄、汨之爲古今字瞭然。酈氏云汨出艾縣，逕羅縣，皆與《經》言湄同，惟云湄水入湘曰東町口；汨水入湘曰汨羅口。汨羅口在湄口之北，磊石山又在羅口之北。《經》言湄水至磊石山入湘，非是。湄尚在羅口南注湘耳。此言甚辨。依《水道提綱》汨水出平江縣，西北至歸義驛。又西分爲二支，一支西流稍北於山麓西入湘，一支北流數十里，西北入湘曰屈潭，亦曰汨羅口。正酈之東町、汨羅二口，非有二水也。酈蓋未溯上游，不辨異文同物。許出蓋本同《水經》有湄無汨，而後人妄增汨字。[1] 故其不類許書。

"湄"在支部（段氏十六部），"汨"在耕部（段氏十一部），支耕對轉（段氏在"汨"字注説：古音十一部與十六部合韻）。現代與段氏雖精粗有別，但在這兩部上大體近似。

由於古音例字較少，在舉例説明時，受"湄"字的局限，段氏只舉了《春秋》莒君密州，在《左傳》密字作買，説這"亦是買聲近密之證"。"密"在段氏十二部，在十六部和十一部之外，——用現代古音韻學來説，它在質部。用十二部作仲介，由"密"字作橋樑，"買（湄）"和"冥（汨）"也是自然貫通的。在古音的分部上，這一條語例還照舊可通。

林語堂《陳宋淮楚歌寒對轉考》開頭就説：

　　古有方音，必有方音的蹤迹可尋，吾國音韻學家，只知某音與某音通轉，某聲與某聲相近，而對於此音轉的時代地域，多茫然

---

[1] 熊會貞參疏：《京都大學藏鈔本水經注疏・卷三十九・湄水》。

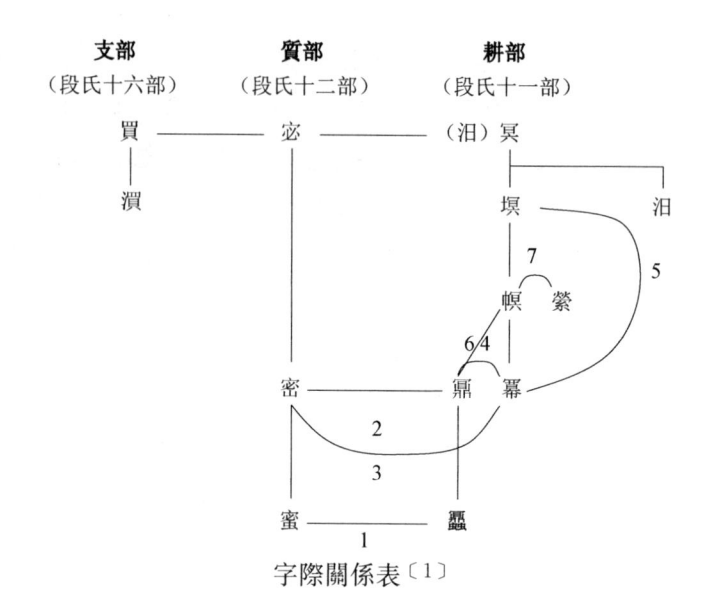

```
        支部              質部              耕部
    （段氏十六部）    （段氏十二部）    （段氏十一部）

      買 ————————— 宓 ————————（汨）冥
      |                                   |
      𧵢                         塓       汨
                                 |7       |
                                 幎 縈    |5
                                 |6 4
      密 ————————————————— 鼏 冪
            _____2_____/
             _____3_____/
      蜜 ——————————————— 虋
              1
```

字際關係表〔1〕

置之。但是凡音之轉變可考的，如見於詩之用韻，字之假借，名之改易，必有轉變的出處作者年代地理關係，根據這些關係，作細密的系統的觀察，則其音轉之時地，可得而知。音轉是普通的，必見於普通文字史料，音轉之限於某時某地的，必限於某時某地的文獻。音轉固然未必可逐條看出，但是既可看出音轉，則必有音轉的時地條件，此爲不易之理。〔2〕

"𧵢"、"汨"的支耕對轉，既有時間地點限制，則知此種方言

---

〔1〕 1.《說文》或體。
    2.《儀禮·士冠禮》鄭注。
    3.《儀禮·既夕禮》鄭注。
    4.《儀禮·少牢饋食禮》鄭注。
    5.《左傳·襄公三十一年》"圬人以時塓館宮室。"《文選·魏都賦》李注引塓作幂。
    6.《禮記·禮器》、《釋天》引"幎"又作"鼏"。
    7.《儀禮·士喪禮》鄭注："幎讀若《詩》云：'葛藟縈之'之縈。"
〔2〕《慶祝蔡元培先生六十五歲論文集》上。

其地理關係不出"楚郢江湘之間"。[1]

我們説：當年當地既然有把"潧"字念作"汨"的事實，同理，那麼把"枳"念作"郢"的同音字也就順理成章了。因爲那時地處"楚郢江湘之間"支耕陰陽對轉已成風氣。所以説"莊蹻暴郢"是"莊蹻搏（暴）枳（郢）。"

《吕氏春秋・具備》："武王嘗窮于畢程矣。"《孟子・離婁下》："文王卒于畢郢。"《左傳・哀公二十三年》："越諸鞅來聘。"《吴越春秋・勾踐入臣傳》"諸鞅"作"諸稽郢"。——用"郢"來寫它，不一定就是楚國的地方！

十三、莊蹻的時代問題

莊蹻是什麼時代的人？這和他是"盗"將一樣，是一個有爭議的問題。《史記・西南夷列傳》、《漢書・西南夷傳》和《華陽國志・南中志》都説他是楚威王時人。只有《後漢書・西南夷傳》和唐宋人注書、類書引《華陽國志》説他是楚頃襄王時人。

唐顔師古注《漢書》已經接觸到這個問題，可是没有表態。《漢書・西南夷傳》："始楚威王時，使將軍莊蹻將兵循江上，略巴黔中以西。"他只注了"循"和"黔中"，而"楚威王時"他卻一個字也没注。可是在注《地理志》時，他卻在"牂柯郡"下引《華陽國志》云："楚頃襄王時，遣莊蹻伐夜郎，軍至且蘭，椓船于岸而步戰。既滅夜郎，以且蘭有椓船牂柯處，乃改其名爲牂柯。"可能他

---

[1]《方言・十》。

因爲後者沒有提到黔中，而前者又沒有涉及夜郎、且蘭，而把它們看作兩回事。

杜祐《通典·邊防三》對這個問題發表了自己的意見，他認爲范曄《後漢書》是對的，把莊蹻定在頃襄王時。

但是問題並沒有解決。直到清代和現代也還在爭論。顧廣圻校《華陽國志·南中志》在"楚威"之下，針對顏師古《漢書·地理志注》引作"頃襄"說："考《史記》、《漢書》、《西南夷傳》皆作'威'，蓋顏師古因秦奪楚黔中地在頃襄王時，改而引之。"

此說雖有一定道理，但是，是不是師古"改而引之"，卻很難說。

顧觀光《華陽國志校勘記》根據唐宋時代"引文"反對顧廣圻說。他說：

"今按廖說[1]誤也。《史記正義》、《藝文》七十一、《書抄》百三十八、《御覽》百六十六，又七百七十一，並引作頃襄王。必《華陽國志》古本如此，後人依《史》、《漢》改耳。"

在這兩個對立的意見中，楚頃襄王說在史學界頗有影響。例如楊寬先生的《戰國史》，這部書有很精闢的見解，但是在莊蹻問題上，是主張頃襄王說的。他說：

"公元前二七九年左右楚頃襄王派莊蹻通過黔中向西南進攻，經過沅水，攻克且蘭，征服夜郎，一直攻到滇池。"[2]

在這頁書下，楊先生又通過附注"②"作了補充，說：

---

[1] 因顧廣圻校語刊在廖寅刻本裏，故以爲廖氏之說。
[2] 《戰國史》1980年版第353頁。

《史記·秦本紀》載,秦昭王二十七年"使司馬錯發隴西,因蜀攻楚黔中,拔之"。三十年"蜀守若伐取巫郡及江南爲黔中郡。"在秦昭王二十七年到三十年間(前280—前277),楚必定曾收復黔中郡。這次收復黔中郡的可能就是莊蹻。以前秦不斷派司馬錯攻楚,此後便不聞有司馬錯壯兵出戰事,可能就在楚軍反攻中被楚打得大敗。

楚威王說和頃襄王說,應從哪一說呢?

歷史人物,在同一王國裏,有的是身事兩王或歷事三王的。歷史事件,也有經歷數年、數十年乃至百年的。但是,作爲一個事件,就其始事之年來說,只是一王一時之事,不可能是經歷數王的。作爲一個將官來說,是可以受其時王之命,先後指揮幾次不同的戰役,而身經兩王或三王的。

莊蹻問題是前者,是明其受命之王的,是一王一時之事。威王說和頃襄王說是不可兩立而必居其一的。如果是後者,則是一個長期戰爭中的不同戰役,由於先後受命的時間不同,也或者有從威王,經懷王而到頃襄王時又復將兵的可能。因此,有查看他的史料的必要。

但是,必須明確:我們要弄清的不是別的,而是楚國哪一個王,他"使將軍莊蹻將兵"或"遣將莊蹻"的。

下面,我們把《史記·西南夷列傳》、《漢書·西南夷傳》、《華陽國志·南中志》、《後漢書·西南夷傳》、《漢書·地理志》顏師古注、《藝文類聚·卷七十一·舟》等等史書原文和書注或類書引《華陽國志》之文,對比一下,看看它們所記的是一事還是兩事,然後再對它們作出判斷,回答"莊蹻到底是楚國哪一王的人"。

把表上所列各書，就其相應辭句，對照來看，可以看出：
有的是各書一致的，例如：
王滇（一、二、三、四、六）
有些地方是並不一致的，例如：
第一，莊蹻所受命之王
　　楚威王（一、二、三）
　　頃襄王（四、五、六）
第二，莊蹻所取水路
　　循江上（一、二）
　　泝沅江（三、四、六）
第三，莊蹻行軍路線
　　循江上，略巴黔中以西，蹻至滇池，以兵威定屬楚。（一、二）
　　泝沅水，出且蘭，以伐夜郎，降（滅）夜郎。（三、四、六）
第四，莊蹻王滇原因也有兩類三種差異：
　　第一類之一是——
　　秦擊奪楚巴黔中郡，道塞不通，因以其衆王滇。（一、二）
　　第一類之二是——
　　秦奪楚黔中地，無路得反，遂留王滇池。（三）
　　這一類主要差異在"楚巴黔中郡"和"楚黔中地"。
　　第二類只有一例，在"王滇"原因上，與第一類有顯著差異。
　　既滅夜郎，因留王滇池。（四、六）
這些不同之處怎麼看？試以語言的對立統一規律來說明我們分析這些文獻資料：

（一）莊蹻王滇不是由於他"既滅夜郎"

"既滅夜郎，因留王滇"，兩句兩事。它們沒有必然的因果關係，而與范書基本相同的李㤙本《華陽國志》卻在這兩句之間多出了"而秦奪楚黔中地，無路得反"十一個字。因果明確，而語言又與《史》、《漢》兩書大體相同。可知莊蹻不是由於他滅了夜郎才去王滇，而是因爲秦軍奪去了他據以往返的咽喉要地。莊蹻是由於"道塞不通"，"無路得反"，不得已才"還以其衆王滇"的。

（二）秦從巴蜀攻取楚黔中主要戰場都不在湘西沅水

秦攻取楚黔中之戰，先後有兩起：第一起是公元前316年，周慎王五年，秦惠文王更元九年，楚懷王十三年，"司馬錯自巴涪水取商於爲黔中郡"。[1]

第二起是三十六年後，公元280年，楚頃襄王十九年，秦昭王二十七年，從這一年開始，秦對楚展開了有計劃的連續四年的兩路進攻。

《史記·秦本紀》：昭襄王——

　　二十七年，"錯攻楚，赦罪人遷之南陽。……又使司馬錯發隴西，因蜀攻楚黔中，拔之。"
　　二十八年，"大良造白起攻楚，取鄢鄧。"
　　二十九年，"白起攻楚，取郢爲南郡。楚王走。"
　　三十年，"蜀守若伐楚。取巫郡及江南爲黔中郡。"
　　三十一年，"楚人反我江南。"

我們從語言依存關係看這幾年的事情發展：

秦昭王二十七年，只是開始"因蜀"以"攻楚黔中"，到三十年

---

[1]《巴志》。

"蜀守(張)若伐楚"。才進而攻"取巫郡及江南"。這說明：這兩年戰役是有連續性的，都是以蜀爲主力從西向東，對楚進攻的。第一次戰役只攻下巫郡西面的楚黔中之地，尚未及巫。經過休整補充之後，三十年在已得的黔中之地的基礎上，又復前進，進而攻下了楚國巫郡和它相鄰的楚黔中東部的江南地。整個戰爭分作兩段，都是順流而下，沿江推進而取得勝利的。

這次分兩段進行的取黔之戰，不是孤立的。它是同昭王二十八年"白起攻楚取鄢鄧"，三十年"白起攻楚取郢爲南郡"密切配合的。正如《戰國策・楚一》所說的，"秦(攻楚)必起兩軍，一軍出武關，一軍下黔中"，"秦西有巴蜀，方船積粟，起于汶山，循江而下，……黔中、巫郡非(楚)王之有已；秦舉甲出之武關，南面而攻，則此地絶"。攻黔之軍是兩路進攻中的南翼。

這場大戰，秦是以鉗形攻勢進攻楚國的。統帥是司馬錯。秦昭王二十七年，他先在楚北作試探性進攻，並取得前進基地，"赦罪人遷之南陽(郡)"以準備大舉進攻。然後，他又去"發隴西，因蜀攻楚黔中"，取得南線的初步勝利。同時，又把攻趙取勝的白起調到楚北，使他指揮北線。在第二年(秦昭王二十八年)，從南陽郡基地攻楚，奪取了鄢、鄧，並"赦罪人遷之"。第三年(昭王二十九年)，又以鄢、鄧爲基地，進而攻楚，攻下楚都，——"取郢爲南郡"，迫使楚襄王"東北保于陳城"，取得重大的勝利。第四年，(昭王三十年)南路秦軍，在蜀守張若的指揮下，從所得黔中之地，又復東進攻楚，攻取了楚國巫郡及與之相鄰的江南地，從而取得了南北兩路對楚夾擊的勝利。

就其南線說來，秦從巴蜀攻楚的路線是：在三十六年以前(周慎王五年，前316)"司馬錯自巴涪水取商於地黔中郡"的基礎上,從"巴黔中以西"之地,沿江東下,攻取巫郡西面的楚黔中地。休整補充,然後再以之爲基地繼續向東推進,奪取了巫郡及其江南地。進攻的主力是"循江而下"的。

楚頃襄王"東北保于陳城"之後的第二年,公元前 276 年,"(楚)襄王乃收東地,兵得十餘萬,復西,取秦所拔我(楚)江旁十五邑以爲郡"。這次反攻,也在表明南線主要戰場是在"江旁",而不是在湘西之"沅"的。

假定當年莊蹻西征之路是"泝"湘西"沅水"而上的。無論秦昭王二十七年司馬錯"因蜀攻楚黔中",或三十年"蜀守若伐楚取巫郡及江南",都不會使莊蹻無路得反。

史實證明,用司馬錯取楚黔中來證明莊蹻西征往返之路在湘西沅水是有困難的。

(三) 另一條可以入江的"沅水"

沅水有兩條,泝流而上,都可以到達且蘭。一條是上游現稱"清水江"的沅江;一條是《漢書·地理志》:"不狼山,出鼈水,入沅"之"沅",它的下游就是巴涪水。以現用水名來説,即烏江。

《水經注·延江水》:"延江水出犍爲南廣縣,東至牂柯鼈縣,又東屈北流。"注云:"縣有鼈水,出鼈邑西不狼山,東與温水合。温水一曰煖水,出犍爲符縣,而南入黚水。黚水亦出符縣南,與温水會,鬩駵謂之鬩水。俱南入水鼈,鼈水於其縣而東注延江水。"可見鼈水所入之"沅"就是"延江"。延江,亦叫延水。它就是現在的烏江,一稱黔江。這條水的名字很多。如洪亮吉《延江水考》所説,在他調查的當時。

統而計之,其在安順府普定縣者,曰三岔河,清鎮縣境者,曰澄河；大定府境者，曰六歸河；畢節縣境者，曰七星水；黔西州境，曰獺革河、鴨池河、陸廣河、黃沙渡河；至烏江城以下，始名烏江。至餘慶縣界，名巖門江；過思南府城，曰思南河，又名德江；至彭水縣以下，曰黔江河，又總名曰涪陵水，亦謂之内江水。蓋逕二省八府二十餘州縣，凡十數易其名而始入大江。

其中，有的是古今異名，有的是因地異名。這條水，在相當長的時間内，是没一個總名來貫通源委的。《漢書·地理志》牂柯郡和巴郡都没有記它，只在鐔縣下注"不狼山，鐔水所出，東入沅"，才一見它的名字。鐔水所入之"沅"，《水經》謂之"延江水"。這條水異名並用之事也見於《華陽國志·南中志》，它說牂柯郡"晉元帝世，……分牂、平（半）爲平夷郡"。鐔縣原屬牂柯。"不狼山出鐔水入沅"，而牂柯郡則"郡特多阻險，有延江、霧赤、煎水爲池衛，少有亂"。"沅"和"延"古音同在元部。沅水音變爲延水，像吉林省九台市飲馬河也叫驛馬河一樣，同一水名而音變成兩個，而同時並存在地方上也是常有的現象。

沅水有兩條，這也並不奇怪。就以貴州省爲例，清水江就有兩條：一條是烏江（古沅水）的支流，它北流到開陽縣東北進入烏江，一條是沅江上游，到錦屏縣東北入湖南省稱爲沅江。

"延水"是"沅水"的音變異名，不一定必如洪亮吉所說"延字誤作沅，當屬傳寫之誤"。

"以牂柯繫船，因名且蘭爲牂柯國。"鐔縣原屬牂柯。是鐔水所入之"沅"爲牂柯之水，而牂柯爲故且蘭地，可見"沅"這條"沅水"是可以達到"出且蘭"的目的。

總之，沅水即延水，巴黔中郡就是黔中地，《華陽國志》與《史》、《漢》所記莊蹻之事並不矛盾。

從文獻方面,如對照表所列,在年代上《史》、《漢》早于《華陽國志》二百乃至四百多年,應從古史,在内容上,把李悠本《華陽國志》和《後漢書》相對校,在莊蹻事情上,范曄是拼抄常書合兩段文字而成的,——范書晚于《華陽國志》,而《華陽國志》"楚威王"與《史》、《漢》相同,除"循江"、"泝沅"外,"王滇"事因也基本相同。

從地理方面,莊蹻所"略巴黔中以西"之地,在"巴"和"黔中以西"的限制下,可知它是在"巴之南鄙"楚黔中地以西的地方。而"巴之南鄙""涪水本與商於之地接","司馬錯自巴涪水取商於地爲黔中郡,"其地又屬黔中。這些,不但指明了有名的商於之地就在這裏,而且又點出它在涪水域,是楚黔中郡擴展到巴地的部分——巴黔中郡。

巴涪水就是《水經》的延江水,它的上游是鼈水所入之"沅"——"沅水",下游至枳至"涪陵水會"而入江,這條水也叫涪陵水,現在叫黔江或烏江。它的下游,與莊蹻"循江上略巴黔中以西"的路線相合,上游與莊蹻據以"泝沅"、"入滇"的往返途徑相合。《史》、《漢》記其"循江"西上取得南下基地,從而向西開拓了楚黔中之地;《華陽國志》則記他以"巴黔中以西"之地爲基地,南下西上,進而"入滇"的"泝沅"路程。《史》、《漢》和《華陽國志》各記一端,是兩不相背的。

從史實方面,周慎王五年,楚懷王十三年,秦惠文王更元九年,即公元前316年,"司馬錯自巴涪水楚商於地爲黔中郡",這正是《史》、《漢》所説的"會秦擊奪楚巴黔中郡"。

"巴黔中郡"是擴張到巴地的黔中郡地,因而從楚國説來,它也是黔中地。因此《華陽國志》"會秦奪楚黔中地",也正是記這件事，它與《史》、《漢》並不矛盾。

但是，在秦"舉巴蜀"之前，已經是"楚地西有黔中、巫郡"。習慣上"黔中地"很少想到它在一定歷史條件下是包括"巴黔中郡"在內的。——忽略這事，正像人們早已忘記楚商於之地就在"巴黔中以西"的巴涪水域一樣。因此，對莊蹻"王滇"原因，"秦奪楚黔地"，被理解爲不包括"巴黔中郡"在内的原楚黔中地。從而把它和秦昭王二十七年"使司馬錯發隴西，因蜀攻楚黔中，拔之"聯繫起來，進而把"楚威王"改爲"楚頃襄王"，來和它相應。《吕氏春秋·介立》："莊蹻之暴郢也"，高誘注："莊蹻楚成王之大盜"，"成"乃"威"字之誤。（盧氏説）是東漢建安時代，還没有把它歸到楚頃襄王。《後漢書》證明這事至晚在南朝劉宋時代就已經被誤改了。

在莊蹻出征行軍綫路上，《史》、《漢》，與《華陽國志》互相補足。

循江上，略巴黔中以西。（《史》、《漢》）

泝沅水（即巴涪水），出且蘭以伐夜郎。且蘭既克，夜郎又降。（《華陽國志》）

蹻至滇池，以兵威定屬楚。（《史》、《漢》）

根據這些史料和關係，可以説莊蹻是楚威王派他西上略地，在取得前進基地之後，又南進入滇的。派遣時間可能在楚威王晚年。

"莊蹻自滇池欲歸報，會秦擊奪楚巴黔中郡，道塞不通，因還以衆王滇"，可據《華陽國志》"周慎王五年，司馬錯自巴涪水取楚商黔地爲黔中郡"，定在楚懷王十三年、秦惠文王更元五年，公元前316年。

十四、秦取楚商、於之地在周慎王六年（前315）
—— 司馬錯伐楚取商、於之地是秦滅蜀取巴事的一個計劃部分，其時應在周慎王六年

秦用兵巴蜀而司馬錯因之伐楚，從而取得楚商於之地以爲秦黔中郡。這事是在秦決定伐蜀時就已確定了的。

秦惠文王更元九年，司馬錯浮江伐楚，自巴涪水取商於之地。其伐蜀的目的主要在於伐楚。《華陽國志·蜀志》記這次事因及其決策經過説："苴侯與巴王爲好，巴與蜀仇，故蜀王怒伐苴侯。苴侯奔巴，求救于秦。"這時"秦惠王方欲謀楚"。

群臣議曰："夫蜀西辟之國，戎狄爲鄰，不如伐楚。"司馬錯、中尉田真黃曰："蜀有桀紂之亂，其國富饒，得其布帛金銀足給軍用，水通于楚。有巴之勁卒，浮大舶舩以東向楚，楚地可得。得蜀則得楚，楚亡，則天下並矣。"惠王曰："善！"

"水通于楚，有巴之勁卒，浮大舶舩以東向楚，楚地可得。"這個戰略思想和《巴志》"周慎王五年……秦惠文王遣張儀、司馬錯救苴巴，遂伐楚滅之，……因取巴，……司馬錯自巴涪水取商於之地爲黔中郡"完全相應。

戰前決策和戰事的進程的一致，表明《蜀志》所記"司馬錯率巴蜀衆十萬，大舶舩萬艘，米六百萬斛，浮江伐楚，取商於之地爲黔中郡"，這一軍事行動是秦惠文王滅蜀取巴戰略決策的組成部分，而不是另外的一次出兵。

或者有人説：《蜀志》這一段記在周赧王七年下，是赧王六年"陳壯反，殺蜀侯通國，秦遣庶長甘茂、張儀、司馬錯復伐蜀"的

一個部分,而不是周慎王五年事。

是不是屬於復伐蜀呢?

不是。

因爲《蜀志》周赧王六年、七年、五年——惠王二十七年三條記事繫年有誤。

因爲周赧王二年以後伐蜀之役已經結束,張儀已經不復在巴蜀。

《華陽國志·蜀志》:

> (周赧王)六年,陳壯反,殺蜀侯通國。秦遣庶長甘茂、張儀、司馬錯復伐蜀,誅陳壯。
>
> 七年,封子惲爲蜀侯。司馬錯率巴蜀衆十萬,大舶舩萬艘,米六百萬斛,浮江伐楚,取商於之地爲黔中郡。
>
> 五年,惠王二十七年,儀與若城成都,周回十二里,高七丈;郫城,周回七里,高六丈;臨邛城,周回六里,高五丈,造作下倉,上皆有屋,而置觀樓射蘭。

"六年陳壯反殺蜀侯通國"事,《史記·六國表》記在周赧王四年。

"五年,惠王二十七年"事,學者早已對它"疑午"。顧千里校本說"按:此有誤。"顧觀光《校勘記》認爲"不可曉"。因爲周赧王五年是秦武王元年,而秦惠王二十七年是赧王四年,它們合不到一起。

但是,在這些年代差異之中卻有一個共同的事實:無論是周赧王四年、五年、六年,這期間張儀都不能入蜀。因而這三條繫年紀事都有問題。

我們知道:周赧王四年是秦惠文王更元十四年,楚懷王十八年。這一年是秦楚丹陽之戰和藍田之戰的第二年。

《史記·楚世家》說這一年：

> 秦使使約復與楚親，分漢中之半以和楚。楚王曰："願得張儀，請之楚。……儀遂使楚。至，懷王不見，因而囚張儀，欲殺之。……鄭袖卒言張儀于王，而出之。儀出，懷王因善遇儀。儀因說楚王以叛從約而與秦合親，約婚姻。張儀已去，屈原使從齊來。"

這說明，赧王四年時，張儀又繼續爲秦使楚，愚弄楚懷王。同書《張儀列傳》說他這一年在二次愚弄楚懷王之後：

> 張儀去楚，因遂之韓，說韓王。……韓王叫儀計。張儀歸報。秦惠王封儀五邑，號曰武信君。使張儀東說齊湣王，……齊王……乃許張儀。張儀去，西說趙王，……趙王許張儀。張儀乃去北之燕，說燕昭王，……燕王聽儀。
>
> 儀歸報，未至咸陽，而秦惠王卒。武王立。
>
> 武王自爲太子時不說張儀。及即位，群臣多讒張儀，……諸侯聞張儀有卻武王，皆畔衡，復合從。

到第二年——

> 秦武王元年，群臣日夜惡張儀未已，而齊讓又至。張儀懼誅，乃因謂秦武王……秦王以爲然，乃具革車三十乘，入儀之梁。

而《秦本紀》也說：

> （更元）十四年（周赧王四年），蜀相壯殺蜀侯來降。惠王卒，子武王立。韓、魏、齊、楚、趙皆賓從。武王元年（赧王五年），……誅蜀相壯。張儀、魏章皆東出之魏。……二年（赧王六年）……張儀死于魏。

張儀、魏章皆去秦之魏,而儀死于魏,這事《六國表》裏也有記載。[1]

從這些記載可知:周赧王四年(秦惠文王更元十四年)這一年,張儀始則使楚,繼則使韓。回秦之後又出使于齊,于趙,于燕。當他尚在歸報于秦的途中,未到咸陽而惠王卒,武王即位。而武王與張儀有郤。第二年,赧王五年(秦武王元年),張儀懼誅,從秦東出之魏。第三年,赧王六年(秦武王二年),張儀死于魏。

這一系列的事實證明:無論周赧王四年、五年、六年,張儀都不能爲秦伐蜀。因此說:《華陽國志‧蜀志》這三年所記之事,都不是屬於這三年的。

事實上,這期間因爲蜀侯相陳壯反而出兵定蜀的是甘茂,而不是張儀和司馬錯。《史記‧樗里子甘茂列傳》寫得很清楚——

> 秦惠王卒,太子武王立。逐張儀、魏章,而以樗里子、甘茂爲左右丞相。

> 惠王卒,武王立,張儀、魏章去東之魏。蜀侯輝相壯反。秦使甘茂定蜀。還而以甘茂爲左丞相,以樗里子爲右丞相。

《六國表》:

> 周赧王四年,秦惠王更元十四年,"蜀相殺蜀侯"。
> 五年,秦武王元年,誅蜀相壯。張儀、魏章皆(出之)魏。
> 六年,秦武王二年,初置丞相,樗里子、甘茂爲丞相。

事與《甘茂傳》相合。可知《蜀志》周赧王六年所記應是:

---

[1]《表》把"皆出之魏"寫作"皆死于魏"。

六年,陳壯反,殺蜀侯通國。秦遣庶長甘茂復伐蜀,誅陳壯。

其"張儀、司馬錯"兩人當是受其下"七年"、"五年"兩條錯簡之文而誤加的。

《華陽國志·蜀志》周慎王五年,周赧王元年,三年,六年,七年諸條都以年相次。而七年之下忽然接以"五年,惠王二十七年"。

爲什麽"七年"之後又出現"五年"? 這是須要考慮的另一問題。

如"五年"爲赧王年。赧王五年乃秦武王元年,不是惠王二十七年;反之秦惠王二十七年(更元十四年)乃周赧王四年,並非五年。周秦紀年不相應,已經引起學者們的注意。顧千里校本指出"按此有誤也""必經宋人改竄,遂不可通耳"〔1〕。顧觀光以爲"此錯誤不可校"。〔2〕

按:此條錯誤不是不可校的。

(一)這一條只記張儀在蜀築城,別無他事。其時是周赧王"五年,惠王二十七年"。

(二)如前所說,秦惠文王二十七年和周赧王五年(秦武王元年),"群臣日夜惡張儀未已,而齊讓又至。張儀懼誅",張儀與魏章東出之魏,這兩年張儀都不能入蜀。

(三)秦滅蜀取巴是張儀、司馬錯一起去的。《六國表》周慎王四年:秦,"張儀復相"。五年,"擊蜀滅之"。慎王四年是秦惠文王二十一年,更元八年。《秦本紀》惠文王"十四年,更爲元年",更元"八年,張儀復相秦。九年,司馬錯伐蜀滅之",九年是

---

〔1〕 顧校廖刻《華陽國志》,《四部備要》本卷三第3頁。
〔2〕 顧觀光《華陽國志校勘記》卷一《巴志》。

周慎王五年。《戰國策・秦二》甘茂對秦武王曰："臣聞張儀西並巴蜀之地,北取西河之外,南取上庸,天下不以爲多張儀而賢先王。"

《華陽國志・巴志》:

> 周慎王五年,蜀王伐苴侯。苴侯奔巴。巴爲求救于秦。秦惠文王遣張儀、司馬錯救苴巴,遂伐蜀滅之。儀貪巴苴之富,因取巴,執王以歸。置巴蜀及漢中郡,分其地爲(三十)〔1〕一縣。儀城江州,司馬錯自巴涪水取楚商於地爲黔中郡。

(四)張儀、司馬錯滅蜀取巴,張儀築城之事在周慎王五年這個時間,《巴志》記得很清楚。

把這四點和《蜀志》"五年、惠王二十七年"所記時、事相比,得知:這個"五年"因有張儀在蜀築城,必非周赧王五年。

"五年"而張儀在蜀築城,事與《巴志》周慎王五年,秦惠文王遣張儀、司馬錯滅蜀取巴,而儀城江州諸點相應。

可見,這個"五年"當是周慎王五年,而不是赧王五年。

《御覽》九百三十一引"張儀、司馬錯破蜀克之,儀因築城",首有"秦惠王十二年"六字。而《事類賦》二十八注,引作十三年。

周慎王五年,是秦惠文王二十二年(即更元九年)。"從十二""十三"的異文看來,《蜀志》"惠王二十七年"當是"二十二"字誤。

《蜀志》"五年,惠王二十二(七)年,儀與若城成都"這一條是上與這段記載緊緊相接的:

> 七年,封子惲爲蜀侯。司馬錯率巴、蜀衆十萬,大舶舩萬艘,

---

〔1〕據《漢中志》"王巴蜀三十一縣"補"三十"二字。

米六百萬斛,浮江伐楚,取商於之地爲黔中郡。

周赧王七年是秦武王三年。《秦本紀》記這一年武王"與韓襄王會臨晉外。樗里疾相韓。……其秋,使甘茂、庶長封伐宜陽"。沒有用兵巴蜀的記載。而赧王六年入蜀誅陳壯的庶長甘茂。這一年秋正合庶長封伐韓之宜陽,直到第二年,武王四年才"拔宜陽,斬首六萬,涉河,城武遂"。

秦用兵巴蜀而司馬錯因之伐楚取商於之地爲黔中郡,這事也見於《巴志》。《巴志》在記秦惠文王遣張儀、司馬錯滅蜀取巴之後,說:

儀城江州,司馬錯自巴涪水取商於地爲黔中郡。

"儀城江州"與《蜀志》(周慎王)五年,惠王二十[二](七)"儀與若城成都",城郫,城臨同其性質,都是略地之後爲了鞏固據點,便於攻守而採取的措施。同時又以巴蜀爲基地,攻取楚之商於,以斷楚右臂,又是一項戰略措施。

《蜀志》赧王七年,"司馬錯率蜀衆十萬,大舶舩萬艘,米六百萬斛,浮江伐楚取商於之地爲黔中郡",下面接着就是"(周慎王)五年,惠王二十二(七年),儀與若城成都"一系列築城之事。

《太平御覽》九百三十一"成都築城"事引"張儀、司馬錯破蜀克之,儀因築城"。雖文與《蜀志》不同,但張儀與司馬錯同在巴蜀則是明確的。

根據這些情況,可知《蜀志》赧王七年"司馬錯率巴蜀衆……浮江伐楚,取商於之地爲黔中郡"一段,應與《巴志》周慎王五年事相同,是它下文"(周慎王)五年,惠王二十二(七)年,儀與若城成都，……而置觀樓射蘭"下面一段文字，由於所據"舊紀"錯簡，或由於後來"蜀侯輝反，司馬錯定蜀"(《秦本紀》昭襄王六年，周赧王十四年)，而誤改。

或者有人問：漢人已經用紙，魏晉時代怎麼還會有錯簡之事？

漢人雖已用紙，可是直到魏晉時木簡並沒有絕迹。漢晉西陲木簡既有泰始六年木簡[1]，又有泰始六年紙片[2]。這些木簡和紙片都出於蒲昌海北。

在這種情況下，魏晉時代的"舊紀"也必然是紙、簡都有的。即使那時有些典籍已過錄爲紙本，可是它所據的底本也還是出於簡册的。

常璩"迺考諸舊記"以寫《華陽國志》，據錯簡而行文，因誤而誤，這是可能的。

《華陽國志》宋代已無善本。李㢸説吕大防本已是"載襖荒忽，刓缺愈多，觀者莫曉"李氏已經發現這部書有"一事而先後失序，本末舛逆者"；有"一意而詞旨重複，句讀錯者"。[3] 除常氏原書誤據錯簡外，也有後人誤竄誤改的可能。

是錯簡，還是誤改，雖然難以遽定，但是常氏書有"先後失序，本末舛逆"之外，則是從宋代就已覺察到的事實。

我們説《蜀志》(周赧王)七年記事，原本只有"封子煇爲蜀侯"一句。"司馬錯"到"黔中郡三十二字本在"(周慎王)五年，惠王二十二(七)年條末。

---

[1] 《流沙墜簡》的《屯戍叢殘》第18、19頁。
[2] 《流沙墜簡》的《簡牘遺文》第5頁。
[3] 並見李㢸《重刊華陽國志序》。

《華陽國志·巴志》記周慎王五年秦惠文王遣張儀、司馬錯滅蜀取巴，"置巴蜀及漢中郡，分其地爲一縣"。顧千里以爲"一"字當衍。顧觀光依《路史·太昊紀注》補爲"三十一縣"。按：《漢中志》"項羽封高帝爲漢王，王巴蜀三十一縣。"數與《路史》注所引相同。顧觀光的補文是對的。

"分其地"當是"置巴蜀及漢中郡"的主要措施。

這事在《蜀志》寫作："三年，分巴蜀置漢中郡"，正反映這一史實。

"分巴蜀置漢中郡"，因爲巴蜀北部位於漢中。《戰國策·燕二》："漢中之甲，乘舟出於巴，乘夏水而下漢，四日而至五渚"，是當時巴蜀北部位於漢中。《華陽國志·蜀志》："蜀王別封弟葭萌于漢中，號苴侯，命其邑曰葭萌焉。"葭萌治所在今廣元劍閣之間，當時也屬漢中。

巴三十一縣有一部分在漢中之地，它介於秦與巴蜀之間，是秦控制巴蜀的前進基地，也是秦國的屏障。把它分割出來作爲秦郡，在加强秦國勢力的同時也削弱了巴蜀的範圍和力量。

秦什麼時候"分巴蜀置漢中郡"？

《巴志》記在周慎王五年，《漢中志》記在周赧王二年，説"漢中郡，……周赧王二年置郡"。《蜀志》記在周赧王三年。三《志》三年，究竟在哪一年呢？

滅蜀取巴在周慎王五年。《史記·六國表》，秦惠文王更元九年（周慎王五年）"擊蜀滅之"。《秦本紀》："（更元）九年，司馬錯伐蜀滅之。"更元九年即周慎王五年。《巴志》、《蜀志》也正在這一年。

《史記·張儀列傳》："苴蜀相攻擊，各求告急於秦。秦惠王欲發兵以伐蜀。""司馬錯與張儀爭論于惠王前",惠王聽司馬錯,"卒起兵伐蜀。十月取之。遂定蜀"。但是"蜀之更號爲侯,而使陳莊相蜀"。其事都在秦惠王更元十一年,赧王元年,滅蜀的第三年。

這段歷史應爲:

(一)蜀王、傅相、太子抗秦而死並未受貶

《蜀志》"周慎王五年秋,秦大夫張儀、司馬錯、都尉墨等從石牛道伐蜀。……冬,十月,蜀平。"

當年解決戰事,諸書是一致的。

但是,如《蜀志》所記:"蜀王敗績。王遁走,至武陽,爲秦軍所害。其傅相及大子退至逢鄉,死于白鹿山。"蜀王及其傅相,太子乃抗秦而死,並未受貶。"蜀王,更號爲侯"自是秦人對蜀在政治上的措施,而不是對原蜀王"貶"而用之。從《蜀志》看來,《秦策》在這一點上是合於實際的。從此蜀成爲秦國之侯,不再是與秦分庭抗禮之國。

(二)這個蜀侯人選,直到伐蜀的第三年才定。

《蜀志》:"周赧王元年,秦惠王封子通國爲蜀侯,以陳壯爲相。"同時"置巴郡。以張若爲蜀國守。"當時"戎伯尚强,乃移秦民萬家實之"。——《史記·項羽本紀》、《漢書·蕭何傳》"秦之遷民皆居蜀",也在反映這一事實。

當時秦尚未"分巴蜀置漢中郡。"至周赧王三年,秦惠文王更元十三年,秦楚丹陽之戰,秦"魏章攻楚,敗楚將屈匄,取漢中地。"[1],"取地六百里,置漢中郡"。[2] 這時才又把巴蜀之地

―――――――――

[1] 《史記·樗里子列傳》。
[2] 《秦本紀》。

在漢中者，分而出之，與所得楚漢中地相合在一起，如《蜀志》所記：周赧王"三年，分巴蜀，置漢中郡。"

秦漢中郡之設置，巴蜀之役早已結束，非必秦置漢中郡之後，張儀始"城江州"、"城成都"，司馬錯始從"巴涪水伐楚取商於之地爲黔中郡"。

秦滅蜀取巴之後的行政上的措施和建制，是隨形勢發展逐步確定的，並不是一時全定的。

《巴志》："秦惠文王遣張儀、司馬錯救苴、巴，遂伐蜀滅之。儀貪巴苴之富，因取巴，執王以歸。置巴蜀及漢中郡，分其地爲〔三十〕一縣。""執王以歸"以及"置巴蜀及漢中郡"等句，與《秦策》"十月，取之，遂定蜀。蜀主更號爲侯，而使陳莊相蜀"的"蜀主更號""陳莊相蜀"一樣，都是事後的總述，並不意味著這些都畢於一役。這些插入的總述，也並不影響接敘當時的戰事。也就是說，這些事不妨礙"儀城江州，司馬錯自巴涪水取楚商於地爲黔中郡"是秦滅蜀取巴之後的進軍。

十五、《華陽國志·蜀志》司馬錯伐楚取商於之地繫年刊誤
——附：論晉朝尚用木簡

《華陽國志》司馬錯伐楚取商於之地，這一史實在它的《巴志》和《蜀志》兩《志》中，繫年不同。前者把這事記在周慎王五年，而後者則把它寫在周赧王七年。它們是一事之誤記，還是先後兩事？這是須要澄清的。

通覽巴、蜀兩《志》，我認爲它們本是一事，在傳寫中誤成

兩年。

這事須從秦用兵巴蜀的戰略決策說起。

秦惠文王更元九年（周慎王五年，楚懷王十三年、前 316）司馬錯浮江伐楚，自巴涪水取楚商於之地，是秦在決定出兵巴蜀時就已經確定了的。

《華陽國志·蜀志》（以下簡稱《蜀志》）關於秦國這次出兵的事因及其決策經過是這樣寫的：

> 苴侯與巴王爲好。巴與蜀仇，故蜀王怒，伐苴侯。苴侯奔巴，求救于秦。秦惠王方欲謀楚。
>
> 群臣議曰："夫蜀西僻之國，戎狄爲鄰，不如伐楚。"
>
> 司馬錯、中尉田真黃曰："蜀有桀紂之亂，其國富饒，得其布帛金銀，足給軍用。水通于楚，有巴之勁卒，浮大舶船以東向楚，楚地可得。得蜀則得楚。楚亡，則天下並矣。"
>
> 惠王曰："善！"

這段記載是常璩"迺考諸舊紀，先宿所傳"寫成的。它比《國策·秦策一》所記司馬錯論伐蜀一事寫得更爲全面。

"水通于楚，有巴之勁卒。浮大舶船以東向楚，楚地可得。……楚亡，則天下並矣。"這個戰略思想和《華陽國志·巴志》（以下簡稱《巴志》）

> 周慎王五年，蜀王伐苴侯。苴侯奔巴，巴爲求救于秦，秦惠文王遣綿儀、司馬錯救苴、巴，遂伐蜀滅之。儀貪巴苴之富，因取巴，執王以歸。置巴蜀及漢中郡，分其地爲三十一縣[1]。儀城江

---

[1] 今本作"一縣"，據《華陽國志·漢中志》項羽封高帝爲漢王，"王巴蜀三十一縣"改。《路史·太昊紀》"巴滅"注引《華陽國志》"因取巴地分爲三十一縣"。

州；司巴錯自巴涪水取楚商於地爲黔中郡。

是相應的。

　　戰前決策和戰事進程的一致，表明《蜀志》所記"司馬錯率巴蜀衆十萬、大舶船萬艘、米六百萬斛，浮江伐楚取商於之地爲黔中郡"，這一軍事行動是秦惠王滅蜀取巴戰略決策的一個組成部分，而不是另外一次出兵。

　　或者有人說：《蜀志》這一段記載寫在周赧王七年（秦武王三年、楚懷王二十一年、前308）下，是作爲（赧王）六年陳壯反，殺蜀侯通國。秦遣庶長甘茂、張儀、司馬錯復伐蜀，誅陳壯之後的另一次出兵而寫的。因此，可以認爲司馬錯浮江伐楚取商於之地一事不屬於周慎王五年決策的軍事行動，而是屬於"復伐蜀"的。

　　是不是這樣呢？

　　不是，因爲周赧王二年以後伐蜀之役已經結束，那時張儀已不在巴蜀。

　　先看《蜀志》記載：

　　　　（周赧王）六年，陳壯反，殺蜀侯通國。秦遣庶長甘茂、張儀、司馬錯復伐蜀，誅陳壯。

　　　　七年，封子惲爲蜀侯。司馬錯率巴蜀衆十萬，大舶舩萬艘，米六百萬斛，浮江伐楚，取商於之地爲黔中郡。

　　　　五年，惠王二十七年，儀與若城成都，周回十二里，高七丈；郫城，周回七里，高六丈；臨邛城，周回六里，高五丈，造作下倉，上皆有屋，而置觀樓射蘭。

　　《蜀志》這三段是緊緊相聯的。可是，"六年陳壯反，殺蜀侯通國。""蜀相蜀侯"事《史記·六國表》和《秦本紀》都記在周赧王四年。

而"王年、惠王二十七年"事,學者早已對它"疑年"。顧千里校本說"按:此有誤也",顧觀光《校刊記》也認爲"不可曉"。因爲周赧王年是秦武王元年,而秦惠王二十七年(更元十四年)又是周赧王四年。它們是合不到一起的。

不但年代上有矛盾,更重要的是無論周赧王四年、五年、六年及其以後。這期間張儀都有不能入蜀。

我們知道,周赧王四年是秦惠王更元十四年,楚懷王十八年。這一年也正是秦楚丹陽之戰和藍田之戰的第二年。《史記·楚世家》說這一年:

> 秦使使約復與楚親,分漢中之半以和楚。楚王曰:"願得張儀,請之楚。……儀遂使楚。至,懷王不見,因而囚張儀,欲殺之。……鄭袖卒言張儀于王,而出之。儀出,懷王因善遇儀。儀因說楚王以叛從約而與秦合親,約婚姻。張儀已去,屈原使從齊來。"

這說明,赧王四年時,張儀又繼續爲秦使楚,愚弄楚懷王。同書《張儀列傳》說他這一年在二次愚弄楚懷王之後——

> 張儀去楚,因遂之韓,說韓王。……韓王聽儀計。張儀歸報,秦惠王封儀五邑,號曰武信君。使張儀東說齊湣王,……齊王……乃許張儀。張儀去,西說趙王。……趙王許張儀。張儀乃去北之燕,說燕昭王,……燕王聽儀。
>
> 儀歸報,未至咸陽,而秦惠王卒,武王立。
>
> 武王自爲太子時不悅張儀。乃即位,群臣多讒張儀。……諸侯聞張儀有郤武王,皆畔衡,復合從。

《列傳》說：第二年，

秦武王元年，群臣日夜惡張儀未已，而齊讓又至。張儀懼誅，乃因謂秦武王……，秦王以爲然。乃具革車三十乘，入儀之梁，……張儀相魏一歲，卒于魏也。

《秦本紀》也説：

（更元）十四年（周赧王四年）蜀相壯殺蜀侯來降。惠王卒，子武王立，韓、魏、齊、楚、趙皆賓從。武王元年（赧王五年）……誅蜀相壯。張儀、魏章皆東出之魏。……二年（赧王六年），初置丞相。甘茂、樗里疾爲左右丞相……張儀死右丞相。于魏。

張儀，魏章皆去秦之魏，而張儀死于魏。這事《六國表》也記載。[1]

從這些記載可知：

周赧王四年（秦惠文王更元十四年、楚懷王十八年、前311），張儀始則使楚，繼則使韓。回秦之後又出使于齊，于趙、于燕。當他歸報于秦時，未至咸陽而惠王卒，武王即位，而武王爲太子時即與張儀有隙。群臣多讒張儀。

周赧王五年（秦武王二年），張儀懼誅，從秦東出之魏。

周赧王六年（秦武王二年），張儀死于魏。

這一系列事實證明：無論周赧王四年、五年、六年的哪一年，張儀都不能爲秦伐蜀。由此可知《蜀志》所記有關張儀在蜀之事都是不屬於周赧王這三年之內的。

實際上，這期間因爲蜀侯相陳壯反而出兵定蜀的是甘茂，而

---

[1]《表》把"皆出之魏"寫作"皆死于魏"。瀧川龜太郎《史記會注考證》。

不是張儀、司馬錯。《史記·樗里子甘茂列傳》寫得很明確——

《樗里子傳》：

> 秦惠王卒，太子武王立。逐張儀、魏章，而以樗里子、甘茂爲左右丞相。

《甘茂傳》：

> 惠王卒，武王立，張儀、魏章去，東之魏。蜀侯輝、相壯反。秦使甘茂定蜀。還而以甘茂爲左丞相，以樗里子爲右丞相。

《六國表》周赧王四年"蜀相殺蜀侯"，五年"秦武王元年。誅蜀相壯。張儀、魏章皆（死於）出之魏"，六年，（秦武王）二年，"初置丞相，樗里子、甘茂爲丞相。"所記之事和《甘茂傳》基本相同。

由於周赧王六年張儀已經不復在秦，可知《蜀志》這一年的記事原文應是——

> 六年，陳壯反，殺蜀侯通國。秦遣庶長甘茂復伐蜀，誅陳壯。

而不是"秦遣庶長甘茂、張儀、司馬錯復伐蜀"。張儀、司馬錯之所以被塞在甘茂之下，是和《蜀志》本條下面"七年""五年、惠王二十七年"兩條的竄亂相關的。

《戰國策·秦二》甘茂對秦武王曰："臣聞張儀西並巴蜀之地，北取西河之外，南取上庸，天下不以爲多張儀而賢先王。"巴蜀之役實由張儀主之。

《蜀志》五年惠王二十七年一條，記張儀與張若城成都，城郫，城臨邛。張儀在蜀築城，那時他必然在蜀。

張儀在蜀的時間，從有關記載看，也只是一年左右。

《史記·六國表》：周慎王五年，秦"擊蜀滅之"。《蜀志》：

"周慎王五年秋,秦大夫張儀、司馬錯、都尉墨等從石牛道伐蜀。""冬,十月[1],蜀平。司馬錯因取苴與巴。"《巴志》也説:"周慎王五年,……秦惠文王遣張儀、司馬錯救苴巴,遂伐蜀,滅之。儀貪巴苴之富,因取巴,執王以歸。"並且説"儀城江州"可見張儀在巴蜀築城一事是他身在巴蜀時進行的。時間應在周慎王五年"冬,十月,蜀平"之後。

《戰國策·齊二》:"韓、齊爲與國。張儀以秦、魏伐韓。……韓自以得交于齊,遂與秦戰。楚、趙果遽起兵而救韓。齊因起兵攻燕,三(五)十日而舉燕國。"《史記·燕世家》齊宣王"令章子將五都之兵,以因北地之衆,以伐燕。……燕君噲死,齊大勝燕,子之亡"。《六國表》記燕"君噲及太子相子之皆死"事在周赧王元年,秦惠王更元十一年。

這時,如《趙策》所記:"齊破燕,趙欲存之。……楚魏憎之,令淖滑、惠施之趙,請伐齊而存燕。"《魏策一》:"楚許魏六城,與之伐齊而存燕。張儀欲敗之。"可見赧王元年張儀已回到秦國不復在蜀。

《史記·周本記》"慎靚王立六年崩,子赧王延立"。周赧二元年與慎王五年中間只隔一年。這就是説,張儀在巴蜀只有一二年。

《蜀志》:"周赧王元年,秦惠王封子通國爲蜀侯,以陳壯爲相,遣巴置郡,以張若爲蜀國守。戎伯尚强,乃移秦民萬家實之。"這一系列的政治安排正是張儀離蜀歸秦結束巴蜀之役的反映。

---

[1]《戰國策·秦一》、《史紀·張儀列傳》並作"十月取之",無"冬"字。

周赧王二年，也就是秦惠文王更元十二年，楚懷王十六年。這一年，張儀爲秦使楚，以商於之地六百里欺楚。赧王三年，有秦楚丹陽之戰和藍田之戰。此後，如前所説，赧王四年、五年、六年，直到去秦之魏而死于魏，張儀一直是在秦和東方諸國，他是未曾再度進入巴蜀而"復伐蜀"的。

這一事情既已明確，可知《蜀志》所記儀與若城成都，城郫，城臨邛等事一定不是周赧王五年的事。因爲那時張儀早已離開巴蜀歸秦了。

如果把這條"五年"築城之事和《巴志》周慎王五年，秦惠文王遣張儀、司馬錯滅蜀取巴，"儀城江州，司馬錯自巴涪水取楚商於地爲黔中郡"對照起來看，不難看出：《蜀志》張儀築城這個"五年"不是周赧王，而是周慎王的。

《蜀志》五年張儀築城既是周慎王時事，那麽，以《巴志》慎王五年秦滅蜀取巴，張儀築城江州，而司馬錯自巴涪水取楚商於之地，兩事同時並舉這一史實來看，《蜀志》七年，司馬錯浮江伐楚取商於之地爲黔中郡一事，也必然是原在五年築城條中，在傳寫中被竄入赧王"七年封子惲爲蜀侯"條下的。

以後，又在這個基礎上，進而在赧王六年"秦遣庶長甘茂復伐蜀"句加以竄改，把"張儀、司馬錯"塞在"甘茂"名下。以與其下"七年"、"五年"兩條脱文錯簡相適應。因誤致誤，從而使人誤認爲張儀先後兩次進入巴蜀，司馬錯前後兩次攻取商於。

説《蜀志》"五年惠王二十七年儀與若城成都"一條不屬周赧王，而是周慎王時事，《蜀志》本文也有明顯標識。

我們看《蜀志》這一部分編年順序：

一、周赧王元年，秦惠王封子通國……

二、三年，分巴蜀置漢中郡。

三、六年，陳壯反，殺蜀侯通國。

四、七年，封子惲爲蜀侯。……

五、五年，惠王二十七年，儀與若城成都，……

六、赧王十四年，蜀侯惲祭山川，……

七、十五年，王封其子綰爲蜀侯。

八、十七年，聞惲無罪冤死，……

九、三十年，疑蜀侯綰反。……

十、周滅後，秦孝文王以李冰爲蜀守。……

元年、三年、六年、七年和十四、十五、十七、三十都是從少到多合乎自然數序的。只有"五年"特殊。它數小於"六""七"，卻反列在"七"後，前後都只記周王之年，而它卻在周年之下加注秦年。看來好像是不倫不類錯亂失序的。

實際上並不是這樣的。通觀這段以"五年"爲中心的前後紀年，既然從元年到三十年都是周赧王之年，爲什麼偏偏在"五年"之後又重標"赧王"而不嫌辭費？同一王而又王名重標，這表明它前面的"五年"不是赧王之年，難道還能說明別的？惟其不是赧王之年，所以在再敘赧王時事必須重提王名。

這個問題清楚了，那麼，爲什麼"五年"列在"六年"、"七年"之後？爲什麼"五年"之下加寫"惠王二十七年"？爲什麼"五年"張儀在蜀築城事與《巴志》周慎王五年"儀城江州"相應？爲什麼"七年封子惲爲蜀侯"句下的"司馬錯率巴蜀衆十萬、大舶船萬艘、米六百萬斛，浮江伐楚，取商於之地爲黔中郡"應是"五年"之文的"錯簡"或竄改？這一系列問題都可以迎刃而解。

我們可以說這個"五年"不是赧王的紀年。原書作者文筆是非常清楚的。

"五年惠王二十七年"作者既已明示其非赧王紀年,而其所記之事又寫《巴志》周慎王五年相同(包括築城和取商於),可知它必是慎王之年無疑。

周慎王五年,在秦是惠文王二十二年(也就是更元九年)。《御覽》九百三十一引"張儀、司馬錯被蜀克之,儀因築城,"前面有"秦惠王十二年"六字。考惠王十二年,若是更元前,其時尚未發生巴蜀之事;若是更元後,其時慎王已死,乃是周赧王二年。因此,以破蜀築城爲條件,得知這個"惠王十二年"當是"惠王二十二年"的脫誤。惠王二十二年正是周慎王五年。《事類賦》二十八注引作"十三年"。"三"乃因襲《御覽》之誤。但它也説明原本不是"七"而是"二"字之誤。

周慎王五年事所以插在周赧王七年和十四年之間,從《蜀志》這幾條記事内容看,它前面是"七年封子惲爲蜀侯。"它後面是"十四年⋯⋯遣司馬錯賜惲劍自裁,⋯⋯蜀人葬惲郭外。""十五年王封其子綰爲蜀侯。"十七年,聞惲無罪冤死,使使迎喪入葬之郭内。⋯⋯喪車至城北門,忽陷入地中。蜀人因名北門曰咸陽門。⋯⋯

子惲死葬的傳説和蜀的首府成都城有關,一則曰"葬惲郭外",再則曰"迎喪入郭内,"曰"喪車至城北門,"曰"蜀人因名北門,曰咸陽門"。《蜀志》之所以把周慎王五年中的這一段事抽出來寫在"封子惲蜀侯"之後,"葬惲郭外"之前,只是爲了便於照應下文而作的"築城"交待。是因事插敍,並不是"一事而先後失序,本末舛逆。"

這一段文字基本上保存了原本面目,傳寫中的錯亂之處也是有的。"惠王二十二年"誤作"二十七年";"司馬錯浮江取商於"一段竄入前條之末，誤成赧王七年之事；從而影響"六年甘茂復伐蜀"一條，使它被橫插上"張儀、司馬錯"的名字。以"赧王十四年"例之，"五年"之上原本似有"周慎王"三字。以《巴志》"周慎王五年……儀江州，司馬錯自巴涪水取楚商於地爲黔中郡"例之，司馬錯取楚商於應張儀築城同時並列，推其原文當是——

> （周慎王）五年，惠王二十二年，司馬錯率巴蜀衆十萬，大舶船萬艘、米六百萬斛，浮江伐楚取商於之地爲黔中郡，儀與若城成都，周迴十二里，高七丈。郫城周迴七里，高六丈。臨邛城周迴六里，高五丈。造作下倉，上皆有屋，而置觀樓射蘭。

司馬錯浮江伐楚取商於之地事屬周慎王五年，並不是周赧王七年又復伐楚。

"司馬錯取商於"一段闌入上條之末。不是作者之疏，而是後代傳寫的失誤。李𢡆《重刊華陽國志序》説這部書在宋代已經"刓缺愈多，觀者莫曉，"没有善本了。至於這一條傳抄之誤，是由於作者引書有錯簡，是由於晉人傳寫錯簡，還是"宋人改竄"，就不得而知了。

説晉人書而有錯簡，這一説法是不是違反"常識"？

從形式上看，這一懷疑是有道理的。因爲：一、常璩是晉朝人，他這部"肇自開闢，終乎永和三年"的《華陽國志》是在永和四年（348）八月以後，永和十一年（355）正月之前，亦即公元354年（？）寫成[1]的。二、《晉書》左思（250？—350？）《三都賦》成，"豪貴之家，競相傳寫，洛陽爲之紙貴。"可見常璩之前晉人已經用紙寫書了。

---

[1] 劉琳：《華陽國志校注·前言》第2頁。

但是,新事物的出現和舊事物的消亡不是截然的,而是有一段過程的。紙張取代簡牘是有一段較長的過程的。出土文物告訴我們:晉初還是簡牘和紙並用的。

梁啓超《運用文字之技術》説:"造紙始自漢蔡倫,其年爲元興元年(105)。……當發明後一二百年間,亦似未能大供社會之利用。試檢後漢三國遺籍,其關於紙之掌故甚稀也。其盛行蓋在兩晉。《流沙》遺物中,紙片四十七,其近似漢物者僅二。余皆出晉以後也。"〔1〕這是事實的一個方面。

事實的另一方面,梁氏没有説。

我們看《流沙墜簡補遺》第二葉第三簡和第一葉第三簡:

晉守侍中大都尉奉晉大侯親晉鄯善焉耆龜兹疏勒(二葉三簡、補釋三簡):

于寘王寫下詔書到(一葉三簡、補釋四)

王國維把它們定爲一書之文。這兩簡是晉用木簡的明證。

《流沙墜簡二屯戍叢殘》第十九葉第五簡:

簡面兩行

〔第一行〕(上缺)泰始六年五月七日兵曹史□□從掾位趙辯

〔第二行〕(上缺)兵曹史車成岱

簡背一行

(上缺)吳　樞録事掾梁　鶯

同書三,《簡牘遺文》第五葉後半葉第八片——紙片

---

〔1〕 梁氏自注:"看羅振玉、王國維合著《流沙墜簡考釋》卷三。"作者注:梁啓超《國史研究六篇(附三篇)》——《飲冰室專集》,中華書局 1936 年版,《志語言文字》第 13—14 頁。

殘存四行

　　[第一行]泰始六年□
　　[第二行]報休寶。
　　[第三行]寶自以始
　　[第四行]長還□

這是用紙寫的。

這兩件，一簡一紙都是晉武帝司馬炎泰始六年(270)寫的。從它們可以看到當時簡牘和紙張並用的情況。這是晉初頭十年。

《流沙墜簡·二》、《屯戍叢殘考釋·稟給類》第三十五，木簡出蒲昌海北，長一百六十米里邁當，廣十四米里邁當[1]。文云：

　　[第一行]建興十八年三月十七日粟□胡樓□（下缺）
　　[第二行]一萬石錢二百

王國維云："右六簡亦記稟給之事。按晉木簡之著年代者，始于景元四年，訖於建興十八年。考晉愍帝建興年號止於四年。此有建興十八年者，前涼張氏不用江左紀元故也。《晉書·張寔傳》元帝即位於建業，改元太興。寔猶稱建興六年，不從中興之所改也。《張駿傳》太寧元年，駿猶稱建興十二年，是歲有黃龍見於揖次之嘉泉，右長史汜禪言於駿曰。按建興之年是少帝始起之號，帝以凶終，理應改易。朝廷越在江南，音問隔絕，宜因龍改號，以章休徵。駿不從，至咸和八年，駿上疏于晉，猶稱建興二十一年。又據《資治通鑒目錄》則前涼建興之號稱至四十八年。日

---

〔1〕編者按：米里邁當，即 millimeter（毫米）之譯音。

本西本願寺,大谷光瑞所得西域木簡,亦有建興四十八年字。此簡書建興十八年,亦固其所。由此觀之,則張氏訖駿之世未嘗建元。《玉海》獨謂駿改元太元,殆不然矣。"

常敘按:據《晉書·張軌傳》和出土文物,前涼除公元354年曾改"和平"外,初用晉愍帝"建興"年號,公元361年又改用東晉穆帝"升平"年號。

如前所說,《華陽國志》是常璩在公元348年至公元354(晉穆帝永和四年至十年)之間寫成的。而建興十八年木簡是公元330年寫的,而大谷光瑞所得建興四十八年木簡則是360年寫的。這兩條木簡向我們説明:常璩寫《華陽國志》時,木簡還在應用,它並沒有絕迹。這是紙、簡並用時代的另一個方面。——是不應忽視,而往往被人忽視的一個重要方面。

常璩著書時,是紙、簡並用時代。那麼,常氏所據古書,自然不都是由紙抄成的。他引用的舊籍,其有的就是簡册。這是不難理解的。

我們説《華陽國志》中有錯簡,這事有兩種可能:一是常氏所據古書有錯簡,二是常氏書——《華陽國志》傳本有的是用簡册抄寫的。

十六、《詛楚文》古義新説
——"今"和"今又"的區別

(一) 絳帖本和汝帖本的剪帖和互補

秦《詛楚文》最先見於《古文苑》一書,然是書是否為唐人所編,歷代學者多有爭議。北宋歐陽修《秦祀巫咸神文》、蘇軾《鳳翔八觀詩》,均談及《詛楚文》刻石,足見該刻石於北宋年間實有其物。其出土時間當在歐、蘇二氏之前。但史書對該石無有記載、該石又因戰亂失於南宋年間,而今只有宋拓"汝帖"、"絳帖"及元人摹拓"中吳本"傳世,故歷代學者對其真僞看法不一。今試考"絳帖"、"汝帖"之文,揣其詞句、文義,互爲比較,得新意如下。

1. 汝帖本(剪帖)巫咸、久湫《詛楚文》以久湫爲主

又秦嗣王,□用吉玉宣璧,使其宗祝邵鼛布□告於不顯[大神巫咸(及)]大沈久湫,□□□□□□□。

昔我先君穆公及楚成王□繆力同心,兩邦以壺,□□□□,□□□□,曰"葉萬子孫毋相爲不利。"親卬[□□大神□□]大沈久湫而斯焉。

今楚王熊相康回無邅(道),淫□□□,□䜌競從,□□□□。□□:□□□[刑][剌]不辜,("刑""剌"二字剪誤,應分屬下列兩句)。刑□□□,□剌□□,□□□□□,□□□□□□。外之:則冒改久心,不畏皇天上帝及[□□□□巫咸]大沈久湫之光列威神,而兼倍十八世之詛盟,衛者□之兵以臨加我,"叵欲剗伐我社稷,伐威我百姓,求蔑□□□□[□□□□]□□□□卹,祠之□圭玉犠牲,□取吾邊城新郢郝長□,吾不敢曰可。

今又悉興其衆,張㪯(矜)忘怒,飾甲底兵,奮士盛師,以逼□邊競,將欲復其賑遠。唯是秦邦之贏衆敝賦,鞄輸棧輿,祀使介老將之以自救□,□□□□□[□□□□]□□□□幾靈德賜,□劑楚師,□□□□□。

□□□□□□□□,□□,□□□□□□。

① 今"又","有"通"又"、久湫(亞馳)作"又"。

②"昌偪□邊競",王本作"佸",云：久湫(亞馳)"偪",字當作"偪"。

③"克劑楚師","劑劑"王本作"制",古"制"字。久湫(亞馳)作"劑"。

④"楚師",王本作"楚楚",云：下字,久湫、亞馳本作"師",字當作"師"。

⑤"刑剌不辜",疑是"□□□不辜,刑□□□,□剌□□,"之誤。

2. 絳帖本(巫咸、久湫《詛楚文》,兩本相較,完滅字適相互補)

又秦嗣王,敢用吉玉宣(瑄)璧,使其宗祝邵䳒布憨(?)告于不(丕)顯[大神巫咸(及)]大沈久(厥)湫,以底楚王熊相之多辠。

昔我先君穆公及楚成王是(寔)繆(戮)力同心,兩邦以壺(壹)絆以婚姻,袗以齊盟,曰"枼(世)萬子孫毋相爲不利",親卬[不(丕)顯大神巫咸]大沈久(厥)湫而齦焉。

今楚王熊相康回無邁(道),淫朕(泆)甚(湛)亂,宣夌(侈)競從(縱),變輸(渝)盟制。内之：則虣(暴)虐不辜,刑戮𡥈(孕)婦,幽剌敓(親)戚(戚),拘圍其叔父實者(諸)冥室檟棺之中。

外之：則冒改久(厥)心,不畏皇天上帝及[不(丕)顯大神巫咸]大沈久(厥)湫之光列(烈)威神,而兼倍十八世之詛盟,衛(率)者(諸)侯之兵以臨加我。邵(欲)剗伐我社稷,伐威(滅)我百姓,求蔑㳄(廢)皇天上帝及[不(丕)顯大神巫咸]大沈久(厥)湫之卹,祠之以圭王羲牲,述取㩒(吾)邊城新郢及郝長㪅,㩒(吾)不敢曰可。

今又悉興其衆,張羚(矜)忞怒,飾甲底兵,奮士盛師,以逼㩒(吾)邊競(境),將欲復其嬹(凶)速(迹)。唯是秦邦之嬴衆敝賦,鞞輶棧輿,禮使介老將之以自救殹(也)。亦應受皇天上帝及[不(丕)顯大神巫咸]大沈久(厥)湫之幾靈德賜,克劑楚師,且復略我邊城。

敢數楚王熊相之倍盟犯詛,箸石,章以盟大神之威神。

(二)《詛楚文》"今楚王熊相"與"今又悉興其衆"的"今"和"今又"

——"吾復得吾商於之地"與《華陽國志》之關係

1. 從商於得名說起

周顯王二十九年,秦孝公二十二年,也就是楚宣王三十年,"衛鞅擊魏,虜魏公子卬。封鞅爲列侯,號商君。(見《史記·秦本紀》)"《史記·商君列傳》:"衛鞅既破魏還,秦封之於商十五邑,號爲商君。"

《水經注》"又東北過下博縣之西"注引《竹書紀年》云:"梁惠成王三十年,秦封衛鞅于鄔,改名曰商。"陳逢衡《竹書紀年集證》卷四七云:"《商君列傳》謂:'鞅既破魏,封之於商十五邑',於讀爲烏,當即鄔也。舊名止鄔,今改曰商,故謂之商於。"

"於"古同詞或體字或作"烏"。古書或作地名,其字或作"鄔"、"郚"。亦猶"奠"、"寺"作"鄭"、"邿",相對地晚期之字。

郚長即於商,亦即商於。

《詛楚文》:"迷取吾邊城新郢及郚、長、[敓],吾不敢曰可。"在這幾個地名中,釋"郚、長"爲"於、商"頗有道理。"郚"與"於"不必重述,這裏要說的是"長"與"商",兩字同音。

般甗"王商乍冊般貝",借 來寫賞。爲了在書寫形式上的區別,遂又出現了從貝商聲的☒、☒,爲進一步簡化,又出現了☒、☒字。

鳳羌鐘"賞于韓宗"從貝尚聲,作☒,——這個字出現早於鳳羌鐘,它從貝厶聲,舀鼎"☒舀禾十秭"。

這兩者,從商、從尚,聲韻皆通。

我們以"尚"爲準,知"長"與"尚"亦或相通。例如,《論語·公冶長》:"子曰:'吾未見剛者,'或對曰:'申棖'。"《史記·仲尼弟子列傳》引此作"申党字周。"《索隱》引鄭玄云:"申棖魯人,弟子也,蓋申堂是棖不疑,以棖、堂聲相近。"瀧川氏《考證》説:"申黨,《論語》所謂申棖。棖、党、堂聲相通。"《詩·豐》"俟我乎堂,"鄭玄箋云:"堂當爲棖,棖門梱上木,近邊者。"改字與不雖有爭論〔1〕,然"棖"字之音同於"堂"確得證明。

《史記·蘇秦列傳》"西有宜陽、商阪之塞",《戰國策·韓一》作"西有宜陽,常阪之塞"商阪亦作常阪。

知黨、堂與棖,賞、貟與賨、賨、常與商同音,則知棖與賞同音,與商同音矣。

2. 商於本在楚國之北

商於之地本在楚北,從《商君列傳》早已知之。

《戰國策·韓二》:"司馬康三反之郢矣,甘茂與昭獻遇於境,其言曰收璽,其實猶有約也。"這段文字《史記·韓世家》引作"司馬庚三反于郢,甘茂與昭魚遇于商於,其言收璽,實類有約也"。

---

〔1〕 見《毛詩傳箋通釋》第八。

"遇於境"作"遇于商於"。司馬遷別有所本。言楚昭獻、與甘茂相遇於境——相遇商於。此商於原來位於楚國北部地方。

在楚北的具體方位,《史記·越王勾踐世家》:"則方城之外不南,淮泗之間不東,商、於、析、酈、宗、胡之地,夏路以左不足以備秦,江南泗上不足以待越矣。"商、於、析、酈,《史記正義》"酈,音擲。《括地志》云:'南洛縣則古商國城也。'《荆州圖副》云:'鄧州內鄉縣東七里於村,即於中地也。'《括地志》又云:'鄧州內鄉縣楚邑也。'故酈縣在鄧新城縣西北三十里。按商、於、析、酈,在商鄧二州界縣邑也。"

3. 誘發此次戰爭實在楚國西南

周顯王廿九年(前340),"衛鞅既破魏還,秦封之於商十五邑","於商"或稱"商於"。周顯王三十八年(前331),楚"使將軍莊蹻,將兵,循江上,略巴(蜀)——黔中以西。"[1]

周慎王五年(前316),"冬十月",秦"遂伐蜀滅之。(張)儀貪巴、苴之富,因取巴,執王以歸"。明年,"司馬錯自巴涪水取楚商於地爲黔中郡[2]"。前此西南無"商於"之爭。

自周顯王三十八年至周慎王五年(前331至前316),巴、蜀世戰爭,"無暇南顧"。遂使"循江上"自枳南下者,得以自商於而且蘭,而夜郎,而滇池。比及"蹻至滇池,……以兵威定屬楚,欲歸報,會秦擊奪楚巴黔中郡,道塞不通。因還以衆王滇,變服從其俗以長之"。終於在周慎王六年(前315),秦"司馬錯自巴涪水取楚商於地爲黔中郡",經營並發展了的商於之地,從枳至商於

---

〔1〕《史記·西南夷列傳》。
〔2〕《華陽國志·巴志》。

落入秦人手中——自枳至魚復、朐忍亦在手裏。

4.《戰國策》漏記黔中商於

《戰國策・秦二》説此事,曰:"齊助楚攻秦,取曲沃。其後,秦欲伐齊,齊楚之交善,惠王患之。"而説到"商於"之地時,只是"臣請使秦王獻商於之地,方六百里"。可是没有説清楚這片土地在秦和楚是一種什麼關係。而《史記・楚世家》則不然,他説:"十六年,秦欲伐齊,而楚與齊從親,秦惠王患之。""王爲(張)儀閉關而絶齊,今使使者從儀西取故秦所分楚商於之地,方六百里","楚懷王大悦,乃置相璽于張儀,日與置酒。宣言吾復得吾商於之地。"

很清楚,"吾復得吾商於之地",其地非它,原來就是我楚懷王的。同樣也很清楚,"今使使者從儀西取秦秦所分楚商於之地",其地亦非它,原來就是楚商於之地。所不同的,是它已變成了秦國的土地了。

假定真地照秦國意見辦,秦國就真撤手,楚國就會"吾復得吾商於之地",可派人西去"西取秦所分楚商於之地"若真是這樣,用《秦策二》的話説,楚王"不縠不煩一兵,不傷一人,而得商於之地六百里,寡人自以爲智矣!"

我們可以説:周慎王五年(前316)"冬十月,蜀平"司馬錯因籌備取苴與巴,第二年(前315)"司馬錯自巴涪水取商於地爲黔中郡",楚丢了商於。第三年(前314),周赧王元年,"屈原爲楚東使于齊,以結强黨"。這是爲了收復楚商於,進行反攻,進行積極外交活動。第四年(前313),赧王二年,楚懷王耳軟,聽信了張儀,反齊向秦,自以爲得計,靠恩賜"吾復得吾商於之地"。到齊真反楚,張儀功成,才露出真正的猙獰面目,説我自己只有"六里"。這已將是年末了。第五年春,赧王三年(前312),楚懷王十七年春天,遂展開丹陽大戰。《華陽國志》所記商於之事,不見於《戰國策》、《史記》。然《戰國策》"中書餘卷,錯亂相糅莒[1]",古書殘泐,不問可知。

5. 楚人常用舊地之名來稱新地

《路史·國名紀·丙》:"楚,子爵,芈姓後。熊繹初封丹陽,今之秭縣,本曰西楚,武徙枝江,亦曰丹陽,是爲南楚。"羅蘋注:"佑云:'自丹陽徙枝江,亦曰丹陽'。"《史記·楚世家》楚文王熊貲"始都郢",考烈王二十二年,"楚東徙都壽春,命曰郢"。用舊有地名來叫這新定之地,在楚國自有其例的。

這種事情正像秦國爲了佔領她,移民南下,這些從秦地遷來入蜀之人,他們直以其故鄉秦川涇水之名,來名他們新居所在之水一樣,是拓地移民對他們所得新地的一種命名方法。《太平寰宇記》卷七四羅目縣秦水説:"秦水在縣西一百二十里。昔秦惠王伐蜀,移秦人萬家以實蜀中。秦思秦之涇水,呼此水爲涇水。唐天寶六年改爲秦水。"

歷史上的僑郡,不用説。就是遠征拓地,據而有之,征服者往往以其故國的地名來叫他。這種事在世界上也是不乏其例的。例如非洲:"要是仔細看一下南非洲地圖,就會驚異地看到歐洲的許多地方都搬到這裏來了。在這兒可找到漢諾威,也可以找到韋斯敏斯德;此外,阿卑璽丁也認蘇格蘭移到南非來了。

---

[1] 劉向《戰國策序》。

一個没有經驗的巴黎郵局職員揀航空信件時,忽然看見馬賽底下有'南非'字樣,一定會迷惑不解。可是甚至連巴黎本身也已搬到了南非,就跟柏林、利戈門、海得爾堡、阿姆斯特丹、法蘭克福和紐卡斯爾一樣。甚至連西西里的墨西拿也遷到這裏。南非甚至還有一個伯利恒呢。"[1]

6. 西南商於始于楚威王時

"始楚威王時,使將軍莊蹻將兵,循江上,略巴、[蜀]、黔中以西。[2]"從"循江上,略巴、[蜀]、黔中以西"這就是逆江而上,到枳,轉入黔江,沿黔江而上,隨著形勢發展,先後建立了"從枳南入枌、丹、涪水本與楚商於之地接[3]"的黔中商於之地。

這是從楚威王後期,直到周慎王五年(前316)的基本形勢。

7. 周慎王五年隨著蜀、巴新的形勢開始了新的變化

"蜀王別封弟葭萌于漢中,號苴侯。命其邑曰葭萌焉。苴侯與巴王爲好。巴與蜀仇,故蜀王怒,伐苴侯。苴侯奔巴,求救于秦。秦惠王方欲謀楚,群臣議曰:'夫蜀西僻之國,戎、狄爲鄰,不如伐楚。'司馬錯、中尉田真黃曰:'蜀有桀、紂之亂,其國富饒,得布帛金銀,足給軍用,水通于楚,有巴之勁卒,浮大舶舩東向楚,楚地可得,得蜀則得楚,楚亡則天下並矣。'惠王曰:'善!'"——這是秦楚在中國的轉捩點。[4]

---

[1] 傑·漢澤爾卡與米·席克蒙德:《非洲夢想與現實》,辛華譯,三聯書店1958年版,第358頁。
[2] 《史記·西南夷列傳》,蜀,從王念孫説删。
[3] 《史記集解》徐廣引:"巴郡有枳縣。"
[4] 《戰國策·秦一》:"司馬錯與張儀争論于秦惠王前"亦記此事。不過《國策》所記乃張儀與司馬錯之争論,此則就"群臣議曰",作群衆性的總結。

8. 楚商於之地的地理形勢

"始楚威王時,使將軍莊蹻將兵,循江上,略巴、[蜀]、黔以西。"數年之後,感到巴人無力南來,遂放手南侵。始在鞏固楚"商"、"於"、"析"、"丹"〔1〕繼則深入於"沅"〔2〕漸入且蘭、夜郎,直入於滇。

前面明明提到"循江上",怎麼會突然轉到"湘、資、沅、澧"的沅江來呢?

請看它的地理形勢:武陵山脈基本上是縱貫南北的。從酉陽經梵淨山、香爐山到雲霧山等地,是一條分界線。嶺西:從烏江渡、清水江、岩坑場、箐口、漸次轉而北向,經塘頭、思南、沿河、直至龔灘,水都流入黔江;相反地,嶺東諸水:酉水、武水麻陽山、撫水、清水江(另是一條清水江)等,都流入沅江。所謂"嶺東有沅江水,嶺西有巴水,一名涪陵也是也"〔3〕,涪陵水就是黔江水,也就是巴水,此水宋朝時名爲巴江水。

水系既已分開,則《漢書·地理志》:"鐅,不狼山鐅水所出,東入沅。"《華陽國志·南中志》:"鐅縣,故犍爲郡城也。不狼山出鐅水,入沅。"〔4〕這兩條記載,實際上證實了一條事實:嶺西也有叫沅的。這種現象不是個別的,就以這條水爲例,遵義附近不也還有"湘江"、"清水江"嗎?

---

〔1〕《華陽國志·巴志·涪陵郡》。
〔2〕《史記·西南夷列傳》、《華陽國志·南中志》。
〔3〕 本文和主張沅水只有一條者相對立,如顧頡剛、章巽《中國歷史地圖集·古代史部分·戰國時代圖》特別是:戰國時代越人的分布都把楚的向外拓土,畫在洞庭(五渚)裏面,沿沅江而上,源頭部分圖中明注約公元前 277 年。
〔4〕 洪亮吉《鐅水考》:"今本《漢書》鐅縣下,鐅水東入'延','延'字誤作'沅'。《華陽國志》亦同。當屬傳寫之誤。"——常敘按不誤,洪説非是。

戰國時代,我國成集團進入楚地商於的,皆自長江而轉向涪陵(今彭水),溯水路西上。這條水以清代名稱來計,"蓋經二省八府二十餘州縣,凡十數易其名"。初無定名,清猶然如此,戰國時代更可想象。當初即以"沅"呼之,不辨其是否同原也。況"秦時常頞略通五尺道"時,地理不甚熟悉。

　　知"沅"、"沅"二水同名異體,則《史記·西南夷列傳》"始楚威王時,使將軍莊蹻將兵,循江上,略巴、(蜀)、黔中以西"與《華陽國志·南中志》"周之季世,楚威王遣將將軍莊蹻,泝'沅'水,出且蘭,伐夜郎,植牂柯系船於是"兩相對照,不再矛盾。而與《漢書·地理志》"不狼山,鱉水所出,東入'沅'若合符節。"洪亮吉云:"今考《遵義府志》及《圖經》,湘江水〔1〕出遵義府治遵義縣北境,桐梓縣南境之龍岩山,流逕湘山南,與桃溪水合,迂迴五百餘里,入烏江。〔2〕"龍岩山即不狼山也。不狼山正在牂柯北境。

　　至此,"王遣將軍莊蹻,泝'沅'水,出且蘭以伐夜郎,……且蘭既克,夜郎又降〔3〕""(莊)蹻至滇池,地方三百里,旁平地肥饒數千里〔4〕"。這是莊蹻在秦人没有介入楚商於之地的基本情況。

　　9. 周慎王五年(前318)楚商於戰爭之前情況

　　"周慎王五年,蜀王伐苴侯,苴侯奔巴。巴爲求救于秦。秦惠文王遣張儀、司馬錯救苴。巴遂伐蜀……"(《華陽國志·巴志》)"周慎王五年,秋,秦大夫張儀、司馬錯、都尉墨等,從石牛道

―――――
〔1〕　常敘按:不是湖南的湘江。
〔2〕　《鱉水考》,《卷施閣文·甲集·卷第五》。
〔3〕　《華陽國志·南中志》。
〔4〕　《史記·西南夷列傳》。

伐蜀。蜀王自於葭萌拒之，敗績。王遁走，至武陽，爲秦軍所害。其相傅及太子退至逢鄉，死于白鹿山，開明氏遂亡，凡王蜀十二世。〔1〕"

"冬，十月，蜀平。司馬錯等因取苴與巴。〔2〕"

這是司馬錯方面由代蜀，取苴與巴情況。

10. 楚失商於、莊蹻獨立、楚分爲三

"涪陵郡，巴之南鄙。從枳南入析、丹，涪水本與楚商於之地接，秦將司馬錯由之，取楚商於地爲黔中郡也。〔3〕"《水經》："又東至枳縣西，延江水從牂柯郡北流西屈注之。"《水經注》："昔司馬錯溯舟此水，取楚黔中地。""司馬錯自巴沅水取楚商於地爲黔中郡。〔4〕"司馬錯率巴、蜀衆十萬，大舶舩萬艘，米六百萬斛，浮江伐楚，取商於之地爲黔中郡。〔5〕

這時，"蹻至滇池，地方三百里，旁平地肥饒數千里，以兵威定屬楚。〔6〕"這裏邊包括著且蘭、夜郎等地的工作，和滇池一帶的踏查瞭解，到決定"以兵威屬楚，"這都需要漫長的時間。到"欲歸報"，想回報一個好消息，可是已經晚了，秦軍早已從巴入枳，"擊奪楚巴、黔中郡，道塞不通。〔7〕"——"司馬錯自巴涪水取楚商於地爲黔中郡。"〔8〕

---

〔1〕《華陽國志·蜀志》。
〔2〕《華陽國志·巴志》。
〔3〕《水經注》卷三十三。
〔4〕《華陽國志·巴志》。
〔5〕《華陽國志·蜀志》。
〔6〕《史記·西南夷列傳》。
〔7〕《史記·西南夷列傳》。
〔8〕《華陽國志·巴志》。

至此，楚軍留守部隊被消滅，被阻隔部分，只好窩回去，"因還以其衆王滇，變服，從其俗以長之"[1]。從此，如《荀子》所說"莊蹻起，分而爲三[2]"，一份是司馬錯取楚商於之地歸秦，一份是莊蹻被阻因而獨立王滇，一份是楚師坐視中原而莫可如何！

"楚得枳而國亡[3]"，"亡徵者，非曰必亡，言其可亡也。夫兩堯不能相王，而桀不能相亡，亡王之機，必其治亂、其強弱相踦者也。"[4]

這是第一次雙方爲爭奪而戰的結果。

這是周慎王六年，楚懷王十四年，秦惠文王后元十年的事。

11. 楚懷王力謀恢復

秦楚商於一戰，掐斷了自枳至沅陵的去路，楚懷王白白地丟掉了兩個地方；秦攻佔了楚商於，同時迫使莊蹻脫離了楚國而獨立。

然而懷王決不甘心，銳意恢復。懷王使"屈原爲楚東使于齊，以結強黨，秦國患之"[5]。

"(懷王)十六年，秦欲伐齊，而楚與齊從親，秦王患之，乃宣言張儀免相，使張儀南見楚王。……王爲儀閉關而絕齊，今使使者從儀西取故秦所取分楚商於之地方六百里。……懷王大悅，乃置相璽于張儀，日與置酒，宣言吾復得吾商於之地。"[6]

---

[1]《史記·西南夷列傳》。
[2]《荀子·議兵》——借前半句，後半句留待後用。
[3]《戰國策·燕一》。
[4]《韓非子·亡徵》。
[5]《新序·節士》。
[6]《史記·楚世家》。

"西取故秦所分楚商於之地""吾復得吾商於之地"這兩句話非常重要，它反映楚懷王自我失之，又想自我得之的急切心情。

12. 商於未復漢又失中

"張儀至秦，佯醉墜車，稱病不出三月"。直至"秦齊交合，張儀乃起朝，謂楚將軍曰：'子何不受地，從某至某廣袤六里。'楚將軍曰：'臣之所以見命者六百里，不聞六里！'即以歸報懷王，懷王大怒，興師將伐秦。"[1]

"（懷王）十七年，與秦戰丹陽，秦大敗我軍，斬甲士八萬，虜我大將軍屈匄，裨將軍逢侯醜等七十餘人，遂取漢中之郡。"[2]

——樗里子"助魏章攻楚，敗楚將屈丐，取漢中地。秦封樗里子號為嚴君。"[3]

至此，"莊蹻起，楚分而為'四'"，為了"西取故秦所分楚商於之地"，為了"吾復得吾商於之地"，一再受騙上當，損兵折將，寸土未復，反倒失去了漢中！

實際上，這是二次商於之戰。為了雪恥復仇，所不同的，戰場不再是當年的西南楚商於，而是楚國北邊的析、丹陽、與漢中。這一次又從楚國的西北面丟掉了漢中。

13. 當年秋，復戰于藍田，敗績

在楚懷王十七年的春天，丹陽大敗，又失漢中。懷王大怒，準備襲秦。

---

[1]《史記・楚世家》。
[2]《史記・楚世家》。
[3]《史記・樗里子甘茂列傳》。

首先利用巫風，爭取收復漢中。"屈原爲楚東使于齊，以結強党，秦國患之"〔1〕。既受秦人之欺，召之作《九歌》。歌辭十一章。《東皇太一》、《雲中君》兩章爲迎神之辭。《東皇太一》爲迎神作準備，《雲中君》爲雲神與東皇太一共臨壽宮。《湘君》、《湘夫人》、《大司命》、《少司命》、《東君》、《河伯》和《山鬼》爲娛神之辭。大意説：湘君和漢水女神——湘夫人，因漢中淪陷，一水難通（湘漢本通），湘君北上，阻於北渚。大司命與少司命奉命而下，解人間"離居"之苦。少司命親臨北渚，示以方案，"與女遊兮九河"，河伯乃偕湘君，（自北渚順漢而下，東涉滄海，經）九河，上崑崙，望極浦，至貝闕朱宮，得與夫人相見，交手東行（走舊路，回到楚國）。來時黎明，歸時夜晚，東君記此時光。凄風苦雨，"采三秀"於"於山"：誓復漢中，不敢不忘情于商於。慰靈之辭一章，國殤慰死國之靈。收場之辭一章，禮成會鼓。

這一年秋天，"乃悉國兵，復襲秦，戰于藍田，大敗楚軍。韓魏聞楚之困，乃南襲楚至於鄧。楚聞，乃引兵歸。〔2〕"

自從司馬錯攻奪楚商於之地後，楚對秦的軍事外交只有一個中心，"西取故秦所分楚商於之地"，然而就這條原則，永遠達不到"吾復得吾商於之地"！

14. "今"和"今又"

話再回到《詛楚文》。

"今"這一詞，它的詞義是比較寬的。《説文》説："今，是時

---

〔1〕《新序·節士》。
〔2〕《史記·楚世家》。

也。"段玉裁説:"今者,對古之稱。古不一其時,今亦不一其時也。云'是時'者,如言'目前',則'目前'爲今,'目前'已上皆古。……班固作《古今人表》漢人不與焉。而謂之古今人者,謂近乎漢者爲今人,遠乎漢者爲古人也。"至於時王,則在世謂之"今"人。

《詛楚文》涉及時王,無論秦楚,于文皆稱爲今。

今楚王熊相,康回無道,淫失甚亂,宣奓競㒸,變輸盟制。

内之,則暴虐不辜,刑戮孕婦,幽刺親戚,拘圉其叔父,寘者冥室檳棺之中。

外之,則冒改厥心,不畏皇天上帝,及不顯大神巫咸之光烈威神,而兼倍十八世之詛盟,率諸侯之兵以臨加我,欲剗伐我稷,伐滅我百姓。求蔑法皇天上帝,及不顯大神巫咸之恤,祠之以圭玉犧牲,求取吾邊城新郢及於長敓,吾不敢曰可。

今又悉興其衆,張矜忞怒,飾甲底兵,奮士盛師,以逼吾邊竟,將欲復其凶迹。

在這幾段文字中,"今"包括"内之"和"外之"。"外之"句中,包涵兩件對外事情:一、不畏皇天上帝及丕顯大神巫咸之光列,率諸侯之兵以臨加我。二、求蔑廢法皇天上帝及丕顯大神之恤,祠之以圭璧犧牲,求取吾邊城新郢及郯,長敓。這兩件事,我方斷然反對,"吾不敢曰可"!

在當時的語言條件下,這兩件事情統謂之"今"。這種"今",按其萌生或發展,依自然順序排列。排列到最後,加"又"字以突出最新事情,於是"今又"兩字成爲最新事件標誌。於是"今""今又"在這時期裏,成爲相對的嚴格的時限區別。

公元前	各國紀年			史　實	《詛楚文》
	周	楚	秦		
318	慎王3	懷王11	惠文王後元7	・十一年，山東六國共攻秦，楚懷王爲從長。秦出兵擊六國，六國引兵歸。	今楚王熊相：內之，則——外之，則——率諸侯之兵經臨加我。
317	4	12	8		
316	5	13	9	・秋，秦大夫張儀、司馬錯、都江堰市尉墨等伐蜀。 ・冬，十月，蜀平。司馬錯等因取苴與巴。	
315	6	14	10	・秦，司馬錯自巴涪水取楚商於地爲黔中郡。楚失楚商於地。	祠之以圭玉犧牲，求取吾邊城新郪及於、長敘，吾不敢曰可。
314	赧王1	15	11	・屈原爲楚東使于齊，以結強黨。反秦。	
313	2	16	12	・秦宣言張儀免相。 ・張儀南至楚以"今使使者從儀西取故秦所分楚商於之地方六百里"，欺楚。楚懷王信之。 ・齊楚交絕。張儀曰："子何不受地，從某至某廣袤六里"。 ・楚懷王大怒，興師將伐秦。	今又悉興其衆，飾甲底兵……

續　表

公元前	各國紀年			史　實	《詛楚文》
	周	楚	秦		
312	3	17	13	・十七年春,與秦戰丹陽。秦大敗我軍,遂取漢中之郡。 ・懷王大怒,乃悉國兵,當年秋,復襲秦,戰于藍田。大敗楚軍。	

15. 這就劃清了界限,"今又悉興其衆,飾甲底兵"才是"現在"

從《詛楚文》來看,"今又悉興其衆,飾甲底兵"是張儀在時機已經成熟,突然宣布,"廣袤六里",致使"懷王大怒,興師將伐秦"而作的。

這是這篇文章中的"現在"。把"祠之以圭玉犧羲,求取吾邊城新郪及鄌、長、敓,吾不敢曰可",都打進入了"過去"和"今又悉興其衆,張矜忌怒,飾甲底兵,奮士盛師,以逼吾邊競,將欲復其凶迹"的"現在"是對立的。

王順伯說"懷王忿張儀之詐,發兵攻秦,文又曰'今又悉興其衆,以逼我(吾)邊境'是也",這是對的。但是,又曰"逑取我(吾)邊城新郪及鄌、長、敓我(吾)不敢曰可"[1],則是不對的。

"'懷王十一年(秦惠文王後元七年),蘇秦[2]約從山東六國共攻秦,楚懷王爲從長,至函谷關,秦出兵擊之,皆引而歸,齊

---

[1]《古文苑》卷一。
[2]《戰國策》作李兌。

獨後。'今文曰,熊相'率諸侯之兵,以加臨我'是也"〔1〕。這一段引文是對的。

至於"後五年,秦使張儀以商於之地六百里欺楚,使絕齊。懷王信之。既與齊絕,使一將軍西受封地,秦倍約,不與。文又曰:'求取我(吾)邊城新郢及郝、長、[○(吾)]我(吾)不敢曰可'是也。〔2〕"這一段與史實相出入。

第一,《詛楚文》"今又悉興其衆,……以逼吾邊境"文在"求取吾邊城新郢及郝、長、赦、吾不敢曰可"之前。先"求取",而後"今又"。可見"今又"當時並沒有觸及丹陽,又從何涉及丹、析、商、於?

第二,"求蔑廢"某某的"憂恤",而"祠之以圭玉犧牲",以"求取吾邊城新郢及郝、長、赦",這種辦法,和《管子·形勢解》相似。其辭曰:

> 明主之動靜得理義,號令順民心,誅殺當其罪,賞賜當其功,故雖不用犧牲珪璧禱於鬼神,鬼神助之,天地與之,舉事而有福。亂主之動作失義理,號令逆民心,誅殺不當其罪,賞賜不當其功。故雖用犧牲珪璧禱於鬼神,鬼神不助,天地不與,舉事而有禍。故曰:犧牲珪璧不足以享鬼神。

"圭璧犧牲"原來是"足以享鬼神"的。由此可見"祠之以圭璧犧牲"是"求取吾邊新郢及郝、長、赦"手段。而這種手段,"吾不敢曰可",我認爲是不行的。

這種行徑,都是在"今又悉興其衆,張矜忿怒"之前,就是説

---

〔1〕《古文苑》卷一。
〔2〕《古文苑》卷一。

在決定丹陽之戰以前。那時候楚懷王"宣言吾復得吾商於之地"，顯然"求取吾邊城新郢及郝、長、赦"不是指這次說的。

第三，若把《詛楚文》和《華陽國志》有關楚地商於，《史記·西南夷列傳》和《華陽國志》有關莊蹻的行動，聯繫起來，則知這次行動實際是指司馬錯"取楚商於之地"而說的。一則，它們敘"今又"之前；二則，屬於"四國攻秦"之後，三則，事和"求取吾邊城新郢及郝、長、赦"相關，而"郝、長"正是"於，商"的別寫！

(三)《詛楚文》秦、楚都是十八世

從《秦詛楚文》本文看它的寫作時代，有兩事是具有指示性的：

一是從秦穆公和楚成王"絆以婚姻，袗以齋盟"，到"兼倍十八世之詛盟"。

考《史記·秦本紀》，秦繆公卒，太子罃代立，是為康公。康公立十二年卒，子共公立。共公立五年，子桓公立。桓公立二十七年卒，子景公立。景公立四十年卒，子哀公立。哀公立三十六年卒，太子夷公蚤死，立夷公子是為惠公。惠公立十年卒，子悼公立。悼公立十四年卒，子厲共公立。三十四，厲公卒，子躁公立。十四年，躁公卒，立其弟懷公。四年，懷公自殺，太子昭子蚤死，立昭子之子是為靈公。十三年，靈公卒，立靈公季父悼子是為簡公。十六年卒，子惠公立。惠公卒，出子立。(《六國年表》作出公)出子二年，庶長改迎靈公之子獻公而立之。二十四年，獻公卒，子孝公立。二十四年，孝公卒，子惠文君立。自秦穆(繆)公至惠文君正好十八世(《六國年表》作秦惠文王)。

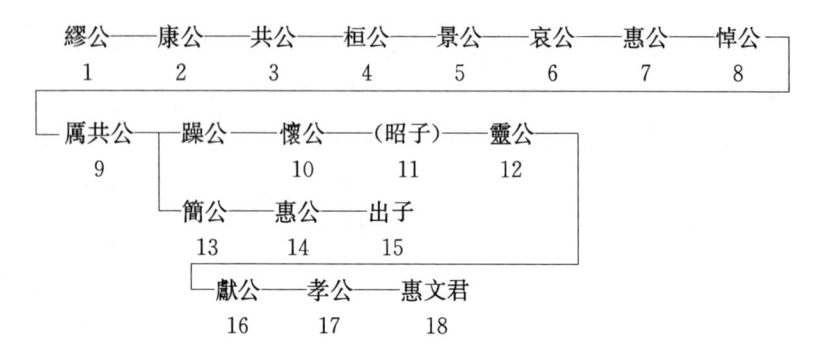

```
繆公──康公──共公──桓公──景公──哀公──惠公──悼公
 1     2     3     4     5     6     7     8
 └厲共公──躁公──懷公──(昭子)──靈公
   9      10    11    12
        └簡公──惠公──出子
         13    14    15
            └獻公──孝公──惠文君
              16    17    18
```

《楚世家》楚成王四十六年，商臣以宮衛兵圍成王。成王自絞殺，商臣代立，是爲穆王。穆王十二年卒，子莊王侶立。二十三年，莊王卒，子共王審立。三十一年，共王卒，子康王招立。康王立十五年卒，子員立，是爲郟敖。四年，康王弟公子圍立，是爲靈王。十二年，棄疾作亂立公子比爲王，是爲初王。子比爲王十餘日，自殺，棄疾即位爲王，是爲平王。十三年，平王卒，乃立太子珍，是爲昭王。二十七年，昭王卒於軍中，迎越女之子章立子，是爲惠王。五十七年惠王卒，子簡王立。二十四年簡王卒，子聲王立。六年，盜殺聲王，子悼王熊疑立。二十一年，悼王卒，子肅王臧立。十一年，肅王卒，立其弟熊良夫，是爲宣王。

三十年，宣王卒，子威王熊商立。十一年，威王卒，子懷王熊槐立。從楚成王至楚懷王，也正是一十八世。

王厚之説："以《史記》世家、年表考之，秦自穆公十八世至惠文王，與楚懷王同時，從橫爭霸，此詛爲懷王也。"他的計算是對的。

按：《史記·十二諸侯年表》楚靈王十二年只記"棄疾作亂自立，靈王自殺"，而不及初王。遂謂"初王"事不甚重要，以楚靈王十二年事，直接過渡到平王，一帶而過，而不知其中確有"初王

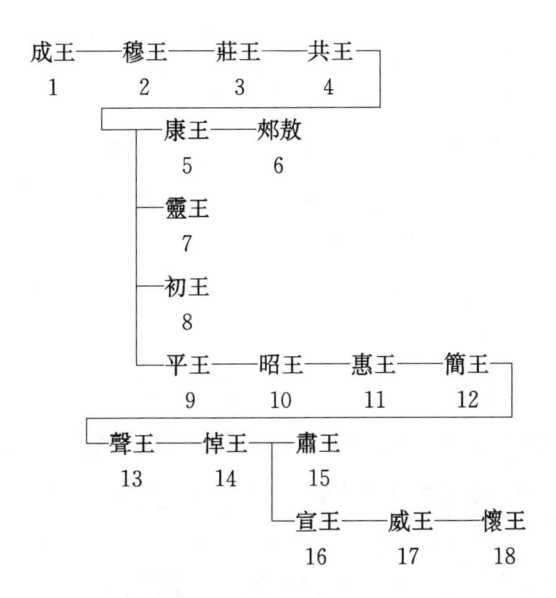

```
成王──穆王──莊王──共王
 1     2     3     4
            ├─康王──郟敖
            │  5     6
            ├─靈王
            │  7
            ├─初王
            │  8
            └─平王──昭王──惠王──簡王
               9    10    11    12
               ├─聲王──悼王─┬─肅王
               │  13    14 │  15
               │           └─宣王──威王──懷王
               │              16    17    18
```

十餘日"。

按：楚靈王確實終於十二年，然即此最後一年間，"夏五月癸丑，王死申亥家"。在此前後，十余日中，發生了政變。而在政變之中，在靈王之後，平王之前，確曾有過初王[1]。

初王之立，史書稱王。

一則曰："遂入殺靈王太子祿，立于比爲王，公子子晳爲令尹，棄疾爲司馬。"

再則曰："是時楚國雖已立比爲王，畏靈王復來，又不聞靈王死，故觀從謂初王比曰：'不殺棄疾，雖得國猶受禍。'王曰：'余不忍。'從曰：'人將忍王。'王不聽，乃去。"

三則曰："又使曼成然告初王比及令尹子晳曰：'王至矣，國人將殺君、司馬，將至矣！君蚤自圖，無取辱焉。衆怒如水火，不

───────
[1]（新）《辭海・中國歷史紀年表》爲代表。

可救也。'初王及子晳遂自殺。丙辰,棄疾即位爲王。改名熊居,是爲平王。平王以詐弑兩王而自立。"

《史記·楚世家》:"初共王有寵子五人,無適立。……召五公子,齋而入,康王跨之,靈王肘加之,子比、子晳皆遠之,平王幼,抱而入,再拜壓紐。故康王以長立,至其子失之。圍爲靈王,及身而弑。子比爲王十餘日,子晳不得立,又俱誅。四子皆絕無後。唯獨棄疾後立,爲乎王。"

"平王以詐殺兩王而自立","兩王,謂靈王及子比也",《正義》之説是對的。"子比爲王十餘日"。《史記》自記,子比是稱王的,加上子比,亦正是十八世。

十七、《詛楚文》古義新證

(一) 新發現的《詛楚文》例證

對《詛楚文》持僞作之説者,一般認爲《詛楚文》文字可疑,並有失戰國秦國文字特色。持此之見者多以"中吴本"爲據。但該帖爲三種帖本中出現時代最晚,乃摹誤之尤者,最不足據。所以論《詛楚文》之真僞,其文字是否有失戰國秦國古文字風貌,當以"汝帖"、"絳帖"爲可靠文字依據,並以今日所見戰國秦國器物銘文爲佐證。對此謹發如下異議。

1. 從大良造鞅方量看《詛楚文》

對《詛楚文》在文字上是否有失戰國秦國文字風貌而較有爭議的是"爲"字。"爲"字"汝帖"寫作 ,"絳帖"寫 。此二帖的"爲",在字形上除上部分的 有所不同外,其下部形體基本相同，只是"汝帖"的"爲"字下部分略有剝蝕而已。

"汝帖"的"爲"字上端寫作"▦"，推其先河，當來自大良造鞅方量。大良造鞅方量（即商鞅量）銘文有："冬十二月乙酉，大良造鞅爰積十六尊（寸）五分尊（寸）壹爲升"句。此句中"爲"字寫作"▦"，其上端的"▦"，寫作"▦"形。這一寫法正與"汝帖"的"爲"字寫法相同。大良造鞅方量製作時代，據郭沫若考證當製于秦孝公十八年，周顯王二十五年（前344），"距秦並天下尚百二十年"。而《詛楚文》就其內容看作于秦楚商於之戰前，其時間當爲公元前313年。兩物相隔三十一年，當是《詛楚文》的"爲"字寫法先例。換句話說，三十一年前，"爲"字寫法已經如此了。

2. 從秦封宗邑瓦書看《詛楚文》

在戰國秦國"秦封宗邑瓦書"銘文中有"爲"、"▦"、"▦"和"▦"等字與《詛楚文》文字相關。

（1）關於"爲"字。秦封宗邑瓦書銘文第三行的"爲"字寫作"▦"。該"爲"字的上端寫"▦"狀，橫出頭之筆勢，正與《詛楚文》相類似。郭子直先生在《戰國秦封宗邑瓦書銘文新釋》中說《瓦書》的"字體是秦國篆書，風格與此後秦權上所附的始皇詔、二世詔一脈相承，卻更爲流動多變，受工具影響，轉變多方折，結構絕屬篆書"[1]。戰國秦瓦書，據考作于秦惠文王四年（前334），比《詛楚文》（前313）早二十二年。"汝帖"的"爲"字，當屬瓦書的"爲"字在筆畫上斷開而成，不可與隸書相比擬。而"絳帖"的

────────
[1]《古文字研究》第十四輯。

"爲"字,同石鼓文的"爲"在形體上别無區别。所以《詛楚文》的"爲"字,不失戰國秦國文字特點。

(2) 關於"壹"字。《詛楚文》:"是繆力同心,兩邦若壹"。句中的"壹"字,三種帖本作"壺"字,而此一假"壺"爲"壹"的用字法,除《詛楚文》之外,又見於戰國秦封宗邑瓦書,其書形寫字形又極相似。如"絳帖"壹、"瓦書"壹,郭子直先生在《戰國秦封宗邑瓦書銘文新釋》中指出甲文金文的"壺"字都象壺形,又作器名,未見假借用例,西周晚期金文的壺,有作壺(師望)(壺)、壺(史僕壺)等形的。戰國陶文有作壺的,〔1〕漢金文有作壺(平陽子家壺)的,則與瓦書寫法極近,但仍是名詞。借"壺"爲"壹"似屬秦文"書同文字"以前的簡化的習慣,本銘之外,也見於篆書的《詛楚文》:"兩邦若壹"。〔2〕

陳直云:瓦書"一九四八年鄠縣出土,藏西安段氏",同《詛楚文》相比則晚出土千年之久。如若《詛楚文》爲後人仿作,那麽千年前的仿作者在無任何文字依據的條件下,何以知戰國秦人有假"壺"爲"壹"的用字習慣?

(3) 關於"決"字,"汝帖"此字脱,"絳帖"作決。"中吴"作決,二字差距較大。以秦篆較之,與秦會稽刻石(復刻本)"防隔内外,禁止淫泆,男女潔誠"句中的"泆"決極爲相似。

郭子直先生在《戰國秦封宗邑瓦書銘文新釋》後記(《古文字研究》第十四輯)引孫常敘先生言:瓦書"銘文云'司御心志是霾

---

〔1〕《古陶文暬録》十一。
〔2〕《古文字研究》第十四輯。

封。'于文'志'與'識'通。志封之句謂行文以記此次封地之事。末句既已概括寫文記事，則釋'史羈手'之手爲手書之手，而譯爲'寫'，似與下句之'志'文意復出。考《史記·六國表》秦孝公十三年'初爲縣，有秩史'。秩史是掌秩之史。古文字點有變劃者。❦可能是❦。《說文》'秩，積也。从禾失聲。'若然，則'史羈❦'當爲'史羈失'，失借爲秩。言此次封地時史羈爲之定封地秩積之數。縣有司秩之史"。及郭先生"取原器細看，始見此一圓點確爲原刻，畫内塗朱，並非駁蝕所致"。以此而論，"失"當爲"佚"、"泆"的通假字，亦爲戰國秦國用字習慣。

(4) 關於"十"。"十"，"汝帖"作十爲豎長橫短之形。一般認爲"十"字，甲文作直劃，金文在其中間加肥厚，或加圓點，又有小篆把圓點變成"一"橫而成"十"。然"汝帖"之"十"並非小篆，此一寫法亦非始于《詛楚文》。在大良造鞅方量、秦封宗邑瓦書中有兩處"十"字均爲此形，即豎中加一短橫。這一寫法正好說明了小篆的"十"字，源于戰國古文字，而《詛楚文》的"十"正是這秦國古文字之一。

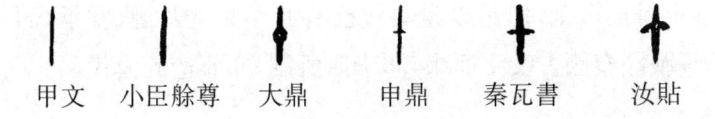

甲文	小臣艅尊	大鼎	申鼎	秦瓦書	汝貼

3. 從甲文金文看《詛楚文》

關於"巫"字。《詛楚文》三個帖本的"巫"字均寫作乇。巫的這一寫法，在《說文》、《古文四聲韻》、《鐘鼎字源》等早期字書中均未見收入。除《詛楚文》之外，我們只見於近百年出土的甲文，金文，如：齊巫姜簋等，其所發現時間遠遠晚于《詛楚文》。

| 甲文 | 金文 | 汝貼 | 説文古文 | 小篆 |

《説文》："巫，祝也。女能事無形，以舞降神者也。象人兩袖舞形，與工同意，古者巫咸初作巫。"李孝定先生在《金文詁林讀後記》中説巫時云："巫字何以作此形，殊難索解。"試問《詛楚文》如爲仿作，那麽千年前的僞作者在未見甲文、金文的條件下，何以知戰國秦國有此巫字？

4. 從會稽刻石、繹山刻石看《詛楚文》

關於"亂"字，"降帖"寫作䚩。"亂"的這一寫法，是否因漢人不識而誤冂爲乚，並讀爲動亂之亂？其字是否造於漢代，或僅見于《詛楚文》？䚩字的這一寫法、用法，非始於漢代，亦不僅見於《詛楚文》。例如《秦會稽刻石》："亂賊滅亡"句，《繹山刻石》："追念亂世"。兩句子中的"亂"均寫作䚩，其義亦爲搗亂、混亂之義。二刻石雖爲復刻，但足以證秦代已有此字。追其源，當承《詛楚文》等戰國秦國古文字而來，非李斯所創，亦非造於漢代。

5. 從古鈢文看《詛楚文》

關於熊相。楚自成王十八世傳到懷王。懷王，《史記》説他名叫"熊槐"，而《詛楚文》卻寫作"楚王熊相"。郭沫若説："此槐與相之異，餘以爲乃一字一名。"[1]

---

〔1〕郭沫若云：按此"乃是一名一字。《周宫·朝士》'面三槐三公位焉'，三公是論道經邦的相位，故名相可槐字。"

按"相"字古鉨文"孟相如"的"相"寫作🀆。丁佛言説:"🀆,爲目之變,或釋棲,非。周秦間文字多變更古體。不能以形似求之。"〔1〕《塙室》著録一塊封泥,印文爲"中🀆之🀆"。相字亦作🀆〔2〕。古鉨文字"公孫相如鉨"作"公孫🀆🀆鉨"〔3〕🀆🀆加重文符號"丨"、"一"。

又《孟子·公孫丑上》:"相與輔相之",阮元《校刊記》云這句話"各本同,《音義》出'輔相',云丁本作'押',義與'夾'同。"按丁公著本"相"作"押",音甲。引《廣雅》:"押,輔也。""相"之作"押",亦"相"古文或作"押"之證,蓋古文"相"之作"🀆",近於"押"。此爲旁證。

歐陽修在他的《真蹟跋尾》説:"(秦)惠文王時與楚懷王熊槐屢相攻伐,則秦所詛者是懷王也。但《史記》'以爲熊槐者失之爾。''槐'、'相'二字相近,蓋傳寫之誤,當從詛文石刻,從'相'爲正。"這個意見是對的。

從上述諸字可知,《詛楚文》在文字上並不有失戰國文字風貌。特別是"爲"、"🀆"的寫法,假"壺"爲"壹"的用字方式,以及熊相即熊槐,槐爲相之誤等,均是後世仿作者在無任何文字依據的條件下難以仿作的。這一點又恰好説明《詛楚文》在歷史上的可靠地位,而非後世之僞作。

(二) 周金文給予的啓示

對《詛楚文》持疑義的人還認爲其語句可疑。如《詛楚文》

---

〔1〕丁佛言《説文古籀補補》卷四。
〔2〕裘錫圭《戰國文字的"市"字》,《考古學報》1980年第三期。
〔3〕羅福頤《古鉨彙編》三九二四,"相"下加"一"。

"昔我先君穆公及楚成王,是戮力同心,兩邦以壹,絆以婚姻,袗以齋盟"句,酷似《左傳·呂相絕秦》"昔逮我獻公及穆公相好,戮力同心,申之以盟誓,重之以昏姻"句,並以此疑《詛楚文》爲後人仿托之作。

我國歷史上假前人之名而爲書者確實不乏其例,並常引發人們爲之付出種種考證。《詛楚文》同《呂相絕秦》的語句略似,於此暫當不論,我們可先看一些今日所見先秦金石銘文,然後再談《詛楚文》之真僞。

首先從人們所熟知的《石鼓文》談起。在《石鼓文》的詩句中,我們不難發現一些詩句同《詩經》中的某些詩句略似,如表Ⅰ所示。

表Ⅰ

石　鼓　文	詩　　經
吾車既工 吾馬既同	我車既工, 我馬既同。(《車攻·一章》)
吾車既好 吾馬既馵	田車既好, 四牡孔阜。(《車攻·二章》)
爲卅(三十)里。(乍原)	於三十里。(《六月》)
亞箬其華。(作原)	猗儺其華。(《隰有萇楚》)

如果認爲《石鼓文》也存有真僞之論,那麼我們再看兩周金文中的類似情況。在出土的大量金文之中,我們時常見到一些語句相似的銘文。例如,表Ⅱ所示。表Ⅱ所列"頌鼎"銘文幾乎在"此鼎"、"寰盤"、"豆閉簋"、"𩰬簋"、"格伯簋"、"善夫山鼎"、

"伊簋"、"元年師兌簋"、"師趛鼎"、"虢姜簋(蓋)"、"諶鼎"等銘文中一一見到,那麼"頌鼎"銘文是否亦有仿作、偽作之疑?

表Ⅱ

頌　鼎	此鼎　裏盤　豆閉簋　䕭簋　格伯簋　善夫山鼎 伊簋　元年師兌簋　師趛鼎　虢姜簋　諶鼎	
佳(唯)三年五月既死霸甲戌 王才(在)周康邵(昭)宫 旦王各(格)大(太)室即立(位) 宰引右頌入門立中庭	佳(唯)十又七年十又二月既生霸乙卯 王才(在)周康宫徲(夷)宫 旦王各(格)大(太)室即立(位) 𠭰(司)土毛弔叔右此入門立中庭(此鼎)	
尹氏受(授)王令(命)書	史帶受(授)王令(命)書(裏盤)	
王乎(呼)史虢生册令(命)頌	王乎(呼)内史册命豆閉(豆閉簋)	
王曰 頌令(命)女(汝)官𠭰(司)成周	王曰 䕭命女(汝)𠭰(司)成周(䕭簋)	
賈廿家 監𠭰(司)新寤(造) 賈用宫御	[𣪊寅丗田] [　　　] [　　　]	
易(錫)女(汝) 玄衣黹屯(純) 　赤市(韍)朱黄(衡) 　䜌(鑾)旂攸鋚勒 　用事	易(錫)女(汝) 玄衣黹屯(純) 　赤市(韍)朱黄(衡) 　䜌(鑾)旂	易(錫)女(汝) 　赤市(韍)幽(衡) 　䜌(鑾)旂攸(鋚)勒 　用事(伊簋)
頌搿(拜)頴(稽)首 受令(命)册佩吕(以)出 反(返)入(納)堇(瑾)章(璋)	山搿(拜)頴(稽)首 受册佩以出 反(返)入納堇章(瑾 璋)(善夫山鼎)	
頌敢(敢)對𩊚(揚)天子不(丕) 顯魯休	兌搿(拜)頴(稽)首敢對𩊚(揚)天子不(丕)顯魯休 (元年師兌簋)	

續　表

用乍(作)作朕皇考龏(恭)弔(叔)皇母 鼙(恭)始(姒)寶隋(尊)鼎	師趛乍(作)文孝聖公文母聖姬隋(尊)鼙(鬻)(師趛鼎)	
用追孝蘄(祈)匃康戠屯(純)右(佑) 通彔(禄)求令(命)	用禋(祈)追孝於皇考叀(惠)中廩(祈)匃康戠屯(純)右(祐) 　通彔求令(虢姜簋蓋)	
年覲(眉)壽 晪(畯)臣天子 霝(令)冬(終) 子=孫=寶用	此其萬年無彊(疆) 晪(畯)臣天子 霝(令)冬(終) 子孫永寶用(此鼎)	諶其萬年賢(眉)壽(諶鼎)

頌鼎

此鼎(甲)

袁盤

豆閉簋

鬵簋

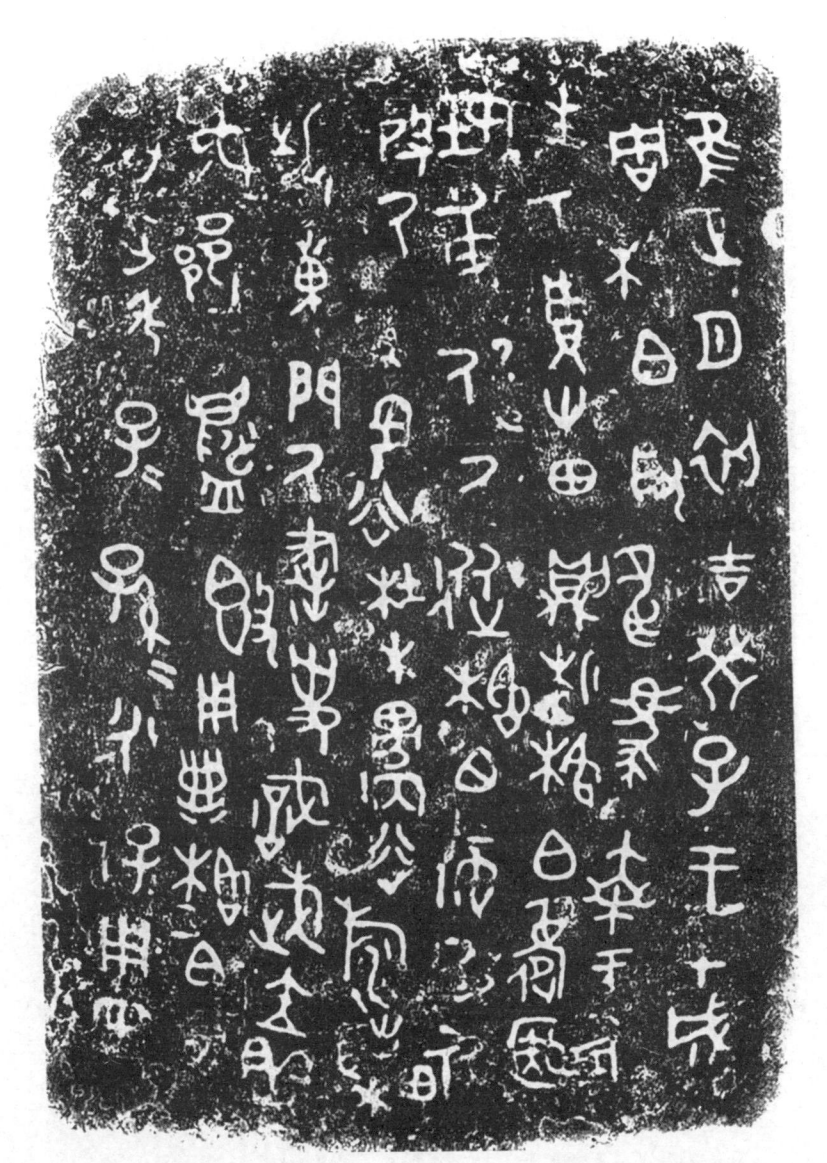

格伯簋

善夫山鼎

伊簋

元年師兌簋

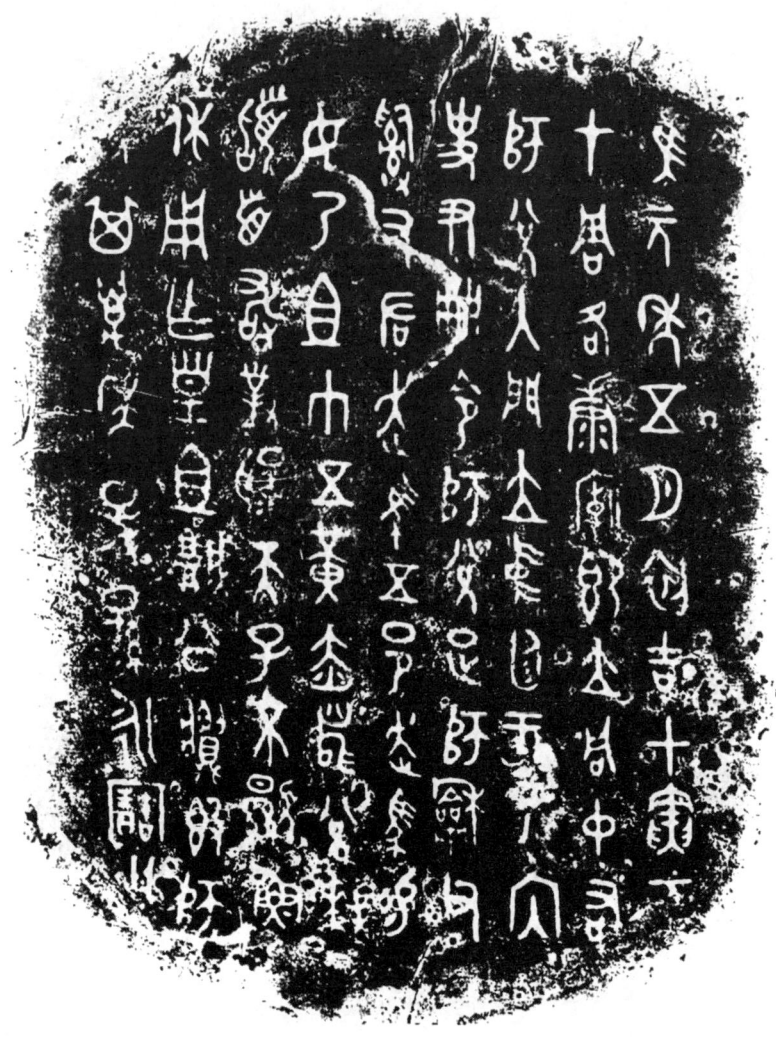

卷三　楚辭《九歌》考證　/　603

師趛鼎

虢姜簋(蓋)

諶鼎

秦公鎛(上)

卷三　楚辭《九歌》考證 / 607

秦公鎛（下）

秦公鐘（上）

卷三　楚辭《九歌》考證 / 609

秦公鐘（下）

秦公簋（上）

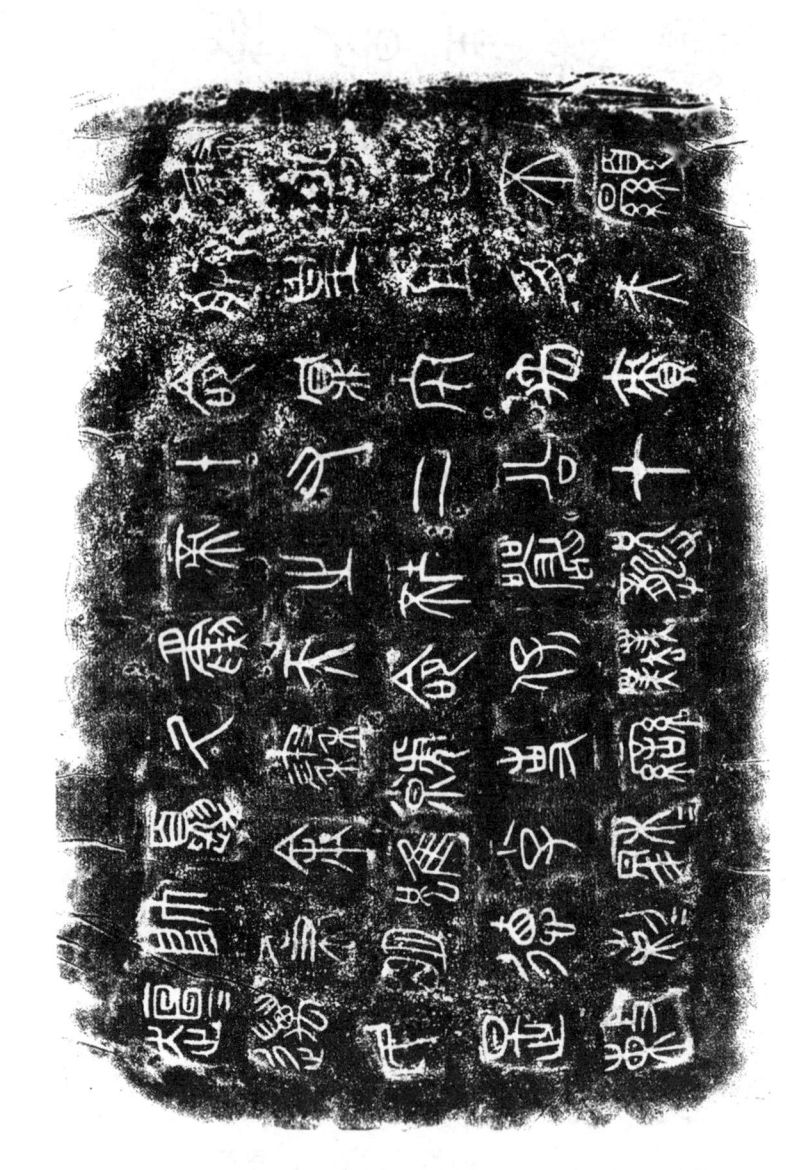

卷三 楚辭《九歌》考證 / 611

秦公簋(下)

又如表Ⅲ所示,"秦公及王姬鐘(鎛)"同"秦公簋"、"秦公鐘"的銘文相比較,其銘文在語句上也幾乎句句略似。那麼能否也認其爲仿作,並判定某真某僞呢?實在是不可能的,因三個器物是出自兩個不同的時代,所制時間當然不一。

表Ⅲ

秦公及王姬鐘(鎛)	秦公簋	秦公鐘
秦公曰	秦公曰	秦公曰
我先且(祖)受天令(命)	不(丕)顯朕皇且(祖)受天命	不(丕)顯朕皇且(祖)受天命
鬻(賞)宅受或(國)	鼏(冪)宅禹賣(蹟)	鼀(肇)又下國
剌=(烈烈)邵(昭)文公静公憲公	十又二公	十又二公
不豕(墜)於上	才(在)在帝之坏(坯)	不豕(墜)才(在)上
邵(昭)合(答)皇天	嚴(嚴)龏(恭)夤天命	嚴(嚴)龏(龏)夤天命
	保鼝(乂)氒秦	保鼝(乂)氒秦
以虩事䜌(蠻)方	虩(赫)事䜌(蠻)叟(夏)	虩事䜌(蠻)叟
公及王姬曰		曰
余小子	余雖小子	余雖小子
	穆=帥秉明德	穆=帥秉明德
		叡專(敷)明井(刑)
余夙夕虔敬朕祀		虔敬朕祀
以受多福		以受多福
		爇穌萬民
		唬夙夙夕
	剌=(烈烈)趄=(桓桓)	剌=(烈烈)趄=(桓桓)
	邁(萬)民是敕(敕)	萬生(姓)是敕
克明又(氒)心		
盭(戾)龢(和)胤士	咸畜胤士	咸畜百辟胤士

續　表

秦公及王姬鐘(鎛)	秦公簋	秦公鐘
咸畜左右 盭＝(蘮蘮)允義 糞(翼)受明德 以康奠鷙(協)朕或(國) 濫(盜)百絲(蠻)具 (俱)即其服	盭＝(蘮蘮)文武 鋻(鎮)静(靖)不廷 虔敬朕祀 乍(作)嚠宗彝	盭＝(蘮蘮)文武 鋻(鎮)静(靖)不廷 𩰲(揉)燮百邦 于秦執事
乍(作)㝅龢鐘 憼(靈)音鉌＝(肅 肅)雝＝(雍雍)		作盄(淑)龢[鐘] 㝅名曰昚邦 其音鉌＝(肅肅) 雝＝(雍雍)孔煌
以匽(宴)皇公 以受大福屯(純)魯多釐 大壽萬年 秦公毀(其)畯黹 (給)才(在)立(位) 雁(膺)受大令(命) 眉(眉)壽無彊(疆)	以卲(昭)皇且(祖) 嚴𦥑(躋)各 以受屯(純)魯多釐 眉(眉)嘻(壽)無彊(疆) 眈虣才(在)立(位) 高弘又慶	以卲(昭)霝(格)孝亯(享) 以受屯(純)魯多釐 眉(眉)壹無彊(疆) 眈虣才(在)立(位) 高弘又慶
匍(敷)有(佑)三(四)方 毀(其)康寶	竈(肇)囿(有)三(四)方 宜	匍(敷)又三(四)方 永寶 宜

　　從上述三表所示看，在上古時代(先秦)金石銘文中出現語句略似的現象，當爲常見之事。而這一相似的語句也正反映了那一時代的語言特點。人們知道，在我國歷史上每一個時代都

有反映那一時代特徵的語句——成語、慣用語、固定句式。又因上古時代，文學語言並不發達，所以常有套用語句的現象產生。因而我們並不能以此而判定某爲仿某之作，某爲真某爲僞。至於《詛楚文》同于《呂相絕秦》亦爲如此。戰國時代七國征伐，諸子百家雲起。這一烽火戰亂，諸子遊説的時代，對中原文化的進一步統一、發展起了促進作用。其反映在語言上，則時代的通用語、固定句式、成語等，均爲列國文人謀士所慣用。所以出現《詛楚文》、《呂相絕秦》之類文章並不爲奇，而恰好證明其時代真實性，故不當以仿作論之。

十八、《商君書》、《去强》爲"經"
《説民》、《弱民》爲"説"説
——"楚國之民"以下抄《荀子·議兵》而又亂其次序

《商君書》，《漢書·藝文志》著録二十九篇。今傳本二十六篇、兩篇有目無文，實存二十四篇。其書各篇不都是一時一人之作。説它是由商鞅的後學者輯録而成的，這是合乎實際的。書中有些語言往往是兩篇或數篇互見的。其中，有的辭句完全相同，有的基本相同。這種"共同語言"比較多，有的可能是商鞅自己的反復使用，有的可能是他的後學者在闡發商鞅學派思想時的輾轉承襲。

這種語言互見現象，在《去强》、《弱民》、《説民》三篇最爲突出。

學者們早已注意到這一事實。朱師轍《商君書解詁》説：

《去强》可"與《説民》、《弱民》二篇參觀",而《説民》、《弱民》又"多與《去强》相發明"。高先生《商君書注譯》也説,"《去强》與《弱民》篇内容有相同之處,應彼此參閲",而《弱民》"這篇文字與《去强》有些相同之處,又似給《去强》作解釋"。

但是,這些"相同之處"是偶然重見呢？還是反映著什麽關係？都没有作進一步的説明。

爲了探索他們的關係,本文把它們作一個對照研究,從中發現:《弱民》和《説民》兩篇前後相續,都是依《去强》語序爲文而爲它逐次作解説的。它們的相應關係是建立在解説和被解説之上的。若以被解者爲"經",而解"經"者爲"説",則《去强》爲《弱民》、《説民》之"經",而《弱民》、《説民》爲《去强》之"説"。

以下先列《去强》和《弱民》、《説民》相應關係對照表,然後再説從表中所看到一些問題。

(一)《去强》和《弱民》、《説民》"經"、"説"關係對照表

爲了通過現象看本質,今取《弱民》、《説民》兩篇,把它們同《去强》對看,就其彼此辭句相應者,一一對列,分條排比,作成一表。

表例是:

1.《去强》居左,《弱民》、《説民》居右。

2. 各篇文字都依它們的原文順序全篇抄録,無删節。

3. 對應條目的阿拉伯數字,表示該條在今本《商君書》篇中的自然次序。用"○"圈起來的數字,表示錯簡復原所應處的位置。圈内數字指明它在今本篇中的錯簡位次。

4.《去强》篇各節漢字數次,表示復原錯簡後,該篇各節的順序。

5. 字下重點符號,表示左右兩篇的對應辭句。其文字彼此全同者,字下標"·",若同中有異或語意相應而文字不同者,志字下用"。"來標記。

6. 錯簡,今本錯簡辭節次數字用黑體字用。"【 】"形括弧標誌的節段是錯簡復原位置。

7. 三篇文字都依范氏天一閣本。校改處,在説明中加以簡單的按語。按語號碼是以對應節段計數的:先《去强》,後《弱民》、《説民》。以對應單元爲一組,組自起數,而不是以篇排次的。

《商君書》之《去强》、《弱民》對照表

一、1. 以强去强者,弱;以弱去强者,强。	1. 民弱國强,民强國弱⁽¹⁾。故有道之國,務在弱民。樸則强,淫則弱,弱則軌,淫則有志。弱則有用,有志則强。故曰:以强去强者弱;以弱去强者强。	⑴ 依高先生注改。
二、2. 國爲善,姦必多。	2. 民,善之則親,利之用則和;用則有任,和則不匱⑴,有任乃富。於政,上舍法,任民之所善,故姦多。	⑴ "不"從朱説。
三、3. 國富而貧治,曰重富,重富者强。國貧而富治,曰重貧,重貧者弱。	3. 民,貧則力富,富則淫⑴。淫則有蝨。故民富而不用,則使民以食出,各必有力,則農不偷。農不偷,六蝨無萌。故國富而貧治,重强。	⑴ 范本重"力富"兩字,今删。

續　表

四、4.兵行敵所不敢行,強;事興敵所羞爲,利。	4.兵易弱難强。民樂生安佚,死難難之⁽¹⁾,易之則强。事有羞,多姦寡;賞無失,多姦疑。敵失必利,兵至强威。事無羞,利用兵。久處利勢⁽²⁾,必王。故兵行敵之所不敢行,强;事興敵之所羞爲,利。	⑴"之"從高注改。 ⑵"久"據嚴本改。
五、5.主貴多變,國貴少變。	5.法有,民安其次;主變,事能得齊;國守安,主操權,利。故主貴多變,國貴少變。	
六、6.國多物,削;主少物,强。千乘之國,守千物者削。	6.利出一孔,則國多物;出十孔,則國少物。守一者治,守十者亂。治則强,亂則弱,强則物來,弱則物去。故國致物者强,去物者弱。	
七、7.戰事兵用曰强。戰亂兵息而國削。	7.民,辱則貴爵,弱則尊官,貧則重賞。以刑治,民則樂用,以賞戰,民則輕死。故戰事兵用曰强。民有私榮,則賤列卑官,富則輕賞。治民羞辱以刑,戰則戰。民畏死,事亂而戰,故兵農息而國弱。	
八、8.農、商、官三者,國之常官也。三官者,生蝨官者六:曰歲,曰食,曰美⁽¹⁾,曰好⁽²⁾,曰志,曰行,六者有,樸必削。三官之樸三人,六官之樸一人。	8.農商官三者,國之常【食】官也⁽³⁾。農闢地,商致物,官法民。三官生蝨六:曰歲,曰食,曰美,曰好,曰志,曰行。六者有,樸必削。農有餘食,則薄燕於歲。商有淫利,有美好傷器⁽⁴⁾。官設而不用,志行爲卒。六蝨成俗,兵必大敗。	⑴⑵據《弱民》改。 ⑶"食"依俞説删。 ⑷"有"應作"則"。

續　表

九、9. 以治法者強，以治政者削。常官治者遷官⁽¹⁾。治大，國小；治小，國大。	9. 法枉治亂，任善言多；治衆國亂，言多兵弱。法明治省⁽²⁾，任力言息；治省⁽³⁾國治，言息兵強。故治大，國小；治小，國大。	⁽¹⁾"治者"據嚴本改。⁽²⁾"治"據嚴本補。⁽³⁾"省"據嚴本改。
十、10. 強之，重削⁽³⁾；弱之，重強。	10. 政作民之所惡，民弱；政作民之所樂，民強。民強國贏⁽¹⁾。故民之所樂民強⁽²⁾。民強而強之，兵重弱。故民之所樂民強，民強而弱之，兵重強。故以強重，弱；弱重，強，王。	⁽¹⁾"贏"應作"羸"。⁽²⁾"故"據嚴本補。⁽³⁾"削"應作"弱"。
十一、11. 夫以強攻弱者亡，以弱攻強者王。⁽¹⁾	11. 以強攻強弱⁽²⁾，弱存；以弱攻弱強，強去。強存則弱，強去則王。故以強攻弱，削；以弱攻強，王也。	⁽¹⁾"強"據嚴校改。⁽²⁾"攻"依朱說改。
十二、12. 國強而不戰，毒輸於内，禮樂蝨官生必削；國遂戰，毒輸於敵，國無禮樂蝨官，必強。舉榮任功曰強，蝨官生必削。農少商多，貴人貧，商貧，農貧，三官貧，必削。	12. 明主之使其臣也，用必加於功，賞必盡其勞。人主使其民信此如日月⁽¹⁾，則無敵矣⁽²⁾。 13. 今離婁見秋毫之末，⁽³⁾不能以明目易人；烏獲舉千鈞之重，不能以多力易人；聖賢在體性也，不能以相易也。 14. 今當世之用事者，皆欲爲上聖，舉法之謂也。背法而治，此任重道遠而無馬牛，濟大川而無舡楫也。	⁽¹⁾"此如"據嚴補本改。⁽²⁾"則"據嚴補本改。⁽³⁾"離婁"以下至"舉法之謂也"與《錯法》篇末基本相同。"舉"，朱說"用也"。

續　表

	15.今夫人衆兵强,此帝王之大資也。苟非明法以守之也,與危亡爲鄰。故明主察法。境内之民,無辟淫之心;游處之士,迫于戰陣;萬民疾于耕戰⁽¹⁾。	⑴"戰"據朱本改。
	16.有以知其然也?⑴	⑴"有",猶"何"。
	17.楚國之民,齊疾而均,速若飄風;宛鉅鐵釶,利若蜂蠆;脅蛟犀兕,堅若金石。江漢以爲池,汝潁以爲限,隱以鄧林,緣以方城。秦師至,鄢郢舉若振槁,唐蔑死于垂涉,莊蹻發于内,楚分爲五。地非不大也,民非不衆也,甲兵財用非不多也,戰不勝,守不固,此無法之所生也⑴。	⑴"楚國之民"以下抄襲《荀子·議兵》,而又亂其次序。
	18.釋權衡而操輕重者(句未完,下有缺文)	
	《說　民》	
十三、13.國有禮有樂,有《詩》有《書》,有善有修,有孝有弟,有廉有辯⑴。國有十者,上無使戰,必削至亡;國無十者⑵,上有使戰,必興至王。 15.【國用《詩》《書》禮樂孝弟善修治者,敵至必削,不至必貧;國不用八者治,敵不敢至,雖至,必卻;興兵而伐,必取,取必能有之⑵;按兵而不攻,必富。】	1.辯慧,亂之贊也;禮樂,淫佚之徵也;慈仁,過之母也;任譽,姦之鼠也。亂有贊則行,淫佚有徵則用,過有母則生,姦有鼠則不止。八者有群,民勝其政;國無八者,政勝其民。民勝其政,國弱;政勝其民,兵强。故國有八者,上無以使守戰,必削至亡;國無八者,上有以使守戰,必興至王。	⑴以《說民》校之,"有廉有辯"應删。 ⑵"十者"應作"八者"。 ⑴依陶說删"國"字。 ⑵"取"據嚴本補。

續 表

十四、14.國以善民治姦民者,必亂至削;國以姦民治善民者,必治至強。(1)	2.用善,則民親其親;任姦,則民親其制。合而復者,善也;別而規者,姦也。章善則過匿,任姦則罪誅。過匿則民勝法,罪誅則法勝民。民勝法,國亂;法勝民,兵強。故曰:以良民治,必亂至削;以姦民治,必治至強。	(1)句下有"國○○",據嚴本刪。
15.國用《詩》《書》禮樂孝弟善修治者,敵至必削國,不至必貧國。不用八者治,敵不敢至,雖至,必卻;興兵而伐,必取,取必能有之(1),按兵而不攻,必富。		(1)"取"據嚴本補。
十五、16.國好力,曰以難攻(1);國好言(2),曰以易攻。國以難攻者,起一得十;國以易攻者,出十亡百。	3.國以難攻,起一取十;國以易攻,起十亡百。國好力,曰以難攻;國好言,曰以易攻。民易為言,難為用。國法作民之所難,兵用民之所易,而以力攻者,起一得十。國法作民之所易,兵用民之所難,而以言攻者,出十亡百。	(1)"曰"字據《說民》及俞說改。下同。 (2)"國好"據嚴本改。
十六、17.重罰輕賞,則上愛民,民死上;重賞輕罰,則上不愛民,民不死上。興國行罰,民利且畏(1);行賞,民利且愛。	4.罰重,爵尊;賞輕,刑威。爵尊,上愛民;刑威,民死上。故興國行罰則民利,用賞則上重。	(1)"畏"據嚴本改。

續　表

十七、18. 行刑重其輕者，輕其重者，輕者不生，重者不來。⁽¹⁾ 27.【以刑去刑，國治；以刑致刑，國亂。故曰⁽²⁾：行刑重輕⁽³⁾，刑去事成，國強；重重而輕輕⁽⁴⁾，刑至事生，國削。】 19. 國無力而行知巧者，必亡。	5. 法詳則刑繁，法繁則刑省。民不治則亂⁽⁵⁾，亂而治之，又亂。故治之於其治，則治；治之於其亂，則亂。民之情也治，其事也亂。故行刑，重其輕者；輕者不生，則重者無從至矣。此謂"治之於其治"也。行刑，重其重者，輕其輕者；輕者不止，則重者無從止矣⁽⁶⁾。此謂"治之於其亂"也。故重輕，則刑去事成，國強；重重而輕輕，則刑至而事生，國削。	⁽¹⁾這十八字正與《説民》相應，嚴本刪去，非是。 ⁽²⁾"故"據嚴本補。 ⁽³⁾"行"據嚴本改。 ⁽⁴⁾"而"據嚴本補。 ⁽⁵⁾"不"依高注補。 ⁽⁶⁾"止"從嚴校改。
十八、20. 怯民使以刑必勇，勇民使以賞則死。怯民勇，勇民死，國無敵者強，強必王。	6. 民勇，則賞之以其所欲；民怯，則殺之以其所惡。故怯民使之以刑，則勇；勇民使之以賞，則死。怯民勇，勇民死，國無敵者必王。	
十九、21. 貧者使以刑則富，富者使以賞則貧。治國能令貧者富⁽¹⁾，富者貧⁽²⁾，則國多力，多力者王。 19.【國無力而行知巧者，必亡。】	7. 民貧則國弱⁽³⁾，富則淫，淫則有蝨，有蝨則弱。故貧者益之以刑，則富；富者損之以賞，則貧。治國之舉，貴令貧者富，富者貧。貧者富，富者貧⁽⁴⁾，國強⁽⁵⁾。三官無蝨。國久強而無蝨者，必王。	⁽¹⁾⁽²⁾據《説民》及嚴本改。 ⁽³⁾"國弱"依高注改。 ⁽⁴⁾⁽⁵⁾依嚴校改。
二十、28.【刑生力，力生強，強生威，威生惠，惠生於力。舉力以成勇戰⁽¹⁾，戰以成知謀。】	8. 刑生力，力生強，強生威，威生德，德生於刑。故刑多則賞重，賞少則刑重。	⁽¹⁾"力"據嚴本改。

續　表

二一、22.王者刑九賞一,強國刑七賞三,削國刑五賞五。	9.民之有欲有惡也,欲有六淫,惡有四難。從六淫,國弱;行四難,兵強。故王者刑於九而賞出一。刑於九,則六淫止;賞出一,則四難行。六淫止,則國無姦;四難行,則兵無敵。	
二二、23.國作一一歲⁽¹⁾,十歲強;作十歲,百歲強;作一百歲,千歲強,千歲強者王。威以一取十,以聲取實,故能威者王。	10.民之所欲萬,而利之所出一。民非一則無以致欲⁽²⁾,故作一。作一則力摶,力摶則強;強而用,重強。	⁽¹⁾據嚴本補一"一"字。 ⁽²⁾"則"從嚴校改。
二三、24.能生不能殺,曰自攻之國,必削;能生能殺,曰攻敵之國,必強。故攻官,攻力,攻敵⁽¹⁾,國用其二,舍其一⁽²⁾,必強;令用三者威,必王。	11.故能生力,能殺力,曰攻敵之國,必強。塞私道以窮其志,啓一門以致其欲,使民必先行其所要,然後致其所欲,故力多。力多而不用則志窮,志窮則有私,有私則有弱。故能生力,不能殺力,曰自攻之國,必削。故曰王者國不蓄力,家不積粟。國不蓄力,下用也;家不積粟,上藏也。	⁽¹⁾"攻敵"據嚴本改。 ⁽²⁾"其"據嚴本補。
二四、25.十里斷者國弱;五里斷者國強⁽¹⁾。以日治者王,以夜治者強⁽²⁾,以宿治者削⁽³⁾。	12.國治,斷家王,斷官強,斷君弱。重輕刑去,常官則治。省刑要葆,賞不可倍也。有姦必告之,則民斷於心。上令而民知所以應,器成於家而行於官,則事斷於家。故王者刑賞斷於民心,器用決於家。治明則同,治闇則異。同則行,異則止。	⁽¹⁾"五"據《説民》及嚴校改。 ⁽²⁾⁽³⁾"以"據嚴本補。

續　表

	行則治,止則亂。治則家斷,亂則君斷。治國者貴下斷,故以十里斷者弱,以五里斷者強,家斷則有餘,故曰日治者王。官斷則不足,故夜治者強。君斷則亂,故宿治者削。故有道之國,治不聽君,民不從官。	
二五、26. 舉口數,生者著,死者削⁽¹⁾。民衆從不逃粟,野無荒草。		⁽¹⁾據嚴校刪"民"字。
27. 以刑去刑,國治;以刑致刑,國亂。故曰⁽¹⁾：行刑重輕⁽²⁾,刑去事成,國強;重重而輕輕⁽³⁾,刑至事生,國削。		⁽¹⁾"故"據嚴本補。 ⁽²⁾"行"據嚴本改。 ⁽³⁾"而"據嚴本補。
28. 刑生力,力生強,強生威,威生惠,惠生於力。舉力以成勇戰⁽¹⁾,戰以成知謀。		⁽¹⁾"力"據嚴本改。
二六、29. 粟生而金死,粟死而金生⁽¹⁾。本物賤,事者衆,買者少,農困而姦勸⁽²⁾;其兵弱,國必削至亡。金一兩生於境內,粟十二石死於竟外⁽³⁾。粟十二石生於竟內⁽⁴⁾,金一兩死於境外。國好生金於境內,則金粟兩死,倉府兩虛。國好生粟於境內,則金粟兩生,倉府兩實。		⁽¹⁾從品節本改。 ⁽²⁾"困"據嚴本改。 ⁽³⁾⁽⁴⁾據嚴本改。

續　表

二七、30. 強國知十三數[1]：境內倉口之數,壯男壯女之數,老弱之數,官士[2]之數,以言說取食者之數,利民之數,馬牛芻藁之數。欲強國,不知國十三數,地雖利,民雖衆,國愈弱至削。 二八、31. 國無怨民曰強國。興兵而伐,則武爵武任,必勝；按兵而農,粟爵粟任,則國富。兵起而勝敵,按兵而國富者王。		[1]"知"據下文及嚴本改。 [2]"士"據嚴本改。

（二）從《對照表》看《弱民》、《說民》同《去強》的關係和性質

從《商君書》這三篇相應辭句的對照中,可以看出：

1.《弱民》、《說民》兩篇都是以其全篇同《去強》分節逐次,依其原篇順序,一一對應的。

《弱民》共十一節。它同《去強》都是從第一節起到第十一節止,依著節次順序——相應的。

《說民》共十二節,它是從《去強》第十三節起,逐次分節相應的。它們相應情況是：

《去強》	《說民》	《去強》	《說民》
一三：	13+(15)=1	一五：	16=3
一四：	14=2	一六：	17=4

續　表

《去　强》	《説　民》	《去　强》	《説　民》
一七：	18+(27)=5	二一：	22=9
一八：	20=6	二二：	23=10
一九：	21+(19)=7	二三：	24=11
二〇：	(28)=8	二四：	25=12

說明：《去强》的一三：是復原後節次；13：是今本節次；(15)：是復原錯簡的今本節次；＝：表示與《説民》對應關係。

《去强》第十三、第十七、第十九，這三節即使不加上復原錯簡，也是同《説民》依次對應的。第(28)，復原後也是與《説民》對應的。我們排除以《去强》第(28)節復原錯簡來對《説民》第八節不予計算外，在十一比一的對應關係中，可以肯定《説民》也是同《去强》依次相應的。只是《去强》有少數錯簡而已。

2.《説民》同《去强》逐次對應的十一節，除第八節外，其餘十節都是用"故"或用"故曰"概括它本節所說之理，來同它所對應的《去强》辭句相應的。而第八節雖然沒有使用"故"或"故曰"，但是，它所闡發之事理也是同《去强》辭句相應的。

《説民》也是這樣。它除第三、第八兩節外，也都是以"故"或"故曰"來概括它所明之理，以與《去强》辭句相應的。第三節雖然無"故"，它卻是在說理中與《去强》辭句相應的；第八節則是從與《去强》相應的辭句中，用"故"字誘導出另一事理的。總的看來，《説民》也都在逐節闡明《去强》之理的。

3.《説民》是從《去强》第十三節開始來同它逐節對應的。

《說民》第一節的"辯慧"、"慈仁"、"任譽"是與《去強》第十三節、十五節[1]的"詩書"、"孝悌"、"善修"相應的。

《商君書》是把"詩書"、"辯慧"作一事的兩面來看的。《農戰篇》："國好言談者削,故曰：'農戰之民千人,而《詩》、《書》辯慧者一人焉,千人者皆怠于農戰矣。'"可見《詩》、《書》是"好辯樂學"(《農戰》)的"樂學"的對象,而"樂學"《詩》、《書》是為了"好辯",所以有時也稱之為"詩書談說之士"。《詩》、《書》是"辯慧"的"談說"資本,而"辯慧"才是"樂學"《詩》、《書》的目的。所以《賞刑篇》不提《詩》、《書》而以"博聞、辯慧"連類相及。由此可見《說民》的"辯慧",在本節語言依存關係和本節與《去強》對應關係中,是同《詩》、《書》相應的：

《韓非子·六反》："活賊匿奸,當死之民也,而世尊之曰任譽之士。""任譽"是無原則地為別人作"好"事。這同不問是非只求"善修"是一樣的。

至於"慈仁"和"孝悌"就更相近了。

從這些關係看,《說民》同《去強》的對應是以"辯慧"說《詩》、《書》,以"慈仁"說"孝悌",以"任譽"說"善修"。這種同義或近義的替代,反映著一種解說和被解說的關係。

4.《弱民》和《說民》在它們同《去強》的對應上是有分工的。《弱民》所對應的都在《去強》的前半篇,從第一節到第十一節,依次相對,而《說民》所對應的則都在《去強》的後半篇,和《去強》第13節到第25節(其中有四節錯簡,第15應為第13的後半,第27應為第18的前半,而第19和第28應合為一節。見上文"一"

───────
[1] 錯簡,應附在十三節後。

所附《去强》、《説民》對照簡表原來也是依次相對的。由此可見《弱民》、《説民》兩篇顯然是有明確分工的。它們"分"則各對《去强》之半;"合"則接成一體,從頭到尾,依次對完《去强》全篇。這種既有分工,又相銜接的綴合形式决不是偶然的巧合。它反映了《弱民》、《説民》同《去强》的對應是有目的,分節分篇,在寫作上是有計劃的。

5.《弱民》、《説民》兩篇相續,是以 23 節同《去强》依次相應的。在這 23 節中,有 20 節是基本上使用一個公式寫成的:在説明事理的基礎上,用"故"或"故曰"匯出它同《去强》辭句相應的結語。因此,兩篇文章都是節節獨立自完其説的。這就使《弱民》、《説民》的性質不同于《商君書》一般論文,而成爲别具一格的"連珠"式的一群解説之辭的彙編。

《弱民》、《説民》這一共同特點表明:它們同《去强》的關係,既不是同門弟子共記師説而寫成的詳略筆記,又不是論文和它的寫作提綱或内容提要。《弱民》、《説民》同《去强》的對立統一應是解説和被解説的依存關係。《去强》是被解説的對象,而《弱民》、《説民》則是《去强》主要辭句的解釋。

從以上五點可以明確《弱民》、《説民》同《去强》的對應關係不是一般行文互見。《去强》是《弱民》、《説民》解説的對象,而《弱民》、《説民》則是專爲解説《去强》而作的上下篇。如果以古書"經"、"説"關係來比擬,可以説《去强》爲"經",而《弱民》、《説民》則是它的"説",《弱民》是《去强》的"經説上",而《説民》則是它的"經説下"。這上下兩"説"當是一人一時之作。它們本是一事,可能因爲語多文長,字數不與它篇相稱,所以截爲兩篇而各賦以篇名。

(三) 從《對照表》看《去強》、《弱民》、《説民》三篇的錯簡

今本《商君書》是在簡册散亂之後,收拾綴輯而成的。之所以這樣説,是因爲它有下列兩種情況:一是篇次錯亂,二是錯簡較多。這裏先説篇次,後論錯簡。

1. 篇次

從《對照表》可以看出:《去強》是被説明的物件,是"經";而《弱民》、《説民》則是説明《去強》的上下兩篇"經説"。在性質和關係上,這三篇是應該相接連的。今本《商君書》、《去強》第四,而《説民》第五,還殘存著一定迹象。可是,在説明《去強》的次序上,作爲"經説上"的《弱民》,卻遠離《去強》、《説民》,隔越了十五篇,被排擠在第二十的篇次上。這一失群現象,肯定是由於篇次散亂造成的。同時,它也説明綴輯成今本《商君書》的人,他已經不知道三篇兩類互相對應的説明與被説明關係了。

現在根據這三篇的"經"、"説"關係,可部分地復原《商君書》篇次。把《弱民》從後面提上來,插在《去強》、《説民》兩篇之間,使之"經"、"説"相承,而"説"得以上下相序。它們的篇次順序應是:《去強》、《弱民》、《説民》。

2. 錯簡

以相同或相似的辭句爲紐帶,分節逐次對應,使《去強》、《弱民》、《説民》從混亂之中,得到澄清和復原,從而初步地認識了它們三篇兩類的"經"、"説"性質和關係。同時,也清理一些紊亂現

象：糾正誤刪，復原錯簡，發現缺漏，剔除被誤綴在篇末的它篇佚文。

（1）糾正誤刪

范本《去强》第 17 節"民利且愛"句下有"行刑重其輕者，輕其重者，輕者不生，重者不來"十八字。嚴萬里以其"與下《靳令篇》語同，而文誼未全"爲理由，把它"刪去"。

現在從《去强》同《説民》相應辭句對照中，發現這 18 個字，在分節逐次對應關係上，正與《説民》第 5 節"故行刑重其輕者，輕者不生，則重者無從至矣"相應。

事實證明，嚴萬里刪掉這 18 個字是錯誤的，應予糾正。今以之爲第 18 節。

（2）發現缺文

《去强》第 12，"國强而不戰，毒輸於内"至"三官貧，必削。"這一節，《弱民》、《説民》都沒有與之相應的辭句。但它是商鞅學派所慣用的名言，在《靳令》裏有所反映。它同《靳令》相應情況如下：

《去　强》	《靳　令》
國强而不戰，毒輸於内，禮樂、蝨官生，必削。國遂戰，毒輸于敵，國無禮樂、蝨官，必强。	國貧而務戰，毒生於敵，無六蝨，必强。國富而不戰，偷生於内，有六蝨，必弱。

從對比中可以看出，《靳令》是襲用《去强》此節的。《去强》禮、樂屬於"八事"，而《靳令》混禮、樂於"六蝨"之中，是其時代差别的標誌之一，《靳令》改"毒輸"爲"毒生"與"偷生"是其二。

但是，《靳令》襲用《去强》這一節文字，説明這一節當是可以獨立成節的。

《去强》這一節，在三篇兩類的分節逐次對應中，它的位次恰在《説民》開篇之前，《弱民》結尾之後。《弱民》第 12 節"明主之使其臣也"以下是它篇佚文，誤附於《弱民》篇末的。説見後。在這種形勢下，可以推定《弱民》原本第 12 節當是與《去强》第 12 節"國强而不戰，毒輸於内"一節主要辭句相應的。今本《弱民》篇末無此相應之文，當是簡策散亂時，因在篇末，被遺失了。而《靳令》一節卻不是它被丟掉的佚文。

3. 復原錯簡

《去强》第 27"以刑去刑"、第 28"刑生力"兩節，夾在第 26"舉口數"和第 29"粟生而金死"之中。文意上下不相屬，顯然是兩節錯簡。

在三篇兩類分節逐次對應中，不僅如前所説，從《説民》第 5 節，對出《去强》第 18 節"行刑重其輕者"十八字不應該删掉；而且又發現第 27"以刑去刑"一節，它的"行刑重輕，刑去事成，國强；重重而輕輕，刑至事生，國削"這幾句話，又正好同《説民》第 5 節後半"故重輕，則刑去事成，國强，重重而輕輕，則刑至而事生，國削"恰好相對應。

據此，可以説《去强》第 18 和第 27 兩節，它們當初原是一節。因簡策散亂，折成兩片，編綴人認爲無可附麗，遂與第 28"刑生力"一節，以"刑"的關係挨在一起，夾在編後 26"舉口數"一節之下。這次經過逐次對應，使它復了原位。

《説民》第 7 節以"治國之舉，貴令貧者富，富者貧"等句與《去强》21 相對應，第 9 節以"故王者刑於九而賞出一"與《去强》

22相對應。這樣，《說民》第8節"刑生力，力生強"一節便懸空起來而無所對應。可是《去強》28"刑生力，力生強，強生威，威生惠，惠生於力"一節，主要辭句正好同它相應，然而它卻隔越在後，與27"以刑去刑"相次，夾雜在26"舉口數"、29"粟生而金死"之間。

前面已經查明《去強》27"以刑去刑"一節，原本當與18"行刑重其輕者"一節爲一體，因簡策斷爛而拆散。綴輯人不知所屬，遂誤附於篇後，從而造成了錯簡。同理，《去強》28也是如此。應按辭句對應關係，把它復原於21、22兩節之間，直與《說民》8"刑生力"一節相應，而成爲《去強》第20節。

這樣，在三篇兩類分節逐次對應中，又復原一條錯簡。

同時，也看到了一種錯簡現象：散亂中的類聚，會給人一種假象，好像今本《去強》27、28兩節是一組彼此相接的。通過上面的初步分析，知道它們原是各有所屬，並不相連的。今本《商君書》的節次，不過是整理散簡的人，在編綴時，以兩節都說到了"刑"，遂以之爲紐帶，把它們隨手類聚在一起，從而給人造成了一種假象。這也是一個值得注意的事項。

《去強》19"國無力而行知巧者，必亡"。這句話是在對應中被澄清出來的唯一的一句一節。在文意上，它同18、20兩節都不相屬。當是從其他節裏佚出的錯簡。

今考《去強》21"治國能令貧者富，富者貧，則國多力，多力者王。""國多力"與"國無力"相反相成，而下節又恰好是據與《說民》對應關係而復原的"刑生力，力生強"，它正與"多力""無力"相應。因此，把它看作《去強》21節"則國多力，多力者王"下面的一句脫文，從錯簡中復原過來。

這又是從相應關係中，發現並復原了的一條錯簡。

4. 異文

《去强》第13"國有十者,上無使戰,必削至亡"一節與《説民》第一節"故國有八者,上無以使守戰,必削至亡"等句相應。第14"國以善民治奸民者,必亂至削"一節與《説民》第 2 節"故曰:以良民治,必亂至削"兩句相應;第16"國好力,曰以難攻"一節與《説民》第 3 節"國好力,曰以難攻"相應。只有第15"國用詩、書、禮、樂、孝、悌、善、修治者"一節,懸空,在《説民》中没有與之依次相對應的。

是《説民》丢了這一節? 還是《去强》多了它呢?

這還是要先看看它的對應情况,然後再説。

《去　强》		《説　民》
13節	15節	1節
國有禮、有樂,有《詩》、有《書》,有善、有修,有孝、有弟,有廉、有辯。國有十者,上無使戰,必削至亡;國無十者,上有使戰,必興至王。	國用《詩》、《書》,禮、樂,孝、悌,善、修治者,敵至必削,不至必貧;	辯、慧,……禮、樂,……慈、仁,……任、譽,……
	國不用八者治,敵不敢至,雖至必卻,興兵而伐,必取,取必能有之。……	故國有八者,上無以使守戰,必削至亡;國亡八者,上有以使守戰,必興至王。

可以看出:《去强》13、15 兩節文意是大體相同的。

《説民》第 1 節"辯、慧","禮、樂","慈、仁","任、譽"四組八事,是正與《去强》第 15 節"國用《詩》、《書》,禮、樂,孝、悌,善、

"修"依次相應的。而《去强》第 15 節"敵不敢至,雖至必卻"是"守","興兵而伐,必取,取必能有之"是"戰"。這又正與《説民》第 1 節"上無以使守戰","上有以使守戰"的"守"、"戰"相應。而兩方所論的都是"八者"。説《説民》第 1 節是説《去强》第 15 節的,這不是没有道理的。

《去强》第 13 節雖然以"國有"、"國無"、"上無使戰,必削至亡"、"上有使戰,必興至王"等辭句與《説民》第 1 節相應;但是,《説民》所解説的分明是"八者",而不是"十者"。

《去强》第 13 節的"有廉、有辯"是可疑的。"廉"、"辯"兩事不同類,與《詩》、《書》,禮、樂,孝、悌,善、修四組八事不協調,顯然是後加進去的。"廉"、"辯"兩字當是"辯、慧"的倒誤,而又譌"慧"爲"廉"的。

《詩》、《書》與"辯、慧"兩事相因。《説民》既已用"辯、慧"以解"《詩》、《書》"則《去强》13 在"《詩》、《書》,禮、樂"八事之外,又出"辯、慧",適成蛇足。這是在商鞅學派的後學者已經混淆了"六蝨"、"八事"之後所造成的。其時代至少晚於《説民》。因爲《弱民》説"六蝨",《説民》説"八事",它們對這兩類概念還是分得很清楚的。

此外,《去强》第 13 節,躋"禮、樂"於"《詩》、《書》"之上,順序與《説民》不同,這也是一個值得注意的迹象。

看來,《去强》13 節若是《説民》所對應的原文,它必遭到竄改;否則,它是作爲備參考的異文,夾註在《去强》15 節之下的。由於簡策散亂,原文落於 14 節後,變成 15,而附注異文遂居 13 節的位次取而代之。

不論《强》13、15 哪一節是它的原文,其中肯定有一個是商鞅後學者所附注的"異文"。因此把第 15 節作爲錯簡提在第 13

節之下，使它倆都與《説民》第1節相應。

附在《去强》、《弱民》篇末的《商君書》佚篇佚文

《商君書》二十九篇，現在文目並存者二十四篇，僅存篇目者兩篇（《刑約》和《禦盜》）。散佚程度是相當嚴重的。

《群書治要》卷三十六引了《商君書》的《六法》一段，使我們看到它一個已經遺失的篇目和其中一段佚文。

這次在《强》、《弱民》、《説民》三篇兩類，按相應辭句，分節逐次對應中，又發現了兩大段已經佚失了篇目的佚文。它們分別綴附在《去强》和《弱民》篇末。這些佚文，與其説是錯簡，不如説是散亂在《商君書》中的《商君書》佚篇佚文。

1.《去强》篇末，第26"舉口數"、第29"粟生而金死"、第30"强國知十三數"、第31"國無怨民"四節，其中有三節説到"粟"，有一節雖然沒有直接論到"粟"，卻也提到了與粟相關的"倉口之數"、"取食者之數"。糧食一事貫通了四節。四節實際上是一部分論"粟"之作。

這一部分論"粟"之作，長達二百一十八字，語言較長，比重較大，内容比較專門，獨立性比較强，與《去强》各節不相稱，專解《去强》後半部的《説民》篇中，又沒有同它相對應的解説之辭。

綜合這些情況看，這種篇末瘸腿的對應現象，不是《説民》篇後有所脱漏，從而失掉了它與《去强》相應的解説，而是《去强》原本並沒有這四節文章。它們四節應是《去强》之外的一篇佚文。由於簡策散亂，失掉篇目和篇首。被整理人連同《去强》散簡（27、28）誤綴于《去强》之後，遂成爲《商君書》中的《商君書》佚篇快佚文。

2. 在《弱民》、《說民》前後相續，分節逐次同《去強》對應中，《弱民》篇末也同樣被澄清出一大段篇外附加的文章。

從《弱民》第12"明主之使其臣也"到第18"釋權衡而操輕者"，七節一共二百七十九字。按次序，它們該與《去強》第12節相對應。然而它們七節中，沒有一節是可以與《去強》12相應的。它們不是爲《去強》立說的。因而在對應中也出現了一個瘸腿現象。

是不是《去強》把同它相應的部分丟掉了呢？不是。第11節以前，《去強》、《弱民》逐次對應，《去強》第11、12兩節，以"強"相接；第12、13（包括復原錯簡第15）從"禮樂、蝨官"進入到《詩》、《書》、禮樂等"八者"，也是緊相接連的。第14節以下包括幾條復原錯簡（除篇末"舉口數"等外），又都是與《說民》逐次對應的。中間也沒有缺環，可見《弱民》這一段之所以孑然獨立，並不是由於《去強》的缺文。

實際上這二百七十九字，在體例上，是與《弱民》、《說民》的解說之辭不同的。它惟一的用"故"之句，第15"故明主察法，境內之民無辟淫之心，遊處之士迫于戰陣，萬民疾于耕戰"。也不具備其他各節所有的解說特點，——沒有從"故"字帶出通過解說而證明了的具有結論性的辭句。特別是它在第17節用"此無法之所生也"來說明"地非不大也，民非不衆也，兵甲財用非不多也"，儘管有些條件，然而還是"戰不勝，守不固"的道理之後，緊接著第18節又用了一個起句形式，轉入下一節，說"釋權衡而操輕重者"如何如何，從而展開另一節議論。今本《商君書》雖然只剩下了這半句話，但是語法規律指明它下面必須有一些話，否則，它就停不下腳來。

半句話雖然不是一句完整的語言，可是在《弱民》這一大段文章中，卻起了很有力的說明作用，證實它不是《去強》的解說，而是一篇獨立於《弱民》之外論文。

《弱民》前十一節一共558字,而這一大段(12節至18節)卻有279字,占全篇字數三分之一。如果"釋權衡而操輕重者"下面的文字不丟失,那麼,它的比重就更大了。這個情況也說明這具有論文徵象的第12節以下各節,是足以與前十一節分庭抗禮的,是《弱民》之外的一個獨立篇章。

根據這些情況,可以得出結論說:《弱民》第12節以下節當是《商君書》中的一個佚篇的殘文。它由於簡策散亂,失掉了首尾,不見篇目,被綴輯人誤接在《弱民》篇後。因爲它根本不說《去强》,所以在對應中也出現孑然無偶的現象。

這樣,在《商君書》中又發現了一篇《商君書》的佚篇佚文。

附在《弱民》篇末的佚文寫作時代是晚于《荀子·議兵》的

綴附在《弱民》篇末的《商君書》佚文中,第13"今離婁見秋豪之末"一節和第"當世之用事者,皆欲爲上聖,舉法之謂也",語言與《錯法》篇末"夫離朱見秋豪百步之外"以下是基本相同的。

把它們對比一下:

《錯　法》	《弱　民》
夫離朱見秋豪百步之外,而不能以明目易人;烏獲舉千鈞之重,而不能以多力易人。夫聖人之存體性,不可以易人,然而功可得者,法之謂也。	今離婁見秋豪之末,不能以明目易人;烏獲舉千鈞之重,不能以多力易人。聖賢在體性也,不能以相易也。今當世之用事者,皆欲爲上聖,舉法之謂也。背法而治,……

從對照中,可以看到:《錯法》、《弱民》這段語言是基本相同的。但是,它們同中有異。差異之處在於:前者只從"聖人"立論,說"聖人之存體性,不可以易人"轉扣到"然而功可得者,法之謂也"。強調"法"之爲"功",並沒有提到"背法"之事;可是後者則不然,它是從"聖""賢"之"不能相易"立論的,說:"欲爲上聖"是可能的,辦法是"舉法";反之,如果"背法",則如何如何。文分正反,展爲兩股。值得注意的是第一股也用了"法之謂也",只是爲了和"背法"相對,前面加了個動詞"舉"字而已。

如果說,《錯法》末段是《弱民》這兩節的縮寫,可是它沒有概括"背法"。

如果說,《弱民》這兩節是《錯法》末段的發展,卻是有些因襲改作的迹象。

我們若是把它們同《弱民》和《荀子·議兵》的關係相比,它們的共同手法,會告訴我們:結論應當是後者,《弱民》這兩節文字是因襲《錯法》末段而予以改作的。

《弱民》第 17 節是同《荀子·議兵》"李斯問孫卿子"一章"楚人鮫革犀兕以爲甲"一節基本相同的。爲了弄清它們的關係,先把它們對比一下:

《議 兵》	《弱 民》
禮者,治辨之極也,強固之本也,威行之道也,功名之總也。王公由之,所以得天下也;不由,所以隕社稷也。故<u>堅甲利兵不足以爲勝</u>,<u>高城深池不足以爲固</u>,嚴令繁刑不足以爲威,<u>由其道則行</u>,<u>不由其道則廢</u>。	

《議　兵》	《弱　民》
楚人鮫革犀兕以爲甲，堅如金石；宛鉅鐵釶，慘如蠭蠆；輕利僄遬，卒如飄風，然而兵殆於垂沙、唐蔑死，莊蹻起，楚分而爲三四。<u>是豈無堅甲利兵也哉？其所以統之者非其道故也</u>。 　　汝、潁以爲險。江、漢以爲池，限之以鄧林，緣之以方城，然而秦師至而鄢、郢舉，若振槁然。<u>是豈無固塞隘阻也哉？其所以統之者非其道故也</u>。 　　紂刳比干，囚箕子，爲炮烙刑，殺戮無時，臣下懍然莫必其命，然而周師至而令不行乎下，不能用其民。<u>是豈令不嚴，刑不繁也哉？其所以統之者非其道故也</u>。	楚國之民，齊疾而均，速若飄風，宛鉅鐵釶，利若蠭蠆，脅蛟犀兕，堅若金石。江、漢以爲池，汝潁以爲限，隱以鄧林，緣以方城。秦師至，鄢郢舉若振槁。唐蔑死於垂涉，莊蹻發於內，楚分爲五。<u>地非不大也，民非不衆也，兵甲財用非不多也，戰不勝，守不固，此無法之所生也</u>。 　　釋權衡而操輕重者（句未完，此下當有缺文）

　　《弱民》"楚國之民"一節與《荀子·議兵》"楚人鮫革犀兕以爲甲"一節，除結語外，語言是基本相同的。是《議兵》承襲了《弱民》？還是《弱民》襲取了《議兵》？問題不在商鞅和荀卿兩人的年代先後，而在它們的語言實際。因爲《商君書》和《荀子》兩書都有些篇不是他們本人自己寫作的。

　　《議兵》"楚人鮫革犀兕以爲甲"一節先指出"堅甲利兵不足以爲勝"，"高城深池不足以爲固"，"嚴令繁刑不足以爲威"；然後分別舉例，用"是豈無堅甲利兵"，"是豈無固塞隘阻"，"是豈令不嚴刑不繁也哉？"一一歸結到"其所以統之者非其道故也"，從而證明了他所説的道理。

在這種語言情況下,《議兵》以"兵殆于垂沙,唐蔑死;莊蹻起,楚分而爲三四"兩事,證明"堅甲利兵不足爲勝";以"秦師至而鄢郢舉,若振槁然"一事,證明"高城深池不足以爲固"。脈絡清晰,邏輯性是很強的。

可是《弱民》則不然,它雖然也使用與《議兵》相同的事例,卻作了不見於事例和不同於事例的推論。它説:"兵甲財用非不多也",無中生有,憑空塞入了事例所没有提過的"財用"一項;它把"江、漢以爲池、汝、潁以爲限,隱以鄧林,緣以方城"的"固塞隘阻"性質,改爲楚國版圖四至,説"地非不大也"從而偷换了概念。

《議兵》"兵殆于垂沙,唐蔑死;莊蹻起,楚分而爲三四。"兩事並提,不爲因果。它們和"秦師至而鄢、郢舉",分在兩例,不在一起,彼此没有條件關係。

可是,《弱民》卻把這三樁事情捏合在一起,説:"秦師至,鄢、郢舉若振槁,唐蔑死於垂涉,莊蹻發于内,楚分爲五。"在語言結構上,"鄢郢舉"、"唐蔑死"、"莊蹻發"是主要成分,而"若振槁"、"於垂涉"、"於内"都是附加成分,分別説明它們的情形或地方。就使三者都變成一時之事,而"楚分爲五"成爲"秦師至"的最後結局,從而顛倒了歷史的時間順序。

在語言形式與内容的對立統一關係上,《荀子·議兵》是非常嚴整的,應是原作;而《商君書·弱民》這節文字則有些牽合抵觸之處,如是原作,在用事屬辭上,不應有那麽些混亂的辭句。從兩篇語言説來,《弱民》這一節可能是以《議兵》爲素材,在寫作時,重新組織,而忽略了所據原文的事理和思路。

這就不能不使人得出這樣結論：《議兵》在前，《弱民》在後，《弱民》的作者是讀過《荀子·議兵》的。這種襲取成文而改作的手法，是與《弱民》"今離婁見秋豪之末"一節襲取《錯法》末節相同的。

從以上兩節的寫作方法和取材來源，可以說《弱民》篇中，最後三分之一的文字（從12節"明主之使其臣也"至18節"釋權衡而操輕重者"），在篇章上，它不是《弱民》之文，在時代，就《商君書》，它晚於《錯法》，就先秦諸子，它晚于《荀子·議兵》，當是商君的後學者所作。

附錄一

《商君書》"六蝨"、"八事"分化發展混誤表

在《去強》同《弱民》、《說民》分節逐次對應中，"三官生六蝨"與"國有八者"是兩種不同的事類。它們界限分明，是不相混雜的。

可是《靳令》這一段作者，不但忘記了"六蝨"、"八事"的本質差別，把它們誤混爲一，而且就連他自己所列的"國有十二者"也糾葛不清，讀後不知他說了幾事。

這一事不僅反映《靳令》這段作者時代較晚，同時也說明商鞅學派的後學者，有些人已經不拘守成說了。"八者"、"十者"、"十二者"的逐步發展，表明這些人的注意力已經轉移到分化和增加條目上面去了。

爲了便於觀察和認識這一事實，下面把《去強》、《弱民》、《說

民》、《農戰》,《靳令》、《賞刑》六篇所舉"六蝨"、"八事"的分化、發展、混誤諸事列爲一表。

表中數字表示先後次序,加括弧者,表示表中重見,字旁加點者表示誤字。

《去强》有廉有辯,"廉"、"辯"兩事意不相屬。以《説民》、《農戰》、《賞刑》等篇校之,當是"辯慧"倒誤。

去 强		弱 民	説民	(去強)	農戰	靳令	賞刑
三官生六蝨		三官生六蝨					
歲^1		農	歲^1				
食^2		商	食^2				
美^3			美^3				
好^4		官	好^4			六蝨	
志^5			志^5				
行^6			行^6				
	國有八者	(國有十者)		國有八者	(國有十者)	國有十者	國有十二者
	詩書^1	(詩書)^2		辯慧	(詩書)^2	詩書^1	博聞^1
		(廉·辯)^5			(廉·辯)^5	辯慧^5	詩書^2
							辯慧^2
	禮樂^2	(禮樂)^1		禮樂	(禮樂)^1	禮樂^1	禮樂^4

續　表

去　　強		弱民	說民	(去強)	農戰	靳令	賞刑
	善修[4]	(善修)[3]				修善[3]	修行[5]
				(善修)[3]	善修[3]		任譽[7]
			任譽[4]				清濁[8]
						孝悌[4]	
			慈仁[3]	(孝弟)[4]		仁義[7]	
						誠信[5]	信廉[3]
孝弟[3]					仁廉[4]	貞廉[6]	
	(孝弟)[4]					非兵[8]	
	[(廉辯)][6]		八者有群	[(廉辯)][5]		羞戰[9]	群黨[6]
						十二者成群	

附錄二

《商君書》二十九篇佚存表

在《去强》和《弱民》、《説民》三篇兩類分節逐次對應中,發現《商君書》佚篇殘文兩處:一個附綴於《弱民》篇末,279字;一個附綴《去强》篇末,218字。加上《群書治要》所引《商子·六法》156字,前後共得佚篇三篇,兩篇篇目已經佚失,佚文653字。

這樣,《商君書》二十九篇中,今傳本文、目並存者二十四篇,有目無文者二篇,佚篇篇目與佚文並見者一篇,佚篇佚文可見而篇目無存者二篇,佚存文字共計二十七篇。

作《商君書》二十九篇佚存表,以備商討。

表例:

一、只寫篇名者,文、目並存。

二、篇名加"【　】"者,目存文佚。

三、只作"【　】"者,文、目並佚。

四、篇名篇次以範本爲代表。

二十九篇佚存	範本篇次	第幾	佚篇說明
1	更法	第一	
2	墾令	第二	
3	農戰	第三	
4	去強		
5	〔 〕	第四	因失篇目，佚文並誤於《去強》篇末
6	說民	第五	
7	算地	第六	
8	開塞	第七	
9	壹言	第八	
10	錯法	第九	
11	戰法	第十	
12	立本	第十一	
13	兵守	第十二	
14	靳令	第十三	
15	【立法】		《群書治要》引《商子》《六法》篇在《修權》篇前一百五十六字，嚴《六法》當謂立法《立法》為篇
16	修權	第十四	
17	來民	第十五	
18	【刑約】	第十六	舊本注〈篇亡〉有目無文
19	賞刑	第十七	
20	畫策	第十八	
21	境內	第十九	
22	弱民		
23	〔 〕	第二十	因失篇目，佚文並誤於《弱民》篇末
24	【禦盜】	第二十一	舊本有篇第、文俱佚，眲閣本《綿》作《禦盜》
25	外內	第二十二	
26	君臣	第二十三	
27	禁使	第二十四	
28	慎法	第二十五	
29	定分	第二十六	

十九、敬答李延陵先生

1979年第二期《安徽師大學報》發表了一篇題爲《關於〈河伯〉篇錯簡和楚辭〈九歌〉的解釋》的文章。這一篇大作是專爲拙作《楚辭〈九歌〉十一章的整體關係》兩段草稿而發的。作者李延陵先生指名要和我商榷(下稱李先生)。拋磚引玉,而珠玉飛來,這是令人高興的事。

1978年《社會科學戰綫》一、二兩期先後刊載的《楚辭〈九歌〉各章情節的通體關係》和《各章稱謂之詞的通體關係》是從拙稿《楚辭九歌通體系解》的《事解》中抽出來的。和這兩段草稿有關的一些論證,如——

1.《東皇太一的性質和作用》;

2.《楚人神話傳說中的〈九歌〉性質和作用》;

3.《〈荀子〉"莊蹻起,楚分而爲三四"和楚辭〈九歌〉》;

4.《楚辭〈九歌〉各章情節的地理關係》等等。

諸如此類的草稿都沒有能夠和大家見面。而我依以成說的理據,由於觀點和方法上的不同,又不便拆開按李先生的思路亦步亦趨地逐事奉答。因爲兩家各成體系,如果形成體系的根本問題沒有解決,是誰也說服不了誰的。

爲了不辜負李先生熱情盛意,我這裏只得先作幾點說明,然後再明確我們之間的根本分歧。根本性的問題解決了,一切枝節上的爭議也都容易處理。

(一) 本來不必說明的說明

說起來,原是一件小事。可能是由於我的語言表達能力很差,致使李先生分不清哪些話是我在説明故事情節,哪些話是我對詞的解釋或翻譯,從而把説明之辭當作詞的解釋和翻譯。

李先生既然已經這樣作了。爲了對讀者負責,我不得不對這種本來無須説明的事,在這裏加以説明,把兩種不同性質的話區别開來,以申明我的原意。但這絶不是説李先生故意牽合以混淆視聽。

1978年《社會科學戰綫》第二期,197頁,我在講《〈九歌〉各章稱謂之詞的通體關係》時,説:

"子交手兮東行,送美人兮南浦。""交手東行"説明"子"是複數,相當於"你們"。

同期206頁,在寫到《對稱正例》時,我又提出《河伯》"子交手兮東行"這句歌辭,説——

子,是河伯對湘君和湘夫人説的。

在具體的語言對立統一關係中,就辭論詞,説"河伯"這個"子"是複數,相當於"你們"。這是我從古今漢語對譯的角度對"子"所作的詞的解釋。

至於《戰綫》創刊號254頁,在説明《河伯》情節大意時,我説:

河伯是黄河之神。他的唱辭説明他開始時只是引導或陪同一個神,從九河溯流西上,登崑崙,復從崑崙水行,到一個魚屋龍堂貝闕珠宫之處,遇到另一水神。河伯又引導這一水神和湘君復歸於河,然後送他們交手東行而去。

同期255頁,我又説:

江、漢朝宗,九河入海,所以河伯可以從漢水偕湘君經滄海遊九河以上崑崙,又可以使湘君與湘夫人從漢水上崑崙,自崑崙入河,使他們倆交手東行自九河浮海溯江同歸于楚。

"然後送他們交手東行而去"和"使他們倆交手東行自九河浮海溯江同歸于楚",這兩句都是基於我自己的理解而作的故事情節説明。這兩段説明之辭中的"他們",是説明之辭而不是翻譯,更不是"子"的詞義注釋。

情節説明和詞義注釋或翻譯,性質不同,是兩碼事,是不能混爲一談的。可是我没有想到李先生,不知出於哪種原因,硬説我把《河伯》這個"子"字解釋爲"他們"。説我"在前面(按:即《戰綫》創刊號《各章情節的通體關係》第六的《河伯》説明之辭)把'子'字説爲'他們',這裏又説'子'相當於'你們'"。

我把《河伯》這個"子"字看作複數,解爲"你們",這是事實。這個看法對與不對,可以討論,這是另外一回事。可是,怎麽能把説明情節之辭看成詞義的注釋或翻譯?

我所以提起這一件"小事",並不是我認爲李先生有意歪曲,而是用以補自己語言不明之過。澄清事實,明確情節説明和詞義解釋或翻譯,在我的原意裏,它本是性質不同的兩事。這一段本來無須説明的説明,也是怕没有看到拙作原文的人,據李先生的大作爲説,誤認我把"子"解作"他們",三人成虎,造成不應有的語言誤會。

(二) 不能掠前人之美

拙作《楚辭九歌整體系解》雖説是旨在闡明自己的觀點,但是在某些辭義解釋上,還是繼承前人(包括當今前輩)之説的。

李先生不同意我把"九疑繽兮並迎"這句歌辭打爲兩截,説:

我所見到的古今《楚辭》和《九歌》注釋不下十餘種,都是把

"九疑"作爲"迎"字的主語；没有一種爲"九疑"另增述語，爲"迎"字另增主語的。我所見到的"另增"，只有孫著一種。

這是李先生的錯愛，我不敢當。

我且不説《漢書·禮樂志》十九章《郊祀歌》、《華燁燁》中的"九疑賓"是不是反映它的作者把楚辭《九歌》的"九疑繽兮並迎"打成兩截，已"爲'九疑'另增述語"。[1] 這裏只説一説王夫之的《楚辭通釋》。

王氏《楚辭通釋》卷二，在"九疑繽兮並迎，靈之來兮如雲"兩句之下説：

> 九疑山在湘南，神自彼繽紛而來。我合湘君並迎之。其侍從如雲。

"我《湘夫人》合湘君並迎之。""迎"的主語，從王船山看來，不是"九疑"而是"湘夫人和湘君"。這正是李先生所説的爲"迎"字"另增"主語。

李先生"所見到的古今《楚辭》和《九歌》，注、釋不下十餘種"之多。《漢書》不在《楚辭》的《九歌》，之内，"賓"和"繽"李先生也可能認爲没有關係，這裏不用説。王夫之的《楚辭通釋》不會没有"見"過。其所以把"爲'迎'字另增主語"的"發明權"歸之於我，這是令人惶愧難當的。

本人實不敢掠前人之美。

（三）不能把《毛詩注疏》等書斥之於"一切古書"之外

《河伯》篇"子交手兮東行"的"子"字筆畫雖少，誰想割它卻

---

〔1〕關於這個問題，拙著《楚辭九歌通體系解》裏略有論述，這裏不再枝蔓。

引起不少波瀾。由於語言上的"誤會",李先生把情節說明當作詞義解釋,說我把它解釋爲"他們"。這個"誤會",在前面已經作了說明,予以澄清。這裏就不再説了。要説是李先生關於"子"字給我的另一指教。李先生説:

"子"字無論在什麽地方,如作代名詞用,就只能解釋爲"你",不能解釋爲"你們",更不能解釋爲"他們",也就是説它只能代表一個人,不能代表兩個人。一切古書中的"子"字都是這樣,没有一個例外。

"一切古書中的'子'字都是這樣,没有例外。"李先生這個全稱肯定的命題,無疑是指斥我不應該説"子"在古今漢語對釋中相當於"你們"。換句話説,李先生認爲古代漢語語法"子"没有複數。

"子"在一定語言關係中,它是指稱對方的教稱,原是可以加定語來限制的名詞(如:"吾子""二三子"等等),而不是代詞。在兩人對話的條件下,它確是單數,在古今對譯時,可以解釋爲"你";若是一個人和兩三個人對話而統指這些對方時,這個"子"包括兩三人,則是複數,在對譯中相當於"你們"。這事不能從所謂"常識"出發,而要驗之於事實。

請看:

《詩·秦風·無衣》:"豈曰無衣,與子同袍。"這兩句詩,毛氏《傳》是這樣解釋的,他説:

上與百姓同欲,則百姓樂致其死。

鄭氏《箋》則説:

此責康公之言也。君豈嘗曰:"女無衣,我與汝共袍乎?"言不與民同欲。

孔穎達《疏》說：

鄭以爲康公平常之時，豈肯言曰："汝百姓無衣乎？吾與子同袍。"終不肯言此也。及于王法於是興師之時，則曰："脩治我之戈矛，與子百姓同往伐此怨耦之仇敵。"不與百姓同欲，而唯同怨，故刺之。

曰"百姓"，曰"汝百姓"，曰"子百姓"，曰"民"，他們用這些詞語來解釋"子"，可見漢、唐"經師"都是在一定的語言關係中把"子"看作複數的。

可能有人不相信這些注疏，認爲是毛亨、鄭玄等人的主觀臆測。那麼，請看古書語言的自己的證明——

《戰國策·中山》：

中山君亡，有二人挈戈而隨其後者。中山君顧謂二人："子奚爲者也？"二人對曰："臣有父，嘗餓且死。君下壺飱餌之。"

毫無疑問，這個"子"，在"顧謂二人"和"二人對曰"的依存關係中，是指"二人"說的，是複數。

《列子·楊朱》說：鄭子產——

有兄曰公孫朝，有弟曰公孫穆。朝好酒，穆好色。……子產日夜以爲戚。……子產用鄧析之言，因閒同以謁其兄弟而告之曰："……若觸情而動，耼於嗜欲，則性命危矣！子納喬之言，則朝自悔而夕食祿矣。"朝、穆曰："吾知之久矣，擇之亦久矣，豈待若言而後識！……"

在子產"謁其兄弟而告之"和"朝、穆曰"的制約關係中，這個"子納喬之言"的"子"是統指公孫朝和公孫穆兄弟兩人而說的，是複數，也是顯而易見的。

《墨子·公孟》：

二三子有復於子墨子學射者。子墨子曰："不可。夫知者必量其力所能至而從事焉,國士戰且扶人猶不可及也。今子非國士也,豈能成學又成射哉!"

"二三子有復於子墨子學射者",而子墨子爲之答言。在這種情況下,答言中的"子非國士"之"子",必然是回答二三子而說,指"二三子",是複數。

《國語·晉語》:閻没、叔寬諫魏獻子——

二人朝,而不退。獻子將食,問"誰於庭?"曰:"閻明、叔寬在。"召之,使佐食。比已食,三歎。既飽,獻子問焉,曰:"……吾子一食之閒而三歎,何也?"同辭對曰:"吾小人也……"

在召閻明、叔寬二人"使佐食。比已食,三歎"和"同辭對曰"的條件下,這個"吾子一食之間而三歎"的"子",自然是指閻明、叔寬兩人說的,是複數。

"子"作稱呼對方的敬稱,原是名詞,而不是代詞。在古今漢語對譯中,往往把它看作"用如代詞"(有的語法書把它列爲代詞)。它本身並没有表"數"的語法形態,可是隨著它所在的語言對立統一關係,有時是單數,有時是複數。這個結論是從古書的具體語言之中得出來的,是無可爭辯的事實。

可是,没想到李先生卻一口咬定,說:

"子"字無論在什麽地方,如作代名詞用,就只能解釋爲"你",不能解釋爲"你們",更不能解釋爲"他們"[1],也就是說它只能代表一個人,不能代表兩個人。一切古書的"子"字都是這樣,没有一個例外。

---

[1] 按:這是李先生把情節説明當作詞的。注釋或翻譯,説已見前。

古書語言證明，"子"作爲對稱中的敬稱，在一定的對立統一關係中，是可以指兩三人的，它有複數，這是客觀存在的史實。爲此，我們在楚辭《九歌》問題上，由於觀點、方法的不同而出現了分歧。百家爭鳴，這是正常現象。絕不能由於拙稿謬見與尊意相左，而把《毛詩注疏》、《國語》、《國策》、《墨子》、《列子》等等，一棍子，統統打出"一切古書"之外去。

李先生不會不知道這些古書，不會也不可能把它們從"一切古書"中清除出去。其所以毅然如此專斷，又是爲了什麼呢？

（四）李先生的"奇貨"和《河伯》的"奇禍"

李先生一再說我"忽略了《河伯》篇的錯簡，是'受了騙'，（受錯了簡的《河伯》篇的騙）。"

所謂"錯了簡的《河伯》篇"李先生是指我所依據的王逸《楚辭章句》說的。究竟是王逸"騙人"，還是李先生真的發現了原本《河伯》？這倒是《楚辭》研究工作上的一件大事。

從李先生的大作來看，李先生並沒有發現原本《河伯》。他所以判定《河伯》錯簡的理由，主要是——

> "九河"在黃河的下游將入海處，而"崑崙"則是黃河的發源地，兩處相距非常遙遠，絕不能一"遊九河"，馬上接著就"登崑崙"。

這完全是從後來的地理觀念立論的。它可以實地考察。看來很客觀很實際，好像是很科學的。

但是，沒曾想屈原多事，在《九歌》之外偏偏又寫了《天問》、《離騷》；而《天問》之中又偏偏多嘴，問了這麼一事：

> 崑崙縣圃，其尻安在？
> 增城九重，其高幾里？

這一問表明，在屈原頭腦裏的"崑崙縣圃"只不過是楚國人的一部分神話傳説，人們並不知道它在哪裏。它並不是可以"錐指"的地上實際山水。

傳説中的崑崙，在《離騷》裏也有所反映。屈原説他"溘埃風余上征"時所要去到的地方有"縣圃"、"閶闔"、"閬風"等等。《淮南子·地形訓》："縣圃、涼風、樊桐在崑侖。閶闔之中是其疏圃。"包括"咸池"、"白水"在内，這些神話中的山水都是屬於"哀高丘之無女"的"高丘"——崑侖的。《地形訓》又説"掘崑侖虚以下地，中有增城九重，其高萬一千里百一十四步二尺六寸。""增城九重"屬於崑侖，這是與《天問》相應的。只是戰國時代，楚人神話還没説它的高度。

屈原創作使用的是神話崑侖。即或如某些學者所説，《楚辭九歌》不是屈原之作，可是只要肯定這十一章歌辭是先秦所作，那麼，戰國時代的楚人神話這一關怎能逾越？

李先生又説現行王逸本《楚辭·九歌》的《河伯》——

"登崑侖"節錯爲第二節，而居於"魚鱗屋"節之上，這一錯，就把這座"宮殿"搬到"崑侖山"上去了；因爲她"登崑侖"後（不再有水行之文），接著就是參觀這座"宮殿"，這座"宮殿"不是建築在山的嗎？

我們看："魚鱗屋兮龍堂，紫貝闕兮珠宮，靈何爲兮水中？"這明明寫著在行進中有所見而發問，是在"水中"之事。這一點李先生是很清楚的。其所以感到"這樣一錯，就把這座'宮殿'搬到'崑侖山'上"，就因爲李先生只想到現實的"終年積雪"的地上崑侖，一時忘記了《河伯》是《九歌》的一部分，而《九歌》是《楚辭》。由於以今論古，遂把"遊九河"以後的"水行之文"一例地都劃在河水一側。爲了適應這一地理形勢，於是認爲王逸本《河伯》錯簡，對它動了手術。

《楚辭》中的昆侖，在概念上，不同於它以後的地上山陵，它原是古神話傳說中一座上通于天的高丘，另是一幅通連天上人間的"山水"。

古神話傳說，昆侖不止一水。《山海經》的《西山經》說："昆侖之丘是惟帝之下都。……河水出焉，……赤水出焉，……洋水出焉，……黑水出焉，……"《海內西經》又說昆侖之墟是赤水、河水、洋水、黑水、弱水、青水之所出。《淮南子·地形訓》則是河水出昆侖東北陬，赤水出其東西陬，弱水出其西南陬（用王引之說），洋水出其西北陬。雖傳說不一，可是它們所記，都反映古神話昆侖是所出不止一水的。按照這種水源關係。溯河水，溯洋水，都可以上至昆侖；同理，登昆侖之後是可以從昆侖下河水，從昆侖下洋水的。

《地形訓》"洋水出其西北陬"句，高注說："洋水經隴西氐道，東至武都爲漢。"《說文》"洋水，出隴西氐（從王筠《句讀》）道，東至武都爲漢。"又說"漢，漾也。"漢水就是漾水，漾水即洋水，可見古冲話傳說漢水也是出於昆侖的。

古神話中的河、漢兩水都出自昆侖，那麼"遊九河"，"登昆侖"，是可以從昆侖下洋水而入漢的；同理，自漢水溯洋水以上昆侖，也是可以從昆侖下河水而東入於海的。

反映在屈原賦中的古神話地理，在《九歌》中，作爲《河伯》，和以《河伯》爲其一個組成部分的錯綜復雜的對立統一中，可知見"魚屋龍堂，貝闕珠宮"，而問"靈何爲兮水中？"正是在"遊九河"、"登昆侖"之後,從昆侖轉下洋水以入漢,在漢水上源所看到的漢水女神——湘夫人的居處;是下昆侖而有見,而不是"把這座'宮殿'搬到'昆侖山'上"的。

當然,我個人的一孔之見是否合乎實際,還有待於大家教正;但是,以《楚辭》證《楚辭》,說《九歌》中的《河伯》昆侖是神話的,而不是它以後的地理觀念,這一點我是堅信不疑的。

李先生在後代地理觀念的基礎上,以地面距離爲理由,認爲——

"九河"在黃河的下游將入海處,而"昆侖"則是黃河的發源地,兩處相距非常遙遠,絕不能一"遊九河",馬上接著就"登昆侖";這是"登昆侖"節不能緊接著"遊九河"節(第一節)的明證。

我們知道,在作品中,前後兩節地名相接,有的是彼此相鄰可以馬上就到,可是也有的是舉其兩端而中間有所隔越。就以昆侖爲例,如《文選・宋玉對楚王問》:

鯤魚朝發昆侖之墟,暴鬐于碣石,暮宿于孟諸。

碣石在九河之北,它們都瀕於海。如李先生邏輯,這篇《對楚王問》由於"昆侖"馬上不能與"碣石"相接,也必然是錯簡了。可是即使把"暮宿于孟諸"挪到"碣石"句前,依舊解決不了兩地"不能緊接著"的矛盾。

再如《文選・揚子雲・長楊賦》:

於是上帝眷顧高祖,高祖奉命,順斗極,運天關,橫鉅海,漂昆侖,提劍而叱之,所過麾城摣(擟)邑,下將降旗,一日之戰,不可殫記。

鉅海和昆侖的距離比從"九河"到"昆侖"還要遠。作者沒有把從鉅海到崑崙"所過"城邑一一列舉,可是歷代讀者也没有因爲這兩地"不能緊接著",不能從鉅海"馬上"就"登崑崙"而提出"錯簡"或脱文問題。

錯簡可以造成地名不毗連的現象,而地名不相毗連可不一定必是錯簡。定立前件,則後件可以定立;反之,定立後件卻不可冒然地定立前件。天下雨則地皮濕,難道地皮濕就一定是天下雨嗎?以或然爲必然,推理往往陷於困難。

李先生從自己改編的"原本"《河伯》出發,説:

> 根據《河伯》篇原來的節次〔1〕,全篇歌辭都是扮河伯的女巫唱的("送美人"句是巫述河伯語)。

認爲——

> 她的唱辭説明她開始時與河伯游九河,之後參觀河伯的"魚屋龍堂、貝闕珠宫",之後遊河渚,之後"登崑崙",然後與河伯分别——河伯東行她南去〔2〕。

李先生是深明地理位置的。李先生自己的"原本"《河伯》是從自然的地理位置作解釋的。爲了便於討論,我們試用地名、山名、水名來説,黄河上源馬曲,出青海省巴顏喀拉山脈雅拉達澤山東麓約古宗列盆地西南緣,而巴顏喀拉山系屬崑崙山南支。照李先生的説法,女巫與河伯游河水之後,"登崑崙",然後"與河

---

〔1〕 按:即李先生自己改編的節次。
〔2〕 這裏涉及"子交手兮東行"的"交手"問題。"交手"戴震以"執手"當之,黄孝紓以"握手"釋之,聞一多據《漢書·武五子燕刺王旦傳》"諸侯交手事之八年"注,以"拱手"解之。朱起鳳認爲《武五子傳》的"交手"是"叉手"字誤。他説:"叉,讀初加切。班書作'交',乃草書形近而譌。"《河伯》的"交手"應如何理解,除語言文字外,要取决於對《九歌》整體和整體中《河伯》的看法。因爲是比較次要的問題。這裏暫不討論。

伯分別"。這個昆侖作別之地至少是在巴顏喀拉山了。請打開地圖看一看：在這個地方作別，"河伯東行她南去"。請問"她南去"是"去"到哪裏？難道要這個楚國女巫向南走向昌都地區？

李先生可以説：不，我這個"她南去"不是要她向南走，而是河伯向女巫。"拱手將要東走"時，"吩咐左右説把美人送回南浦"。

如前所説，李先生認爲王逸《章句》"登昆侖"之後的"魚鱗屋兮龍堂，紫貝闕兮珠宫，靈何爲兮水中"一節，雖有"水中"之辭，卻不是水行之事，説"登昆侖之後，不再有水之文"，從而否定了昆侖山上黄河而外另有它水。那麼，河伯"左右"將從哪裏"把美人送回南浦呢"？

李先生説他所改編的《河伯》，"全篇歌辭都是扮河伯女巫唱的。"河伯既然是由女巫扮的，扮河伯的女巫"扮"成河伯之後，在"觀者"的眼裏已經不再是女巫形象，而是使人一見可知的河伯。河神而稱伯，一般説來應是男相。按照語言規律，第一人稱應是所扮神的自稱；而第二人稱則是所扮之神指另外一神説的，是對稱，而不是自謂。

可是李先生卻説：這篇《河伯》唱辭，"除'送美人兮南浦'一句爲巫述河伯語外，其餘全是巫的口氣。"這就出現一稱現象：現河伯身，唱女巫辭，女事而男相，反賓爲主，稱謂與身份不相應，形式與内容失去了對立統一。

李先生反對"削適"[1]，這種精神是難能可貴的。

誰曾想，反對"削適"的李先生竟置屈原一再使用的楚人神話昆侖於不顧，卻按照後代的地理觀念，對《河伯》動了大手術：

---

[1] 這是李先生根據"削足適履"創造的新詞。

把原二節"登昆侖"四句截下來，移植在原四、五節之間；把原三、四節推上去，使它和原一節相連。從而出現了插頭于腹（原一節接在原三節之上），以肩承臀（原二節"望淙"兩句一韻與原四節"河渚竟流澌"相接），以足接胸（原五節與原二節"歸""懷"一韻兩句相接），創造出一個連《山海經》也未曾有過的怪物。這是李先生自己捏塑出來的傑作。李先生把它當作可居的"奇貨"，據以說別人受騙。可憐《河伯》無辜，兩千二百九十年後，竟慘遭奇禍！

如果李先生不能把《離騷》、《天問》也斥之於"一切古書"之外，那麼，這個不顧屈原時代楚人神話中的昆侖傳說，無視當時歷史實際，而完全按照後代地理觀念改編出來的所謂《河伯》篇原來的節次"，雖然花費了很多心血，也是難以使人接受的。這個最大的"削適"工藝，人們是不會把它放在《楚辭·九歌》裏來的。

（五）最根本的分歧在對待作品的態度和研究作品的方法

李先生這篇大作和拙作《楚辭九歌整體系解》的分歧是很大的。互相否定，不可調和。字、詞、章句上的不同理解只是結果，論其根本則是兩種不同的研究思想體系。

首先是對待作品的態度不同。

在對待作品上，我認爲應該盡力尊重原作。傳世古書之所以難讀，有很多因素：由於輾轉流傳，有錯簡，有譌誤，有注家竄改，這是一個方面；而歷史、語言方面的距離，有些作品，書雖無誤，也很難讀；而讀者的思想方法也往往會造成人爲的疑誤。在沒有充足理由和確實證據的情況下，不應輕於改動原作，特別是不應動大手術。

在尊重原作的基礎上，即或我理解錯了，別人還易於改正。

如果按照自己的主觀意志輕易地移動原作而加以改編,萬一改錯了,豈不既誣古人,又誤來哲!

李先生和我相反,不相信自王逸《章句》以來的《楚辭九歌》,特別是不相信其中的《河伯》。《河伯》篇的手術、移植和再造,充分地反映了李先生的態度。

其次是處理作品的史觀不同。

我是把《楚辭·九歌》放在屈原時代的歷史上來考察的,儘管我不明歷史科學,不熟悉歷史材料,有些地方可能是搞錯了。但是,這個思路是明確的。(具體實例見拙作《楚辭九歌整體系解》的《事解》,由於篇幅的限制,這裏不能重述)。

李先生對整個《楚辭·九歌》的看法我還不清楚,不便評說。但是,單就這篇大作——《關於〈河伯〉錯簡》一說,可以看出李先生至少在改編《河伯》的工作中,不考慮屈原作品所反映的戰國時代楚人神話傳說,不從楚人神話傳說來看《楚辭·九歌》和《九歌》中《河伯》的昆侖"山水";相反地卻以其後的地理觀念為依據,對《河伯》動手術。這一事實可以說明:在對待作品的歷史上,李先生和我的分歧。

最後是研究作品的方法不同。

拙作《楚辭九歌整體系解》是在學習和試用唯物辯證法中進行的。當然,我學習得很不好,難免有錯誤,希望同仁給予指教和幫助。

我是從十一章歌辭本身出發,以其內部因素為主,從形式和內容、部分與整體的對立統一關係以及它與周圍現象,與屈原作品和當時史實的密切聯繫來作探索的。初步認識到《九歌》各章以及各章辭句是"一面互相對立,一面又互相聯結、互相貫通,互相依賴",是在一個主題思想下寫成的一個渾然整體。

從《九歌》看《九歌》，把相依章次、重見辭句、呼應關係、相應情節等内部因素和楚國歷史、神道觀念、神話傳說、地理關係等等結合起來，則見十一章歌辭都是互相滲透，互相依存的；分章立目，只不過是對立統一體中的相對獨立。它們既不是諸神並祀，分神獨奏，也不是分組配對而上場受享的。因此説，《楚辭·九歌》十一章是一部完整的作品，而不是一些散雜的祭歌彙編。

李先生不贊成我看這些對立統一關係，反對我説各章互相依存辭句有"相應"關係。認爲我這樣作是"把各篇和各篇（按：即各章）中的某些詞句都摻合在一起，這樣一來就像蔓草似的，亂攀一氣，攀得一塌糊塗了"。

李先生以爲《楚辭·九歌》十一章是"獨立的優'亭亭净植'的'朵朵蓮花'"。在這種《九歌》觀裏，十一章標目鬼神是同類並列各不相屬的。於是不同意我的看法，爲東皇太一之外的其餘魁神"被剥奪受'祀'的權利"而叫屈，説：

> 最倒楣的是雲中君，堂堂雲神，竟成爲東皇太一的"承車奉駕"者。

東皇太一是戰國時代天神觀念中的五帝之一，且爲五帝之長，是宇宙尊神，天神之最貴者，高踞衆神之上。[1] 雲神——雲中君的地位是不能和他相比的。李先生違反歷史上的神道觀念，要雲中君作"齊天大聖"，爲她打出個局面來，使她與東皇太一平起平坐，分庭抗禮。

要不要用對立統一規律研究《楚辭·九歌》？這是李先生和我的又一分歧。

---

[1] 説見拙文《東皇太一的性質和作用》。

兩種態度、兩種觀點、兩種方法、兩種結論,這就是李先生和我在楚辭《九歌》問題上的根本分歧。

二十、楚辭《九歌》史事簡表

表例:

(一)依楚辭《九歌》所反映的史實,摘録一部發有關史料,分年繫事列爲簡表。

(二)其目的在職於從史實上系統地瞭解楚辭《九歌》。

(三)由於《九歌》時代背景涉及"商於"和"於商"以及《荀子·議兵》所舉的"世俗之所謂善用兵者"四將,故此表記年,上限於"衛鞅破魏而封之商於"。

(四)由於論"東皇太一"涉及人間"五帝";由於司馬錯擊奪的楚商於乃莊蹻所略取的巴——黔中以西之地,它與楚黔中郡境毗連而有別。兩事易混,故此表列舉楚秦兩國先後在巴、黔中以西和巫、黔中郡的爭奪戰以資比照,而終於楚襄王二十二、三年楚秦黔中之戰。

(五)楚辭《九歌》的寫作和楚懷王關係最大,所以《史實簡表》第一結束于楚懷王。而懷王以後的有關《系解》諸事別爲第二表以資參考。

(六)表中記事,所用史書,用其原文者書篇名括以《　》號;據史書而概述其事者篇名括以[　]。

(七)每事之上,標以·號。與楚辭《九歌》有重要關係者,標以◎號。

(八)時代明而始年不明者,用┄┄┄線劃之。

楚辭《九歌》史事簡表

年				史 事			
公元前	周	楚	秦	楚	巴	蜀	秦
340	顯王 29	宣王 30	孝公 22	●三十年,秦封衛鞅於商,南侵楚。(《史記·楚世家》)			●衛鞅擊魏,虜魏公子卬。(《史記·秦本紀》) ●衛鞅既破魏還,秦封之於商十五邑,號為商君。(《史記·商君列傳》)
339	30	威王元年	23				
338	31	2	24				
337	32	3	惠文王元年				
336	33	4	2				●楚、韓、趙、蜀人來朝。(《史記·秦本紀》)
335	34	5	3				
334	35	6	4				

續 表

年			史 事			案
公元前	周	楚	秦	楚	巴 蜀	
333	36	7	5	• 蘇秦爲趙合從，説楚威王曰："楚，大王之國也。楚地西有黔中、巫郡，東有夏州、海陽，南有洞庭、蒼梧，北有汾陘之塞、郇陽……"楚王曰："寡人之國，西與秦接境，秦有舉巴蜀，並漢中之心。"[于鬯《戰國策年表》戰國策·楚一》]		
332	37	8	6			
331	38	9	7	• 楚威王時，使將軍莊蹻將兵循江上，略巴、(蜀)黔中以西。(《史記·西南夷列傳》)		

續 表

年			史 事			
公元前	周	楚	秦	楚	巴	蜀	秦
330	39	10	8	●威王卒，子懷王熊槐立。(《史記·楚世家》)			
329	40	11	9		●楚得枳。(《國策·燕二》) ●從枳南人析丹置楚商於地於黔中以西。[《華陽國志》] ●莊蹻派沅水(巴涪水)出直蘭以伐夜郎。《華陽國志·南中志》 ●蹻至滇池，地方三百里，旁平地，肥饒數千里，以兵威定屬楚。《史記·西南夷列傳》		

續　表

公元前	周	楚	秦	楚	巴	蜀	秦
328	41	懷王元年	10				●張儀始相秦。(《史記·秦本紀》,《史記·楚世家》)
327	42	2	11				
326	43	3	12				
325	44	4	13				●張儀相秦四歲立惠王爲王。(《史記·張儀列傳》)
324	45	5	惠文更元元年				●更爲元年。(《史記·秦本紀》)
323	46	6	2				
322	47	7	3				●張儀免相,相魏。(《史記·六國年表》) ●秦取魏曲沃。(同上)
321	48	8	4				
320	慎靚王元年	9	5				

續　表

年				史　事			
公元前	周	楚	秦	楚	巴	蜀	秦
319	2	10	6	● 山東六國共攻秦，楚懷王爲從長。《史記·楚世家》			● 張儀復相秦。《史記·魏世家》
318	3	11	7				
317	4	12	8	● 彗星見〔哈雷彗星在戰國時代第三次出現〕	● 苴侯奔巴，巴求救于秦。《華陽國志·巴志》	● 蜀王伐苴。（同左）	● 張儀復相秦。《史記·秦本紀》
316	5	13	9		● 司馬錯（浮江伐楚），自巴涪水取楚商於地黔中部。《華陽國志·巴志》		● 司馬錯與張儀爭論于秦惠王前。司馬錯欲伐蜀，張儀曰：＂不如伐韓。＂秦惠王：＂不如伐韓。＂秦惠文王遣張儀、司馬錯救巴。《華陽國志·巴志》 ● 秦惠文王遣張儀、司馬錯、都尉墨等從石牛道伐蜀。《華陽國志·蜀志》 ● 十月，取之。遂定蜀。《戰國策·秦一》 ● 冬，十月，蜀平。《華陽國志·蜀志》

續 表

公元前	周	楚	秦	楚	巴	蜀	秦
							● 司馬錯等因取苴與巴。（《華陽國志·蜀志》） ● 張儀城江州。（《華陽國志·巴志》） ● 儀與（張）若城成都，城郫，城臨邛。（《華陽國志·蜀志》） ● 司馬錯（浮江伐楚），自巴涪水取楚商於地爲黔中郡。（《華陽國志·巴志》） ● 張儀以秦取魏伐韓。（《戰國策·齊二》）
315	6	14	10	◎楚失商於 ● 莊蹻王滇 ——楚分爲三"	●（莊蹻自滇池）欲歸報，會秦擊奪楚巴、黔中郡，道不通，因還，以其衆王滇。（《史記·西南夷列傳》） ● 秦惠王封子通國爲蜀侯，陳壯爲相。置巴郡，以張若爲蜀國守。戎伯尚强，乃移秦民萬家實之。（《華陽國志·蜀志》） ● 蜀主更號爲侯，而使用權陳壯相蜀。（戰國策·秦一）		
314	赧王元年	15	11	● 孟軻謂齊宣王曰："今伐燕，此文、武之時，不可失也。"王因令章子將五都之兵，以因北地之衆以伐燕。土卒不戰，城門不閉，燕王噲死，齊大勝燕，子之亡。（《戰國策·燕一》）			

續表

年			史 事			
公元前	周	楚	秦	楚	巴	蜀	秦

公元前	周	楚	秦	楚	巴蜀	秦
				● 楚許魏六城，與之伐齊而存燕。張儀欲敗之。(《戰國策·魏一》) ● 屈原爲楚使于齊，以結強黨。(劉向《新序·節士》)		
313	2	16	12	● 齊助楚攻秦，取曲沃。其後，秦欲伐齊，齊楚之交善，惠王患之。(《戰國策·秦二》) ● 張儀之楚，貨楚貴臣上官大夫靳尚之屬、上及令子子蘭、司馬子椒，內賂夫人鄭袖，共譖屈原。屈原遂放於外。(劉向《新序·節士》) ● 張儀以"故秦所分楚商於之地方六百里"誘使楚懷王閉關而絕齊。		● 秦欲伐齊，而楚與齊從親，秦惠王患之，乃宣言張儀免相，使張儀南見楚王。秦欲伐齊，齊楚從親，於是張儀往相楚。(《史記·楚世家》) ● 秦欲伐齊，齊楚從親，於是張儀往相楚。(《史記·張儀列傳》) ● 張儀相楚。(《史記·秦本紀》) ● 張儀反，秦使人使齊，齊秦之交陰合……張儀知楚絕齊也，乃出見秦使者曰："從某至某，廣從六百里。"(使者曰："臣聞六百

續　表

年				史　事			
公元前	周	楚	秦	楚	巴	蜀	秦
312	3	17	13	●張儀相楚。 ●楚懷王宣言"吾復得吾商於之地"。 ●齊楚交絕而張儀以六里欺楚。[《史記·楚世家》] ●楚王怒，大興師伐秦。《史記·屈原列傳》			●儀曰："儀固以小人，安得六里！"使者報楚王，楚王大怒，欲興師伐秦。(陳軫諫)楚王不聽，遂舉兵伐秦。秦與齊合，韓氏從之。《戰國策·秦二》 ●秦刻石詛楚。《史記·楚世家》 ●秦亦發兵擊楚。《史記·楚世家》
				●十七年春，與秦戰丹陽，秦大敗我軍，斬甲士八萬，虜我大將軍屈匄、裨將軍逢侯丑等七十餘人，遂取漢中之郡。《史記·楚世家》 ●楚景翠圍（韓）雍氏……秦助韓氏。敗楚屈丐。《史記·		●分巴蜀置漢中郡。《華陽國志·蜀志》	●使將軍屈匄將兵擊秦。秦齊共攻楚，斬首八萬，殺屈匄，遂取漢中之地。楚又復益發兵而襲秦，至藍田，大戰，楚大敗。《史記·張儀列傳》 ●（韓）與秦共攻楚，敗楚將屈丐，斬首八萬於丹陽。《史記·韓世家》

670 / 楚辭《九歌》整體系解(外二種)

續 表

年			史 事		
公元前	周	楚	楚	巴 蜀	秦
312	3	17	● 韓世家。《集解》徐廣引《竹書紀年》: 楚失漢中。 ● 懷王悔不用屈原之策,以至於此,於是復用屈原。(劉向《新序·節士》) ● 仲秋之月。 ● 命屈原作《九歌》以穆偷東皇太一。 ● 楚懷王隆祭祀,事鬼神,欲以獲福助,卻秦師。(《漢書·郊祀志》) ● 又命屈原東使齊。 ● 乃悉國兵復襲秦,戰于藍田。《秦》大敗楚軍。韓、魏聞楚之困,乃南襲楚,至於鄧。楚聞,乃引兵歸。(《史記·楚世家》) ● 而齊竟怒不救楚。(《史記·屈原列傳》)	13	● 庶長(魏)章擊楚於丹陽,虜其將屈匄,斬首八萬;又攻楚漢中,取地六百里,置漢中郡。(《史記·秦本紀》) ● (樗里子)助魏章攻楚,敗楚將屈丐、樗里子取漢中地。(《史記·樗里子甘茂列傳》) ● 再戰于藍田,大敗楚軍。(《戰國策·齊四》) ● 楚兵大敗于杜陵。(《戰國策·秦二》)[1]

〔1〕杜陵與藍田俱今陝西西安市西南,其地相距甚近,此杜陵之戰當即《楚世家》藍田之戰。——繆文遠說

續 表

年				史　事			
公元前	周	楚	秦	楚	巴	蜀	秦
311	4	18	14	●（秦使張儀再使楚）儀因說楚王以叛從約而與秦合親，約婚姻。（《史記·楚世家》） ●楚齊從約成。 ●張儀已去，屈原使齊來，諫王曰："何不誅張儀？"懷王悔，使人追儀，弗及。（《史記·楚世家》）		●蜀相壯殺蜀侯來降。（《史記·秦本紀》） ●秦使甘茂定蜀，誅蜀相壯。（《史記·甘茂列傳》）	●張儀去楚，因遂之韓，說韓王。 ●張儀歸報，秦王封儀五邑，號武信君。 ●使張儀東說齊湣王，說趙王，說燕昭王。 ●儀歸報，未至咸陽而惠王卒，子武王立。（《史記·張儀列傳》）
310	5	19	武王元年				●張儀、魏章皆東出之魏。（《史記·秦本紀》）
309	6	20	2				●甘茂定蜀。還，而以樗里子爲右丞相，以甘茂爲左丞相。（《史記·甘茂列傳》） ●張儀死于魏。（《史記·秦本紀》）

續　表

年				史　事			
公元前	周	楚	秦	楚	巴	蜀	秦
308	7	21	3			● 封子惲爲蜀侯。《華陽國志·蜀志》	
307	8	22	4				
306	9	23	昭襄王元年				
305	10	24	2	● 倍齊而合秦。《史記·楚世家》 ● 楚迎婦于秦。《史記·六國年表》			● 秦昭王初立,乃厚賂于楚。《史記·楚世家》 ● 秦昭王與楚婚。《史記·屈原列傳》
304	11	25	3	● 與秦王盟,約于黃棘,秦復與楚上庸。《史記·楚世家》			● 與楚王會黃棘,與楚上庸。《史記·秦本紀》
303	12	26	4	● 齊、韓、魏爲楚負其從親而合于秦,三國共伐楚,楚使太子入質于秦而請救。《史記·楚世家》			● 秦乃遣客卿通將兵救楚,三國引兵去。《史記·趙世家》

續 表

年				史 事			
公元前	周	楚	秦	楚	巴	蜀	秦
302	13	27	5	●秦大夫有私與楚太子鬬,楚太子殺之而亡歸。(《史記·楚世家》)			
301	14	28	6	●秦乃與齊、韓、魏共攻楚,殺楚將唐眛,取我重丘而去。(《史記·楚世家》)		●蜀侯煇反,司馬錯定蜀。(《史記·秦本紀》)	●齊使章子,魏使公孫喜,韓使暴鳶共攻楚方城,取唐眛。(《史記·秦本紀》)
300	15	29	7	●秦復攻楚,大破楚,楚軍死者二萬,殺我將軍景缺。(《史記·楚世家》)		●封其子綰為蜀侯。(《華陽國志·蜀志》)	●兔攻楚取八城,殺其將景快(缺)。(《史記·秦本紀》)
299	16	30	8	●(秦昭王遺楚王書,)楚王至,則閉武關,遂與西至咸陽,……秦因留楚王,要以割巫、黔中之郡。楚王欲先得地,秦王怒曰:"秦詐我而又強要我以地!"不復許。			●楚懷王入朝秦,秦留之。(《史記·秦本紀》)

續表

年			史事			
公元前	周	楚	秦	楚	巴	蜀	秦
299	16	30	8	●秦因留之。(《史記·楚世家》) ●(楚大臣患之,立太子橫于齊,歸楚王,是為頃襄王。《史記·楚世家》)			●秦要楚王不可得地,楚立王以應秦。《史記·楚世家》
298	17	頃襄王元年	9	●秦取我十六城。《史記·六國年表》			●秦昭王怒,發兵出武關攻楚,大敗楚軍,斬首五萬,取析十五城而去。《史記·楚世家》
297	18	2	10				●楚懷王走之趙,趙不受之秦。《史記·秦本紀》 ●懷王遂發病。《史記·楚世家》
296	19	3	11	●懷王卒于秦,來歸葬。《史記·六國年表》			●懷王卒于秦,秦歸其喪于楚。《史記·楚世家》
295							

續 表

年				史 事			
公元前	周	楚	秦	楚	巴	蜀	秦
294							
293							
292							
291							
290							
289							
288	27	11	19				● 稱西帝,齊稱東帝。(《史記·穰侯列傳》) ● 十月爲帝,十二月復爲王。(《史記·六國年表》) 帛書《戰國從橫家謂燕王章》:"王何不使辯士以若說秦王曰:'……秦爲西帝,燕爲北帝,趙爲中帝,立三帝以令於天下。'"(《史記·燕策列傳》《戰國策·燕策一》都作蘇代遺燕昭王書。)

續 表

年				史 事			
公元前	周	楚	秦	楚	巴	蜀	秦
287	28	12	20				
286	29	13	21				
285	30	14	22			●疑蜀侯綰反，王復誅之。但置蜀守。張若因取笮及其江南地。(《華陽國志·蜀志》)	●尉斯離與三晉、燕伐齊，破之濟西。(《史記·秦本紀》)
284	31	15	23	●楚王與秦、三晉、燕共伐齊，取淮北。(《史記·楚世家》)●以樂毅為上將軍，與秦、楚、三晉合謀以伐齊。齊兵敗，湣王出亡於外。燕兵獨追北，……齊城之不下者，獨唯聊、莒、即墨，其餘皆屬燕。(《史記·燕世家》)●樂毅留徇齊五歲，下齊七十餘城。(《史記·樂毅列傳》)			

續 表

年			史 事			
公元前	周	楚	秦	楚	巴	蜀	秦
280	35	19	27	●秦伐楚,楚軍敗,割上庸、漢北地予秦。(《史記·楚世家》)			●使司馬錯發隴西,因蜀攻楚黔中,拔之。(《史記·秦本紀》)
279	36	20	28	●(燕昭王死,惠王)與樂毅有隙,及即位,疑樂毅,使騎劫代將。樂毅亡走趙,齊田單以即墨擊敗燕軍,騎劫死,燕兵引歸,齊悉復得其故城。(《史記·燕世家》)●秦將白起拔我西陵(鄢、鄧)。(《史記·楚世家》)			●大良造白起攻楚,取鄢鄧,赦罪人遷之。(《史記·秦本紀》)
278	37	21	29	●秦將白起遂拔我郢,燒先王塞夷陵。楚襄王兵散,遂不復戰,東北保於陳城。(《史記·楚世家》)			●大良造白起攻楚,取郢為南郡,楚王走。(《史記·秦本紀》)

續表

年			史　事			
公元前	周	楚	秦	楚	巴　蜀	秦
277	38	22	30	●秦復拔我巫、黔中郡。(《史記·楚世家》)	●蜀守若伐楚，取巫郡及江南，爲黔中郡。(《史記·秦本紀》)	●武安君(白起)因取楚，定巫、黔中郡。(《史記·白起列傳》)
276	39	23	31	●襄王乃收東地兵，得十餘萬，復西取秦所拔我江旁十五邑以爲郡，距秦。(《史記·楚世家》)		●楚人反我江南。(《史記·秦本紀》)

附錄一

一、自題《楚辭九歌解詁初稿》
己卯九月 （1939）
孫常敘

渺渺西風澹澹波，粘天野草漲秋河。
梅娘辭筆蕭娘賦，新夢來從舊夢多。
記否飛龍望極浦，那堪睎髮到山阿。
而今誰識蓀愁苦，冷雨寒燈注九歌。

赤豹文狸亦可哀，衣香散盡獨還來。
蕭蕭木葉思公子，澹澹人情棄野材。
我怨君兮隱陫側，君思我不費疑猜。
請看磊磊山中石，三秀年年依舊開。

秦人拾盡楚人弓，太息懷王百慮窮。
借取靈威指伐國，空將曼舞慰元戎。
遙憐極浦悲流水，未復商於失漢中。
惆悵武關入不返，傷心千古弔巫風。

大沉厥湫詛楚文，秦人亦自惑秦軍。
藍田有玉皆成土，太一無靈墮陣雲。
計左非關張子舌，失人未若楚懷君。
天狼貪狠難逃射，三戶亡秦立大勳。

二、楚辭九歌解詁初稿序

乙亥夏，余爲諸生説《楚辭》，至《九歌》十一篇，於其爾我之間，多所疑慮，遂覺王叔師以降，人神雜糅之解，君國幽憤之説，不能安矣。於是盡屏舊疏，專繹白文，即辭求解，別無依附，知其吾我之言，乃神之自謂，而爾汝之辭，則神之相謂也。挈領頓裘，無不順者。其秋復與梅娘讀之，更於前説，別有所會，於其釂對之辭，眷顧之情，昭昭然，招之如見，呼之欲出矣。戊寅正月，冬休多暇，爰取舊稿，綴爲新疏，復於名物訓詁之間，略得數事，雖無師説，然甘苦所及，忍而不能舍也。及讀《史記》、《漢書》，于壽宮神君得太一之尊，于武帝靈旗得太一之德，於《郊祀歌》得《九歌》愉太一之實。更證以淮南王書，知東皇太一四字一名，乃歲星之神。證以馬通伯所繹谷永之言，知楚人祀太一乃懷王隆祭祀、事鬼神，以助卻秦軍，假歲星之靈威，以其衝壓制敵國者也。更參以《秦詛楚文》，益得兩國神前相詛之情，遂定《東皇太一》、《雲中君》兩篇爲迎神之辭，《湘君》以下七篇爲愉神之辭，《國殤》一篇爲慰靈之辭，而《禮魂》則爲送神之辭。復王靜安《九歌》戲曲之説，以元曲擬其辭，而情事益彰。於是楚辭《九歌》之齟齬方開，而吾解詁之作於焉粗定矣。乃別爲上下卷，始爲懸解，斷以閒詰。懸解者，結想未密，存以待問；閒詰者，發其疑忤，正其訓釋,俾知我愛我諸君子,有所心裁,而教我誨我諸先生,有所指正焉。

己卯寒食　孫常敍(曉野)自記于吉林三秀堂。

三、再　序

常敍草《楚辭〈九歌〉解詁》初稿既竟,客或有問之者,曰:"近世文學史家多以爲《九歌》十一章非屈原之作,持論與子相左,若此疑不解,則子之上下兩卷書直同夢囈矣。"

予應之曰:"然,此不可以辨。"

以楚辭《九歌》爲非屈原之作,其論自績溪胡氏發之。胡氏之言曰:"《九歌》與屈原的傳說絕無關係,細看内容,這九篇大概是最古之作,是當時湘江民族的宗教舞歌。"[1]其意以爲"一、若《九歌》也是屈原作的,則楚辭的來源便找不出,文學史便變成神異記了。二、《九歌》顯然是《離騷》等篇的前驅。我們與其把這種進化歸於屈原一人,寧可歸於《楚辭》本身。"[2]是胡氏除爲《離騷》等篇尋一前驅者以補苴從楚語古詩至屈原作品二百餘年之缺陷外,毫無其他積極之證據。

其後,陸侃如於其《屈原評傳》中,演胡氏之説,以爲"《九歌》是否全係湘江民族的宗教舞歌,尚待商榷。但他們之爲最古之作,似乎絕對的事實"。以爲胡氏之兩條理由,都是"用文學史的眼光來斷定《九歌》的時代。"陸氏曾蒐尋楚語詩歌之起源,以《説苑》所載之"薪乎,菜乎"爲最早之作品。其次,《史記》之《孫叔敖

[1] 胡適:《讀楚辭》。
[2] 陸侃如:《屈原》第121頁。

歌》，《風土記》之《越歌謠》，《吳越春秋》之《漁父歌》，《説苑》之《越人歌》，《左傳》之《庚癸歌》，《論語》之《接輿歌》，《孟子》之《滄浪歌》，《述異記》之吳夫差時童謠等，皆爲辭之遠祖。謂"那些楚語古詩大都產生於前七、六世紀。自此時至屈原，尚有二百多年，竟無可靠的詩歌留傳下來。若説是年久失傳，則爲何前後都有，而獨少此時期内的？我們若把《九歌》填補在内，則在《楚辭》進化史上自然更易解釋了。但我們最該注意的是第二條理由，我們只消把《楚辭》約略研究一下，便可知《離騷》等篇確是從《九歌》演化來的。篇幅的曠張，内容的豐富，藝術的進步，都是顯而易見的事實。我們若懂得一點文學進化的情形，便知這個歷程決不是一個人在十年二十年中所能經過的。齊梁至初唐二百年間似律非律的詩歌，便是文體成立遲緩的妙例的鐵證。即樂府之變爲詞，也經過了數百年的醖釀。故這不但是'與其'與'寧可'，簡直是'可能'與'不能'的話了。至於他們的時代，大約在前五世紀，因爲從形式上看來，他們顯然是楚語古詩與《離騷》間的過渡作品。"〔1〕

此種想象上之彌縫，最爲危險。吾人既不敢於昆弟之中不見其父，遂任指其年最長者一人以當之，安得以讀《離騷》不得其源，遽截《九歌》以補之哉。

其積極之證據，直至陸氏《中國詩史》方始提出。此時彼已知研究《九歌》之困難問題，即它與屈原有何關係？以爲"要能解決此問題，須先從《九歌》的本身去推定他的產生，最早不得在什麽時以前，最遲不得在什麽時候以後。"

其第一論證，以爲《九歌》之出世，最早不得在楚昭王以前

---

〔1〕　陸侃如：《屈原》中的《屈原評傳》第 121—122 頁。

(前489)。謂《九歌》中有篇《河伯》是祭河神的。但《左傳》哀公六年說,初昭王有疾,蔔曰:河爲祟。王弗祭。大夫請祭諸郊。王曰:三代命祀,祭不越望。江漢睢章楚之望也,禍福之至,不是過也。不穀雖不德,河非所獲罪也。遂弗祭,由此可知楚祀河總在昭王以後。昭王卒於前489年,《九歌》的出世最早不得在此年以前。

其第二論證,以不得在用騎戰以後,謂《九歌》又有一篇《國殤》,是祭死國事者的。其描寫戰事處,是以車戰爲背景的。陳鐘凡曾舉下列各條,以證明戰國時用騎戰。一、古人不騎馬,經典無言騎者,今言騎是周末時禮。(《曲禮疏》)二、古者馬以駕車,六國時始有單騎。蘇秦云:'車千乘,騎萬匹'是也。(《春秋正義》)三、《司馬法》、《孫子》無騎戰。吳起之爲武侯,戰以車五百乘,騎三千匹而破秦五十萬衆。其書六篇,往往皆有騎戰。蘇秦說六國,于燕言騎六千匹,于趙言騎萬匹,于魏言騎五千匹。張儀說韓,言秦騎萬匹,趙變胡服,招騎射,此皆戰國用騎之驗。(王應麟《玉海》)而戰國始於前403年,《九歌》的出世,最遲不得在此年以後,證明了《九歌》的時代爲前五世紀(前489—前403),我們便能解決它與屈平有何關係的問題了。"遂肯定"《九歌》在屈平以前是不成問題的。"〔1〕

陸氏此論,似持之有故,言之成理,然細繹其實,非特不使人相信,反與人以相反之結論。

第一,《九歌》非泛祭衆神者,開宗明義已高揭"穆將愉兮上皇"矣。就辭論事,知其所祀各神,除東皇太一外,均非被祭,《雲

────────
〔1〕《中國詩史》第195—198頁。

中君》乃《東皇太一》之車駕所寄，專以迎神者。《國殤》乃慰死國之士，述其搏戰之苦，死國之誠，以邀神眷者也。它若《湘君》之屬七篇，則以聲色愉神之情劇，《河伯》則劇中之丑末耳；以《河伯》爲被祭之一神，陸氏失其實矣。

第二，以騎戰論《國殤》，即陸氏所徵陳氏之證據考之，非但不足以證《國殤》在戰國之前，且正足以說在彼車騎並用時代之戰國，正可以有車戰之可能。趙武靈王地近諸胡，其胡騎射尚須幾許爭辯，則南國之楚其騎士之興當亦未久也。且文物制度之因革絕無一刀兩斷，前後截然不相涉者，必須經一過渡時期。戰國則由車戰轉入騎戰之津梁，新舊兩制依然並存之時也。觀陳氏三證，第一謂騎馬爲周末時禮，並未言及周末已無戰車，乃消極之論證，無足輕重者也。第二，引蘇秦車千乘騎萬匹之言；第三，引吳起車五百乘騎三千匹之戰，明言車乘，何陸氏竟未之見也。及蘇秦説六國，于燕言騎六千匹，于趙言騎萬匹，于魏言騎五千匹。張儀説韓，言秦騎萬匹，又似蘇張二子只言騎兵矣。但一檢原文，則其言騎同時，正亦昌言車若干乘也〔1〕。凡此均可證明戰國縱橫之際車戰亦正重要。烏得割裂片言，以定彼時已無車戰乎？隱蔽事實，雖愚者亦不信矣。車戰既仍存于戰國，則《國殤》之可以不先於屈原，而可與之發生關係，可以借陸氏所引陳氏之例定之矣。

客曰："善！無參驗而必之者，其胡氏之謂乎！立表於旋鈞之上，其陸氏之謂乎！"

己卯　曉野

――――――
〔1〕蘇秦説燕，言車七百乘，騎六千匹。説趙，言車千乘，騎萬匹。説魏，言車六百乘，騎五千匹。張儀説韓，言秦帶甲百余萬，車千乘，騎萬匹。

附録二

楚辭九歌解
——楚辭《九歌》歌舞劇解

己卯(1939),余著手整理楚辭《九歌》工作。明年夏,《楚辭〈九歌〉解詁初稿》寫成。其冬,遂以剩餘筆墨,略仿元曲,戲成此《楚辭〈九歌〉解》,用以再見十一章歌辭的通篇整體關係,1941年,發表在《學藝》一輯上。姜亮夫先生《楚辭書目五種》之五《楚辭論文目錄》第494頁與以著錄。

五十年來,常敘楚辭《九歌》研究工作,雖作輟不常,然總的說來,吾我爾女之間是不斷加深加密;而其基本框架,——迎神之辭、愉神之辭、慰靈之辭及送神之辭依然未變。故稍事修改,依然可用。修改處,字下用"點",其他照舊。

1989年春分,孫常敘于三秀堂。

短 引

《九歌》乃楚人所傳古樂舞之名,一再見於《離騷》、《天問》。本愉情之制,先屈原而有者也。及楚懷王敗於丹陽,憤激之餘,乃奉祀東皇太一；思借歲星之靈威以其沖魘秦軍。爰命屈原作爲巫音，仿夏后啓之《九歌》，以敬愉之。於是乎《楚辭·九歌》以出。其辭：首以《東皇太一》、《雲中君》，迎神之曲也；終以《禮魂》，送神之曲也。中繫以《湘君》以迄《山鬼》之屬七篇，七篇者，乃以湘君與其夫人悲歡離合之故事爲主，——所以敬愉太一者也。總之以《國殤》，祀死國之士，慰英靈之意也。

其時：楚懷王十七年春，楚秦丹陽戰後，藍田戰前。

其地：楚國壽宮。

其優：楚之群巫。

作者：屈原。

其旨：（一）敬愉東皇太一，思借歲星之靈威以卻秦軍。

（二）慰死國之英靈。

其結構：

（一）迎神之辭二章。

《東皇太一》、《雲中君》

（二）愉神之辭七章。

《湘君》、《湘夫人》、《大司命》、《少司命》、《東君》、《河伯》、《山鬼》

（三）慰靈之辭一章。

《國殤》

（四）送神之辭一章。

《禮魂》

其大意：

（一）迎神之辭

巫祝奠灑迎神，東皇太一乘雲降臨壽宮。

（二）愉神之辭

奏《九歌》愉太一，愉神之辭七章，其《九歌》之本體歟？其事：蓋仿效夏后啟以《九歌》賓天而作。湘漢兩水，結爲婚姻。楚秦作戰，丹陽敗北，西瀍以西遂成秦地，漢水上游盡非楚有。一日劇變，湘夫人有家難歸；早發湘水，湘君之力僅達北渚；無奈，僅遣侍女一通情愫。大司命者，司人間離合壽夭之神也，於是令少司命使河伯引導湘君自北渚，轉滄海，溯從九河，上崑崙，下陽水，至貝闕珠宮以會湘夫人；夫婦會合後，復由河伯送至九河，（然後浮海涉江直至湘江，夫婦攜手同歸。）山鬼乃莊蹻所遺而坐困黔中商於山中之鬼，遙望楚國，暗思公子，風雨瀟瀟，猿啼狖鳴，不勝清怨矣。

（三）慰靈之辭

死國之靈，述其搏戰之苦，而東皇太一深爲褒揚，錫之爲"鬼雄"。

（四）送神之辭

群巫畢上，擊鼓傳花，以示迴圈不絕之意。

迎神之辭

一、東皇太一

（巫祝禮服帶劍上）

云：楚天不斷四時雨，花氣渾如百和香。吾乃主祭是也。揀取吉日良辰，敬祀東皇太一。藉歲星之靈威，殺嬴秦之兵氣。謹獻愉神之《九歌》，願得福祐於我國！壽宮禮樂，早經陳設。老夫不免爲湘漢萬衆，前去奠酒奉迎者！

　　唱：——吉日兮辰良，穆將愉兮上皇。

（撫劍前進科）

　　唱：——撫長劍兮玉珥，璆鏘鳴兮琳琅。

（近祭席科）

　　唱：——瑤席兮玉瑱，

（布香科）

　　唱：——盍將把兮瓊芳。

（進肉科）

　　唱：——蕙肴蒸兮蘭藉，

（奠酒漿科）

　　唱：——奠桂酒兮椒漿。

（顧樂科）

　　唱：——揚枹兮拊鼓，疏緩節兮安歌，陳竽瑟兮浩倡！

（顧舞科）

　　唱：——靈偃蹇兮姣服，芳菲菲兮滿堂，聽這裏五音紛兮繁會。

　　帶云：想那東皇太一呵，

　　唱：一定會君欣欣兮樂康！

（靜穆待望科）

二、雲中君

（巫飾雲中君華服奉帝車上）

　　云：紫蓋連延接天柱，川原遠近蒸紅霞。吾乃雲神是也。今日東皇太一，降臨楚國壽宮，當即準備彩雲，前去護送者。

　　　　唱：——浴蘭湯兮沐芳。
（振衣科）
　　　　唱：——華采衣兮若英。
（舞科）
（巫扮東皇太一衮冕上）
　　　　云：九天閶闔開宮殿,萬國艱虞厭鼓鼙。吾神東皇太一是也,
　　　　　　位屬東宮,神爲歲星。天神之貴莫出我右,威靈所在誰敢
　　　　　　相衝！今日楚王張設壽宮虔請於我,即此監臨一番者。
（指雲中君科）
　　　　云：你看那彩雲連蜷,車駕早已備好——
　　　　唱：——虧了你靈連蜷兮既留,只光彩爛昭昭兮未央。我
　　　　　　呵,蹇將憺兮壽宮,與日月兮齊光。
（入雲科）
　　　　唱：龍駕兮帝服,聊翱游兮周章。
（雲中君接引東皇太一入雲車科）
（金奏）
　　　　雲中君唱：——靈皇皇兮既降,
（一同起飛科）
　　　　雲中君唱：——猋遠舉兮雲中。
（飛行科）
（東皇太一從雲中俯視科）
　　　　太一唱：——覽冀州兮有餘,
（四顧科）
　　　　唱：——橫四海兮焉窮。
（雲中君奉帝車載東皇太一徐徐降下）

場上靈及巫祝齊唱：——思夫君兮太息，極勞心兮忡忡。
（東皇太一步入壽宮，就座科）
（金奏止）
（雲中君下）
（巫祝下）

愉神之辭
——《九歌》

瀟湘清怨雜劇

　　癡帝子捐玦遺佩，湘夫人紫貝珠宮，折疏麻神救離索，乘赤豹鬼怨淒風。

一、湘君
（巫扮湘君盛服偕侍女上）
　　湘君云：一片黑雲何處起，恨無消息到今朝。丹陽、漢中同時告急，昨與夫人約定，急則即時來湘。誰想秦軍如此之速，南下西滢，北取丹陽，漢中之地倏非我有。
　　唱：——夫人呵君不行兮夷猶，你還蹇誰留兮中洲？美要眇兮宜脩（睸）！〔1〕
　　云：事不宜遲，待我整理桂舟——飛龍，前去迎接一番者！
　　唱：——沛（軷）吾乘兮桂舟。〔2〕
（放舟科）

────────
〔1〕《說文》："睸，失意視也。"
〔2〕"沛"借爲軷，謂祭行道之神，此指舟行之祭。

唱：——令沅湘兮無波,使江水兮安流!
(行舟,望遠科)
　　　湘君唱：——我迫切地望夫("夫"虛詞)君兮早日歸來[1],
　　　　　　吙(聿)(吹)[2]在如此的參差[3]兮困境中,有誰
　　　　　　在思——
　　　　　　相憐哀!
(行舟科)
　　　唱：——駕飛龍兮北征,邅吾道兮洞庭。
(回顧舟廬,撫廬壁科)
　　　唱：——薜荔柏[4]兮。
(撫帳科)
　　　唱：——蕙綢。[5]
(舉楫科)
　　　唱：——(承)荃[6]橈兮[7]。
(望旌科)
　　　唱：——蘭旌。
(行舟科)
(北望科)
　　　唱：——望涔陽兮極浦。
(禓靈科)

---

〔1〕《文選》本作"歸來"。
〔2〕今本作"吹",按"吹"是"吙"是筆誤。本是"聿"字。
〔3〕"參差"指願望與可能難以齊一,同前兩條並見拙著《"吹參差"非"吹洞簫"說》。
〔4〕柏,搏壁也。
〔5〕綢。帳也。
〔6〕"承"字由"荃"而衍。
〔7〕楫,謂之橈。

　　　　唱：——橫大江兮楊（揚）靈。〔1〕
（侍女斜盻湘君，低頭太息科）
　　　　侍女云：多情自古空遺恨，好夢從來最易醒。癡郎！癡郎！
　　　　　　是應是教人忘卻了也。
　　　　湘君唱：——楊［揚］靈兮未極，女嬋媛兮爲余太息。
　　　　帶云：行舟未半，她卻爲我傷起心來——
（抆淚科）
　　　　唱：——禁不住我橫流涕兮潺湲，都只爲隱思君兮陫側。
（自語科）
　　　　云：我也知這是往返徒勞，正猶如：
　　　　唱：——用桂櫂兮蘭枻，來斲冰兮積雪；你采山上的薜荔兮
　　　　　　于水中，去搴水上的芙蓉於木末。
　　　　帶云：我這裏癡心狂想，你那裏情有別屬！
　　　　唱：——眞個是心不同兮媒勞，只落得恩不甚兮輕絕！
（行舟科）
　　　　唱：石瀨兮淺淺，飛龍兮翩翩。
（太息科）
　　　　唱：——唉！交不忠兮怨長，你啊，期不信兮告余以不閒！
（停舟科）
　　　　唱：——朝騁騖兮江皋，夕弭節兮北渚。聽鳥次兮屋上，任
　　　　　　水周兮堂下。
（登岸科）
　　　　云：想我們結髮時
　　　　　　　・・・・・・

---

〔1〕"揚靈"借作"禓靈"。《說文》"道上祭也。"

唱：——既捐余玦兮江中，又遺餘佩兮醴浦。

（采杜若科）

　　　唱：——而今卻芳洲兮杜若，將以遺兮下女。

（交杜若于侍女科）

　　　云：你權且將此草交于夫人者，你我呵

　　　唱：——時不可兮再得，聊逍遥兮容與！

（湘君佇立，凝望許久乃下）

二、湘夫人

（湘君侍女手持杜若行色匆匆上）

　　　云：明知相約非相誤，無賴秋風斗覺寒！湘君朝發湘江，少
　　　　至北渚，遇秦軍阻隔，不得西上。無奈命我潛蹤滅迹直
　　　　闖西澨。

　　　唱：湘君以帝子的身份親臨降兮北渚，他多情的眼睛啊，目
　　　　眇眇兮正在注視我——愁予。

（湘君侍女闖關科）

　　　云：秦關百二，混迹通過。憶來時已是

　　　唱：——嫋嫋兮秋風，洞庭波兮木葉下。

（湘君侍女持杜若下）
（巫扮湘夫人宮妝上）

　　　云：等是有家歸不得，杜鵑休向耳邊啼！與湘君成言，情況
　　　　危急即時回湘，誰想秦軍行動如此神速，涔陽極浦已非
　　　　楚有，西澨漢中頓歸秦國、天地翻覆，心急如焚，怎麼這
　　　　般時候，還不見他來也！待我登高一望波。

（湘夫人登高望遠科）

唱：——登白蘋[蘋]兮騁望,空教我與佳期兮夕張。
　　云：也是我癡心妄想。
　　唱：——你想,飛鳥如(何能)萃集兮水蘋之中,魚罾如何施爲兮到木上?

(湘夫人太息科)

　　云：咳!登高望遠,惆悵西風,佳人不來,相思誰訴!
　　唱：——沅有芷兮澧有蘭,思公子兮未敢言。我慌忽兮遠望,但觀流水兮潺湲!

(湘君侍女遠遠而上)
(湘夫人自問科)

　　唱：——你想,山上的麋鹿那裏會何爲兮庭中,深水的蛟龍怎麼會何爲兮水裔?他怎麼會來呢?
　　帶云：唔?她怎麼隻身來了!

(湘君侍女拜見湘夫人科)
(湘君侍女向夫人述説經過科)

　　湘君侍女唱：——朝馳(余馬)騁兮江皋,〔1〕夕濟兮西澨。
　　侍女云：湘君令我以此芳草贈夫人者。
　　湘夫人云：他有何話説?
　　侍女云：他説呵"時不可兮再得,聊逍遥兮容與!"

(夫人驚喜科)

　　湘夫人云：果然不曾負我!
　　唱：——聞佳人兮召予,將騰駕兮偕逝!我且去築室兮水中;葺之兮以荷蓋。荃壁兮紫壇,播芳椒兮成堂,桂棟

---

〔1〕洪興祖云："一云'朝馳騁兮江皋'",據改。

兮蘭橑,辛夷楣兮藥房,罔薜荔兮爲帷,擗蕙櫋兮既張,白玉兮爲鎭,疏石蘭以爲芳,芷葺兮荷屋,繚之兮杜衡,再合百草兮實庭,建芳馨兮廡門。

帶云:——到那時,九嶷山上諸神前來祝賀,我們派賓[繽]相兮並迎,一定是靈之來兮如雲。

(向侍女科)

云:當初結褵之時,他既捐玦江中以表對我的決心,遺佩澧浦以示對我愛慕之衷情,我也捐玦江中,遺諜澧浦,以答盛意,權抒寸心。

(捐袂科)

唱:——捐余袂兮江中,

(遺褋科)

唱:——遺余褋兮澧浦;

(搴杜若科)

唱:——我也搴汀洲兮杜若,

(交侍女科)

唱:——將以遺兮遠者!

云:權將此物,以答湘君波!

唱:——真個是時不可兮驟得,聊逍遥兮容與。

(侍女下)
(湘夫人下)

三、大司命

(巫扮大司命盛服乘車上)

云:乾坤施惠萬物遂,洞庭連九疑高。吾神大司命是也。

掌管天下壽夭事，離合人間兒女情！湘君與其夫人新近離索，今日合當相會，不免前去指迷者。

（驅車科）

唱：——廣開兮天門，紛吾乘兮玄雲。令飄風兮先驅，使凍雨兮灑塵。

（巫扮少司命相繼乘車上）

云：小神少司命是也，追隨大司命，奔走人間世。他既前去指點湘君，我須急去侍候者。

唱：——君回翔兮以下，踰空桑兮從女！

（大司命指點人間科）

唱：——你看這紛總總兮九州，他們呵：何壽夭兮在予？

（指示飛行科）

唱：——高飛兮安翔，乘清氣兮駕禦陰陽。

（命令少司命科）

云：湘君與其夫人暫時離異，終當相會，只是業障未竟，猶待奔波，你我著即前去爲我指引撮合者！

（少司命應命科）

唱：——吾與君兮齋速〔1〕，道（導）帝子（之）兮〔2〕九阬。〔3〕

帶云：你即去邀請河伯，引導湘君自北渚下行，然後至九河西上，溯昆侖，下陽水，直到涔陽；見湘夫人後，湘君夫婦由原路回來，自九河，至大江，直達湘江。

（大司命遙指人間群巫科）

---

〔1〕齋速，古習語。猶疾速也。
〔2〕帝子，原作帝之，字誤。見本書。
〔3〕九阬，即九河。隆慶重雕本誤作"阮"字。

唱：——他們呵靈衣兮披披,玉佩兮陸離;天上人間壹陰兮
　　　　壹陽,没有人衆莫知兮余所爲!
(折疏麻科)
　　唱：——折疏麻兮瑶華,將以遺兮離居! 要知道老冉冉兮
　　　　既極,他們不寖近兮愈疏!
(交疏麻于少司命科)
　　云：我向高處待你,你去與我好生施爲者!
(少司命領命)
(大司命驅車騰起科)
　　唱：——乘龍兮轔轔,高駝兮衝天。
(停驂科)
　　云：就此停車一望波。
　　唱：——結桂枝兮延竚。
(凝望科)
(太息科)
　　云：只這兒女柔情呵——
　　唱：——羗愈思兮愁人。愁人兮奈何? 願若今兮無虧! 這
　　　　也是固人命兮有當,命中註定,又孰離合兮可爲?!
(大司命下)

　　四、少司命
(巫扮少司命偕河伯來在堂下科)
　　少司命云：切莫悲歡自訴,可能紉佩同歸。小神少司命是
　　　　也。適奉大司命之命,使湘君與其夫人相會。已
　　　　經指令河伯,領湘君走九河之路。你看這裏——

唱：——秋蘭兮麋蕪，羅生兮堂下。一叢叢綠葉兮一片片素華，一陣陣芳菲菲兮襲予！

帶云：——好一個所在！

（指湘君科）

唱：——夫人自有兮美子，你呵蓀何以兮愁苦？

（河伯前進至堂下科）

云：共君今夜不須睡，若待公車卻誤人！小神河伯是也。承少司命相召，今夜引導湘君與其夫人相會。少司命早已在那裏。

唱：——秋蘭兮青青，綠葉兮紫莖。

（調笑科）

河伯唱：——滿堂兮美人，忽獨與余兮目成！

（少司命在堂下太息科）

唱：——則見他人不言兮出去又不辭。看他出入不穩定呵，象乘著回風兮載著雲旗。——這真是悲莫悲兮生別離，樂莫樂兮離而復合新近相"知"！

（少司命感歎下）

（河伯走至湘君近旁科）

唱：——你這荷衣兮蕙帶水國衣著，來去不定，儵而來兮又忽然而逝。

（向湘君科）

唱：——我問你：夕宿兮帝郊，君誰須兮雲之際？

帶云：同我走波！

河伯唱：——我與女遊兮九河，衝飆起兮水揚波，我與女沐兮咸池，晞汝髮兮陽之阿！

湘君太息唱：——望美人兮未來，兀自的臨風悅兮浩歌！

（河伯偕湘君同下）

（大司命上）

（少司命上來覆命科）

  云：苦恨相思不相見，願渠無過亦無功！湘君已隨河伯前去，吾事已了，即此歸來覆命。你看大司命呵！

  唱：——孔蓋兮翠旌，登九天兮撫琴星，

  帶云：聰明正直，好不威嚴也——竦長劍兮擁幼艾。

  唱：——實在的荃獨宜兮為民正！

（大司命下）

（少司命相繼隨下）

五、東君

（巫扮東君炫服上）

  云：容光無不照，懷古亦何深！吾乃日神是也。你看那宿霧初開，朝霞似錦，又早是日出時候！

（拂拭整裝科）

  唱：——暾將出兮東方，照吾檻兮扶桑。

（東君乘車科）

  唱：——撫余馬兮安驅，夜皎皎兮既明。

（驅車介）

  唱：——駕龍輈兮乘雷，載雲旗兮委蛇。

  ——長太息兮將上，心低徊兮顧懷。

（東君在地上空飛行科）

（俯瞰大地科）

唱：——羌聲兮娛人，遠觀者每呵，都憺兮忘歸！

　　你聽：——絙瑟兮交鼓，簫[1]鐘兮瑤[2]簴，鳴篪兮吹竽。
　　　　　　教人爭不思靈保兮賢姱！

　　你看：——他每翾飛兮翠曾[3]，展詩兮會。

（觀欣科）

　　唱：——只音樂應律兮合節，一群群靈之來兮蔽日。

（驅車入雲科）

　　唱：——青雲衣兮白霓裳，

（漸漸轉入深夜科）

（舉矢科）

　　唱：——舉長矢兮射天狼。

（操弧科）

（降車科）

　　唱：——操余弧兮反淪降！

（攀斗科）

　　唱：——援北斗兮酌桂漿。

（驅車入內科）

　　唱：——撰余轡兮高駝，翔杳冥兮以東行。

（東君趨車下）

六、河伯

（巫扮河伯偕湘君乘水車上）

────────

〔1〕 簫，擊也。見《容齋續筆》。
〔2〕 瑤，讀若搖。王念孫說。
〔3〕 曾，洪興祖引《博雅》云："翶，翥。"飛也。

　　　　河伯唱：——湘君，我與女遊兮九河，衝風起兮水橫波。
（驅車科）
　　　　唱：——乘水車兮荷蓋，駕兩龍兮驂螭。
（前指科）
　　　　云：湘君！從九河到此，前面便是崑崙高山，你我上去登臨
　　　　　　眺望，也許藉此望見夫人波！
（河伯湘君登山科）
　　　　河伯唱：——登崑崙兮四望，——心飛揚兮浩蕩。
　　　　帶云：湘君，你看天地悠悠，伊人何在！徒見寒日無言，遲
　　　　　　遲西下——我每走波！
　　　　湘君唱：——你日將暮兮悵忘歸，
　　　　　　　　——鎮腦人惟極浦兮寤懷！
（一同下山科）
（湘夫人上）
（河伯湘君驅車遙見湘夫人科）
（河伯指湘夫人科）
　　　　云：湘君！看，那裏是誰家——
　　　　湘君唱：——魚鱗屋兮龍堂，紫貝闕兮朱宮。
（湘君注視科）
　　　　云：兀的那不是我的夫人麼?！正是，衆裏尋她千百度，驀
　　　　　　然回首——夫人哪！
　　　　唱：你靈何爲兮水中!？
（湘君就湘夫人相見科）
　　　　河伯唱：——來同我乘白黿兮逐文魚，與女遊兮河之渚！
　　　　　　　　不然呵，流澌紛兮將來下。

（湘君、湘夫人交手同行科）

（河伯太息科）

  云：這才是有情人終成眷屬！

  唱：你每呵——子交手兮東行，我呵——送美人兮南浦！

（河伯相送科）

  湘君唱：——波滔滔兮來迎，

  湘夫人唱：——魚鱗鱗兮媵予。

（湘君偕夫人下）

（河伯目送二人下）

七、山鬼

（群巫聳動科）

  齊唱：——若（若，尚也。）有人兮山之阿，被薜荔兮帶女蘿。

（巫扮山鬼野服乘赤豹從文貍上）

  唱：——既含睇兮又宜笑，子慕予兮善窈窕。

  云：深山大澤龍蛇遠，古木蒼藤日月昏。吾乃於山山鬼是也，自從司馬錯掐斷歸路，莊蹻被迫退回西南稱王，山鬼坐困"於山"，心懷楚國。切望早日收復漢中、丹陽，以便早日收復黔中商於！

  唱：——乘赤豹兮從文貍，辛夷車兮結桂旗。被石蘭兮帶杜衡。

（折花科）

  唱：——折芳馨兮遺所思！

（驅車下，又驅車上）

  云：千山萬水吾來晚，歷歷空留十二山！伊人已去，又我獨來。

　　唱：——余處幽篁兮終不見天，路險難兮獨後來！

（撒花空谷科）
（太息科）

　　云：我呵——表獨立兮山之上，雲容容兮而在下，杳冥冥兮羌晝晦。但只見東風飄飄兮神靈雨。

　　云：落花有意，流水無情，我若——

　　唱：——癡情待他——留靈脩兮憺忘歸，到後來歲既晏兮孰華予？

（決意科）

　　云：歸去波。

　　唱：——歸去采三秀兮於山間，那裏有石磊磊兮葛蔓蔓。

（回車科）

　　唱：——怨公子兮悵忘歸！

　　云：不要錯怪了人，這番呵——

　　唱：——莫不是君思我兮不得閒？

（轉念科）

　　云：不過我也過於癡想了，只我這身份呵——

　　唱：——山中人兮芳杜若，

　　云：沒得什麼好的吃

　　唱：飲石泉兮蔭松柏。

　　云：又沒得什麼好的喝，好的住。——憑我這一身清寒的骨象，你是否真會想到我呵！

　　唱：——君思我兮不由待教人然疑交作！

（傷懷科）

云：信是相思了無益，更無消息到今朝。

唱：——聽雷填填兮雨冥冥，猨啾啾兮狖夜鳴，風颯颯兮木蕭蕭——

帶云：我思伊人，人不思我——

唱：癡人呵——思公子兮徒離憂！

（悲愴而富有希望下）

慰靈之辭

國殤

（巫扮戰士戎服上）

云：報國恨無功尺寸，壯懷空負膽輪囷。吾乃楚國元戎是也。懲彼暴秦，以申王命。當兩軍相接呵——

唱：——操吳戈兮被犀甲，車錯轂兮短兵接。但只見旌旗蔽日兮敵若雲，矢交墜兮士爭先。那敵軍呵——

（激昂科）

唱：——凌余陣兮躐余行，我的車左驂殪兮右刃傷，霾兩輪兮縶四馬，依舊的援枹巫兮擊鳴鼓。這時節天時墜兮威靈怒——

（低沉科）

唱：——嚴殺盡兮棄原野！

（群巫哀悼科）

唱：——出不入兮往不反！

帶云：引領南望呵——

唱：——但只見平原忽焉路超遠！

（激昂科）

　　唱：帶長劍兮挾秦弓，首雖離兮心不懲！

（場上群巫齊聲贊歎科）

　　唱：——誠既勇兮又以武，終剛強兮不可凌！

（東皇太一褒揚科）

　　唱：——身既死兮神以靈！魂魄毅兮爲鬼雄！

（群巫緩緩下）

（戰士下）

送神之辭

禮魂

（巫祝上）

（群巫按天神、地示、人鬼諸序列上）

　　巫祝云：天人一切大歡喜，花木四時皆吉祥。今日諸神來
　　　　　　此，任務完了，不免前去敬送一番者。

（金奏）

（東皇太一及隨車御者雲中君各就其位科）

　　巫祝云：萬國衣裳拜冕旒，

（擊鼓傳花科）

　　衆唱：——盛禮兮會鼓，傳芭兮代舞。姱女倡兮容與，——
　　　　　春蘭兮秋菊，長無絕兮終古！

（本司命、少司命、東君、湘君、湘君侍女、湘夫人、河伯、山鬼、國
殤、巫祝一同恭送科）

（東皇太一及隨車御者雲中君下）

（金奏畢）

（金奏再興）

（大司命、少司命、東君、諸神就位科）

  巫祝云：敬謝神明！

  衆唱：——盛禮兮會鼓，傳芭兮代舞，婷女倡兮容與！

    ——春蘭兮秋菊，長無絶兮終古！

（湘君（湘君侍女）、湘夫人、河伯、山鬼、國殤、巫祝一同恭送科）

（大司命、少司命、東君，下）

（金奏再畢）

（金奏三興）

（湘君（湘君侍女）、湘夫人、河伯、山鬼、國殤，諸神鬼就位）

  巫祝云：敬謝神明，敬謝英烈！

  衆唱：——盛禮兮會鼓，傳芭兮代舞，婷女倡兮容與！

    ——春蘭兮秋菊，長無絶兮終古！

（巫祝恭送科）

（湘君（湘君侍女）、湘夫人、河伯、山鬼、國殤，下）

（金奏完畢）

  巫祝云：畢竟林塘誰是主，報仇雪恥在藍田！

（巫祝下）

附録三

一、孫曉野論《東皇太一》和楚辭《九歌》[1]

　　吉林師範大學（今東北師範大學）中文系教授孫曉野（常敍）最近在系內做了一次關於《東皇太一》和《楚辭·九歌》的學術報告，引起到會同志的極大興趣，認爲這是一個有新穎見解的報告。

　　孫曉野認爲，東皇太一是東方歲星，是戰神。太一神是當時戰國時期楚國人所信仰的五帝之一。當時在人們的目中，太一在哪個國家，哪個國家有戰必勝。

　　孫曉野認爲，《楚辭·九歌》是屈原依照楚懷王的命令創作的。寫於公元前312年秋天，丹陽之戰以後與藍田大戰之前。關於楚辭《九歌》的創作目的和性質，他認爲楚懷王爲了雪商、於之恥，復漢中之地，決定出兵藍田；在出兵之前，他命令屈原本夏后啓以《九歌》賓天故事，作楚辭《九歌》，愉樂東皇太一；與此同時，作《國殤》以慰戰死英靈，讓戰神保佑，以取得勝利。因此屈原便寫出了楚辭《九歌》這樣傑出的愛國

---

[1]《光明日報》1961年7月4日學術簡報。

主義詩篇。

在談到楚辭《九歌》的結構時，孫曉野認爲楚辭《九歌》十一個篇章的順序，安排得非常自然合理：前兩篇（《東皇太一》和《雲中君》）是迎神之辭；以下七篇（《湘君》、《湘夫人》、《大司命》、《少司命》、《東君》、《河伯》和《山鬼》）是愉神之辭，這是楚辭《九歌》的本體；第十篇《國殤》，祭祀並褒揚爲國捐軀的將士；最後一篇《禮魂》是送神之辭。這是一個結構嚴謹的愉樂東皇太一的"歌舞劇"。

孫曉野還通過《湘君》和《湘夫人》兩篇分析，提出湘夫人是漢水女神而不是湘水女神的論點。（李尚文）

二、關於《詩經》與楚辭[1]

關於楚辭研究的文章，論到屈原生平和思想，古代楚辭學及《離騷》、《九章》、《九歌》、《天問》、《大招》等作品，而又以《九歌》與《天問》研究得最多，重要的文章各有十篇左右。其中如孫常敘〈《荀子》"莊蹻起，楚分爲三四"和〈楚辭・九歌〉〉（《吉林師大學報》一、二期）一文，以爲《荀子・議兵》"莊蹻起楚分而爲三四"這句話，可以看作屈原寫《九歌》的時代背景的概括，從而論證《九歌》是楚懷王十七年，公元前 312 年，丹陽大戰之後，屈原出使齊國之前，爲準備再次大舉襲秦，祭祀東皇太一而作的。這就很可注意[2]。

---

[1] 子午《古代文學・古代文學概述》，載中國社會科學院文學研究所、《中國文學研究年鑒》編輯委員會編《中國文學研究年鑒》，1981 年。
[2] 1981 年《中國文學研究年鑒》第 44 頁。

三、高晉生先生來信

曉野老弟：

多年闊別，前得一晤，極爲欣慰！

師大校刊及來信均已收到，因病延遲至今才復，請原諒！

大文所談《商君書》經説問題是正確的。

此致

敬禮！

高　亨
一九八○年四月廿日

附録四

楚辭《九歌》參考圖書舉要

這個非常簡陋的書目，所錄的各類圖書只有一個共同目的，那就是直接或間接、正面或反面來說明楚辭《九歌》。換句話，目中所列圖書從頭到尾都是爲注明楚辭《九歌》服務的。一般的，一書只收一種。但也有的不是這樣，例如：青木正兒的《楚辭九歌之舞曲的結構》既收原文又收譯本，而且譯文胡浩川和孫作雲兩氏並收，因爲它在楚辭《九歌》研究中比較重要。再如：同一長沙仰天湖戰國墓所出簡書就引用兩家，因爲出土文物有些字迹很不清楚，而兩家摹本又各有長處，所以一事兩收。這類例子雖有一些，可是總的說來都屬例外。

作者題名，約有兩類：一、作者爲該書之始作者，如：王國維的《宋元戲曲史》。二、作者爲該書之加工者，如：王先謙的《漢書補注》。《漢書》雖然在先，可是在《漢書補注》的條件下，班固不得不讓位給王先謙。

書籍一般直標全名，但是，如果子目爲全部楚辭《九歌》或屈原《九歌》而十一章俱全者，則逕以子目作書名而以全書之名作爲說明附錄之。例如：《重校古文辭類纂評注》一書，子目爲完整的《屈原九歌》，則入錄本目時，直寫《屈原九歌》而以本書全名作爲附錄注于原書之下，以說明之。

楚辭《九歌》參考圖書舉要，有要而未舉，或所舉非要，挂一漏萬，尚望同好助我成之！

李光地：《離騷經九歌解義》（李氏"謂《九歌》當止於九，不載《國殤》、《禮魂》二篇。"）
顧成天：《重訂楚辭九歌解》
辛紹業：《九歌解》
畢大琛：《離騷九歌釋》
高步瀛：《屈原九歌》，《古文辭類纂箋·哀祭類一》（稿本）
王文濡：《屈原九歌》，《重校古文辭類纂評注·哀祭類一》
程嘉哲：《九歌新注》
朱　冀：《離騷辯·附：山鬼》
何敬群：《楚辭九歌詮釋》香港浸會學院，第 4 卷第 1 期，1977 年
姜亮夫：《九歌解題》，《學原》第 2 卷第 2 期
陸侃如：《什麽是九歌》，《國學月報》第 2 期，1925 年 4 月
聞一多：《什麽是九歌》，《聞一多全集選刊之一》，1956 年
馬其昶：《讀九歌》，《民彝》，1927 年 6 月
劉綬松：《讀楚辭九歌》，《宇宙風乙刊》26 期
羅　庸：《九歌解題及其讀法》，載《北京大學四十周年紀念册》下册
曲宗瑜：《其情貞者其言側，其志菀者其言悲——讀〈九歌〉》，《遼寧省首次楚辭研究學術討論會專輯》，1984 年
馬茂元：《論〈九歌〉》，《文學遺產增刊》第五輯，1957 年

曉　庵：《屈原的〈九歌〉》,《甘肅日報》,1961 年 6 月 18 日
蘇雪林：《屈原與〈九歌〉》,廣東出版社,1973 年,臺北
丁迪豪：《〈九歌〉的研究》,《讀書雜志》,1932 年 9 月
汪　馨：《楚辭九歌之研究》,《中日文化》3 卷 5117 期
陳炳良：《聖與俗》——《九歌新研》,1986 年
蕭　兵：《楚辭九歌》,《鄭州大學學報》,1980 年第 2 期
王　番：《九歌的探討》,《安徽大學月刊》,1934 年 4 月
何念龍：《〈九歌〉旨說》,中國屈原學會,1988 年 1 月
魏炯若：《九歌發微》,《遼寧省首次楚辭研究學術討論會專輯》,
　　　　1984 年
潘嘯龍：《九歌六論》,《中國社會科學》,1986 年第 4 期
竹治貞夫：《關於〈楚辭九歌〉》,《德島大學學藝部紀要（人文）》
　　　　第 7 期,1958 年
陳子展：《楚辭九歌之全面觀察及其篇義分析》,《中華文史論
　　　　叢》,1979 年第 4 輯
李延陵：《關於〈九歌〉的問題——與陳子展先生商榷》,《中華
　　　　文史論叢》,1981 年第 4 期
彭德猷：《屈原〈九歌〉疑難淺議》,中國屈原學會,1988 年
藤田秀雄：《屈原〈九歌〉考》,《佐賀大學文學論集》,1953 年
羅　庸：《九歌新考》,《北大四十周年紀念冊》
周勛初：《九歌新考》,上海古籍出版社,1986 年
李嘉言：《九歌的來源及其篇數》,《國文月刊》18 期,1947 年
胡文輝：《九歌的原型及功能——兼論中國上古的十月太陽
　　　　曆》,《彝族文化》,1989 年刊
蕭　兵：《論九歌是屈原的獨立創作》,《西南師範學院學報》,

1980年3期

顏學孔:《試論〈九歌〉的成就》,《山東大學學報》1959年2期

孫常敘:《楚神話中的九歌性質、作用和楚辭〈九歌〉》,《東北師大學報》1981年第4期

徐中舒:《九歌九辯考》,《徐中舒歷史論文選輯》,中華書局,1998年

施淑女:《九歌天問二招的成立背景與楚辭文學精神的探討》,《臺灣大學文學院文史叢刊》第31號1969年,臺北

鄭　坦:《申論楚辭九歌二招之存疑》,商務印書館1979,臺北

孫作雲:《〈楚辭‧九歌〉之結構及其祀神時神巫之配置方式》,《文學遺產》增刊第8輯

余文豪:《說楚辭九歌中的巫》,《治史雜誌》1937年3月

瞿兌之:《釋巫》,《燕京學報》第7期

陳夢家:《商代的神話與巫術》,《燕京學報》第20期

陳　詠:《屈原的〈九歌〉與祈雨的關係》,《文史哲》1956年7月

徐家瑞:《九歌的組織》,《文學遺產》增刊第6輯1958年

蕭　兵:《論九歌的篇目與結構》,《齊魯學刊》1980年3期

赤塚紀史:《神靈的遊樂——〈九歌〉的結構及其在文學上的位置》,《近代》第6期1945年

孫元璋:《九歌思想內容簡論》,《文學評論叢刊》第18輯1983年

孫作雲:《九歌非民歌說》,《清華大學文學與語言》第1期1937年

林　河:《試論楚辭與南方民族的民歌》,《文藝研究》1984年

周　禾:《試論〈九歌〉的抒情系統》,中國屈原學會1988年1月

星川清孝:《〈楚辭‧九歌〉的敘事文學之要素與神話傳說》,《漢

學會雜誌》5 卷 3 號 1937 年

殷呈祥：《〈九歌〉的人民性》，《安徽師範學院學生論文集刊》1958 年 1 期

趙仲邑：《〈九歌〉的人民性的現實主義精神》，《光明日報》1956 年 11 月 4 日；《文學遺産》129 期

了　冰：《屈原〈九歌〉是楚國社會生活的藝術反映》，《遼寧省首次楚辭研究學術討論會專輯》1984 年

徐　遲：《九歌——古代社會各階級的畫廊》，《長江文藝》，1982 年第 6 期

蕭　兵：《〈越人歌〉與〈楚辭·九歌〉——兼論有關〈楚辭〉民俗》，中國屈原學會編《楚辭研究》1988 年 1 月

蕭毓梓：《從楚俗看〈九歌〉》，中國屈原學會 1988 年

凌純聲：《銅鼓音義與楚辭九歌》，（臺北）《中研院院刊》

凌純聲著，石鍾健譯：《東南亞銅鼓裝飾紋樣的新解釋》（原英文），原載（臺灣）《中研院院刊》第二輯上册，——石鍾健譯文在《貴州社會科學》1984 年第 4 期

湯漳平：《從江陵楚墓竹簡看〈楚辭·九歌〉》，《楚辭研究》（中國屈原學會編）1988 年 1 月

王曉波：《〈楚辭·九歌〉的寫作年代辨析》，《四川大學學報》1983 年第 4 期

文崇一：《九歌中的上帝與自然神》，《臺灣省民族學研究所集刊》17 期 1964 年，南港

錢寶琮：《太一考》，《燕京學報》12 期 1932 年

李光信：《〈九歌·東皇太一〉篇題初探》，《學術月刊》1961 年第 9 期

劉　先：《淺談〈東皇太一〉——兼及〈楚辭〉斷代問題》,《中國屈原學會》,1988年
蕭　兵：《東皇太一與太陽神》,《杭州大學學報》1979年第4期
孫常敘：《東皇太一辭解》,遼寧首屆屈原學術討論會1983年
蕭　兵：《雲中君是軒轅星》,《文學評論叢刊》第9輯1981年
李延陵：《雲中君不是軒轅星》,《文學評論叢刊》第18輯1983年
孫常敘：《雲中君辭解》,《内蒙古民族師院學報》1987年2期
孫作雲：《九歌湘神考》,《留日同學會彙刊》2卷4期
林　庚：《〈湘君〉、〈湘夫人〉》,《光明日報》1951年8月4日
阿　英：《"湘君"、"湘夫人"的傳說》,《新觀察》1953年12期
譚紹朋、梁呆圖：《對〈湘君〉、〈湘夫人〉篇獨唱對唱問題的意見》,《光明日報》1957年11月10日,《文學遺產》182期
蕭　兵：《楚辭九歌二湘新解》,《福建論壇》1984年第2期
劉操南：《〈九歌·湘君〉與〈湘夫人〉賞析》,《遼寧省首次楚辭研究學術討論會專輯》1984年
孫常敘：《"吹參差"非"吹洞簫"說——〈洞簫賦〉"吹參差而入道德兮"和〈湘君〉"望夫君歸來,吹參差兮誰思"解》,已收入《孫常敘古文字學論集》,上海古籍出版社2016年版,第507—527頁
孫作雲：《九歌司命神考》,《清華月刊》1卷1號,1937年5月
聞一多：《司命考》,《神話與詩》,《聞一多全集選刊之一》
龔維真：《九歌大司命首句解》,《思想戰綫》1986第4期
蘇雪林：《論九歌大司命》,《文藝創作》25—26期
蘇雪林：《論九歌少司命》,《祖國週刊》(香港)
蕭　兵：《楚辭新探：玄冥、勾芒、冬春之神——九歌少司命新

探》，天津古籍出版社1988年

孫常敘：《哈雷彗星與楚辭〈九歌〉——〈少司命〉"撫彗星"解》，《北方論叢》1983年第2期

孫作雲：《九歌東君考》，《孫作雲文集》第1卷，河南大學出版社，2003年

李大明：《東君新解》，《四川師範大學學報》1986年6期

姜亮夫：《楚辭九歌"靈保"與詩楚茨"神保"異同辯》，《楚辭學論文集》

雪　林：《楚辭九歌與河神祭典的關係》，《現代評論》1928年11—12月

王弘達：《屈原與〈河伯〉》，《遼寧阜新師專學報》1983年4月

張一兵：《〈河伯〉神話考》，《中國屈原學會》

林　河：《〈九歌·河伯〉非黃河之神考》，《中國屈原學會》

李延陵：《關於〈河伯〉篇錯簡和〈楚辭·九歌〉的解釋——和孫常敘先生商榷》，《安徽師大學報》1979年第2期

王孝廉：《黃河之水——河神的原像及信仰傳承》，《民間文學論壇》1989年第5期

文崇一：《九歌中的水神與華南的龍舟賽神》，《臺灣省民族研究所集刊》第11期1961年(南港)

孫作雲：《九歌山鬼考》，《清華學報》1936卷11第4期

李延陵：《關於〈山鬼〉》，《文史哲》1962年5期

龔維英：《九歌〈山鬼〉探幽》，《中州學刊》1987年3期

孫作雲：《論〈國殤〉及〈九歌〉的寫作年代》，《開封師範學院學報》(1956創刊號)

黃志輝：《談〈國殤〉》，《語文學習》1958年

蘇雪林：《楚辭國殤新解》，《大陸雜誌》4卷7期
蕭　兵：《楚辭九歌國殤新解：招魂、起殤、卻敵》，《華東師範大學學報》1979年
常佃樵：《〈楚辭·國殤〉"埋兩輪兮縶四馬"試解》，《文學遺産》增刊4第一輯
楊白樺：《從"左驂殪兮右刃傷"談起——評〈楚辭選〉》，《光明日報》1958年4月27日，《文學遺産》206期
蕭　兵：《禮魂新解》，《淮陰師專學報》1979年第1期
游國恩：《論九歌山川之神》，《國聞週報》13卷16期，1936年
何　新：《九歌十神奧秘的揭破》，《學習與探索》1987年第4期
袁　珂：《九歌十神説質疑》，《讀書》1988年第7期
蕭　兵：《論〈九歌〉諸神的原型和二重性——〈九歌十論〉之六》，《安徽大學學報》1979年第3期
李大明：《九歌夜祭考》，《中國屈原學會第二次年會論文》1986年
鄭乃臧、唐再興：《論九歌與人祭之關係》，《江蘇師範學院學報》1976年第2期
朱星元：《九歌與文章考》，《工商學志》7卷2期1935年12月
孫常敍：《楚辭〈九歌〉本意失傳原因的初步探索》，1984年5月成都屈原問題學術討論會
聞一多：《怎樣讀九歌——九歌兮字代釋略説》，《神話與詩》，《聞一多全集選刊之一》
姜亮夫：《九歌"兮"字用法釋例》，《楚辭學論文集》
竹治貞夫：《關於〈楚辭〉的"兮"》，《日本中國學會報》第15期1964年

淺野通有：《〈楚辭〉和楚歌的句法及"兮"字》，《東洋文化（無窮會）復刊》第 7 期

孫常敘：《〈楚辭·九歌〉十一章的整體關係——事解之二：各章稱謂之詞的通體關係》，《社會科學戰線》1978 年 2 期

孫希矩：《對於古文"單數用女（汝），複數用爾"說的質疑》，1957 年 9 月號《中國語文》

孫常敘：《"子"作敬稱有複數》，《蒲峪學刊》1988 年第 1 期

王存拙：《從楚辭〈九歌〉"予"字說到〈九歌〉的身稱問題》，《文學遺產增刊》第 2 輯

龍川清：《關於〈九歌〉的篇章——主要從句式上考察》，《會津短期大學學報》第 2 期 1953 年

孫常敘：《〈楚辭·九歌〉十一章的整體關係——事解之一：各章情節的通體關係》，《社會科學戰線》1978 年 1 期

青木正兒：《楚辭九歌之舞曲的結構》，1933 年（昭和八年）正月十一日脫稿，《支那學》第七卷第一號發表，1942 年（昭和十七年）8 月 5 日支那文學藝術考出版

青木正兒著（胡浩川譯）：《楚辭九歌底舞曲的結構》，《青年界》4 卷 4 期　1933 年 9 月

青木正兒著（孫作雲譯）：《楚辭九歌之舞曲的結構》，《國聞週報》13 卷 30 期 1936 年 8 月

孫常敘：《楚辭九歌解》，《學藝》1 輯 1941 年。（一齣整體歌舞劇，分迎神之辭、愉神之辭、慰靈之辭、送神之辭、戲以元曲擬之）

聞一多：《"九歌"古歌舞劇懸解》，1946 年（犧牲前一個月寫成——北京晚報；1985.1.17 何健安）《神話與詩》，《聞一

多全集》
陸竹聲：《九歌場面復真》，據1978年8月27日胡永在先生油印本
張宗銘：《〈九歌〉——古歌舞劇說》，《文學遺產增刊》第五輯，1957年
程　云：《九歌》，武漢歌舞劇院1985年1月北京公演
何健安：《聞一多先生與〈九歌〉上演》，1985年1月17日《北京晚報》："他在犧牲前的一個月，於白色恐怖的緊張氛圍中，寫成了《九歌古歌舞劇懸解》。"
楊世祥：《論中國戲劇的形成》，《吉林藝術學院學報》1984年第1期
李日訓：《山東章丘女郎山戰國墓出土樂舞陶俑及有關問題》，《文物》1993年3期
湯　池：《齊謳樂女曼舞輕歌——章丘女郎山戰國樂舞陶俑賞析》，《文物》1993年3期
何　有：《楚辭九歌選譯並序》，《北平華北日報·每日談座》210、211期，1934年11月9日、10日
姚雪垠：《談九歌的今譯》，《北平華北日報·每日談座》217期，1934年11月16日
何　有：《關於九歌的今譯問題——答姚雪垠君》，《北平華北日報·每日談座》226期，1934年11月25日
李義犧：《楚辭九歌今譯》，《人間世》6期
湯濟亨：《楚辭九歌今譯》，《中法大學月刊》1937年
文懷沙：《屈原九歌今譯》，《人民文學》第4卷第2期
李一談：《〈國殤〉今譯商榷》，《人民文學》第4卷4期

行　夫：《國殤語譯》，《國文雜誌》1944年
郭沫若：《屈原賦今譯》（第一篇即《九歌》）1953年
袁　梅：《屈原賦譯注》
陸侃如、龔克昌：《楚辭選譯》
孫楷第：《九歌為漢歌辭考》，《大公報副刊》
許文雨：《讀孫楷第九歌為漢歌辭考》，《大公報副刊》
孫楷第：《再論九歌為漢歌詞》，《學原》2卷4期
何天行：《楚辭作於漢代考》
朱東潤：《楚歌及楚辭》，《楚辭研究論文集》作家出版社，1957年
鄭　文：《駁〈九歌〉作于漢代諸證》，西北師範學院中文系1984年
吳明賢：《〈九歌〉為司馬相如所作嗎？》，1984年5月20日
王　逸：《楚辭章句》
洪興祖：《楚辭補注》
朱　熹：《楚辭集注》附《楚辭辯證》、《楚辭後語》
汪　瑗：《楚辭集解》附《蒙引》、《考異》
林兆珂：《楚辭述注》
來欽之：《楚辭述注》
陸時雍：《楚辭疏》附《讀楚辭語》、《楚辭雜論》
黃文煥：《楚辭聽直》附《楚辭合論》
錢澄之：《屈詁》，在《莊屈合詁》中
王夫之：《楚辭通釋》
林雲銘：《楚辭燈》附《懷襄二王在位事蹟考》
高秋月、曹同春：《楚辭約注》
王邦采：《屈子雜文箋略》
吳世尚：《楚辭疏》

蔣　驥:《山帶閣注楚辭》附《卷首》、《餘論》、《說韻》

屈　復:《楚辭新注》

姚培謙:《楚辭節注》

劉夢鵬:《屈子章句》

戴　震:《屈原賦注》

陳本禮:《屈辭精義》

胡文英:《屈騷指掌》

馬其昶:《屈賦微》

姜亮夫:《屈原賦校注》

劉永濟:《屈賦通箋》

劉永濟:《屈賦音注詳解》附:《屈賦釋詞》

譚介甫:《屈賦新編》

聶石樵:《楚辭新注》

陳子展:《楚辭直解》

沈德鴻:《楚辭》,《學生國學叢書》

陸侃如、高亨、黃孝紓:《楚辭選》

馬茂元:《楚辭選》

金開誠:《楚辭選注》

李善注:《文選》　楚辭《九歌》只選六首,而且都用王逸注。唐顯慶三年(658)書成

六臣注:《文選》　李善注加上開元六年(718)呂延濟、劉良,張銑、呂向、李周翰五人集體合注

武延緒:《楚辭劄記》

沈祖緜:《屈原賦證辯》

徐　英:《楚辭劄記》

陳　直：《楚辭拾遺》
朱季海：《楚辭解詁》、《楚辭解詁續編》、《楚辭解詁三編》
于省吾：《澤螺居楚辭新證》
錢鍾書：《管錐編》第二冊,《楚辭洪興祖補注》598—607頁《九歌》
沈　括：《夢溪筆談》
洪　邁：《容齋續筆》
王應麟：《困學紀聞》卷十二《考史》,提到莊蹻問題
焦　竑：《筆乘》
吳景旭：《歷代詩話》
顧炎武：《日知錄》
何　焯：《義門讀書記》
徐文靖：《管城碩記》
張文虎：《舒藝室隨筆》
王念孫：《讀書雜志》,在《餘編》下
俞　樾：《俞樓雜纂・讀楚辭》
朱亦棟：《群書劄記》
孫詒讓：《劄迻》
張雲璈：《選學膠言》卷十三、十四
許巽行：《文選筆記》
汪師韓：《文選理學權輿》
孫志祖：《文選考異》
孫志祖：《文選李注補證》
劉師培：《楚辭考異》
聞一多：《楚辭校補》
劉熙載：《藝概》

梁啓超：《屈原研究》

梁啓超：《要籍解題及讀法》，《楚辭》部分

謝無量：《楚辭新論》

胡　適：《讀楚辭》，《努力》增刊的《讀書雜志》第 1 期

陸侃如：《屈原》，《屈原評傳》、《屈原集》、《附錄》三個部分。《九歌》錄爲《著者可疑的作品》，歸入附錄。

陸侃如：《屈原與宋玉》

游國恩：《楚辭概論》

游國恩：《楚辭論文集》

郭沫若：《屈原研究》

林　庚：《詩人屈原及其作品研究》

姜亮夫：《楚辭學論文集》

姜亮夫：《楚辭今繹講錄》

蔣天樞：《楚辭論文集》

湯炳正：《屈賦新探》

作家出版社編輯部編：《楚辭研究論文集》

北方論叢叢書第三輯：《楚辭研究》

遼寧省首次楚辭研究學術討論會專輯：《楚辭研究》

遼寧省文學學會屈原研究會、遼寧師大科研處中文系編印中國屈原學會編：《楚辭研究》

蕭　兵：《楚辭的文化破譯》第 2 部分《〈九歌〉：諸層的探掘》，1991 年

竹治貞夫：《楚辭索引——楚辭補注》（四部備要本）

郭茂倩：《樂府詩集》卷第二十八，相和歌辭·相和曲（下），《陌上桑》錄《楚辭鈔》

歐陽脩：《歐陽文忠公集》《集古録》跋尾，又引"別本"
蘇　軾：《蘇東坡集》，《鳳翔八觀》(之二)
章　樵：《古文苑注》第一卷，第二篇《秦惠文王詛楚文》
重刻宋本十三經注疏：
　　　王弼、韓康伯注，孔穎達等正義：《周易正義》
　　　孔安國傳，孔穎達等正義：《尚書正義》
　　　毛亨傳，鄭玄箋，孔穎達等正義：《毛詩正義》
　　　鄭玄注，賈公彦疏：《周禮注疏》
　　　鄭玄注，賈公彦疏：《儀禮注疏》
　　　鄭玄注，孔穎達等正義：《禮記正義》
　　　杜預注，孔穎達等正義：《左秋左傳正義》
　　　何休注，徐彦疏：《春秋公羊傳注疏》
　　　范甯注，楊士勳疏：《春秋穀梁傳注疏》
　　　何晏等注，邢昺疏：《論語注疏》
　　　李隆基注，邢昺疏：《孝經注疏》
　　　郭璞注，邢昺疏：《爾雅注疏》
　　　趙岐注，孫奭疏：《孟子注疏》
李鼎祚：《周易集解》
高　亨：《周易古經今注》(重訂本)
馬瑞辰：《毛詩傳箋通釋》
高　亨：《詩經今注》
許維遹：《韓詩外傳集釋》
陳喬樅：《齊詩遺説考》
孫詒讓：《周禮正義》
孫希旦：《禮記集解》

沈欽韓：《春秋左傳地名補注》
劉文淇：《春秋左氏傳舊注疏證》
楊伯峻：《春秋左傳注》
朱右曾：《逸周書集訓校釋》
方詩銘、王修齡：《古本竹書紀年輯證》
沈　鎔：《國語詳注》
吳曾祺：《戰國策補注》
金正煒：《戰國策補釋》
繆文遠：《戰國策考辨》
馬王堆漢墓帛書整理小組編：《戰國縱橫家書》
董　説：《七國考》
孫楷著，徐復訂補：《秦會要訂補》（修訂本）
楊　寬：《戰國史》
瀧川資言：《史記會注考證》
王先謙：《漢書補注》
王先謙：《後漢書集解》
陳壽撰，裴松之注：《三國志》
李淳風：《晉書·天文志》
常璩撰，顧廣圻校：《華陽國志》
劉　琳：《華陽國志校注》
孫常敘：《〈華陽國志·蜀志〉司馬錯伐楚取商於之地繫年刊
　　　　誤——附論：晉朝尚用木簡》，《古籍整理研究學刊》
　　　　1986 年第 3 期
杜　祐：《通典》
鄭　樵：《通志略》

羅　泌:《路史》
梁啓超:《國史研究六篇》(《飲冰室專集》)
王國維:《宋元戲曲史》
吕思勉、童書業:《古史辨》第七册,上編,中編、下編
胡　渭:《禹貢錐指》,《皇清經解》石印縮本卷十二
顧頡剛:《禹貢》全文注釋,見《中國古代地理名著選讀》第一輯
袁　珂:《山海經校注》
全祖望:《漢書地理志稽疑》
王先謙:《長沙王氏校本水經注》
洪亮吉:《貴州水道考》,《洪北江詩文集·卷施閣文甲集》
王　謨:《漢唐地理書鈔》
樂　史:《太平寰宇記》
顧炎武:《天下郡國利病書》
顧祖禹:《讀史方輿紀要》
陳惠華等:《大清一統志》
段長基:《歷代沿革表》
顧頡剛、章巽:《中國歷史地圖集·古代史部分》
中國歷史地圖集編輯組:《中國歷史地圖集》第一册、第二册、第三册
中華教育文化基金董事會編譯委員會編制:《中國分省圖》
金擎宇等編纂:《中華人民共和國分省地圖》
地圖出版社編制:《中華人民共和國地圖集》甲種本
馬王堆漢墓帛書整理小組編:《古地圖》　附:《古地圖論文集》
吕思勉:《昆侖考》,《光華大學半月刊》2卷4期,1933年
壹　公:《昆侖弱水流沙考》,《西北研究》第5期,1932年

孫常敍：《伊尹生空桑和曆陽沉而爲湖——故事傳說"合二爲一，以甲足乙例"和"語變誤例"》，《社會科學戰綫》1982年4期

馬　曜：《莊蹻起義和開滇的歷史功績》，《雲南大學思想戰綫》1975年1號

方國瑜：《從秦楚爭霸看莊蹻開滇》，《雲南大學思想戰綫》1975年第五期。關於莊蹻起義的討論

孫常敍：《荀子"莊蹻起楚分爲三四"和楚辭·九歌》，《吉林師大學報》1979年連期刊載

孫常敍：《"莊蹻暴郢"乃是"莊蹻暴枳"的方音誤記——支耕陰陽對轉造成的語言誤解》，《炎黃國學季刊》1992年1月

裴明相：《楚都丹陽城試探》，《文物》1980年第1期

姜亮夫：《楚郢都考》，《楚辭學論文集》

劉建超：《我國第一條電氣化鐵路——陽安鐵路》，《地理知識》1978年第7期

傑·漢澤爾長，米·席克蒙德著，辛華譯：《非洲——夢想與現實》

朱文鑫：《史記天官書恒星圖考》

孫常敍：《史記天官書經星五官坐位圖考》（稿本）——《釋例》

孫星衍：《天官書補目》，《孫淵如先生全集》——《問字堂集》卷六

長沙馬王堆帛書：《五星占》

新城新藏著，沈璿譯：《東洋天文學史研究》

朱文鑫：《天文考古錄》

陳遵嬀：《宇宙壯觀》

侯失勒著，偉烈亞力、李善蘭合譯：《談天》

飯島忠夫：《支那古代史論》，恒星社 1941 年補訂版
飯島忠夫：《古代支那の天文曆法及び五行思想》，收入鈴木艮編《世界文化史大系》，誠文堂新光社，1937 年 10 月
朱文鑫：《曆法通志》
劉　坦：《論歲星紀年》
劉　坦：《中國古代之星歲紀年》
司馬彪：《續漢書・律曆志》，劉昭取之以補《後漢書》
瞿曇悉達：《開元占經》
劉金沂：《天狼星之謎》，《天文愛好者》1979 年第 8 期
南宋淳祐天文圖拓本，原石在蘇州孔廟
村上忠敬：《全天星圖——2000 年分點》恒星社，1989 年
日本天文學會編：《肉眼恒星圖》
藤井旭：《星座圖鑒》
伊世同：《中西對照恒星圖表》
伊世同：《活動星圖》
劉寶楠：《論語正義》
焦　循：《孟子正義》
王先謙：《荀子集解》
孫詒讓：《墨子閒詁》
李　笠：《墨子閒詁校補》
嚴　復：《評點老子王弼注》
馬王堆漢墓帛書整理小組：《老子》
高　亨：《老子正詁》
郭慶藩：《莊子集釋》
戴　望：《管子校正》，附在《管子》之後

郭沫若:《管子集校》
朱世轍:《商君書解詁定本》
高　亨:《商君書注釋》
蔣禮鴻:《商君書錐指》
孫常敘:《〈商君書·去強〉爲"經"〈說民〉、〈弱民〉爲"說"說》
陳奇猷:《韓非子集釋》
容肇祖:《韓非子考證》
曹　操等:《孫子十一家注》
許維遹:《呂氏春秋集釋》
陳奇猷:《呂氏春秋校釋》
吳則虞:《晏子春秋集釋》
楊伯峻:《列子集釋》
王利器:《新語校注》
鈴木弘:《賈子新書纂注》
劉文典:《淮南鴻烈集解》
王利器:《鹽鐵論校注》
汪榮寶:《法言義疏》
司馬光:《太玄經集注》
武井驥:《新序纂注》
關　嘉:《說苑纂注》
陳　立:《白虎通疏證》
汪繼培、彭鐸:《潛夫論箋》
黄　暉:《論衡校釋》
王利器:《顏氏家訓集解·音辭篇》
葉夢得:《玉澗雜書》

金　鶚：《古樂節次等差考》,《求古録禮説》
王國維：《釋樂次》,《觀堂集林》
張秉權：《小屯・殷虛文字丙編》
郭沫若、胡厚宣等：《甲骨文合集》
郭沫若：《卜辭通纂》
郭沫若：《甲骨文字研究》
陳夢家：《殷墟卜辭綜述》
羅振玉：《三代吉金文存》
中國社會科學院考古研究所：《殷周金文集成》
膳夫山鼎：《文物》1965 年 7 期
利　簋：《文物》1977 年 7 期
秦公鐘：《文物》1977 年 11 期
此　鼎：《陝西出土商周青銅器》(一)此鼎(甲)
薛尚功：《歷代鐘鼎彝器款識法帖》
睡虎地秦墓竹簡整理小組編：《睡虎地秦墓竹簡》
高　明：《古陶文彙編》
北京歷史博物館：《楚文物展覽圖録》
容　庚：《古石刻零拾・周詛楚文：絳帖本、汝帖本》
郭沫若：《郭沫若全集・考古編 9：申吴本詛楚文》
羅振玉、王國維：《流沙墜簡》,上函圖録,下函考釋
于省吾：《雙劍誃古器物圖録》
方濬益：《綴遺齋彝器考釋》
羅振玉：《貞松堂集古遺文》
孫常敘：《利簋銘文通釋》
孫常敘：《周客鼎考釋》,《古文字及古文字學論文集》

郭子直：《戰國秦封宗邑瓦書銘文新釋》，中華書局《古文字研究》第 14 輯
張舜徽：《王夫差矛銘文考釋》，《光明日報》1984 年 3 月 7 日
夏　淥：《釋舀》，華中工學院中國語言研究所《語言研究》1982 年第 2 期
郭沫若：《詛楚文考釋》，《郭沫若全集・考古編 9》
孫常敘：《〈詛楚文〉古義新説》，《古文字及古文字學論文集》
裘錫圭：《戰國文字的"市"字》，《考古學報》1980 年第 3 期
郭寶鈞：《殷周的青銅武器》，《考古》1961 年第 2 期
郭德維：《戈戟之再辨》，《考古》1989 年第 12 期
楊　泓：《戰車與車戰——中國古代軍事裝備劄記之一》，《文物》1977 年第 5 期
湖南省文物管理委員會：《長沙仰天湖第 25 號本槨墓》，《考古學報》1957 年 2 期
湖南省博物館：《長沙瀏城橋一號墓》，《考古學報》1977 年第 1 期
湖北省荊州地區博物館：《江陵天星觀 1 號楚墓》，《考古學報》1982 年第 1 期
矩　齋：《古尺考》，《文物參考資料》1957 年 3 期
張　頷：《戍臯丞印跋》，《古文字研究》第 14 輯，1986 年
孫常敘：《攻吳王器出於晉北和楚班氏遷于晉代之間》，《古文字及古文字學論文集》
孫海波：《甲骨文編》
金祥恒：《續甲骨文編》
李孝定：《甲骨文字集釋》

容　庚、張振林、馬國權：《金文編》
羅福頤：《古鉩文編》
羅福頤：《戰國竹簡摹本並附録——長沙仰天湖戰國墓出古簡
　　　　書摹本・並附録》
史樹青：《長沙仰天湖出土楚簡研究》
李　零：《長沙子彈庫戰國楚帛書研究》
劉彬輝等：《包山楚簡》
夏　竦：《古文四聲韻》
丁佛言：《説文古籀補補》
陳建貢等：《簡牘帛書字典》
顧藹吉：《隸辨》
翟雲升：《隸篇》
楊守敬：《楷法溯源》
羅振鋆：《碑别字》
羅振玉：《碑别字補　碑别字拾遺》
石　梁：《草字彙》
許　慎：《説文解字》
徐　鍇：《説文繫傳》
段玉裁：《説文解字注》
徐　灝：《説文解字注箋》
王　筠：《説文句讀》
朱駿聲：《説文通訓定聲》
高　亨：《古字通假會典》
郝懿行：《爾雅義疏》
王念孫：《廣雅疏證》

錢　繹：《方言箋疏》

王先謙：《釋名疏補》

王引之：《經傳釋詞》

裴學海：《古書虛字集釋》

徐仁甫：《廣釋詞》

江有誥：《音學十書》

王　力：《詩經韻讀》

王　力：《楚辭韻讀》

郭錫良：《漢字古音手册》

周祖謨：《詩經韻字表》,《問學集·上册》

羅常培、周祖謨：《漢魏晉南北朝韻部演變研究》(第一分册)《兩漢時期》

錢大昕：《十駕齋養新錄》,重點在卷五

章炳麟：《國故論衡》上卷

楊樹達：《古聲韻討論集》

林語堂：《支脂之三部古讀考》,《語言學論叢》

林語堂：《陳宋淮楚歌寒對轉考》,《慶祝蔡元培先生65歲論文集·上》

王國維：《唐寫本切韻殘卷》

羅常培、劉　復、魏建功：《十韻彙編》

陳彭年等：《廣韻》

沈兼士：《廣韻聲系》

袁家驊等：《漢語方言概要》

史　游：《急就篇》

陸德明：《經典釋文》

慧　琳:《一切經音義》
希　麟:《續一切經音義》
歐陽詢等:《藝文類聚》
虞世南:《北堂書鈔》
徐　堅等:《初學記》
李　昉等:《太平御覽》
王應麟等:《玉海》
王應麟:《小學紺珠》

附錄五　作者手繪楚辭《九歌》插畫

大司命

附錄五　作者手繪楚辭《九歌》插畫 / 737

東皇太一

雲中君

附錄五　作者手繪楚辭《九歌》插畫 / 739

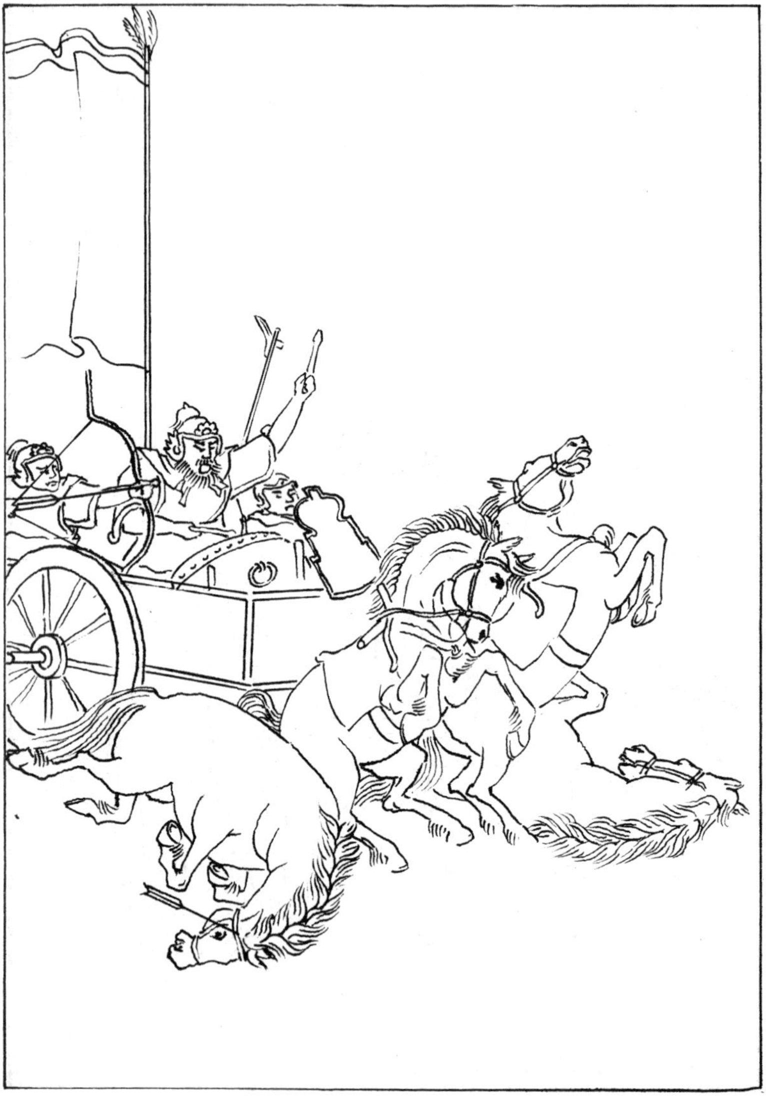

附錄五　作者手繪楚辭《九歌》插畫 / 741

東君

附錄五 作者手繪楚辭《九歌》插畫 / 743

國殤

附錄五 作者手繪楚辭《九歌》插畫 / 745

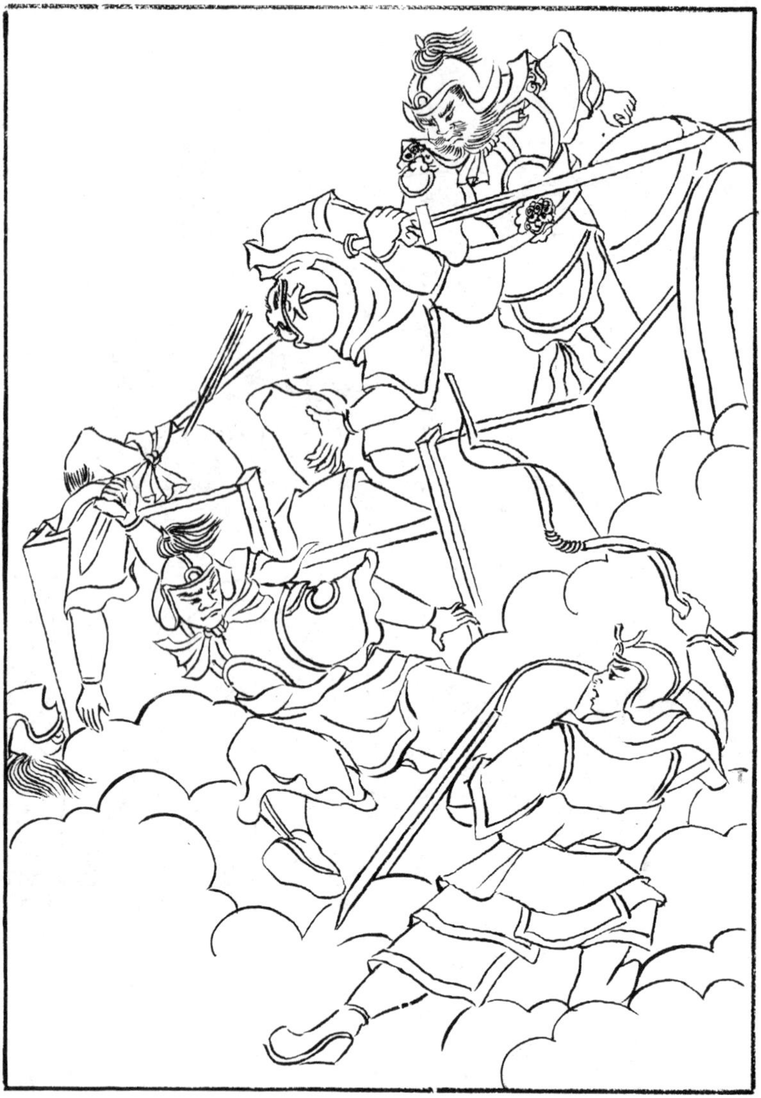

附録五　作者手繪楚辭《九歌》插畫 / 747

東君

附録五　作者手繪楚辭《九歌》插畫 / 749

山鬼

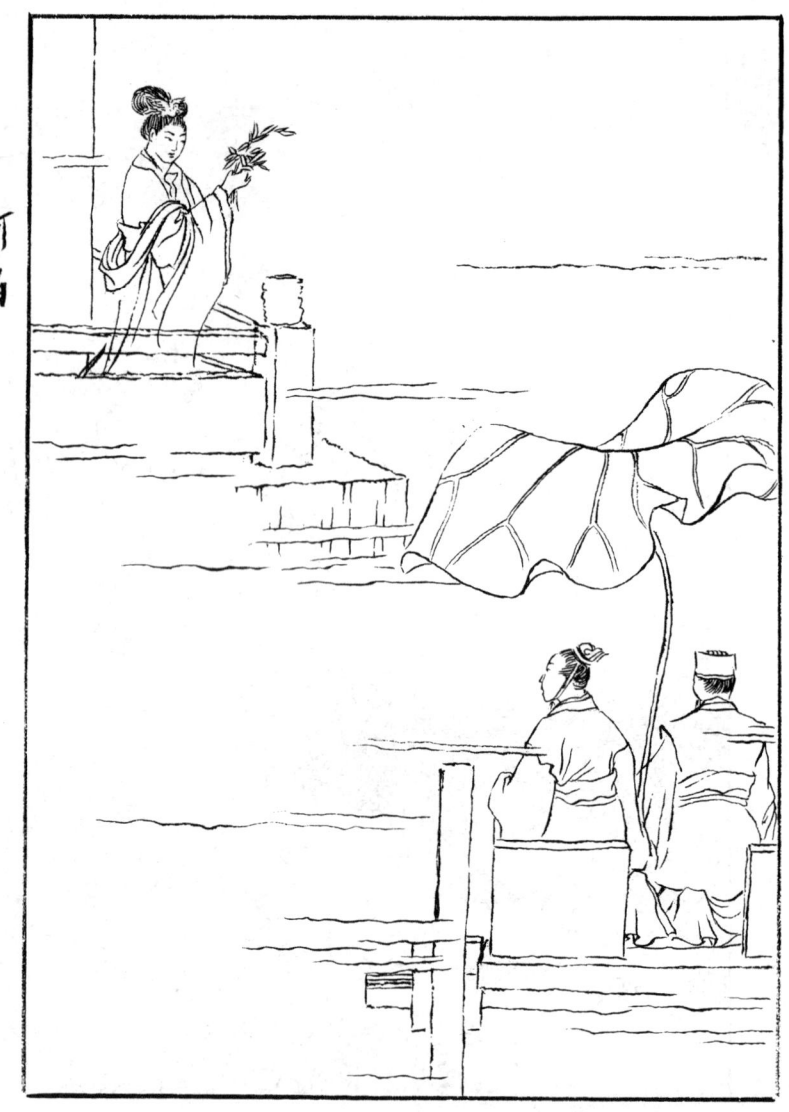

河伯

附錄五 作者手繪楚辭《九歌》插畫 / 751

河伯

河伯

附錄五　作者手繪楚辭《九歌》插畫 / 753

大司命

少司命

附錄五　作者手繪楚辭《九歌》插畫 / 755

湘君

湘夫人

附録五 作者手繪楚辭《九歌》插畫 / 757

湘君

湘君

附錄五　作者手繪楚辭《九歌》插畫 / 759

湘君

东皇太一

附録五　作者手繪楚辭《九歌》插畫　/　761

雲中君

《史記·天官書》經星五官坐位圖考

一、緒言 …………………………………………………… 765
  （一）兩千年來天上恒星的位置未變……………………… 766
  （二）北極星古今不同……………………………………… 767
  （三）《天官書》是最早的系統的星座記錄 ……………… 768
二、《史記》、《漢書》經星名數同異表 …………………… 770
三、《天官書》經星釋例 …………………………………… 775
  （一）星等 …………………………………………………… 775
  （二）聯綴 …………………………………………………… 776
  （三）方向 …………………………………………………… 777
  （四）形勢 …………………………………………………… 780
四、《天官書》經星五官坐位 ……………………………… 781
  中官 …………………………………………………………… 781
五、東官 ……………………………………………………… 800
  （一）四官 …………………………………………………… 800
  （二）東官蒼龍 ……………………………………………… 802
六、南宮 ……………………………………………………… 820
  （一）權衡星群 ……………………………………………… 821
  （二）斧質星群 ……………………………………………… 826
  （三）朱鳥星群 ……………………………………………… 831
七、西宮 ……………………………………………………… 835
  牧畜星群 …………………………………………………… 837
八、北宮 ……………………………………………………… 848

一、緒　言

　　這是一個試探的構想。

　　這裏所論的東方古星座，和現在流傳的南宋石刻本的《天文圖》不同，乃依照《史記·天官書》所記，就天上實際的星象——也就是就著寫成那篇書的直接史料，隨文涉想，去尋求東方最古而且最有體系的星座。因此，即或把本文看成《史記·天官書》的"注解"或"圖説"，也未始不可。

　　這種試探，在六七十年前，出於考慕司篤克之門的朱文鑫先生已經應用他新穎的學理和確實的觀測，寫成了一本《〈史記·天官書〉恒星圖考》。糾正了過去多少紙上談兵的空疏的誤謬，已是很可觀了。不過也只爲他古今中外知道的太多了，對於舊説——尤其後代增益的雜記，還沒有洗刷盡净，多少還有些牽纏的地方。

　　我是門外漢，除了看天上的星，紙上的和書上的字，作一個對照的功夫之外，關於天是一無所知。門外漢本來不該説門内的事，就這無所知的樸素的原始星空知識，也或許正好容易接近當初這全天恒星組合成便於記憶的壁畫的古人。

　　這觀而不測，實在並古人也不如，古人猶有很精密的測候——有史實可證。我這不過是一種皮敷的遊戲，不論正確與否，總之是做了我所要做的最愚笨的事了！

　　還希望有興趣的先生們糾正則個！

在本文之前，再寫上幾樣事：

（一）兩千年來天上恒星的位置未變

全天星斗，是個未曾殘損的直接史料。我們現在所看見的燦爛的繁星，即或說和太史公所見相同，也不爲過言。

歷史，在概念上，無疑的都是已成陳迹的事物了，年光不可倒流，往事不可再現。即如《史記》百三十篇文字所記的人物事業，論人則早成朽骨，論物則已入邱墟，偶然的稍稍發現一鱗一爪，都已是支離破碎，無從再見全璧的了。於是想在現在的世界裏，再看見古人所曾看見的東西的原狀，幾乎是一種夢想。

事實是這樣，恒星各有她的"自行"（proper motion），正是時時在變。不過宇宙太偉大了，我們這短小的人生，積成的幾千年的歷史，曾不及星光的一瞬。當恒星在地球上所看的位置還沒有覺出變易來，我們人間已經是幾度滄桑了。明知道十萬年前的北斗七星以及十萬年後的北斗和現在的組織不同，然而我們的歷史至今只有幾千年喲！因此即或說我們現在所看見的滿天星斗和做《天官書》本文那人的所見沒有變易，也不算過於狂妄了。

從前以爲恒星是永久不動的星體。直到二百多年以前，由於哈雷（Halley）氏把他自己觀測的天狼、畢五、大角三星的位置和古代希臘時代的記錄相比較，得知這些星體位置的變化很是顯著。接著1738年噶西尼（J.C. Cassini）又把他自身觀測的結果和1672年利西埃所觀測的相比較，遂確認這恒星並非不動的事實，這種恒星的自動，或者叫作"自行"。

哈雷氏所發現的三星自行中，最大的是大角星的運動。據噶西尼所斷定，這星在百五十二年間，移動角度五分，即每年移動二秒。也就是在二千五百多年間，這星移動的位置，約爲滿月直徑的三倍。同年數間，天狼星移行月的一倍半，"半人馬座"（Cen）α星移行五倍。——總之恒星的移行，每年不過移行角度幾秒而已。所以星體的大概位置，三千年及五千年間，説是沒有變易也未始不可。[1]

（二）北極星古今不同

現在我們用以標識北極的"小熊座"（UMi）α星，並不是古代的北極星。北極星乃是依照一定的軌道周而復始地交替著。用天文學的名辭去説，乃是理由於"歲差"（Procession）的關係。歲差乃是天球北極以黃道北極爲中心運行於圓形的現象。這圓形在天球上是半徑二十三度半的圓周。原因是地球並不是正球形，而是南北直徑比東西直徑短的回轉橢球體。所以由於日月引力作用，其他行星的攝動作用，遂生地球軌道面（黃道面）變動的事實。天的北極因此逐漸移動，同時赤道也隨之移動。所以春分點和秋分點由東向西移動。春、秋分點一年行於黃道上五十秒又四分之一（角度），所以星體赤經、赤緯和黃經都有變動。黃緯也有謹少的變動。北極也應之而變動。這些變動須經過二萬五千八百年的週期，才能復歸於原狀。

天球北極因歲差的關係而移動，乃是極有趣味的事實。現在的北極星在北極附近，相離真極大約一度。隨著北極的移動，

―――――――
[1] 陳遵嬀編《宇宙壯觀》第541—542頁。

這個距離也有變化。現在的北極星漸次接近北極，直待 2102 年能接近到零度二十七分三十七秒。至於使她回來再度接近北極，則是兩萬六千年後的事了！所以說：我們稱某某星是北極星，嚴密些，只是幾百年間的事。

現在的北極星，距今四千年前，離北極有二十五度。當時"天龍座"（Dra）的 α 星正輪到北極附近，成爲標記北極的符號。古代巴比倫和埃及的旅行家都用她作爲方位角的目標。以後北極星輪到"小熊座"（UMi）β 星——就是本篇所用的極星——附近。過了這顆星後，長久間沒有逢到明星。直到近四五百年以來，遂又轉到現在的北極星。從今八百年後，北極星進到"天鵝座"（Cyg），用她的 α 星作北極星。以後更經四千年，"天琴座"（Lyr）α 星（織女星）將成北極星——彼時的人類將用她爲北天的第一明星爲導星。用小熊座 β 星標識北極，朱文鑫先生說：當是周初的事。以爲"周初距今三千年，則赤極行近帝星。司馬氏世典周史，故史公以帝爲極星。《天官書》曰：'其一明者，是也'。"

朱氏以爲用帝星（"小熊座"（UMi）β 星）作北極星，是周初的事，距今已是三千餘年。司馬遷承他先世傳來的家學，所以在兩千年前，不會採取距今三千年前的極星。

本篇因爲是用《史記》的《天官書》，所標年代，以《史記》爲主。

（三）《天官書》是最早的系統的星座記錄

現存的東方古代星圖，要以南宋淳祐七年，在今江蘇省吳縣學宮所刻的石本爲最古了。不過這種星圖只能代表陳卓以來的圖式,而不是很古的構想。

東方,系統的記録星座的書,以《史記·天官書》爲最早。《天官書》以後有《漢書·天文志》,《天文志》乃後漢明帝時馬續所著。所記載的星座和《天官書》幾乎全同——究竟是《漢書》裏的是從《史記》裏抄來,抑或是《史記》裏的是後人從《漢書》裏抄來? 近來雖略有問題,然兩者爲一,總不失爲最古的東西。

《天文志》所記"凡天文在圖籍昭昭可知者,經星常宿内外官,凡百一十八名,積數七百八十三星,皆有州國官宮物類之象"。馬續以後,有張衡《靈憲》。《靈憲》所記"中外之官,常明者百有二十四,可名三百二十,爲星二千五百而海人之占未存焉。微星之數,蓋萬一千五百二十"。《晉書·天文志》乃唐初著述,記"武帝時,太史令陳卓總甘、石、巫咸三家所著星圖。大凡二百八十三官,一千四百六十四星,以爲定紀。"《隋書·天文志》所微有不同,説是"陳卓,太史令也。始列甘氏、石氏、巫咸三家星官,著於圖録。總有二百五十四官,一千二百八十三星。並二十八宿及輔官附座一百八十二星。總二百八十三官,一千四百六十五星。"〔1〕

隋丹元子,依陳卓所定星座,編成一篇七言長詩式的《步天歌》。宋鄭樵把它抄在他的《通志》裏,加上按語,作了《天文略》。鄭樵在最末尾附記:

"魏石申以赤點紀星,共一百三十八座,計八百十星。商

---

〔1〕甘德是齊人,石申是魏人,巫咸是殷人。所著書不載於《漢書·藝文志》。至於《漢書·天文志》有石氏,甘氏之説,想是後漢人托名的著作。至於現在所傳的星經,署著漢甘公石申著,當是後人妄記。

巫咸以黃點紀星,共四十四座,計一百四十四星。齊甘德以黑點記星,共一百一十八座,計五百一十一星。三家都紀三百座,計一千四百六十五星。此舊書所記,傳寫之譌,數目參差,無所考證。"

《晉書·天文志》說二百八十三官,一千四百六十六星。《隋書·天文志》說二百八十三官,一千四百六十五星。鄭氏說三百座,一千四百六十五星,中差一星。

鄭樵死後八十多年,宋淳祐七年,在吳縣大學宮依陳卓以來的圖式和地理,帝王紹運圖一同刻石。原來在蘇州文廟戟門口,現存蘇州市博物館內。[1]

二、《史記》、《漢書》經星名數同異表[2]

史記·天官書	漢書·天文志
中宮天極星, 其一明者,太一常居也; 旁三星三公,或曰子屬。 後句四星,末大星正妃,餘三星後宮之屬也。 環之匡衛十二星,藩臣。皆曰紫宮。 前列直斗口三星,隨北端兌,若見若不,曰陰德,或曰天一。	中宮天極星, 其一明者,泰一之常居也; 旁三星三公或曰子屬。 後句四星,末大星正妃,餘三星後宮之屬也。 環之匡衛十二星,藩臣。皆曰紫宮。 前列直斗口三星,隨北端銳,若見若不見,曰陰德,或曰天一。

〔1〕編者按:碑石今存於蘇州碑刻博物館(蘇州文廟管理所),即蘇州文廟。
〔2〕標點符號參照中華書局:《歷代天文律曆志彙編》,1975年9月版。

續　表

史記・天官書	漢書・天文志
紫宮左三星曰槍，右五星曰天棓，後六星絕漢抵營室，曰閣道。 北斗七星，所謂"旋、璣、玉衡以齊七政"。杓攜龍角，衡殷南斗，魁枕參首。用昏建者杓；杓，自華以西南。夜半建者衡；衡，殷中州河、濟之間。平旦建者魁；魁，海岱以東北也。 斗爲帝車，運于中央，臨制四鄉。分陰陽，建四時，均五行，移節度，定諸紀，皆繫於斗。 斗魁戴匡六星曰文昌宮：一曰上將，二曰次將，三曰貴相，四曰司命，五曰司中，六曰司祿。 在斗魁中，貴人之牢。 魁下六星，兩兩相比者，名曰三能。三能色齊，君臣和；不齊，爲乖戾。輔星明近，輔臣親彊；斥小，疏弱。 杓端有兩星：一内爲矛，招搖；一外爲盾，天鋒。 有句圜十五星，屬杓，曰賤人之牢。 其牢中星實則囚多，虛則開出。 天一、槍、棓、矛、盾動搖，角大，兵起。 東宮蒼龍，房、心。	紫宮左三星曰天槍，右四星曰天棓，後十七星絕漢抵營室，曰閣道。 北斗七星，所謂"旋、璣、玉衡以齊七政"。杓攜龍角，衡殷南斗，魁枕參首。用昏建者杓；杓，自華以西南。夜半建者衡；衡，殷中州河、濟之間。平旦建者魁；魁，海岱以東北也。 斗爲帝車，運於中央，臨制四海。分陰陽，建四時，均五行，移節度，定諸紀，皆繫於斗。 斗魁戴筐六星，曰文昌宮：一曰上將，二曰次將，三曰貴相，四曰司命，五曰司祿，六曰司災。 在魁中，貴人之牢。 魁下六星，兩兩相比者，曰三能。三能色齊，君臣和；不齊，爲乖戾。柄輔星明近，輔臣親彊；斥小，疏小，疏弱。 杓端有兩星：一内爲矛，招搖；一外爲盾，天蠡。 有句圜十五星，屬杓，曰賤人之牢。 牢中星實則囚多，虛則開出。 天一、槍、棓、矛、盾動搖，角大，兵起。 東宮蒼龍，房、心。

續　表

史記・天官書	漢書・天文志
心爲明堂，大星天王，前後星子屬。不欲直，直則天王失計。 房爲府，曰天駟。其陰，右驂旁有兩星曰衿；北一星曰聟。 東北曲十二星曰旗。旗中四星曰天市；中六星曰市樓。市中星衆者實；其虛則耗。 房南衆星曰騎官。 左角，李；右角，將。大角者，天王帝廷。其兩旁各有三星，鼎足句之，曰攝提。攝提者，直斗杓所指，以建時節，故曰攝提格。 亢爲疏廟，主疾。其南北兩大星，曰南門。 氐爲天根，主疫。 尾爲九子，曰君臣；斥絕，不和。 箕爲敖客，曰口舌。 火犯守角，則有戰。房、心，王者惡之也。 南宮朱雀，權、衡。 衡，太微，三光之廷。匡衛十二星，藩臣：西，將；東，相；南四星，執法；中，端門；門左右，掖門。 門內六星，諸侯。其內五星，五帝坐。後聚一十五星，蔚然，曰郎位；旁一大星，將位也。 月、五星順入，軌道，司其出，所守，天子所誅也。其逆入，若不軌道，以所犯命之；中坐，成形，皆群下從謀也。金、火尤甚。	心爲明堂，大星天王，前後星子屬。不欲直；直，王失計。 房爲天府，曰天駟。其陰，右驂旁有兩星曰衿。衿北一星曰聟。 東北曲十二星曰旗。旗中四星曰天市。天市中星衆者實；其中虛則耗。 房南衆星曰騎官。 左角，理；右角，將。大角者，天王帝坐廷。其兩旁各有三星，鼎足句之，曰攝提。攝提者，直斗杓所指，以建時節，故曰攝提格。 亢爲宗廟，主疾。其南北兩大星，曰南門。 氐爲天根，主疫。 尾爲九子，曰君臣；斥絕，不和。 箕爲敖客，后妃之府，曰口舌。 火犯守角，則有（戟）〔戰〕。房、心，王者惡之。 南宮朱鳥，權、衡。 衡，太微，三光之廷。筐衛十二星，藩臣：西，將；東，相；南四星，執法；中，端門；左右，掖門。 掖門內六星，諸候。其內五星，五帝坐。後聚十五星，曰哀烏郎位；旁一大星，將位也。 月、五星順入，軌道，司其出，所守，天子所誅也。其逆入，若不軌道，以所犯名之；中坐，成形，皆群下不從謀也。金、火尤甚。

續　表

史記・天官書	漢書・天文志
廷藩西有隋星五,曰少微,士大夫。 權,軒轅。軒轅,黃龍體。前大星,女主象;旁小星,御者後宮屬。月、五星守犯者,如衡占。 東井爲水事。 其西曲星曰鉞。 鉞北,北河;南,南河;兩河、天闕間爲關梁。 輿鬼,鬼祠事;中白者爲質。 火守南北河,兵起,穀不登。故德成衡,觀成潢,傷成鉞,禍成井,誅成質。 柳爲鳥注,主木草。 七星,頸,爲員官,主急事。 張,素,爲厨,主觴客。 翼爲羽翮,主遠客。 軫爲車,主風。其旁有一小星,曰長沙,星星不欲明;明與四星等,若五星入軫中,兵大起。 軫南衆星曰天庫樓;庫有五車。車星角若益衆,及不具,無處車馬。 西宮咸池,曰天五潢。 五潢,五帝車舍。火入,旱;金,兵;水,水。中有三柱;柱不具,兵起。奎曰封豕,爲溝瀆。 婁爲聚衆。	廷藩西有隨星四,名曰少微,士大夫。 權,軒轅。軒轅,黃龍體。前大星,女主象;旁小星,御者後宮屬。月、五星守犯者,如衡占。 東井爲水事。火入之,一星居其左右,天子且以火爲敗。 東井西曲星曰戉; 北,北河;南,南河;兩河、天闕間爲關梁。 輿鬼,鬼祠事;中白者爲質。 火守南北河,兵起,穀不登。故德成衡,觀成潢,傷成戉,禍成井,誅成質。 柳爲鳥喙,主木草。 七星,頸,爲員宫,主急事。 張,嗉,爲厨,主觴客。 翼爲羽翮,主遠客。 軫爲車,主風。其旁有一小星,曰長沙,星星不欲明;明與四星等,若五入軫中,兵大起。 軫南衆星曰天庫,庫有五車。車星角,若益衆,及不具,亡處車馬。 西宮咸池,曰天五潢。 五潢,五帝車舍。火入,旱;金,兵;水,水。中有三柱;柱不具,兵起。奎曰封豨,爲溝瀆。 婁爲聚衆。

續　表

史記・天官書	漢書・天文志
胃爲天倉。其南衆星曰廥積。昴曰髦頭,胡星也,爲白衣會。畢曰罕車,爲邊兵,主弋獵。其大星旁小星爲附耳。附耳摇動,有讒亂臣在側。昴、畢間爲天街。其陰,陰國;陽,陽國。參爲白虎。三星直者,是爲衡石。下有三星,兑,曰罰,爲斬艾事。其外四星,左右肩股也。小三星隅置,曰觜觿,爲虎首,主葆旅事。其南有四星,曰天厠。厠下一星,曰天矢。矢黄則吉;青、白、黑,凶。其西有句曲九星,三處羅:一曰天旗,二曰天苑,三曰九游。其東有大星曰狼。狼角變色,多盜賊。下有四星曰弧,直狼。狼比地有大星,曰南極老人。老人見,治安;不見,兵起。常以秋分時候之于南郊。附耳入畢中,兵起。北宫玄武,虚、危。危爲蓋屋,虚爲哭泣之事。其南有衆星,曰羽林天軍。軍西爲壘,或曰鉞。旁有一大星爲北落。	胃爲天倉。其南衆星曰廥積。昴曰旄頭,胡星也,爲白衣會。畢曰罕車,爲邊兵,主弋獵。其大星旁小星爲附耳。附耳摇動,有讒亂臣在側。昴、畢間爲天街。其陰,陰國;陽,陽國。參爲白虎。三星直者,是爲衡石。下有三星,鋭,曰罰,爲斬艾事。其外四星,左右肩股也。小三星隅置,曰觜觿,爲虎首,主葆旅事。其南有四星,曰天厠。天厠下一星,曰天矢。矢黄則吉;青、白、黑,凶。其西有句曲九星,三處羅列:一曰天旗,二曰天苑,三曰九游。其東有大星曰狼。狼角變色,多盜賊。下有四星曰弧,直狼。比地有大星,曰南極老人。老人見,治安,不見,兵起。常以秋分時候之南郊。…………北宫玄武,虚、危。危爲蓋屋,虚爲哭泣之事。其南有衆星,曰羽林天軍。軍西爲壘,或曰戊。旁一大星,北落。

續 表

史記·天官書	漢書·天文志
北落若微亡,軍星動角益希,及五星犯北落,入軍,軍起。火、金、水尤甚;火,軍憂;水,〔水〕患;木、土,軍吉。	北落若微亡,軍星動角益稀,及五星犯北落,入軍,軍起。火、金、水尤甚。火入,軍憂;水,水患;木、土,軍吉。
危東六星,兩兩相比,曰司空。	危東六星,兩兩相比,曰司寇。
營室爲清廟,曰離宮、閣道。	營室爲清廟,曰離宮、閣道。漢中四星,曰天駟。旁一星,曰王梁。王梁策馬,車騎滿野。
漢中四星,曰天駟。旁一星,曰王良。王良策馬,車騎滿野。	
旁有八星,絶漢,曰天潢。天潢旁,江星。江星動,人涉水。	旁有八星,絶漢,曰天橫。天橫旁,江星。江星動,以人涉水。
杵、臼四星,在危南。	杵、臼四星,在危南。
匏瓜,有青黑星守之,魚鹽貴。	匏瓜,有青黑星守之,魚鹽貴。
南斗爲廟,其北建星。建星者,旗也。	南斗爲廟,其北建星。建星者,旗也。
牽牛爲犧牲,	牽牛爲犧牲,
其北河鼓。河鼓大星,上將;左右,左右將。	其北河鼓。河鼓大星,上將;左,左將;右,右將。
婺女,	婺女,
其北織女。織女,天女孫也。	其北織女。織女,天女孫也。

三、《天官書》經星釋例

(一) 星　等

　　《天官書》言下在象,所最録之星體,皆常明易辨、昭昭可知者。以今日天文學家所述星等例之,則以一至四等爲主,其五等星體,除少數毗近明星聯綴依以成象外,皆不與焉。

《史記‧天官書》未最經星總數。《漢書‧天文志》經星幾全襲《史記》。《天文志》言"凡天文在圖籍昭昭可知者,經星常宿中外官凡百一十八名,積數七百八十三星,皆有州國官宮物類之象。"今按:全天星體可以肉眼清晰望見者,計:一等三十顆,二等約五十顆,三等約一百六十顆,四等約五百顆。共合約七百三十餘顆。其數與《漢志》所記者,最爲近似。因知《書》、《志》所最經星,皆取其常明易辨,可以舉目見象自當以一至四等明星爲主。而五等以降諸星,除少數以與諸明星毗近,得以構想象形之需要偶然附綴外,均不與。易言之,實與今日觀察流星所用作記錄之星圖相近也。

(二) 聯　綴

一星孤立不足以象事物。

其有一星而象事者,乃因其與鄰星之關係聯類而及也。若:"太一常居"之與"三公子屬"太微中之大星將位是也。

其有一星而象事者,則其星必較明,且必聯綴衆星隨體詰詘以象物形,而以中之最明一星領其名焉。若"織女"、"老人"與"狼"之屬是也。

兩星明大,平列相對者,謂之門。若"南門"兩星是也。

三星犄角成二等邊三角形者,視兵鋒。若"天槍"、"天培"是也。

四星橫列而近者,視爲駟馬,若"閣道"、"漢中四星曰天駟、房爲天府曰天駟"是也。

四星相距成平行四邊形,而大者視爲宮室。若"營室爲清廟，曰離宫"是也。其小者，則視爲器物，若"輿鬼之輿，斧質之質"是也。

五星相依成五角形者，皆視爲房屋。而以其等邊之一角爲屋蓋，所謂"危爲蓋屋"是也。若"危"與"虛"、"市樓"、"天庫樓"、"車舍"、"疏廟"、"廣積"之屬並象其形。

六星散爲三小對而等距列於直線上者，皆以六星兩兩相比之辭狀之。若："三能"與"司空"是也。

其衆星相綴成直線者視爲道路、津、梁。若六星絕漢之"閣道"與"八星絕漢"之"天潢"是也。

其衆星相綴成曲線，如フ若＜者，視爲旗。若：房東北曲十二星曰"旗"。三西句曲九星三組之二曰"旗"。南斗、北建星者"旗也"之屬是也。

其衆星相綴成曲線如Ｕ者，視爲匡。

在主星前者，謂之"戴匡"。若"斗魁戴匡六星"是也。

其在四周者，謂之"匡"。若紫宫及太微匡衛十二星曰"藩臣"者是也。

其衆星相綴成曲線如月者，視爲鉞。若東井其西曲星曰"鉞"、虛南曲星所謂"軍西爲壘，或曰鉞"是也。

其衆星雜沓相聚者，視爲車騎。若：房南衆星曰"騎官"；虛南衆星曰"羽林天軍"，"軫南衆星"曰"庫樓"，"庫有五車"是也。

（三）方　向

衆星以方向說星名。但，其前必先指出某星後，方能談及方向。曰四方：

以所依之星爲中，左爲東，右爲西，其下爲南至地，其後爲北至極。

東若參："東有大星曰"狼"，井"西"東曲星曰"鉞""。

西若參："西有句曲九星，三處羅，……。""虛南有衆星，曰羽林天軍"。"軍西爲壘，或曰鉞。太微廷藩西有隋星五，曰少微士大夫"。

東西若衡："太微匡衛十二星，藩臣：西，將；東，相，……。"

東北若房："東北曲十二星曰旗"。

南若亢：南北兩大星，曰南門。"房南衆星，曰騎官"。"太微，匡衛十二星，南四星，執法，……。""胃南衆星曰廣積"。"三南四星，曰天厠"。"其南衆星，曰羽林天軍"。杵、臼四星，在危南。

北若紫宮："前列直斗口三星，隋北端兌，若見若不，曰陰德，或曰天一"。"南斗北建星"。"牽牛，其北河鼓"。"婺女，其北織女"。"房，曰天駟"。"其陰，右驂"。"旁有兩星曰衿；北一星曰牽"。

南北若"井[西]東曲星曰鉞。鉞北，北河；南，南河"。

曰中：

星坐內謂之中。若房："東北曲十二星曰旗"。"旗中四星曰天市；中六星曰市樓"。"市中星衆者實；其虛則耗"。"輿鬼：中白者爲質"。"閣道：漢中四星，曰天駟"。

中央謂之中。若："衡，太微，三光之廷"。"匡衛十二星，藩臣：西，將；東，相。""南四星，執法；中，端門，門左右，掖門"。

曰前後：

方主星南中時，其周邊諸星之在南者，謂之前。若紫宮："前列直斗口三星，曰陰德。軒轅前大星，女主象"。

其反謂之後。

中宮後在極北，若正妃。"後宮之屬，曰後句四星"。"絕漢抵營室之閣道，曰後六星是也"。

外宮後在主星之北，極星之南，若"太微五帝坐"。"後聚一十五星，蔚然，曰郎位；心前後星子屬是也"。

曰下：

主星南中時，其周邊諸星之在南而近地者，謂之下。若"魁下六星，兩兩相比者，名曰三能"。"衡石下有三星，兌，曰罰，……。""厠下一星，曰天矢"。"狼下有四星，直狼，曰弧是也"。

曰左右：

主星南中時，其周邊諸星在子午線東者，曰左；西者，曰右。若"紫宮左三星曰天槍，右三星曰天培"。"太微匡衛十二星，中，端門；門左右，掖門是也"。

曰陰陽：

左右亦曰陰陽。若："房爲府，曰天駟"。"其陰，右驂。昴、畢間爲天街"。"其陰，陰國；陽，陽國"。

曰旁：

左右亦謂之旁。若"太一常居，旁三星三公，或曰子屬"。"太角者，天王帝廷。""其兩旁各有三星，鼎足句之，曰攝提"。謂左右兩旁也。若"軫爲車，主風。其旁有一小星，曰長沙……房右驂，旁有兩星曰鈐"。"天潢旁，江星。……羽林天軍"。"軍西爲壘，或曰鉞"。旁有一大星爲北落。謂長沙鈐江北落四星各在軫，軫右驂天潢鉞四者之左也。若"天駟旁一星曰王良"。"畢旁小星爲附耳"。"天駟王良旁有八星，絕漢，曰天潢"。王良、天潢、附耳各分在天駟、王良、畢星之右。

曰內外：

包容謂之內，若"太微匡衛十二星，南四星，中，端門；門左右,掖門"、"門内六星,諸候。其内五星,五帝坐"。

擴張謂之外。若"三,三星直者,是爲衡石。……其外四星,左右肩股"是也。近爲内,遠爲外。若"北斗杓端有兩星,一内爲矛,招摇;一外爲盾,天鋒"。

曰直:

正對曰直。若"紫宫前列直斗口三星,……"、"狼下有四星曰弧,直狼"。

曰比:

兩星以同明相並而近者謂之比。若"魁下六星,兩兩相比者,名曰三能"。"危東六星,兩兩相比,曰司空"。

曰比地:

星南中最近地平綫者謂之比地。若"亢南兩大星,曰南門"。"狼地有星曰南極老人"。

曰間:

兩星相對,其中間空處謂之間,視爲行道。若"昴畢間曰天街。兩河間天闕,爲關梁"。

(四) 形 勢

衆星形勢亦以南中爲定。

曰隋:

星在主星前後或近旁而向地下墜突出者,謂之隋。若"紫宫前列直門口三星,隋北端兑,若見若不,曰陰德或天一太微"、"廷西有隋星五曰少微士大夫"。

曰兑:

其小前者,謂之兑。若"紫宫前列直門口三星,隋北端兌,……"、"三三星直者,是爲衡石"。下有三星,兌,曰罰。

曰直:

衆星相聚於一直線者,謂之直。若"三爲白虎。三星直者,是爲衡石"、"心爲明堂,大星天王,前後星子屬"、"不欲直,直則天王失計"。

曰句:

衆星相系成線,其彎如帶鉤者,謂之句。若"太一常居,後句四星,末大星正妃,餘三星後宮之屬也"、"大角兩旁各有三星,鼎足句之,曰攝提"。

曰曲:

其彎如月者謂之曲。若"井〔西〕東曲星曰鉞;房東北曲十二星曰旗"。

曰句曲:

綜句曲兩形而言,謂之句曲。若"三西有句曲九星,三處羅:一曰天旗,二曰天苑,三曰九遊"。九遊如句,而"天旗"與"天苑"皆曲。

曰環:

圍繞曰環。若"中宮天極星環之匡衛十二星,藩臣"。

曰句環:

句而成圍其形如回者,謂之句環。若"有句環十五星,屬杓,曰賤人之牢"。

四、《天官書》經星五官坐位

中　官

錢大昕《廿二史考異·卷三·史記三》云:"此中宮天極星及

東宮蒼龍、南宮朱雀、西宮咸池、北宮玄武，五'宮'皆當作'官'"。按下文云"紫宮，房、心、權、衡、咸池、虛危，此天之五官坐位也。"可證史公本文皆作"官"矣。《索隱》於中宮下引《春秋元命包》："官之爲言宣也（古文取音意相協，展轉互訓，以宣訓官，音相近也。俗本亦譌作宮，由於不知古音）"。下文紫宮下，乃引《元命包》宮之言中也。又可證小司馬元本中，宮作中官矣。小司馬解天官云："天文有五官。官者，星官也。星座有尊俾，若人官曹列位，故曰天官。"

王念孫《漢書‧天文志》亦誤作宮。《讀書雜志》曰："宮，當作官。下文東宮、南宮、西宮、北宮並同。《史記》亦誤作宮。"《吕氏春秋‧貴生篇》："譬之若官職"。官，李本誤宮。

按錢王兩氏並以宮爲官之形近而誤其説甚諟。朱文鑫先生在他的《史記天官書恒星圖考》（以下簡稱"朱氏《圖考》"）中也説："今本《史記》中官等官字皆誤作宮"。今據改。

中官所屬大衆星，都是以北極爲中心，行日周運動，從不没入地平綫以下的。如果用現代的語彙去説，可以叫作"周極星"（Circumpolar stars）。不過古今的北極頗有移動，因而周極星的領域轉而略有出入了。

中宮所屬衆星，可以分成兩個集團：一個是以北極爲中心的"紫宮星群"，一個是以北斗爲中心的"北斗星群"。兩個星群卻是緊挨著。

1. 紫官星群

"中宮，天極星。

其一明者，太一常居也。

旁三星、三公,或曰子屬。

後句四星:末大星,正妃;餘三星,後宮之屬也。"

中宮以天極星為主。所謂天極星者,乃指周極星中接近北極之眾星而言。近極眾星容易用肉眼發現,一共有八個。這八顆星橫斜相繫;構想的方法和西方的"小熊座"(UMi)相差不遠。若用小熊相比,可以說天極星是把小熊的 η 星拋掉,先以 γ、β、5、4 的順序橫列後與 ζ 曲線相聯。小熊座直是一個縮小的北斗,而天極星卻是一個行書的"丁"字。

現代最靠近北極的明星,要算小熊的 α 星了。然而兩千年前的時代,因為歲差的關係,卻是以 β 星為最近北極。β 是二等星,γ 是三等星,5 和 4 又都是五等星,他們的光度,遠不及 β 星明亮。所以天官書用"其一明者"來描寫她。

四星聯列而 β 星居中而明,儼然為眾星之主。若用人間的政治制度相擬,正如"惟我獨尊"的帝王。前漢,以為"神君之貴者,莫貴於太一;太一之佐曰五帝"。天上以太一為最高貴,五帝反在其屬下。於是用這居中不動,臨制四方的近極明星 β 為太一所常住的地方,而名之曰"太一常居"。

γ、a(5)、b(4)三星左右夾持太一常居,這種情形若用君臣關係度之,則仿佛是一國三公,左右輔弼,於是叫她做"三公"。若是換一條聯想的線路,用父子關係去想,則覺這 β 旁的三小星宛轉依人,尤如三子相親;所以也或者叫"子屬"。

太一常居之後,迤邐排列了四顆星。ζ、ε 兩顆是四等,δ 是三等,而最末的一顆 α 卻和太一常居是同等的光度,也是二等星。兩顆二等星,前後相映,敵體相配。假定太一常居是最尊貴的帝王,那麼帝王之匹,自然是後妃了。於是把這最末的大星叫作"正妃"。

仙王座 Cep

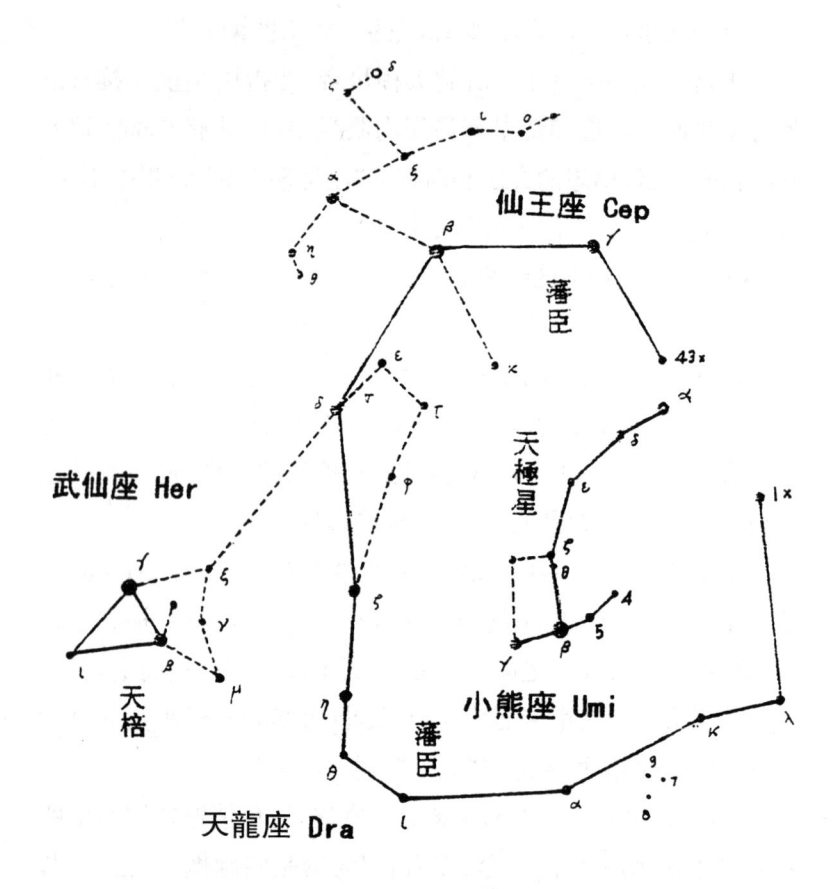

藩臣

武仙座 Her

天極星

小熊座 Umi

天棓

藩臣

天龍座 Dra

牧夫座 Boo

天槍

圖一

帝——太一常居之後有三顆小星次於正妃。在帝之後,妃之下,她們的地位自是"後宮之屬"了!這後宮之屬的 ζ、ε、δ 三星和正妃 α 星"珠聯",在帝後成弧線句在帝後,所以總括的說她們是"後句(勾)四星"。

太一常居後世叫"帝"。三公或子屬的大者爲"太子",兩個小的:一個是"庶子",一個是"後","後句四星"的"末大星""正妃"叫"句陳一","後宮之屬"三星則叫作"句陳二,句陳三,句陳四"。

"環之匡衞十二星,藩臣。"

"之"指上文天極星。

在天極星——以太一常居爲主之八星四周,有十二顆明星包圍著,燦然環列,仿佛垣牆,儼然是帝寰的屏藩。依照這種聯想,於是稱她們作"藩臣"。這十二顆匡衞太一的藩臣,其中有九個,是相當西方的"天龍座"(Dra)的 δ、ζ、η、θ、ι、α、κ、λ、1x,有三顆適當"仙王座"的 β、γ、43x,都是四等以上的明星。

後世隨北極的轉移,漸漸把天極星的中心推到所謂"末大星"的"正妃"身前。因而這十二顆星所圍成的區宇,尤其在正妃——現代的北極星——附近漸覺過於偏窄,不得不向外再圖擴張。於是打破了藩籬向後又攬上了三顆,由十二增加到十五——並且各個賦給了一個專名。命天龍 α 星爲右樞,κ 爲少尉,λ 爲上輔,廢龍尾之 1κ 而繼之以熊耳之 α 而名之曰少輔;更繼之以"麒麟座"(Moa)α 星,命之曰少衞,7k 星曰上承。少輔、少衞之間復取騏麟前一小星聯絡之,名之曰上衞。——凡此七星,《宋史》統稱"西藩"。更命天龍座的 ι 星爲左樞,θ 爲上宰,η 爲少宰爲上弼,復廢 δ 而繼之以 φ,名之爲少弼。廢仙王之 β 而代之以η命之曰少衛；ι爲少衛，更以一小星爲少承。——凡此八星，《宋史》謂之東籓。

十二星和十五星的差異，乃因北極移轉，而有古今的異制。兩系相比，除天龍有一部相重外，其他聯繫，大有懸隔。並非就天官舊位而增加三星。朱文鑫《史記天官書恒星圖考》説："左垣之上衛，右垣之上衛及少丞，皆五六等小星。其餘十二星皆三、四等星，顯而易見。上衛少丞等三星本微小不相稱。此史公所以不數也"。以爲減去後代紫微垣上三小星即得《天官書》的十二個藩臣。反言之，也就是以爲就天官的十二藩臣的舊域加上三顆小星即可得後世的東西兩垣。——不知古藩臣和後代的左右藩的差異不在數目的加減，而在其領域的大小。若不就極星移動爲准，就天空去采求，恐難得天官書之本意。

綜合以上天極星八星和藩臣十二星，用一個足以代表這集合概念的名詞，"皆曰紫宫"。

以下所説的"陰德"、"天槍"、"天棓"和"閣道"衆星位置的説明都依著"紫宫"來定位。

"前列直斗口三星，隋北端兑，若見若不：陰陰德，或曰天一。"

前列，指著在紫宫的前列。"隋北端兑"四字《漢書·天文志》作"隋北專鋭"。隋和隨都假借作"墮"。言其三星在紫宫前，鼎足相聯，形勢趨下，而其先端尖鋭——三星相聯繫而有尖鋭之端，則知其星必相倚成爲三角形。

若用"在紫宫之前"和"正對北斗口"兩個條件去尋"墮北端鋭"的三角形群。正好是在西方所分的龍座α、κ兩星所聯成直線間——更接近一些——有三顆觸角相倚的小星。這三顆小星比較藩臣和北斗的光度微弱，佛蘭斯替德（Flamsteed）星圖列爲

圖二

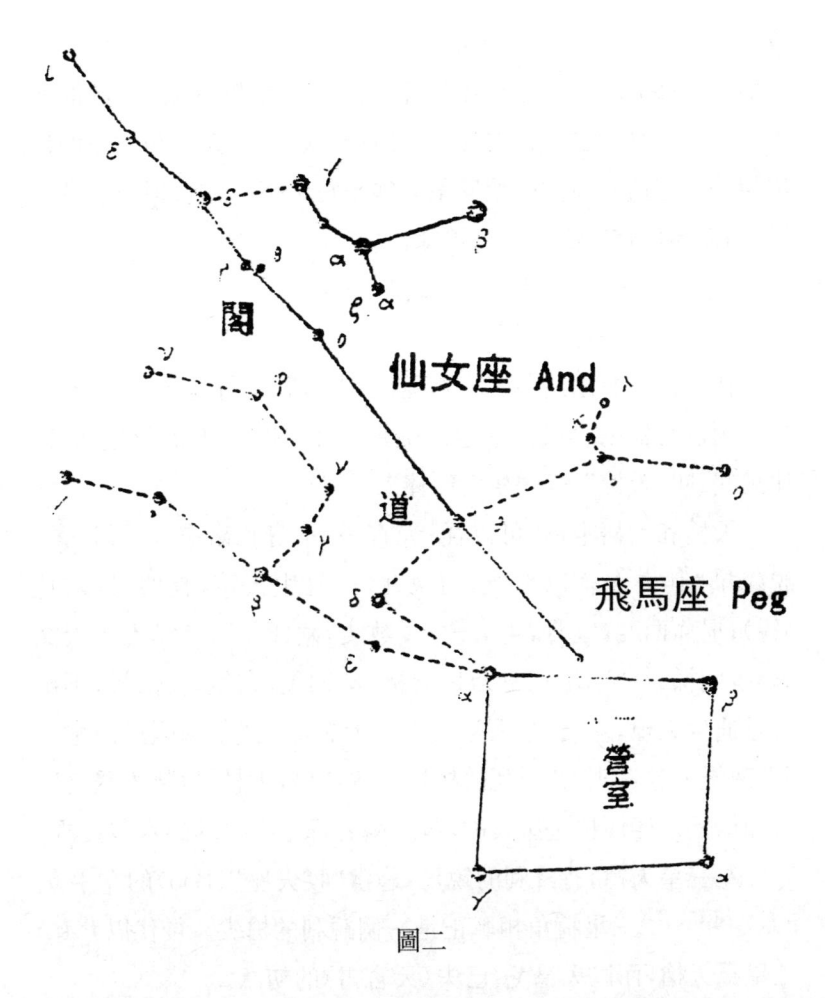

六等，後來村上忠敬氏《全天星圖》列爲五等，不是目可見，必須
稍事注意而後得，所以説"若現若不"。隱約可見，和藩臣北斗相
比，光彩不著，黯然的彷彿是一種潛在的勢力，所以叫"陰德"。

或者叫"天一"。這個名兒也許因爲漢人以北斗爲"帝車"的
緣故。漢武梁祠神像所刻的北斗，在斗魁——四方形裏坐著一

位天神，"北斗爲帝車"，坐北斗的是所謂上帝了。天一就是"普天惟一"的縮寫，《史記·封禪書》說"天神之貴者太一"，《淮南子·天文訓》則説"天神之貴者，莫貴於太一"。天一和太一的地位相等。這值斗口的暗淡三星正如坐在帝車（斗魁）裏的上帝一樣，因而叫她作"天一"也未可知。

"紫宫左三星，曰天槍；右五星，曰天棓。"

就紫宫的外郭來説：

在紫宫左右兩邊各有三顆星，聯成兩個鋭角向外的三角形。彷彿兩個兵器的尖端。左邊的最爲尖鋭，叫作"天槍"右邊的較比鈍些，叫"天棓"——"棓"音"棒"。

天槍和天棓本形，可以從《天官書》本身找出來。《天官書》說歲星"其失次舍以下，進而東北，三月生天培，長四尺，末兑（鋭）；退而西北，三月，生天槍，長數丈，兩頭兑"。《漢書·天文志》也同樣説："不出三月乃生天棓，本類星，末鋭，長四尺；不出三月迪生天槍，左右鋭，長數丈"。《倉頡篇》："木兩頭鋭曰槍"，《淮南子·詮言訓》："羿死於桃棓"，注："棓，大杖，以桃木爲之"。可知棓是短棒而槍是細長的木棒；兩者都是有尖端的木裝兵器。

左三星天槍，有鋒利的鋭角，適當"牧夫座"（Boo）的左手 θ、κ、λ 三星——三星犄角相聯正是一個鋭利的槍尖。後代以 θ、κ、ι 三星爲天槍，而以 λ 爲戈，已失《天官書》的初意。

右三星天培，適當"天龍座"（Dra）的龍頭 γ、β 兩星和"武仙座"（Her）的左足 ι 星，所聯成的三角形。尖端向外，比天槍稍鈍，正像一只木頭棒，《漢書》比《史記》多記出一顆星，說："右四星曰天棓"，把龍頭的 ε 也給合併上了；至於《詩經》記成五星，説："天棓五星"則把龍頭的 ι 星也給夥並了。——不過就左右兩個相比去説,總覺得是"三星"好些。

"後六星,絶漢,抵營室,曰閣道。"

紫宫之後正對大方形的"營室"。在營室和紫宫之間,差不多是用相等的距離在一條直線上撒了六顆星星,這一條直線,彷彿是由紫宫走到營室的道路。《天官書》在北官裏説:"營室爲清廟,曰離宫"。又在歲星裏説:"營室爲清廟,歲星廟也。"紫宫和離宫相連的道路。

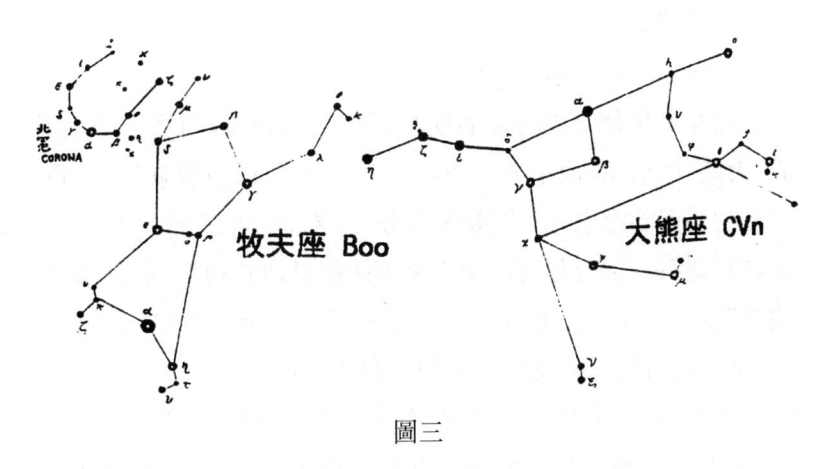

圖三

《史記·始皇本紀》記始皇先作前阿房,周馳爲閣道,自殿下直抵南山表南山之巔以爲闕,爲復道。自阿房渡渭屬之咸陽,以象天極閣道絶漢抵營室也。用人間的制度去想,之自然是帝王所用的"閣道"了,因此名之"閣道"。

這一條近於等距的六星,用西方星座對照去説,我想該是"仙后座"(Cas)的 ι、ε、θ 和"仙女座"(And)的 θ。《漢書·天文志》以爲"十七星"ι 假如不是文字有錯誤是把仙後、仙女兩座在紫宫營室間的小星算入,而成了一道曲折的徑路。如果用《天官書》所最録的一般星的星等去比,好像還是《史記》比較可信些。

2. 北斗星群

北斗,七星。
所謂"施璣玉衡以齊七政":
——"杓攜龍角,衡殷南斗,魁枕三首。
用昏建者杓,杓,自華以西南。
夜半建者衡;衡,殷中州河、濟之間。
平旦建者魁;魁,海岱以東北也。"
北斗七星都是二等左右明星。這七星相聯,西洋人把她看成"大熊"的後尾,而東方人卻看作了一只"可以把酒漿"的勺子。

當初就斗命名,只有兩個部分,一部是"可以把酒漿"的斗元,叫"魁";一部分是可以用手拿著的柄兒,叫"杓"。所謂"東方杓曲"正是描畫它這種形和名,再就全斗在天上的迴旋運動去想,又把這魁杓之間交界持中的所在叫"衡"。

後人拆開"斗"形,隨星賦名,每一顆都叫出一個字型大小來:把魁——那可以盛物的四方形,α 叫天樞,β 天璇,γ 叫天璣,δ 叫天權——天權實在就是"衡"。把杓——那可以拿取的把柄的 ε 叫玉衡。ζ 叫開陽,η 叫搖光。而把持中的"衡"給搬了家,叫作玉衡!所謂"璿璣玉衡以齊七正"是《書經·堯典》——偽孔傳析成《舜典》的部分裏的句子。旋,《堯典》寫作璿。

七政是什麼?《史記·律書》裏這樣說:"太史公曰:'旋璣玉衡以齊七政,即天、地、二十八宿。十母,十二子,鐘律調自上古,建律運律曆造日度,可據而度也。'"

"杓攜龍角,衡殷南斗,魁枕參首。"

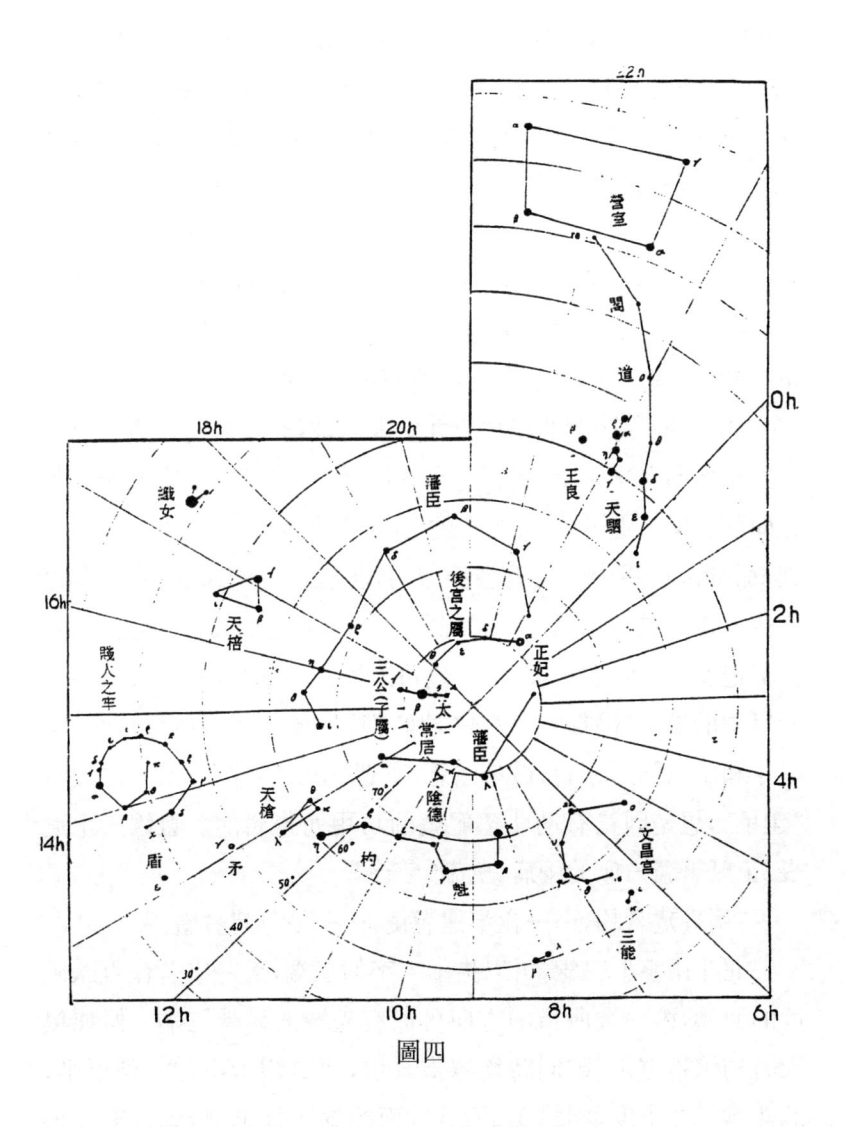

《史記·天官書》經星五官坐位圖考 / 791

圖四

這以下是説明用"斗建"的三種方法。原來斗的杓端兩星 ζ η 所聯成的直綫和魁口 αδ 兩星聯成的直綫延長起來相比,近似平行;而魁底的 γ 和中軸的作衡的 δ 相連結所引長的直綫,又和這兩條近似平行的雙綫正交,畫成了近似的垂直,用字形去比擬正象一個古文"⌐"字。

把周天三百六十五度又四分之一度的東方古度數換成現今的三百六十度(爲了便利),分成十二辰,每辰可得三十度的領空。把周天四等分的子午、卯酉兩綫的四個端,從圓心以三十度角,展開一個十字架,這種十字關係可以輪遍十二辰。

北斗的三綫,雖非正巧成九十度角,然而放在這每方各有三十度角的領空十字上,正相吻合,可以作爲標識這十字上半三個方向的記號。北斗三綫所指的方位既然各有三十度的寬綽領域,那麼以衡爲中心去看各綫域内,各有去斗較遠的明星,可以用作三綫延長的標識。斗杓綫下有一顆明亮的大角(牧夫座 α)在下邊懸著,所謂"杓攜龍"。龍角因爲有這種幫助北斗的作用,所以她的屬下"攝提"也變成"建時節"的要員了。衡綫域裏,有南斗和她以同形相對,最易注意,所謂"衡殷南斗"。南斗之北有"建星",想是因爲有助斗建記號的功用而得名的。魁綫三十度裏,正壓著獵户座的兩肩,所謂"參首"。

"用昏建者杓,⋯⋯夜半建者衡,⋯⋯平旦建者魁。"

北斗用字形三綫,可以指示十字的三端,這⌐字若作百八十度的回轉,第一端所指的方向可以有先後的輪受三端。假如黑天時杓綫指寅位,則同時衡綫指亥位,而魁綫指申位。到夜半,北斗轉了九十度,則杓綫退到巳,而衡綫正指寅,魁綫入亥。再轉九十度,時已平時,則杓綫退到申,衡綫退到巳,而魁綫正指寅了。同夜，三個時，北斗可以不同的三線，去指同一個方向。

北斗指示各月的方位事，叫"斗建"。

依北斗所指的方位去考求月建的辰位，由於北斗的這種三線的輪轉關係，隨著觀察者所用的時間不同，而有"昏建"、"夜半建"和"平建"的三種區別。至於觀察時所看標準，昏建的是看杓；夜半建的是看衡；而平旦建的是看魁。

採取建法，隨地區不同。

用三部，在三時，同建一辰的說：朱文鑫以爲附會，他說"若在立春平旦，則魁枕三首，當指子而不指寅。正義謂北斗旦建，斗魁指寅，因孟說而附會之，非也。"案：此事關鍵在北斗所指的方向，是以北極論，或是就北斗本身論？我以爲北斗七星朗朗在天，平側顛倒，自體甚顯。並且北斗中心的"衡"，就它命名的意思去想，也可以知道當初只用它作爲旋轉的樞軸。斗建的方角自當以北斗論，杓、衡、魁三線，在一夜三時可以同建一辰，若用北極爲中軸，則不可能，且天官書杓提龍角，衡殷南斗，魁枕參首的大書特書的標識也覺是"羌無故實"。

"斗爲帝車，運於中央，臨治四鄉，分陰陽，建四時，均五行，移節度，定諸紀，皆繫於斗。"

北斗七星以北極爲中心，行周極運動，若把杓看成車轅，魁成車箱，則儼然是一駕車了。武梁祠畫像的北斗星圖，正把上帝坐到魁——所謂車箱裏，可以證明漢代人們觀念。實則，把北斗看成車子的事，不止東方，西方的在北歐的條頓人，也是把她看成車子。希臘人譬之爲 Chariat（戰車），英人又以之爲阿沙之車（Arther's wain）、查理士之車（Charles' wain）。

北斗的運行，在一定的時間依著一定的角度。一日繞極一個回轉,半日走爲一百八十度,一小時走十五度。這直是暗夜裏一座大時辰鐘。就她的位置變化可以求出鐘點來。

若就周天去說,它每天可走一度。把周天十二等分每三十度得一位,我們每夜在一定的時間去看它,就它所轉換三十度角可以看出月份來,可以看出四季來,所謂"斗柄所指,天下皆春"、"斗建"的事就是這種角度的照示。

若把周天二十四等分,每分得十五度(今度),北斗一天走一度,十五度可得一節,可以看出二十四節氣來。《淮南子·天文訓》說:"斗日行一度,十五日爲一節,以生二十四時之變":

斗指子則冬至,音比黃鐘。

加十五日指癸,則小寒,音比應鐘。

加十五日指丑,則大寒,音比無射。

加十五日指報德之維,則越陰在地,故曰距日冬至四十六日而立春,陽氣凍解,音比南呂。

加十五日指寅,則雨水,音比夷則。

加十五日指甲,則雷驚蟄,音比林鐘。

加十五日指卯,中繩,故曰春分,則雷行,音比蕤賓。

加十五日指乙,則清明風至,音比仲呂。

加十五日指辰,則穀雨,音比姑洗。

加十五日指常羊之維,則春分盡,故曰有四十六日而立夏。大風濟,音比夾鐘。

加十五日指巳,則小滿,音比太簇。

加十五日指丙,則芒種,音比大呂。

加十五日指午,則陽氣極,故曰有四十六日而夏至,音比黃鐘。

加十五日指丁,則小暑,音比大吕。

加十五日指未,則大暑,音比太簇。

加十五日指背陽之維,則夏分盡,故曰有四十六日而立秋,涼風至,音比夾鐘。

加十五日指申,則處暑,音比姑洗。

加十五日指庚,則白露降,音比仲吕。

加十五日指酉,中繩,故曰秋分,雷戒蟄,蟲北鄉,音比蕤賓。

加十五日指辛,則寒露,音比林鐘。

加十五日指戌,則霜降,音比夷則。

加十五日指蹄通之維,則秋分盡,故曰有四十六日而立冬,草木畢死,音比南吕。

加十五日指亥,則小雪,音比無射。

加十五日指壬,則大雪,音比應鐘。

加十五日指子。

故曰:"陽生於子,陰盡於午,故十一月曰冬至,鵲始加巢,人氣鍾首;陰生於午,故五月爲小刑,薺麥亭歷枯,冬生草木必死"。由此,斗日運動的角度變化,可以看出二十四個節氣和四季來,所以説她可以"移節度定諸紀"了。

"斗魁戴匡六星,曰文昌宫。一曰上將,二曰次將,三曰貴相,四曰司命,五曰司中,六曰司禄。"

"戴匡",《漢書》作"戴筐"。

這六顆星相綴彎曲如匚,適合於西方"大熊座"的頭和前足。上將是 o,次將爲 h,貴相爲 υ,司命爲 φ,司中爲 θ,司禄爲 f。

後人以 o、h 兩星屬於内階,遂把 υ 上近於 h 的一小星爲上將,φ 爲貴相,θ 爲司命,f 爲司中。更别采一顆 e 星當作司禄。

這樣一來，除 θ 是三等星，l 是四等外，其餘都是五等小星，較比幽暗些，非舉目即見者，恐失天官之舊也。

《周禮·太宗伯》祀司中司命賈疏引《武陵太守星傳》，與天官書同。《漢書·天文志》司中作司祿，司祿作司災。

"在斗魁中，貴人之牢。"

朱氏《圖考》曰："貴人牢，與下賤人牢，取象同也。"按下文"有句圜十五星屬杓，曰賤人之牢其中星實則囚多，虛則開出"。村上氏《全天星圖》在斗魁裏靠近 γ 星有五六等星各一，佛蘭斯替德星圖則只有六等星一顆。若用賤人之牢推之，意思也應是："其牢星實則囚多，虛則開出"。——開出猶釋放赦出也。説斗魁裏的星數若較常時增加，則貴人之囚犯增多，減少星數，正如減少囚犯，所以説"虛則開出"。

"魁下六星，兩兩相比者，名曰三能。三能色齊，君臣和；不齊，爲乖戾。"

"三能"後世名三台。

能和台，都是從古文以字得聲。原來是同音字。《集解》引蘇林曰："能，音台"。三能，後世析成三名叫；"上台，中台，下台"。用西方星座相比，正是大熊的三只"熊掌"。l、k 是上台，λ、μ 是中台，γ、ε 是下台。三台每兩星相去不及半度，看著很是接近，所以説"兩兩相比"。

"色齊，君臣和；不齊爲乖。"

朱文鑫先生説："三台之間各相去約十六度。距離相等，而不端列。當其初升將落時，望之皆若平行而整齊；及在中天，則正側參差，顯見不齊。——由此可想見古人實測所得，言下見象。所謂'色齊，不齊'者，因視線之方向不同故也。後人不明其理遂因君臣和戾之説,目爲占驗而不加深考,有失書旨矣"![1]

"輔星明近,輔臣親疆,斥小,疏弱。"

"輔星",在斗杓第二星——所謂開陽之旁,乃一六等小星。(即大熊尾巴ζ星旁邊的g星。)輔星既是六等小星,並不是可以舉目即得的,必須稍稍加以注視而後得。再加上她的鄰居ζ星非常明亮,在對比的情勢下,明度相形很弱。據傳古代阿拉比亞用之以檢查徵兵時適齡壯丁之眼。

ζ,g兩星既明暗懸殊,古人以其明度和距離之關係,分出主從與親疏。以明爲主,暗爲從。近爲親,遠爲疏。以爲g星若更近於ζ,則從,對於主較爲親近。若g較常時遠於ζ,則彷彿主從離德相去疏遠。若g星較平時更爲明亮,猶如從屬者之事業地位更爲加疆加大,反之光輝暗澹,則如失勢去位日見沉淪。——所有"親疆"和"疏弱"的附會的占驗。

杓端有兩星:一内,爲矛——招搖;一外,爲盾——天鋒。

杓端的"矛"、"盾"兩星,西方星座劃進"牧夫"裏。矛是牧夫的右肩γ星,盾是他的腰帶左方的ε星。

《淮南子·天文訓》説:"北斗所擊,不可與敵"。《史記·封禪書》記漢武帝爲代南越所造的"靈旗"用日月和北斗三星做"太一"等神的"鋒"。想是漢人的北斗觀念裏,多少有些殺伐的性質。這正接近北斗杓端的兩星,可以説是北斗勢力延展,也可以説表示北斗殺氣的最前鋒的記號。矛和盾,一個攻擊,一個防禦的兵名,大概是從北斗得來的。

朱文鑫先生説:"斗杓搖光之南,約十度,有星名招搖,爲矛。

---

[1] 《圖考》第15頁。

《淮南子·天文訓》招搖所指天下皆春，即此星也。更南十度，有星名天鋒，爲矛。星經以天鋒爲梗河，故後世有梗河之星，而無天鋒之名。内者，近杓；外者，遠召也。——案招搖，貫索侵入東宮，三台侵入南宮，足證天官書以'帝'爲極星。蓋周秦之際，北極在'帝'之南約五度，與今極相距約二十度。故招搖等星較近於極，自當列入中宮矣"。[1]

"有句圜十五星屬杓，曰賤人之牢。其牢中星實，則囚多；虛，則開出。"

王先謙曰："句圜曲而圈也。"司馬貞《索隱》曰："句音鉤，圜音員，其形如連環即貫索星也。"句圜十五星屬杓，明記此十五顆星聯成一句圜形與北斗之杓甚近，吾人於北斗杓形如篆文回字"⊡"之衆星即是。句圜十五星多禄某分屬"牧夫"、"北冕"(Corona Borealis)兩座，大部分以北冕爲主，牧夫僅以肩棒屬之。自牧夫之棒 κ、δ、μ 進而數至北冕 ζ、κ、ζ、ι、ε、δ、γ、α、β、θ、π 適成一個句圜，除牧夫北冕五星外餘十星皆在四等以上。已自燦然圍成句圜。

王元啓《史記三書正譌》用七公和貫索相和，當句圜十五星，説："句七星曰七公，圜八星曰貫索。貫索本九星，正北一星常隱不見，見則以爲變。故與七公並數得十五星也。舊注專指貫索，則但有圜星，無句星矣"。若是以《正譌》的説法這十五星並不成句圜——七公七星並不彎曲。常《索隱》所説，最爲得之。朱文鑫先生《圖考》評《正譌》本説，以爲："七公七星在貫索之北，與貫索相近，唯貫索九星，七公七星，雖見於星經詳於《晉》、《隋》志，皆唐人

---

[1] 朱氏以爲五官之宫字當是官字的錯誤。《圖考》第 15 頁。

所定之數，不足以證《天官書》之星數也。《索隱》指貫索，無可厚非。況今貫索十五星，歷歷可數，即如西名北冕，正以十五星爲一座。《正譌》強分句七圜八，反失之驚矣"！朱氏又説："近貫索第六星（按：即北冕座δ星），在句圜之内，有著名變星。牢中虛實，變星明暗之象也。人占驗之説，皆有所藉假借，非向壁虛造也"。

"天一，槍，棓，矛，盾，動摇，角，大——兵起。"

天一和槍棓矛盾相提並論，因爲天一也是兵象。《淮南子·天文訓》説："天神之貴者，莫貴於青龍，或曰天一，或太陰。陰所居，不可背而可鄉。"天一的性質和歲星相同，《天官書》説："歲星嬴縮以其舍命國。所在國不可伐，可以罰人。"又説："其失次舍以下，進而東北，三月生天棓，長四丈，末兑；進而東南，三月，生彗星，長二丈，類彗；退而西北，三月，生天欃，長四丈，末兑；退而西南，三月，生天槍，長數丈，兩頭兑。"歲星所化的都是兵器或兵象；天一的"不可背而可鄉"，雖然不是兵器，卻正是兵家，所以能和槍棓矛盾等之兵象同看。動摇，角，大，這三種現象，朱文鑫先生説是"恒星閃光之象也。據天文家言，星之閃光，由空氣鼓蕩所致。其原因亦頗復雜，而現象亦甚奇異，摘録數則，以備參證，星之閃光各夜不同，一也。大星之閃光甚於小星，二也。近地平者閃光尤甚於近天頂，三也。傍晚之時閃動甚於深夜，四也。冬夜之星閃動甚於夏夜，五也。雨前，星閃尤甚；雨過天晴，星閃特減，六也。大概星無不閃光，其閃光之度每秒鐘多至多百次，至少五十次，其動摇之象，甚爲顯著。兵起之説，由槍棓矛盾取象，望文生義也"。[1]

---

[1]《圖考》第17頁。

圖五

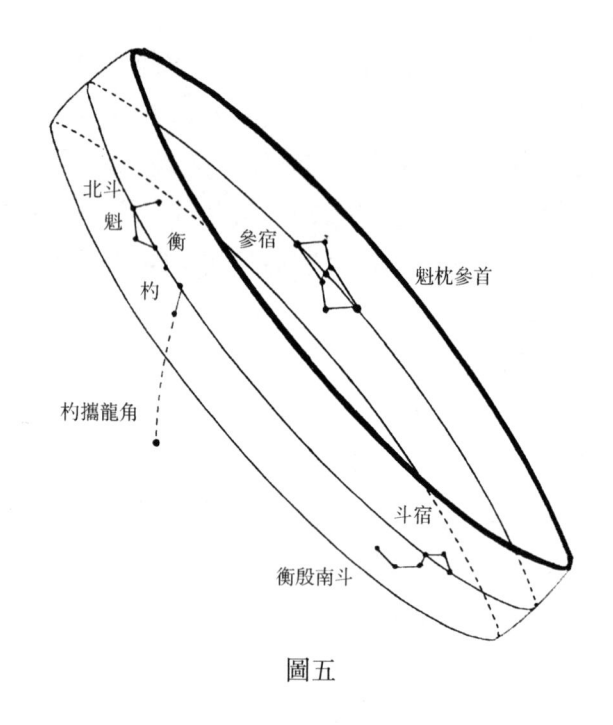

這一段占驗的語，或者疑惑是後人所增加。《史記正譌》說："今前文矛盾下不言星變之占，獨附於句圜十五星之後，於上文賤人之牢，則既義不相蒙，於前文矛盾諸星，則又文不相屬，知爲後人增入無疑也。或云：此語前《漢志》有之，恐史公舊本如此。然班固所錄，亦袛據哀平間傳本，蓋西漢人所附入者。志所不載者，則又東漢以後所附者矣。"

五、東官

（一）四官

《天官書》既把那以北極爲中心日周運動從不没入地平之下

的周極星群劃為"中宮",更把其餘圍繞赤道,在中土可以看見的星群,依照二十八宿的數目四等分之而分屬於四方,為四宮,東宮,南宮,西宮,和北宮——每宮七宿。

二十八宿是什麼?

我們可以說他就是"月"在全天恆星間所必經之路的"白道"線上所畫的二十八個"驛站"說月亮走到那一"宿",正如火車——尤其不曾一停的特快列車現在通過哪一站一樣。他的設定和計算"月曆"有關。我們雖然不能很清楚地指出他的創定的時日,只就他的"畢"、"箕"和"牛"各宿的構想方法,與近世在安陽殷虛出土的龜甲獸骨文字一樣,也可以想象是相當遙遠的事了。

他是怎樣的排定?

月運在恆星間並不任意胡行,而是有一定的軌道。這軌道名叫"白道"。月行白道一周,為時二十七日七時十三分十一秒半,約二十七日又三分日之一。我們古代的天文學家把這一周路程分為二十八個區域,用各個區域表示"月"每夜移動的位置。一夜是一宿,二十八次的夜泊因而命名為"二十八宿"也叫"二十八舍"。每個宿次都是揀取附近的明星作為路標。先從屬於東宮的為始,依北宮,西宮,南宮的順序,合於月的移動,向左方推行。

屬於東宮的有:角、亢、氐、房、心、尾、箕。

屬於北宮的有:斗、牽牛(略名牛)、婺女(女)、虛、危、營室(室)、東壁(壁)。

屬於西宮的有:奎、婁、胃、昴、畢、觜、參。

屬於南宮的有:東井(井)、輿鬼(鬼)、柳七星(星)、張、翼、軫。

各宿用他較比顯著的星作目標,所以赤道上的度數,劃分得廣狹不同。《淮南子·天文訓》記："星分度：角，十二。亢，九。氐，十五。房，五。心，五。尾，十八。箕，十四分一。斗，二十六。牽牛，八。須女，十二。虛，十。危，十七。營室，十六。東壁，九奎，十六。婁，十二。胃，十四。昴，十一。畢，十六。觜巂，二。參，九。東井，三十三。輿鬼，四。柳，十五。星，七。張、翼，各十八。軫，十七。

——凡二十八宿。"

《漢書·律曆志》以及《後漢書》、《晉書》、《宋書》等多少出入在此不必一一俱引。因為月的運行，一晝夜平均十三度多，必非每日行一宿。二十八宿表示月的每日位置，僅僅得其大略。所以東西南北各七宿的度數。有多有少，對於區分周天為四，還沒有甚麼很大關係。[1]

（二）東官蒼龍

二十八宿配屬四方，各方各用他的七宿成物象。把東方看成了一條龍，南方看成了一隻鳥，西方看成一隻虎，北方看成一個龜。這四種動物，再敷上五行的彩色，於是"蒼龍"、"白虎"、"朱雀"、"玄武"的名字依之而出。

看"蒼龍"、"朱雀"兩方的"宿名"幾乎各宿的命名都和全形相應；好像當初構想的時候是先有龍和鳥，然後再就它各部析成宿名。《書經》、《堯典》說"日中星鳥以殷仲春"，雖然以下說"日永星火以正仲夏，宵中星虛以殷仲秋，日短星昴以正仲冬，"其他三方未曾提到獸形，畢竟"鳥"像之見已是很早了。

---

〔1〕 參照飯島忠夫：《支那古代史論》，第五章；崔朝慶：《中國人之宇宙觀》，第四章。

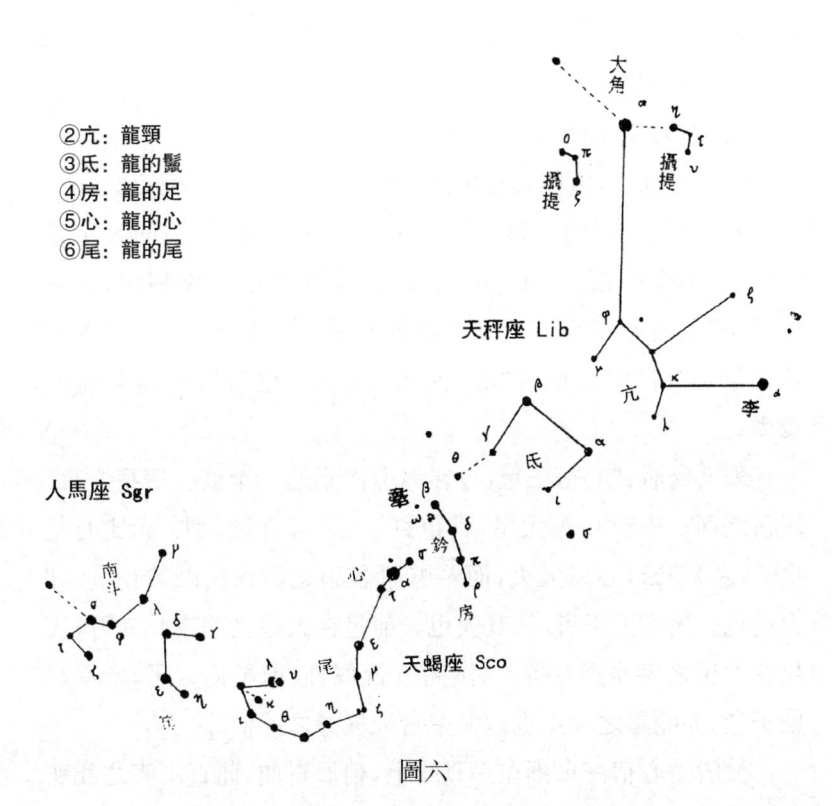

《禮記·曲禮上》:"前朱雀而後玄武,左青龍而右白虎。"張衡《靈憲》説:"蒼龍連蜷於左,白虎猛據於右,朱雀奮翼於前,靈龜圈首於後。"孔穎達《尚書疏》説:"四方七宿,各成一形,東方龍,西方虎,皆南首而北尾;南方鳥,北方龜,皆西首而東尾。"

東宮蒼龍座所領七宿,除去最末"箕"宿外,其他六宿,全屬龍身;

1　角:龍角　　　2　亢:龍頸
3　氐:龍的鬚　　4　房:龍的足
5　心:龍的心　　6　尾:龍的尾

②亢:龍頸
③氐:龍的鬚
④房:龍的足
⑤心:龍的心
⑥尾:龍的尾

圖六

就中只有"亢"、"氐"、"房"的字意和現在不同,其他角、心、尾三宿的名,一望可知。

房心

這兩宿是東宮的主星。

朱文鑫說:"房心,二宿之名也。居東方之後邊境正位,爲法宿之總綱,故《天官書》特表而出之。西古以'心'大星、'軒轅'大星、'畢'、'大星'、'北落師門'爲四大坐星。蓋以心主東方,軒轅主南方,畢主西方,北落主北方。因四明星赤經相距略等,足以表四方之位,正與《天官書》房心,權衡咸池,虛危命意相同"。

"心爲明堂

大星,天王;前後星,子屬。

——不欲直,直則天王失計。……"

心,就是蒼龍的心臟。這一宿一共有三顆星,中間大星是"天王",前後兩顆較小的是"子屬"。用西方的星座相比,天王正好是"天蠍座"(Sco)的 α 星前後子屬是 α 和 τ。——天蠍的前四星是"房"中三星是"心"而末九星是"尾",恰好是蒼龍的後半。

朱文鑫說:"心宿三星,今在赤道南不過三十度。房宿之東,尾宿之西。中有一等大星,其色紅。《天官書》所謂:赤比心是也。《左傳》云,心爲大火,而希臘原名謂之敵火。以其色紅,如火星也。所謂天王者,言其大也。前星在大星之西南爲二等,後星在大星之東北爲三等。《洪範五行傳》以前星爲太子,後星爲庶子者,亦喻星之大小也。尤中宮天極旁之澤伯。"

又說:"心宿三星不在一直線上,稍形彎曲,此直不直之說所由起也。"[1]

心，也叫"火"，"大火"，"大辰"，"商"。

《書經·堯典》："日永星火。"

《詩·豳風月》："七月流火。"

《夏小正》："五月初昏，大火中。"

《左氏·襄九年傳》："古之火正，或食於心，是故心爲大火。"

《爾雅·釋天》："大火謂之大辰。"

《春秋·昭十七年》："有星孛於大辰。"

《左氏·昭元年傳》："子產曰：'昔高辛氏有二子，伯曰閼伯，季曰實沈。居於曠林，不相能也，日尋干戈，以相征討。后帝不臧。遷閼伯於商丘，主辰。商人是因，故辰爲商星。遷實沈於大夏，主參，唐人是因……故參爲晉星。'"《史記·鄭世家》亦載此文。

後人引用此事，不以"辰"與"參"兩星並言。也不以"商"與"晉"兩地並稱。而單說"參商"。"參"，就是現在所謂的"參星"。她是我國北方冬季農人趕集的時辰鐘。三千年前，北極在今極前而十度左右時，"參"和"心"（商）正是相距一百八十度的兩個相背的星座"參星"。因爲是平角的關係，同卧在一條直線的兩端，每日出沒，此升彼降，在地平上永遠沒有同時並見的機會。所以古人用他們來比那不可並存的兩個勢力。

朱文鑫在他另一本著作《天文考古錄》裏，以爲《左傳》"辰爲商星"，是以辰爲尾較爲密合。蓋尾宿第五星，與參宿第參星之赤經，相距約一百八十度。故參在晝，則尾在夜；參出尾没，尾出參没，二星永不並見於天空。[2]。案朱氏此說，乃就爾今的北

---

[1]《圖説》頁十九。
[2]《萬有文庫》本頁一二五。

極《天官書》所謂之"正妃"立言。若以歲差求北極移動之軌迹，則三千年前，尾五不與參三相距一百八十度，而心宿之"天王"彼時卻正通過當時的北極而與參宿爲平角也。參商自是依據古星位——構成那故事時的天象立言，朱氏之說恐不可信。

"參"與"商"二者並不在通過天極的大圓上，近幾千年來，她倆的赤緯都在赤道以下（＜0 度），雖然赤經差不及 180 度的兩星，在高度緯度去看她們，都會出現此起彼伏的現象。[1]

心宿中間的大星"天王"，西方叫 Anfare，佛蘭斯替德的《天球圖講》第三十圖，即《天球圖》及《解説圖》。若將天王和他對面的 Orion 裏的三星"參"聯成一條直線，則其直線，正通過"太一常居"和"斗魁"的中間三千年前曾經接近的地方。

杜甫《贈衛八處士詩》"人生不相見，動如參與商"，正用這兩星作詩。心，除商以外，古名也叫"辰"；星不能見著。著心星，除"參"商"的習語外，也有時用"參"辰"來説。蘇武《答李陵詩》："昔爲鴛與鴦，今爲參與辰。""辰"字讀成輕音念成"Chir"，寫成"辰兒"。"參"，是參星。參星不見辰星，我國北方很久以前曾有過"參星不見辰兒，姐夫不見小姨兒"的土語。

"房爲天府，曰天駟。——其陰，右驂。"

房宿四星蟬聯，橫出天龍體中，象兩足。就名義上著想，我以爲"房"是"房俎"之"房"，《詩·閟宮》"籩豆大房"，《禮祀·明堂位》"周以房俎"。毛公《詩傳》"大房，半體之俎也"。這種半體之俎，若以依《禮》注"房，謂足下跗也"去和安徽圖書館所藏以前在壽州出土的楚器裏的帶腿的俎相比，則知這半體之俎自然出

---

[1] 編者按：赤緯高於當地緯度的任何二星，可以每夜相見。赤緯過低，對中土人士來說，即使二星經度差是 180 度，不是二星相見，而是人終生難見。

是一種兩足的俎了。

壽州所出土的楚俎，是一個帶有四只十字孔的平板，在板下立著四條腿的東西。從旁看去很像現在的板凳。如果把這種四腿的俎，從中順長的劈開，剩下那半體，自然是兩只腳而轉成"冗"形了。這兩足俎的形狀和《說文解字》所謂"踞几也"的"丌"字所代表的兩足几子同形，《廣雅・釋器》"房，几也"可知"房"自是兩足的家具。這四顆星，左右橫伸，正像蒼龍的兩足，彷彿和"几"、"俎"的兩腿相似，所以叫"房"。

"房爲天府"，原義也許是"房爲天根"和下文"氐爲天根"一類說法，也未可知。舊籍裏，很少說"房是天府"，多數是說"房心是明堂"，把他和"心"和在一起看。《周禮・大司樂疏》引《春秋文耀鈎》說"房心，爲天帝之明堂，布政之所出。"《後漢書・郎顗傳》："房心者，天帝明堂布政之宮。"

房宿的命名很古，朱文鑫說："《書經》'弗集於房'，爲世界各國第一日食之記載。《漢書》'客星見於房'，又爲世界各國第一客星之實錄。足證中國天學之早，及房星定名之古也"。

"天駟"，我想是由這四星以等距的間隔並列而聯想的。[房四星，西方把他分到"天蠍座"(Sco)的頭前，近氐 β、δ、π、ρ]朱氏據宋均的"房四星間有三道，日月五星所從出入，"而以爲所謂"天駟"的名義是由"七政出入如駟馬盈門也"而來。"駟"，所謂一乘駕馬也，四馬爲駟。古時一車，中間有一條轅，轅左右各套一馬，叫"服"，左右服外，更各加一匹拉幫套的叫"驂"合計起來一共四匹。所以《說文解字》說："駟，一乘也。"《詩・干旄傳》"驂馬五轡"《疏》引王肅說："夏后氏駕兩，謂之麗。殷益以一馬，謂之驂。周人又益一騑，謂之駟。"

"其陰右驂",這是指示駟馬的名位。"其陰"是"右驂",則知"其陰"自然是"其右"了。若用後文"左角步右角將",將爲北天的大角去推度,則知"其右"尤之呼"其北"。意是説,這四匹馬並列,在北邊的那一匹是"右驂"。並不是説在這"駟馬"之外,還"屋上駕屋"的別有所謂"右驂"。朱氏查今本的星圖"無右驂之星",而以房星,而後代所析的"東咸"、"西咸"爲左右驂。反失了天駟的"駟"意了。

《爾雅·釋天》:"天駟,房也"。郝懿行《義疏》:"按駟即馬祖也。房南星曰左驂,北星曰右驂,中二星曰左服、右服。是則四星合爲天駟也。"正是把四星看成四匹馬,而以它最北的一星爲右驂。

"旁有兩星曰衿。

北一星曰牽。"

旁,右驂之旁也。在房的最北一星β旁邊有兩顆小星ω1、ω2叫"衿"。稍上一些的地方有一顆較衿大的ν是"牽"。

朱氏説:"衿兩星在赤道南十八度。房宿第三星和第四星之間。今名鉤鈐者是也。房北一星曰牽。今名鍵閉者是也。《説文》云:'牽,車軸端鍵也。'《玉篇》云:'鉤鈐,車轄也。'因近旁駟驂而取義衿牽也。鈐衿通借字,《漢志》亦作衿。或據《索隱》、《元命苞》'鉤鈴二星'語,而徑改作鈴,非也。"[1]

"東北曲十二星,曰旗。

旗中四星,曰天市。

市中六星,曰市樓。

---

[1]《圖考》第20頁。

——市中星衆者,實。其虛則耗。"

在房宿的東北,有十二顆較大的明星,迤邐相聯形成一個"フ"形的聯索。彷彿是在一條筆直的旗杆上扯開一面長旗,因而命之爲"旗"。這一面大旗,後來漸漸傳得模糊了,也可以說更複雜得支離了。《晉書·天文志》遂說,"天市垣二十二星,在房東北,(一曰天旗庭)。"《宋史·天文志》說,"天市垣,東藩十一星,宋,南海,燕,東海,徐,越,齊,中山,九河,趙,魏。西藩十一星,韓,楚,巴,蜀,秦,周,鄭,晉,河間,河中。"以"天市"爲主把天旗的旗形失掉反到畫起圈子來。我想天旗只是十二星,並非二十二星。用後代星名去說,只是在所謂"西藩十一星"上加一個東藩的"魏"。

這十二顆星用西方的星座相擬,直涉及兩個——也可以說是三個座。先從旗杆由下往上說起:旗杆下端是"蛇夫座"(Oph)的前膝 ξ(西藩的韓)。往上是他捉著蛇左手 ε(楚)、δ(梁)和"蛇"的前段 ε(巴)、α(蜀)、δ(秦)。(秦)是旗竿頂,也同時是旗的繫著處。旗是"蛇"前段的 δ 和蛇頭 β(周)、γ(鄭)再加上"武仙座"(Her)的右臂 χ(晉)、γ(河間)和右臂 β(河中)以至左肩 δ(魏)。(參照佛氏《星圖》頁九,左右是指圖所畫人像而言)。

"旗中四星,曰天市。"

朱氏以爲"旗中四星,似指天市垣内宗正一(蛇夫座右肩 β 星),解二(左肩 χ 星),帝座(武仙座頭 α),候(蛇夫座頭 α)四星。因此四星皆二三等星,獨明大易見,餘皆四等以下小星矣。"[1]

我想宗正一當屬於市樓。天市該是由候,斛,宋(蛇夫右膝

---

[1]《圖考》第21頁。

η)和東海(蛇尾η)四星所聯成的梯形。

"中六星,曰市樓。"

"市樓"六星,我想當是後代所謂"宗正"兩星和"宗人"四星所組成的"屋形"星座。屋蓋,宗正是屋基。——這種構想,我以爲和南宮的"軫南衆星曰天庫樓"的"樓"當出一轍,純然象形。用西方星座相擬,則用蛇夫的右肩β、γ爲基礎,橫連肩旁銀河裏的三角形四星 n(66)、o(67)、k(68)、p(70)之後,爲屋頂。(參照佛氏《星圖》頁九)

朱氏因襲舊習,以爲"市樓六星,正在漢中,南海之北,宋燕之間。"用蛇尾近於膝γ和ν處衆小星相屬,已無復"樓"形矣!

"市中星衆者實,其虛則耗。"

"市中",指"候"、"斛"、"宋"和"東海"四星組成的"短形"之內而言,朱氏就其所謂"市樓六星,正在漢中……"而以爲"漢中小星密聚,目視未審,若有若無,或多或少,均有虛實之說。"恐未得"市中"之意。

"房南衆曰騎官。"

朱氏說:"騎官衆星在赤道南四十五度左右房宿西約十餘度。《星經》云:'騎官二十七星在氐南者,氐與房近故也。'"

現在從星圖向南天考查,我想所謂"騎官"該是西方所析成的"豺狼座"(Lup)和"半人馬座"(Cen)的上半的一群四五等小星。這群小星實延展至"氐"乃至"角"的直下。因近極角度的距離漸亮逼窄,所以看去可以說在"房南",也可以說在"氐南"。參照圖七。

"左角李,右角將,——大角者,天王帝廷。"

舊說以爲左右角是"室女座"(Vir)的α、ζ兩星,大角是"牧夫座"(Boo)的α星。和起來共計三星,也就是共有三角。

圖七

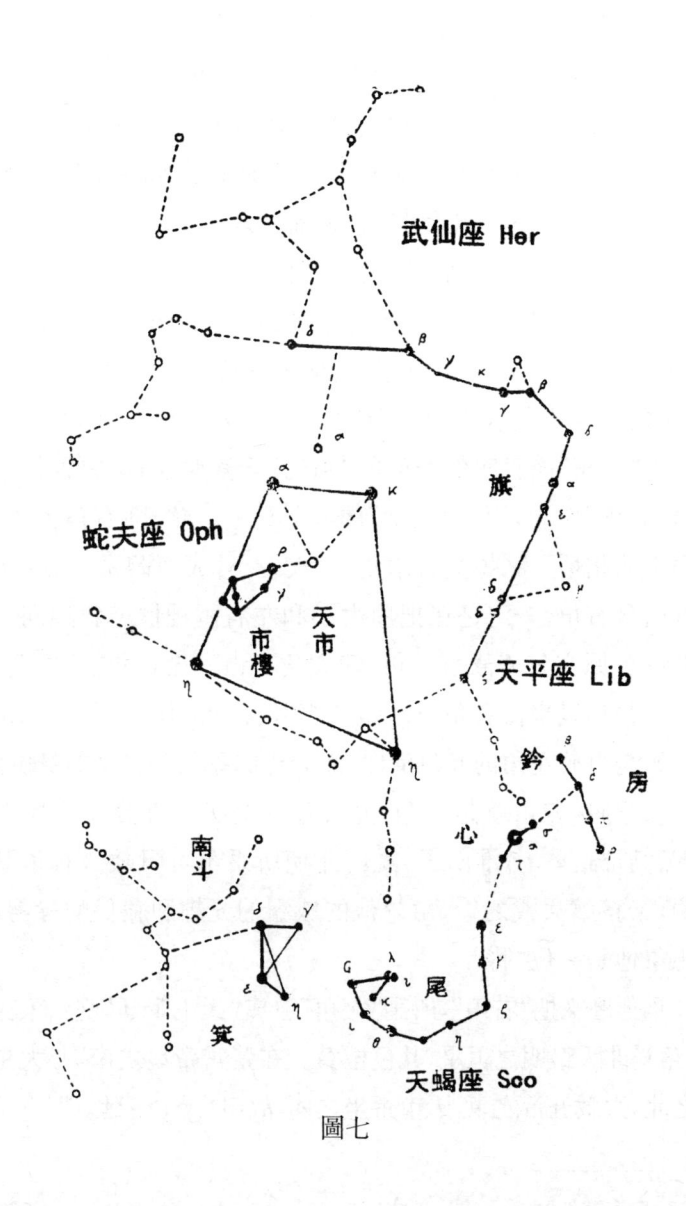

我以爲，若就蒼龍的形勢和各星的明度去看，蒼龍只有兩角，一左一右。左角是"室女座"的α星，白色，1.2等的明星。右角是"牧夫"（Boo）的α星，也就是所謂"大角"，橙黃色，有0.2等的光度。這兩顆明星是蒼龍的兩只角，而根卻長在"亢宿"的二、三兩星上。從亢上聳出兩只角，閃耀在天空。

《天官書》這一段話，是基於兩個分類標準。從方位說，一只是"左"，一只是"右"。從明亮的等級去說，0.2和1.2相比，一只是"大"，一只是"小"，是用兩個標準來說明一個事情。"大角"就是"右角"，並不是在左右之外另有一只第三角。前文"勺攜龍角"，把"大角"簡直叫作蒼龍的"角"。若依照往日的舊說去看，認爲"大角"孤立，而以"室女"的α、ζ爲左右角，則右角太小，和左角不能相稱。試想左右兩角，一大一小，成何體系。這小星ζ之升格爲右角，一定是在把用大小和左右兩種標準敘述同一事實的確實原文忽略誤解之後，使大角自占一席，而左角之北，另找出一顆小星來當右角。左角，"李"，《漢書》作"理"，"理"是法官。想是由於左角的光色清白，而聯想的象徵著法官的身份。

右角將，右角就是大角，光等最爲高大。直接北斗柄下的"矛"、"盾"諸星。《淮南子》說："斗柄所系不可阻敵"，右角既大且明，又接續兵戎之後，由於他的威猛的光輝和殺伐的餘勢，於是想象他是一位"將"。

爲什麼又把"右角"，所謂"大角"看成"天王帝廷"呢？朱氏說"大角爲北天最明之恒星，其色橙黃。在紫宮帝星之南，心大星天王之北，太微五帝之東，天市帝坐之西，故曰'天王帝廷。'"[1]

---

[1]《圖考》第22頁。

牧夫座 Boo

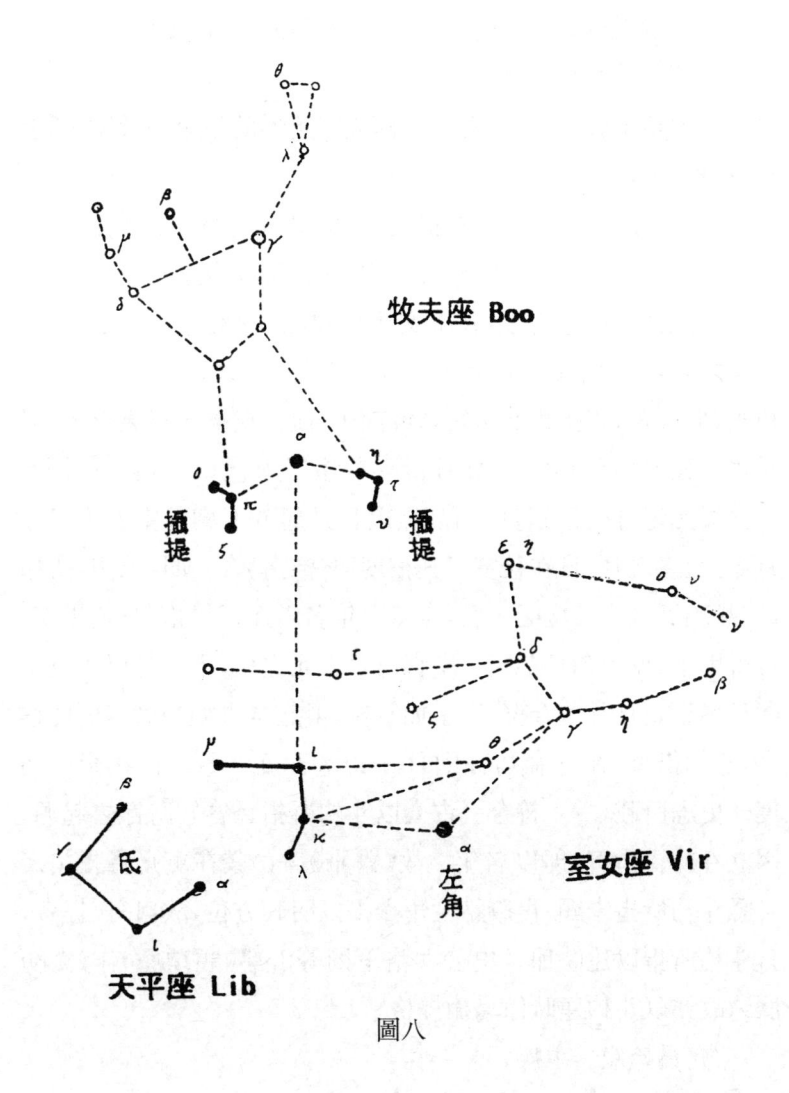

攝提　攝提

室女座 Vir

氐

左角

天平座 Lib

圖八

"其旁各有三星,鼎足句之,曰攝提。
——攝提者,直斗杓所指,以建時節,故曰'攝提格'。"
"其"指"大角"而言。
在大角兩旁,左右各有三顆構成三角形的小星彷彿兩只鉤,在"攝提"著。
朱氏説:"其西南星曰右攝提,東南星曰左攝提成鼎足之形。《元命苞》曰'攝提之爲言提攜也。言提斗攜角,以接於下也。'"[1]
又説:"由歲差之理,及上文用昏建杓,杓攜龍角語推之,是周秦之際,斗杓指寅,正在立春初昏時也。如由帝星過斗杓,經招搖,向大角,正指東北寅宮,《淮南子》曰:'招搖所指天下皆春'是也。又云'正月建寅,日月俱入營室。'蔡邕曰:《顓頊曆術》云:'天元正月己巳朔旦立春,俱以日月起於天廟營室五度,'今月令'孟春之月,日在營室。'其宿度與《淮南》合。明《淮南》所用即《顓頊曆》也。《史記·曆書》曰:'年名焉逢攝提格,月名畢聚,日得甲子,夜半朔旦冬至。'虞喜曰:'天元之始,十一月甲子夜半朔旦冬至。日月若合璧,五星如聯珠,俱起牽牛如初度。'由此推之,斗杓指寅,在立春初昏則日在營室五度。冬至正在牽牛初度。史志所載,一一符合。古人以斗杓所指爲審知時節之起源。因立春初昏指寅,即以名年。故《爾雅》曰:'歲在寅爲攝提格。'又恐斗杓所指未顯,復聯絡大角攝提以明其方位,故曰'攝提者,直斗杓所指以建時節。'史公與洛下閎等沿襲《顓頊曆》作《太初曆》,故亦以斗杓建時節爲攝提格。"[2]

"亢爲疏廟。主疾。"

---

[1]《圖考》第 22 頁。
[2]《圖考》第 22—23 頁。

亢，四星。在大角南，角宿東。狀似弓。是蒼龍的"頸——咽喉要部。"

《說文解字》："亢，人頸也。从大省。象頸脈形"。《倉頡篇》："亢，咽也。"(《一切經音義》二十引)《漢書·婁敬傳》："不搤其亢"，注明張晏説"亢，喉嚨也。"又《陳餘傳》"乃絶亢而死"，注："亢者，總謂頸耳。"——可知亢是頸的古名。

在看成龍的頸子的四顆星，西方以爲是"室女座"的兩腳 μ、λ 和裾邊 ι、χ。"疏廟"，《漢書》寫作"宗廟"。

宋均説："疏，外也。疏廟承上天王帝廷取象也。"

"其南北兩大星，曰南門。"

"其"，指著亢宿。亢宿南北近處並無兩大星。稍遠處的北方大星是大角，自成一位。距離過遠，不成"門"像。疑本文有所傳誤。這個"南北"的"北"，我想該是"比"形近而譌。用《天官書》文法去想，這原句或是"其南比地兩大星"。"比地"的文法和西宮的"狼比地有大星，曰南極老人"一樣。大概當初傳抄的時候，把"比地"的"地"字丟了。讀者看"南比"兩文不成話，遂用對比的聯想法，以意改成"南北"。

"比"字誤成"北"，在《史記》裏自有證據。《項羽本紀》"項梁起東阿，西北至定陶，再破秦軍。"王念孫以爲西北的"北"字就是"比"字的形誤。他説：" '西北至定陶'，《漢書》作'比至定陶'是也。考《水經注·水篇》：'濟水至定陶縣東北，流至壽張縣西，與汶水會，又北過穀城西。'穀城故城即今東阿縣治。東阿故城在其西北，而定陶故城在今定陶縣西北。是定陶在東阿之西南，不得言'西北至定陶'也。'比'、'北'二相近，故'比'誤爲'北'。後人以上文云：'項梁已破東阿下軍，數使使趣齊兵，欲其俱西'，因於'北'上加'西'字耳。《文選·王命論》注引《史記》無'西'字。"[1]王懷祖先生這種見解，很可以作我們考較本文的旁證。

在元宿的南面接近地平綫的天空，兩顆像'門'也似的大星，就天求之，當是西方所折的'半人馬座'(Cen)，屬於馬前腳的兩顆並列的一等大星α和β。

這半人馬座的α、β兩星，現在北緯三十度以北不能看見。在《天官書》所記，用帝太一常居爲極星的時代。朱文鑫説："以歲差求之，漢初北極，在今極之南約二十度。南門一在赤道南約三十三度餘，南門二在赤道南約四十度餘。如在北緯三十六度處望之，當星在南中時，南門一高出地平綫二十一度，南門二約十四度，慘然易見。鄒伯奇《夏小正·南門星考》曰：'《天官書》南北兩大星曰南門。即庫樓外之南門，北字爲衍文無疑。若元宿南北兩星，今測皆無四等，無緣稱爲大星也。'微君粵人，觀南天星象更爲明晰。"[2]

朱先生根據推得的古時北極是在現在的北極南二十多度，因而知道和這兩極在一線的南天，靠近古極的部分要比現在提高二十多度，而今隱在地下，早先是可以看見的。他的説明是非常正確的。不過，以"在赤道五十三度五分強"的二等星，即半人馬座的ε星，爲"南門一"，以"在赤道南六十度三十二分弱"的一等星，即半人馬座的α星爲"南門二"。[3] 似不甚可信。不若飯島忠夫所擬的星圖，把"圓規座"(Cir)的β星和"半人馬"的α、β相聯。飯島氏雖附上"圓規"的β，然尚未失"半人馬"α、β之南門地位。[4]

────────

[1]《讀書雜志》卷三之一。
[2]《圖考》第23—24頁。
[3] 參照面《圖考》頁二三及頁六一之第十七圖南極星圖。
[4] 參照天市垣：《補訂支那古代史論》卷末圖版。

半人馬 Cen

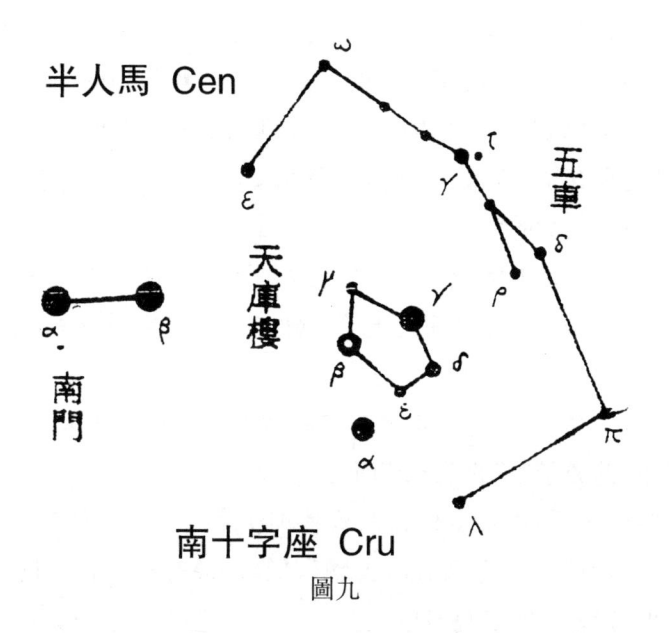

五車

天庫樓

南門

南十字座 Cru

圖九

"氐爲天根。主疫。"

氐宿是蒼龍的脊鬐。適當西方所想的"天秤座"（Lib）裏的α、β、γ、ι四顆星。"氐爲天根"的話，和《爾雅·釋天》"天根，氐也"一致。郭璞注："角亢下系於氐，若木之有根。"我想"根柢"的說法，不是氐宿命名的本意。本意當是把"氐"借作"脊鬐"的"鰭"或"耆"來用。是由於古同音相借的。這同音相借的事實，可以用《說文解字》來證明。《說文·土部》"坻，小渚也。《詩》：'宛在水中坻。'从水氏聲。"又說"渚"是"坻"的或體，曰："渚，或从水从者。"段玉裁說"者是聲。"段氏把"者"看作形聲的"聲"很對，"氏"和"耆"古音是在"灰"部的。

《文選·上林賦》"捷鰭掉尾"，郭注"鰭，背上鬣也。"又《魯靈光殿賦》注引郭注"耆，背上鬣也。"《說文·新附字》："鬐，馬鬣也。从髟耆聲。""鰭"和"渚"都是從"耆"得聲,而"渚"又和從"氐"得聲的"氏"是同字,則知用"氏"借作"髻"亦屬可能。——《儀記·士喪禮》注、《士虞禮·記》注都以古文髻爲耆。

"尾爲九子,曰君臣。斥絕。不和。"

尾宿,天龍的尾巴。

"九子",指他構成尾巴形的九顆明星。這九顆星正和西方"天蠍座"(Sco)的尾巴構想出於一轍。九子是天蠍的 ε、μ、ζ、η、θ、ι、G、λ、κ。

"九子"的"子"是從微尾前的心宿大星"天王"想來。按"大星天王,前後子屬"的"子屬"而言。

"爲九子"的"爲",王先謙《漢書補注》説:"爲曰同義。'尾爲九子曰君臣',與'房爲府曰天駟','箕爲敖客曰口舌',同一句例。尤言爲九子,又爲君臣也。"

"斥絕",對之作萬一想也。萬一這九顆星聯繫得像一條尾巴的"群"散了架,這不是象徵的"君臣"、"父子"們不能一意相連,離心離德了嗎?所以説:若是"斥絕"了這種關係,則成"不和"的象徵。——實在他們天天是往離散走,不過渺小的人間,在幾千年裏,是不能用肉眼明覺出來罷了!

"箕爲敖客,曰口舌。"

東宮例裏,惟有這一個星座和蒼龍無關。是一個獨立的東西。

他的名字在《詩經》裏常見。《小雅·大東》:"維南有箕,不可以簸揚。……維南有箕,載翕其舌。"《巷伯》:"哆兮哆兮,成是南箕。"

他的構形,用西方的星座相禽,正合於"人馬座"弓弧上的 γ、δ、ε、η 四顆星。這四顆星所聯成的"箕"形,又正合於殷周兩代的"其"字。可見這個星座的構成，實在是相當的遼遠了！

而今俗語，常把簸箕的外緣，叫"簸箕舌頭"。用《詩經》的"載翕其舌"去想，知道這是現存的古語。由於舌頭向外哆哆著，彷彿一位嘴寬舌敞好說閒話的人。於是附會他是象徵著"敖客"。甚麼是"敖客"？"敖客"就是"好說話的人"。《爾雅·釋訓》："仇仇敖敖，傲也。"《釋文》說："敖，本文作敖又作囂。同五高反。"

楚有"莫敖"，《淮南子·修務篇》作"莫囂"。《詩·小雅·十月之交》"讒口囂囂"，《釋文》引《韓詩》作"嗷嗷"，《潛夫論·賢難篇》作"敖敖"[1]，"敖"和"囂"是古同音相借的字。

好說話，是播弄是非的所以也叫"口舌"。

"火犯守'角'，則有戰。

'房，心'，王者惡之也。"

火，《索隱》引韋昭云："火，熒惑。"

朱氏說："案，熒惑，火星也。爲行星之一。"

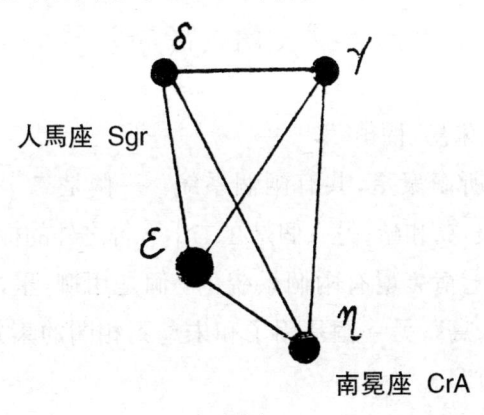

圖十

---

〔1〕 參郝懿行《爾雅義疏》上之三。

《曆象考成》曰："凡行星與行星相距三分以内曰'凌',一度以内度曰'犯',同度曰'掩'。行速者爲凌犯之星,行遲者爲被凌犯之星。行遲由順而逆,或由逆而順之處,曰'留'或曰'守'。"

又説："據近測火星軌道出入黃道南北約一度五十二分二秒。而角宿大星及房心衆星,離黃道不過二度,爲火星必經之路,故常被'凌'、'犯'。古以熒惑犯舍,謂之不祥。如《占經》引《洛書》曰:'熒惑犯房國君出亡。'黃帝占曰:'熒惑守房,天子車駕有驚。'《演孔圖》曰:'熒惑在心,則縞素麻衣。'《春秋緯》曰:'熒惑守心,海内哭。'王者所以惡之。"〔1〕

1 商.	2 商.	3 商.	4 殷.	5 周中.
菁2《甲》	前5.6.1《甲》	母辛卣《金》	其侯父之簠	頌鼎

"其"的故字字形

六、南　宫

"南宫：朱鳥,權衡。"

"南宫"所屬衆星,共有兩個系統：一個是二十八舍的井,鬼,柳,星,張,翼和軫;另一個是在二十八舍之外的權和衡。

"南宫"七宿裏還有兩個系統：一個是用柳,星,張,翼和軫所組成的"朱鳥";另一個是用了和朱鳥不相關的東井與輿鬼所組成的"斧質"。

綜合這幾組星,可以作爲中心代表的,只有"朱鳥"和"權

---

〔1〕《圖考》第25頁。

衡"。因此《天官書》如此標題,說:"南宮,朱鳥,權衡。"

《天官書》關於"南宮"的敘述,先從東向西說起,由衡,權,到東井。再從東轉回來向西說去,由東井經過輿鬼直到朱鳥——從鳥頭說到鳥尾。

(一) 權衡星群

"衡,太微——三光之廷。

匡衛十二星,藩臣:西,將;東,相;南四星,執法。

中,端門。門左右,掖門。

——門內:六星,諸侯。其內五星,五帝坐。

後聚一十五星,蔚然,曰郎位;旁一大星,將位也。"

這個"衡"和北斗杓魁之間的"衡"不同,也叫作"太微"。在"南宮"的東部,朱鳥翼和軫的北部。和紫宮相彷彿,也是由於藩臣相結構成了牆垣。裏面有五帝百官。

因為他們的門庭是日、月和五星必經之路,可以從他們通過時的順、逆、留守或凌犯而考核出臣下的順逆。和近旁的"軒轅"同是定奪吉凶的所在,所以把他們看成帝王的"權"和"衡"。

日月和五星,所謂"三光",朱先生說:"日之視行,恒在黃道,月與五星,若皆循黃道而行,其軌道與黃道斜交。據近測月道出入黃道南北五度八分四十秒。水星七度零八秒。金星三度二十三分三十五秒。火星一度五十一分二秒。木星一度十八分四十一秒。土星二度三十分。太微垣南接黃道,為日月五星必經之路,故曰'三光之廷'"[1]。

---

[1]《圖考》第26頁。

"太微",所謂"衡",若用西方星座相比,適在"后髮座"(Com)、"室女座"(Vir)和"獅子座"(Leo)之間。

"匡衛十二星,藩臣。"句法和中宮的"環之匡衛十二星,藩臣。"相同,惟於此不曰"環之"。現在依東西和南北三個方向來説:"東相"是"室女座"的 δ、ε 和"后髮座"的 α(42)、β(43)四顆星。

"西將"是獅子後腿和尻部的 σ、ι、θ 和 δ 四顆星。"南四星,執法"是"室女座"的 γ、η 和"獅子座"的後腳 υ、φ 四顆星。這三面一十二顆星恰好聯成一個"U"形的區域。宋代石本的天文圖把東相的 42(髮)、ε、δ 和執髮的 γ 四星看成上將、次相和上相。同樣又把西將從最北一顆順次看成上相、次相,次將和上將。而把 η、β(室女座)兩星相成左右執法。在數目或名稱上,和《天官書》很有出入。

南四星,"執法"由四個點恰好構成了三個"間"。這三個間相比,左右兩間的距離相似而中間最大。正好像一座大門:中間寬闊的 η、ν 空間是"端門"——所謂正門。兩邊較窄的兩個等距的間隔,處在左右,彷彿是"掖門"——所謂"角門"似的。

從這三個門,向垣牆裏看去,有幾組成群的小星:五顆一組的是"五帝座"。六顆一組的是"諸候"。後面有爛昭昭一組是"郎位",旁邊有一獨立特大的是"將位"。"門內六星,諸候",這一簇星,用村上氏的《全天星圖》相記,當是"后(髮)座"的 6、11、24、35 和 31 等六顆曲折的星星。後代看成五顆,稱爲"五諸候",地域相近而數目少異。

"其內五星,五帝座",在門裏,有五顆星聚在近處的,是五帝的座位。這五星最初我想是後代所説是"內屏"和"謁者"。以後

圖十二

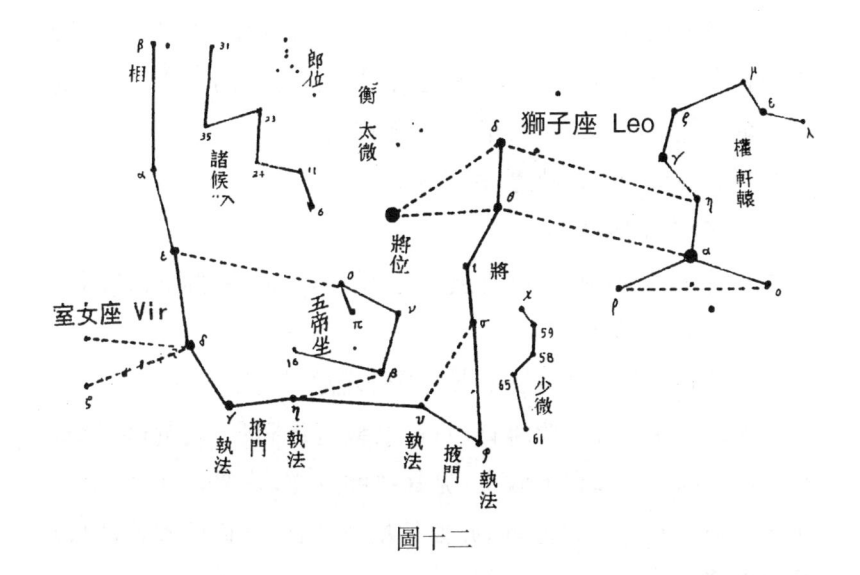

用亮度相尋,覺得該是室女座的 ο、υ、π、β 和 c 頭頸部四星左星所聯成的四邊或十字形——後代把獅子的尾巴,乃 β 星,看作五帝的中心,而以附近的六等小星四顆相襯。恐怕不是《天官書》的原意。那一顆燦然獨明的,是"將位"。

"後聚一十五星蔚然,曰郎位",在太微垣牆裏,靠近後邊處有叢簇簇一團星,光彩爛然是"郎位"。用西方星座相比,正是"后髮座"的著名星團。朱先生説:"郎位本著名星團,其中細星疏散,最易分析。如以小遠鏡窺之,大者十五星,適合天官之數。"[1]

"旁一大星,將位也",郎位附近沒有大星。若用"光"和"數"去在太微垣裏從旁找去,我想該是靠近西將,後代所説:"五帝坐中大星",那一顆孤零零的獅子尾巴 β 了。

―――――

〔1〕《圖考》第 27 頁。

如果依照後代所想定的"郎將"去看,誠如朱先生所云:"所謂郎將大星,在郎位之旁,亦不過五等耳!"五等的星光,怎能稱作大星?他不與《天官書》相合,一望即知。

"月、五星,順入,軌道,司其出。

所守,天子所誅也。

其逆入,若不軌道,以所犯命之;中坐,成形,皆群下從謀也。

——金、火尤甚。"

這是說月和五星通過太微的幾種現象和占驗。

朱先生説:"五星皆繞日而行,七軌道爲橢圓,與黄道斜交,有一定法則。然人在地觀察,見其忽順忽逆,若留若守者,由人所居之地不在星道之心,而亦如行星之繞日,自行於本軌,因視差故也。"

"如第五圖,吾師考慕司篤克於一八九四年實測火星在婁宿附近之行道,極爲精密。第六圖,著者(編者按:指朱先生自己)所測一九二六年火星順逆,第七圖爲金星行道,英天文學家綠鉤野於一八六八年所測,由甲至乙,由西而東爲順入。乙爲留,或爲守。由乙至丙,由東而西爲逆入,丙又爲留,由丙至丁,復爲順入。"

"總計之。順入之時多,逆入之時少,而留守之時系短。因時間之短少,古人遂以逆入留爲不常,而目爲變異,乃起災祥之占矣!金火二星最近地球,所見順逆之象爲尤著。故曰'金火尤甚'。《史記·劄記》曰:司其出,謂自太微廷過五帝坐而東也。守者,留而不去也。犯者,獵其旁也。中坐。五帝坐之中一星也。"[1]

---

[1]《圖考》第28—31頁。

"若",在這是連詞,王引之《經傳釋詞》七,"若猶及也,與也"。"其逆入若不軌道"就是"其逆入與不軌道"。

"廷西藩有隋星五白,曰少微,士大夫。"

在這"三光之廷"的"太微十二藩臣"的西邊之外,有向下墮的小星五顆,是"少微"用職官去擬說,是"士大夫"。

這五顆星,我以爲該是獅子身下的 x、c、d 等。——舊圖多半推到獅子腰背之間(飯島忠夫亦然)並無"墮"意。

"權,軒轅。——軒轅,蒼龍體。

前大星,女主象;

旁小星,御者後宫屬。"

軒轅衆星在此太微之西,蜿延如龍,兩角向南。其尾直接"三台"的上台。適合西方的"獅子座"足胸和首。以 α 爲首,o、ρ 爲角,η、γ、ζ、μ、ε、λ、χ 上接"山貓座"(Lyn)的 40、38"大熊座"的 10,迤邐而上。

"前大星"即"獅子座"α 是一等大星,色純白,最近故道。朱先生說:"因其在五帝坐之旁,故爲'女主象'。其北諸星皆二等以下,言其小,故曰'後宫之屬'。《援神契》曰:'軒轅,後宫所居。'《淮南子·天文訓》曰:'軒轅者,帝妃之舍也。'每年八月二十日,太陽適過此星,且或掩之。或西史謂之'黄金計裹石',蓋所以測日月之行道也,上言'三光之廷衆星之權衡者,其理益顯。'"[1]

"女主之象"和"後宫之屬",構想和"中宫"的後句四星,末大星正妃,餘三星"後宫之屬"相同,同是把女主身後的衆星看成後

―――――

[1]《圖考》第 32 頁。

宮裏眾女。不過在這我想"御者"和"後宮之屬"性別職務未必同一，應該把"龍體"看作後宮之屬，而把獅子足的ο、ρ兩星，分別在前，宛然兩角的看成"御者"，作個分別。

軒轅

"軒轅"一名，我想或者是象形。《說文解字》："軒，曲軸轅藩車也"，說"轅，軸也"，"軸，轅也。""獅子座"的頭部，從α經過η、γ、ζ、μ到ε，日本人所謂"大鎌"句曲之形正像一駕古制的車轅。軒轅若從車制著想，似乎只指著這黃龍體的前部。如果，承認這軒轅是車制之名，則大星兩旁的ο、ρ兩星自是"御者"無疑。

"月，五星，守犯者，如衡占。"

（二）斧質星群

"東井爲水事。

其西曲星曰鉞。

鉞北，北河；南，南河。

——兩河、天闕間爲關梁。"

這些星，適當西方所析成的"雙子座"(Gem)。

"井"的命名，和"畢"、"箕"、"斗"、"牛"之屬相同，也是取它和字形相似。

用《佛蘭司替德星圖》對照去說：井是由於以ε、ζ、λ和μ、ν、γ、ξ兩豎線爲主幹，而與以ι、χ、υ及獵戶持棒的手臂υ和雙子座的δ、ζ、γ及獵戶的μ兩橫線相交而成的。舊人以爲"井宿八星"，《宋石本星圖》也只有兩直而無長橫，非獨不像"井"字，而且有轉成"梯子"的可能了！

"其西曲星曰鉞。"

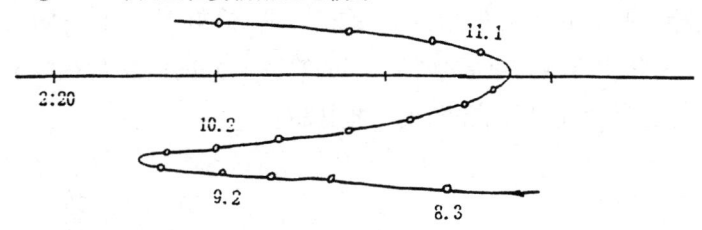

① 1894年火星在婁宿附近之軌跡

② 1926年火星在婁宿附近之軌跡

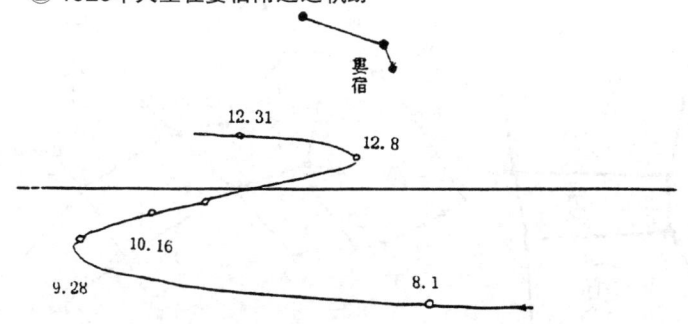

③ 1982年水星在斗宿附近之軌跡

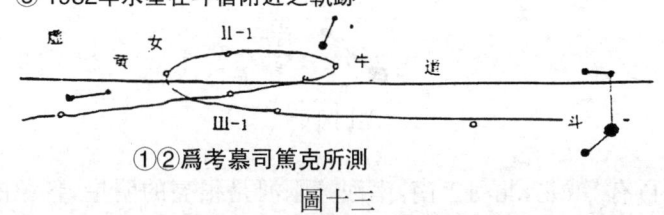

①②爲考慕司篤克所測

圖十三

"其西"二字，我以爲"西"該是"東"的錯誤。原因是由於誤會了曲星的"曲"意。其證有三：

"曲星"的"曲"是說明一組星體聯繫的形象。我們從《佛蘭司替德星圖》去看，在"雙子座"(Gem)的頭下膝上之間，也就是"井"的"東"邊，正有一組小星星，彎轉聯繫，組成一柄斧鉞之頭。從井的δ星東著眼，從A(57)、m(48)等一彎六等小星轉到ι、b、

64、ν、κ諸五等小星,再聯到ι(85)、g(81)、f(74)等六等小星而和出發點的 A 星共同集結到井東的星上,恰好畫成了一個斧頭形。因此我想"西"字該是"東"字的錯誤。井的西邊實在沒有一處可以看出"曲"形的斧頭來！此其證一。

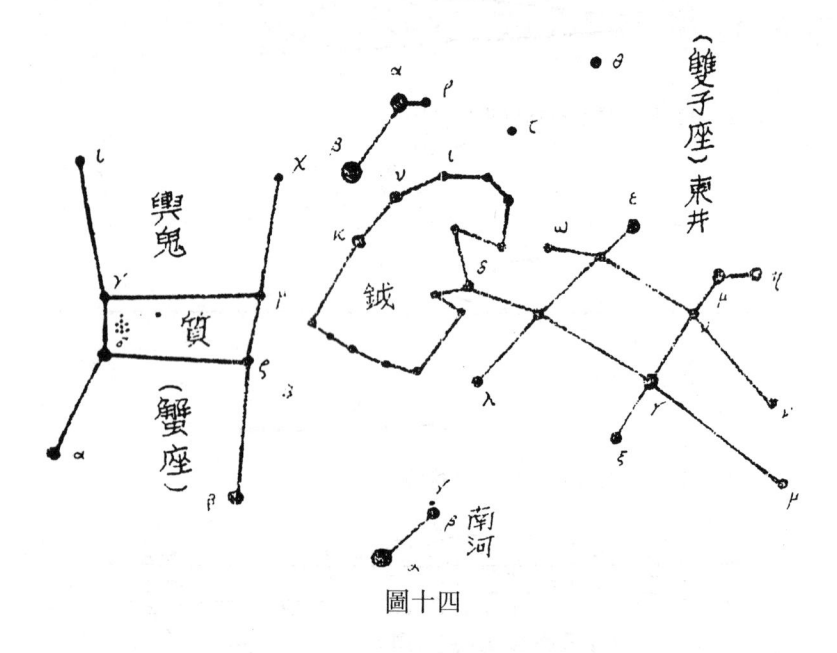

圖十四

再有"鉞北,北河。南,南河。"兩河是很亮的明星,各象的記錄都沒有位置差異。如果把這一組小星所聯成的斧鉞形肯定了,則兩河正是一在"鉞北",一在"鉞南"。如此,則天上的星象和書上的文辭正好一致。假如依照舊人的傳說把"鉞"畫在雙子的腳尖星上,則兩河不能正在他的南北了。此其證二。

"東井"的近鄰一宿是"輿鬼"。輿鬼中間有白色星團的長方形是"質"質在另一意義上,常和"斧"相聯著使用,說"斧質"。——質是"斬棋",所以《天官書》在下文說:"誅成詠"。質的名義雖然如此，若是不把"鉞"放在井的東邊，則不相聯繫，必失當初命名的本意。此其證三。

有此三證，所以我主張把"其西曲星曰鉞"的"西"字必須改成"東"。爲什麼後人把"鉞"給挪移了呢？這或者是由於以下的理由：一、"鉞"構成形態的諸星過小（六等很多），不易尋辨。二、曲星的"曲"誤認爲井邊的"曲處"。在井邊只有西北角上從雙子的腳 μ 翹起一星 η。遂認爲"鉞"系是這翹然上曲的明星了。於是説鉞是一星，而達到了兩河！

兩河

"北河"是"雙子座"的 α、β 兩星。"南河"是小犬座的 α、β 兩星。舊圖以爲兩河各三星：北星是雙子的 β、α、ρ，南河是小犬的 α、β、γ。"兩河、天闕間，爲關梁。"北河在黄道北，其大星橙黄色，南河在黄道南，其大星白色。兩河同在"天河"的東岸旁，夾黄道而對峙。彷彿宮廷前的"兩觀"——兩觀中間的空處系是"天闕"了。依此構想，於是以爲"兩河"南北夾持的黄道空間是"天闕"。這一個天闕正在臨"天河"的東岸，又是日月五星渡河的必經之路，由於渡口，於是又想他是"關梁"。

"輿鬼，鬼祠事。中白者爲質。"

朱先生説："鬼宿四星在北河之東南，軒轅之西，離黄道不過五度。中白者爲質，乃著名之星團也。望之如白氣。如以遠鏡窺之，即能分爲無數小星也。《正義》云：'（鬼）中一星爲積屍，一名質'。《觀象玩占》曰：'鬼中央白色如粉絮者，謂之積屍氣，如雲非雲，如星非星，見氣而已'。《宋史·天文志》曰：'積屍氣在鬼宿中孛孛然'。"

《明史·天文志》曰："'雲漢爲無數小星，鬼宿中積屍亦然.'

英人舊時，名之曰蜂巢，亦頗足以形容之。考西曆十六世紀中葉，意國天文學家茄蘭利初創遠鏡，窺破鬼中宿中積屍，大爲詫異，曰：'吾以爲積屍只一星耳，孰知有四十餘星乎？茄氏於二大星外，得見三十六小星，並作圖以狀其所見，當時傳爲異事，又爲天文史上極大發明也。'《史記正譌》，陳子龍曰：'舊傳鬼宿中積屍氣如雲耳，近測得二大星，中間實有三十六小星，此皆古人儀器未精之故。'陳氏之説，亦采自西史，指茄氏之實測也。故其説相合。若以小遠鏡窺之，可見六七十星焉。其中細星，或成對，或成三角形，亦甚奇也'。"[1]

興鬼一宿，是由"興"和"鬼"兩意合成的。適當西方的"巨蟹座"（Cnc）。γ、δ、ζ、μ 四星所構成的四邊形是質，斧下的椹木——質的四角又各有一星：γ 角前的是ι、δ 角前的是α、ζ 角前的是β、μ 角前的是 x 星。可以從四角聯出四條直綫，正像四個人背著一個長方形的車子，令人想起"興"字所從的舁意。《説文解字》舁寫字成四只抬物之手，興是抬著車，而此星宿則是從四角抬著一個方形。

"鬼"是和"質"相關的。中白者爲質，是有名的疏散星團M44"普雷世輩"這一片星團，正長方的"質"上正著一鉞——一把斧子的刃，好像斧子在木椹上所殘餘的血水一樣，所以命之曰"質"命之曰"鬼"。"斧質"在古代是很慘酷的極刑。《史記‧項羽本紀》"身鐵鐵質"，《漢書‧英布傳》"伏斧質椎南市"。《張蒼傳》"解衣伏質"，《王訴傳》"訴已解伏質"。"質"是用斧子砍人物的枕木，説很陰慘的鬼氣在，所以説他是"鬼"。

――――――――
〔1〕《圖考》第 32—34 頁原引兩圖略。

占驗

"火守南北河,兵起。穀不登。

故德成衡,觀成潢,傷成鉞,禍成井,誅成質。"

朱先生說:"南北河爲黃道星象,火星出入必經之道,故得守犯之。衡、黃、鉞,井質亦然。《集解》曰:'潢爲五帝車舍'。案,五車第五星,頗近黃道,故火星亦得守犯之,因守犯之故,《天官書》各繫於占驗之說。惟潢爲五車,屬西官,似不應列此。《史記正譌》謂潢係瀆字之譌,因井南有四瀆星故也。然《天官書》上文未及四瀆,此處附於星占,亦文不相屬。或係權字之誤,蓋上文所述權與衡鉞井質皆近黃道者也。"[1]

用南宮各星相看,"觀成潢"一句自是字誤無疑,"潢"字一定是"權"字之誤無疑,有本宮之星可證,有文節之文可比也。至於"觀"也許是"權"或"親"之字誤。有員官之說,不是指喉嚨而言也。

(三) 朱鳥星群

"柳爲鳥注,主草木。

七星,頸。爲員官,主急事。

張,素,爲厨,主觴客。

翼爲羽翮,主遠客。"

"軫爲車,主風。——其旁有小星,曰長沙,星星不欲明;明與四星等,若五星入軫中,兵大起。"

"柳爲鳥注",《漢書·天文志》作"柳爲鳥喙"。是"鳥注"中

---

[1]《圖考》第35頁。

即"鳥喙",《爾雅·釋天》"咮謂之柳"。《說文解字》"咮,鳥口也。"注:喙,咮三字音近義同用。用西文星座相擬,這鳥口之柳,是"長蛇座"的頭 θ、ω、ζ、ε、δ、ρ、η、σ 八星。前五顆是頸和上嘴,後三顆是下顎。如果注目細看還可以看得兩顆六等小星,聯成嘴尖。

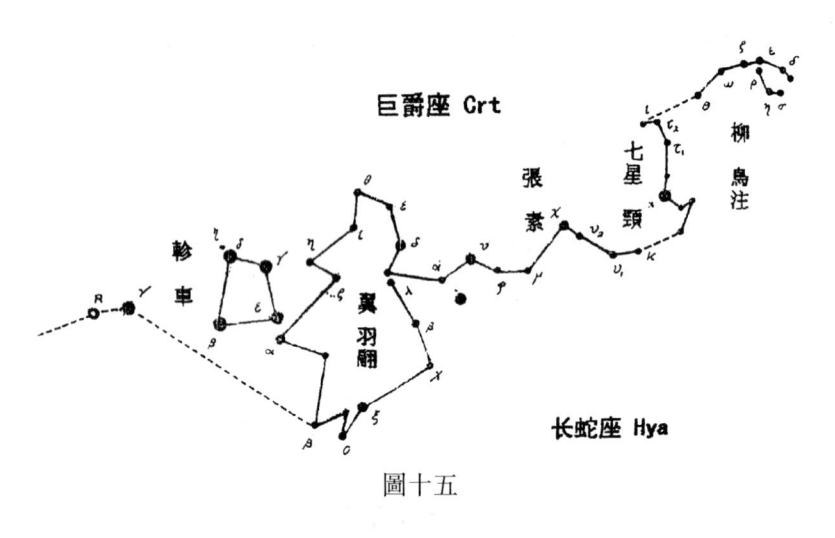

圖十五

何以鳥口又叫"柳"?郝懿行《爾雅義疏》說:是"八星曲頭似柳。"柳"主草木",朱先生以爲是"因柳字之義而主草木"。

"七星,頸。爲員官,主急事"。當鳥注之後有句曲七星,像鳥頸。適在長蛇的 ι、τ、A、α 等,形似北斗而小。《索隱》引朱均云:"頸,朱鳥頸也。員官,喉嚨也"。物在嚨喉終不久留,故主急事。"員官",我想是由"圓管"的聲音聯想而成的。頸是圓管形,所以有員官之說,不是指喉嚨而言也。

"七星"《淮南子·天文訓》和《漢書·律曆志》以及《後漢書·律曆志》並作"之星"。"七七"是記度數的。說"星"是"七度"。後人因"星"和其他一般通名相混,因而命之曰"七星"。我以爲"星"字當初也許是"旺"字,或者直是"淫"字,借作"頸"。因形誤成"星",原由"星"而改成"七星"。

《史記·天官書》"張,素。爲厨,主觴客。""張",我以爲借作"粻"。《爾雅·釋言》:"粻,糧也。"又《釋鳥》云:"鳥嚨,其粻,嗉。"郭璞注説:"嗉者,受食之處,别名嗉。今江東呼粻。"郝氏疏云:"嗉之爲言尤素也,空也,謂空其中一受食。"

據郭氏説:則知"張"就是"素"同義異名而已。鳥嗉是儲蓄飲食之處,因而想到他是"厨"。更由厨引申其意,認爲他的占驗是主管"觴政"的"觴客"。用長蛇的部位去比,張是 κ、ν、λ、μ、φ、υ 等衆星所構成的弓形,中間向下突起的部分是鳥的嗉子。"翼爲羽翮,主遠客。"這一宿的名意非常明顯,是朱鳥的翅膀。舊傳有二十八星。如果依照翅翼之形去想,我以爲它的聯繫該是以"巨爵座"(Crt)的 γ、δ、θ、ι、η、ζ 爲左翼,"巨爵座"的 λ、β 和"長蛇座"(Hya)的 χ、ξ、α、β 諸星加上烏鴉座的 α 星聯結到"巨爵座"的星爲右翼。——舊人所析的"青丘"和"軍門"等星,全包括在内。"遠客",是就它摶風遠飛想到的。

"軫爲車,主風。"這一宿正好和西方"烏鴉座"(Crv)的主星相同。用 δ、β、ε、γ 四星構成了朱鳥的短尾。"軫",《説文解字》説是"車後横木也。从車乡聲。"舊籍中常用此意義。《説文》又説"乁,新生羽而飛也,从几从乡,象形。"又從参得聲"殄",《説文》以爲"盡也。"是軫字有後尾盡頭之義。

"軫爲車"就是"軫"字聯想。"主風"是就"尾毛"著想。

"其旁有一小星,曰長沙,星星不欲明,明與四星等若五星入軫星中,兵大起。"在軫宿之旁,(δ星之旁)有一小星 η,叫長沙。

名字好像因於軫主風，而想到空沙似的。

長沙一星，《天官書》明記是"其旁"，並沒記"其中"，薈木星圖，飯島氏亦如之，把軫形中的 ζ 星認作長沙與《史記》不合。蓋彼等已將軫看成"車"而把 ε 前的 d 星當作右轄 δ 旁的 h——即我們從《史記》所認定的長沙——認爲作左轄了。

"星星不欲明"，王先謙《漢書補注》引朱一新曰："星星，微明也。"

"明與四星等。若五星入軫中，兵大起。""若"，尤"及也，與也，或也"。意思是：假要長沙，這星星的小星一旦亮得和軫四星的光度相等，或者是日月五星進入軫星之中，則主兵起。——軫有兵象，朱氏以爲："軫近黃道，故五星得入之。兵起之占，因軫有兵車之象也。"〔1〕

"軫南衆星曰天庫樓。"

庫有五車。車星角若益衆，及不具，無處車馬。"

"天庫樓"，"庫有五車"，是"庫"和"樓"有別。

《說文解字》"庫，兵車藏也。从車在广下"。《禮記·曲禮下》"在庫言庫"注："庫，謂車馬兵甲之處也。"《文選·東京賦》"據其府庫"，薛注："車馬器械所居曰庫也。""庫"，我以爲就是東宮所屬的"南門"西北近旁，西方"半人馬座"（Cen）的 ε、γ、τ、σ、δ、ρ、π、λ 等九星所構成的"Π"形。其中 γ、τ、σ、δ、ρ 五星相聚是所謂"五車"。

"樓"，則是由"南十字座"（Cru）的 β、μ、γ、δ、ε 所構成的屋形。μ、γ、δ 三星是他房蓋，而 β、μ 和 δ、ε 則是他的兩柱。（這種

---

〔1〕《圖考》第 37 頁。

構想和西宮的五帝車舍相同，見後。）

　　車星，那五顆相聚如花的，若是看出芒角，或者是比以前多出幾顆減少幾顆，他的占驗是"無處車馬"——庫中有了變異，則放置車馬之處必失其常了。舊傳以"五車 γ、τ、σ 諸星當庫樓，不得其形，蓋目北極移動之後，中土難見南十字之故也。"

七、西　宮

　　"西宮咸池，曰天五潢。
　　——五潢，五帝車舍。火入，旱。金，兵；水，水。中有三柱。柱不具，兵起。"
　　"咸池，曰天五潢"，今就"咸池"和"潢"兩義論之："咸池"，在《楚辭》、《淮南子》並以爲"天池"。《離騷》"飲余馬於咸池兮，總余轡乎扶桑。"《九歌·少司命》"與女沐兮咸池，晞女髮兮陽之阿。"王逸注，先謂"咸池，曰處也。"又説"咸池，星名，蓋天池也。"《淮南子·天文訓》説："咸池者，水魚之囿也。"
　　"潢"，《説文解字》説："積水池。从水黄聲。"《國語·周語》："尤塞川原而爲潢汙也。"注："大曰潢，小曰汙。"潢既是積水池，正和《楚辭》、《淮南子》所説的"天池"同義。據此可以知得"咸池"星座是以水池取形的。
　　《史記·天官書》説"潢"的一共有兩處：一處是這裏的"天五潢"，一處是北宮的"天潢"。天潢是八星絕漢的，而五潢則是半渝於漢中。這兩處水池之義，全和天河相關。"五潢，五帝車舍。"五潢也謂之五帝的車舍——看成藏車的房子，也就是"庫"。這是拋開天河"水"的聯想，而另從建築的觀點，看成了一座"車舍"。

用星的亮度去求：這五天潢的咸池，所謂五帝的車舍，是"御夫座"(Aur)的 α、β、θ、ι 四星和金牛角 β 御夫踵的 β 星五顆所聯繫的五角形。這五角形，南部淪入天河裏，浸了一多半水，因此想由這五星所兜成的圈子是一個小小的"潢池"。這五角形又和東宮旗座裏天市的"市樓"，南宮裏軫南的"天庫樓"構形相同，同像一座房屋。他的前面正好又有一駕"斗爲帝車"的"車"，於是想到他是"車舍"。

至於占驗方面，則全是從"潢池"著想。這水池，若是水被烈火蒸著，自然是漸漸會乾的。若是沉進去一只金屬的東西，大概是鉤刀之類吧，一定會傷害這"水魚之囿"的"魚"了。若是更填進去水，不用説，水上加水，當然會氾濫得鬧起水災來。所以説：火星進去必旱。金星進去必有兵象。水星進去一定會發生大水災。

"三柱"，當是御夫抱羊的手臂 ε、η、ζ 三顆星。

後代把咸池——可以構成車舍的五顆明星，叫作"五車"，而別在咸池之內另選出五等以下的小星，看成咸池三星，天潢五星，和《天官書》的原文不附。

錢大昕《三史拾遺》説："古書言咸池者，皆兼五潢五車三柱言之。故史公以咸池爲'五車令舍'。……然則五車即咸池也。後人析爲數名，僅以三小星當咸池，而《淮南》、《太史公書》遂不能通矣。史公以紫宮，房，心，權，衡，咸池，虛，危爲天之五官坐位，豈專指三小星而言哉！"

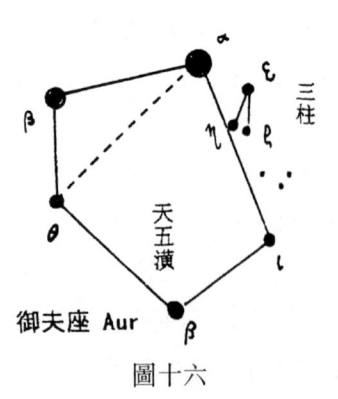

按咸池西有昴宿，而"昴"是"魚梁"正是就這"水魚之囿"著想。

圖十六

牧畜星群

"奎曰封豕,爲溝瀆。"

在這群星裏,奎宿是豬,婁宿是拴豬的。

這一座星,正好是西方"仙女座"(And)的幾顆大星和"雙魚座"(Psc)的幾顆小星所合成。從仙女的 π、δ、ε、ζ、η 到雙魚的 ψ、χ,折過來再由雙魚 φ、υ、ι、τ、g(82)、σ 到仙女的 β、μ、ν。考"奎",《説文解字》説是"兩髀之間,从大圭聲。"《莊子·徐無鬼》"奎蹄曲隈"奎蹄指豕的胯與蹄。就他也像似豕胯曲隈之形。所以又有"封豕"的別名。奎,和窐同聲。説他是"溝瀆"之義,則由"深地"之"窐"和"清水"之"窐"引伸而來。這"腰細頭尖似破鞋"的奎宿,也正像一渠水溝。

《爾雅·釋天》:"降婁,奎婁也。"《正義》引孫炎曰:"降,下也。奎爲溝瀆,故稱降也。"用地形的下降來作奎宿的別名,是溝瀆一義乃奎宿之所從來也。

"婁爲聚衆。"

婁,借作塿。象培塿小邱之形。

《方言·十三》:"冢自關而東謂之邱。小者謂之塿。"婁,聚衆之義。《詩·山有樞》"弗曳弗婁",《玉篇·手部》引作"弗曳弗摟"。《説文解字》"摟,曳聚也。"《爾雅·釋詁》:"摟,聚也。"婁宿三星,適當"白羊座"(Ari)α、β、γ。正成培塿之狀。

朱文鑫先生説:"婁宿三星,在奎之東南約十度。其第一星爲月道所必經。二千年前,西人以婁爲黄道星象之首。考之西史,紀元前一二百年,依巴谷謂婁宿第二星爲春分星。《漢志》曰:'春分日在婁。'蓋其時婁當春分。中西所測,自相符合。"[1]

---

[1]《圖考》第 41 頁。

圖十七

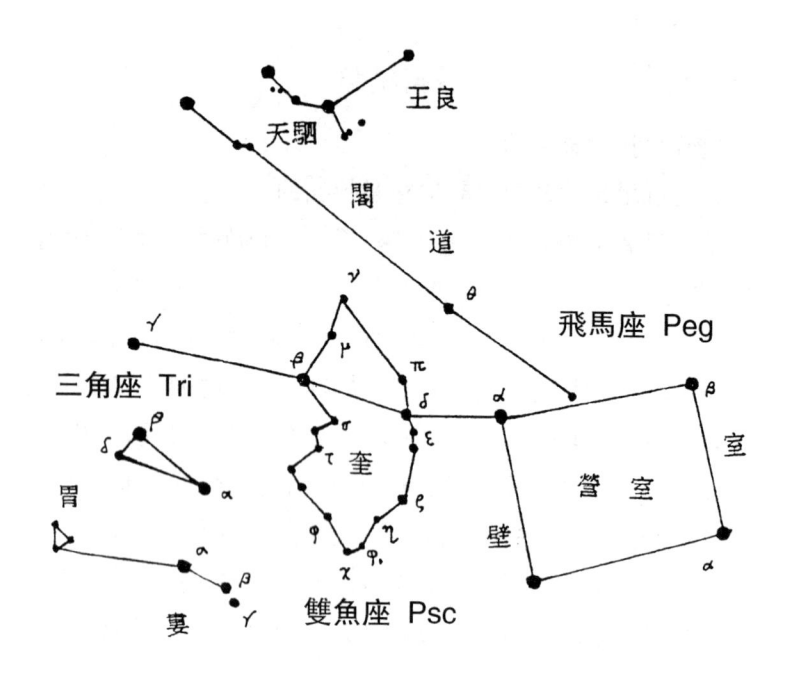

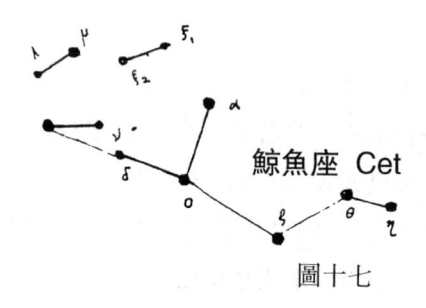

"胃爲天倉。其南衆星曰廥積。"

朱先生說："胃宿三星，均四等以下之星。在赤道北二十六度與二十九度之間。在婁之東。"按即白羊斜上方的舊日所謂"蜂座"(la Mouche)三角形之三小星(41)、(39)、(35)。

"胃爲天倉"，全由胃臟存米而來。後人別在赤道之南八度與二十三度之間指出"天倉"諸星,並非《天官書》義。

"其南衆星曰廥積。"

"廥",《說文解字》:"芻稿之藏也。从廣會聲。"《廣雅·釋宮》"廥,倉也"。《史記·趙世家》有"邯鄲廥"。

今按胃宿之南,正是"鯨魚座"(Cet)的頭。所謂芻稿之藏的倉房,應是鯨頭的α、λ、μ、ξ2、γ、ξ1、ξ2 和 δ、ο 及"雙魚座"(Psc)α 星所構成的兩所倉房。後代星圖以之爲"天囷"、"外屏"而別取小星六枚以爲"芻稿",大非《天官書》之舊。

"昴曰髦頭,胡星也。爲白衣會。"

"髦頭"《漢書·天文志》作"旄頭"。

昴宿,是最惹人注目的星團。朱先生說:"昴宿爲最著名之星團。尋常目力可視六七星。目力佳者能多見四五星。如以高強力望遠鏡窺之,有三四百星。或用照相攝之約得一千四百星。且有星氣甚著,如雲非雲,如煙非煙,望之如白氣。《天官書》曰髦頭,形容星團之多星也。胡星者,言星之奇異不常也。白衣會者,星氣之狀也。古人仰觀星象,全恃目力,乃能言之盡善,與近今實測,若合符節,豈可以占驗之說,概括一切,而失古人仰觀之苦心哉"[1]。

昴,我想當初命名時也許是"罶"。《史記·律書》"北至於留",直以留爲昴。昴星團肉眼可見之星有七,西人因之有七姊妹之說。東方最初,大蓋是把這七星看成一個撲魚的"篓"。——和畢宿同是漁獵的武器。《爾雅·釋器》:"嫠婦之笱,謂之罶。"《毛詩傳》曰:"留,曲梁也,謂以簿爲魚笱。"《說文解字》:"笱,曲竹撲魚

―――――――
[1]《圖考》第41—42頁。

笱也","罶,曲梁,寡婦之笱,魚所留也。"《爾雅·釋訓》:"曲者爲罶。"郝懿行以爲"寡婦二字合聲爲笱,嫠婦二字合聲爲罶。正如不來爲狸,終葵爲椎,古人作反語往往如此。……今河上人曲竹爲笱,其口可入而不可出,故《淮南·兵略篇》云:'發笱門,是其制也。'"(《爾雅·正義》)

昴星團若仔細觀之可見七星,其七星迤邐相聯,正彎曲如句,是彎曲的魚笱,就昆這點去顧名思義,"昴"或者就是借作從网畱(留)聲的"罶"吧!

至於"旄頭"之説,則從"旗"來。和三宿旁邊的"天旗"、"九游"是一系,是旗竿頭上的"童童旄頭"。《説文解字》:"旄,幢也。从㫃毛聲。"劉熙《釋名》:"幢,童也,其貌童童也。"段玉裁説:"旄是旌旗之名……用此知古以犛牛尾注竿首如斗童童然。故《詩》言干旄,言建旄,言設旄……以犛牛尾注旗竿,故謂此旗爲旄"。

"畢曰罕車。爲邊兵,主弋獵。"

畢宿八星聯綴,恰如龜甲獸古文字的"畢"字。乃是一柄有把的"田網"。

西方把它看成一顆牛頭,屬於"金牛座"(Tau)的 α、θ(77、78)γ、ε、δ(1、2、3)γ 和 λ。

"罕",《説文解字》曰"網也"。揚子雲《羽獵賦》:"罕車飛揚,武騎聿皇。"罕車,載畢之車也。

《小雅·大東》:"有捄(救)天畢。"《毛傳》説:"畢所以掩兔。"《月令》"罝罘羅網畢翳",鄭注"小而柄長謂之畢"。《齊語》"田狩畢弋",韋昭注"畢,掩雉兔之網也。"

《郊特牲》"宗人執畢先入",注云"畢狀如叉。"則禮器之形如畢者。

昴畢兩星全依漁獵涉想。

"運兵"和"弋獵"，朱先生説："以罕車字義取象也。"

"其大星旁小星爲附耳。附耳搖動，有讒亂臣在側。"

其大星，所謂"阿路德巴蘭"(Aldebaram)也。是1.1等的明星，發美麗的薔薇色光。大星旁小星指在緊貼的 σ1、σ2 星，光在五等。這大小兩星的位置，好像小星附在大星耳朵私語，遂有"附耳"的名兒，遂有"讒亂臣在側"的取象。"動搖"，朱先生説是"閃光之象也。"

昴畢間爲天街。其陰，陰國。陽，陽國。

朱先生説："昴在黄道之北，畢在黄道之南，而均與黄道相近。日行黄道，月與五星皆循黄道而行。出入於黄道南北。故昴畢之間，正爲日月五星之要道，若天街也。因名昴畢間之星曰天街。"[1]

又説："陰者，北也；陽者，南也。指天街之南北。"

《天文志》："七年月暈圍三七星，占曰：畢昴間天街也。"

"參爲白虎。"

"三星直者，是爲衡石。下有三星，兑，曰罰，爲斬艾事。其外四星，左右股肩也。三小星隅置，曰觜觿。爲虎首。主葆旅事。"

參爲白虎，實兼兩宿——參與觜觿。正當西方所析的"獵户座"(Ori)。觜觿是獵户的頭 λ、φ1、φ2 等三顆小星。而參則是 α、γ、β、χ 肩股兩對明星所形成的四邊形和其腰中横列三星 δ、ε、ζ 與腰刀的 θ、ι、ν 豎立三星。《天官書》把這横列三星叫"衡石"，豎三星叫"罰"。左右肩股依樣叫"肩"和"股"。參是虎的軀幹和肢體。

---

[1]《圖考》第44頁。

金牛座 Tao

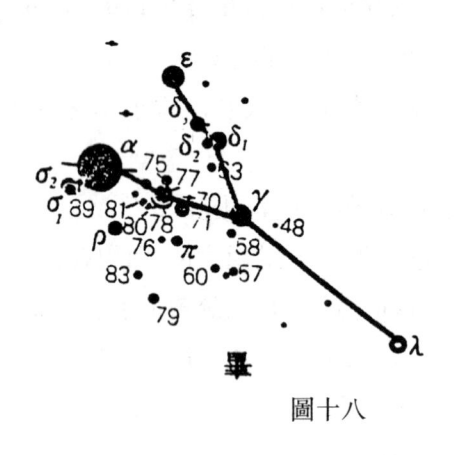

圖十八

　　參的四邊形，我想：若顧名思義，似乎是"滲"的借字。參是"旌旗的正幅"，是"九游"所附著的本體。如果不把他看成旗的正幅，則下文參旁的"九游"便無所系屬了。

　　《廣雅·釋天》記"參，旗"。説三就是旗。《周禮·巾車》注云："正幅爲參，游則屬焉。"《正義》曰："正幅爲參，《爾雅》文。"又《覲禮正義》："《爾雅》説旌旗正幅爲三。"今本《爾雅》失此四字，僅有"熏帛參"三字。郭璞注"縿，衆旒所著。"《爾雅》又説"素升龍於參"，正幅之上可施彩以繪畫。

　　參旗，也叫"參伐"。《廣雅》："參伐謂之大辰。"舊籍説"參"時，常有用"伐"的。《召南·小星》"維參與昴"，《毛傳》云："參，伐也。"《考工記》："熊旗六斿，以象伐也。"以象伐，就是以象三。

鄭著以爲伐屬白虎宿，與參連體而六星，析三與伐爲二，似非古義。《春秋·昭公十七年·公羊傳》："大火爲大辰，伐爲大辰，北辰亦爲大辰。"直接用伐來代表參宿也是以伐爲三。何休注："伐，謂參伐也。"象應該説"伐，謂參也。""罰"和"伐"古音同在曷部。參爲什麽也叫"伐"？"伐"在這當借作"斾"用。《詩·泮水》"其旂茷茷"，《群經音辯》引作"伐伐"。《六月》"白茷央央"，《釋文》"伐，本作斾。"《左傳·定公四年》"績伐"是大赤旗。《史記·衛世家》"賜衛寶祭器，以章有德。"《集解》引鄭衆《左氏章句》説是"績筏，旗名也。"

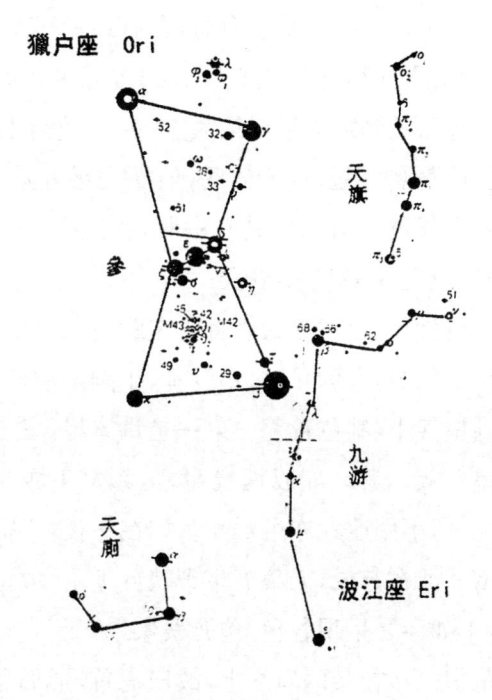

圖十九

獵户的軀體在東方原有"參"和"伐"也就是"參"和"斾"兩種名兒。這兩名當初只是使用一個，後來把"參"固定是"參星"，而把"伐"貼到獵户的腰刀上，遂有人同時並"參伐"——這大概是在"白虎"奪了"參旗"的正幅而別辟句屈九星爲"天旗"之後的事。

朱先生説："參宿在赤道南北十度之間。而中三星之西一星，正在赤道之上。故參爲了赤道星象之最著名者。世界各國皆得見之。且參之四周，天空晴朗，仰視尤明。其中三星在一直線上者，曰衡石，言其平也。衡石下三小星曰罰，爲了斬艾事，西名曰刀，言其鋭也。北二星爲左右肩，右肩爲一等大星。近今美國加省利克天文臺測得此星之直徑爲二百五十兆英里，約比太陽大三百倍，爲已經測得恒星體最大之一。其色系極美麗之深黄而近於紅，係著名變星。《天官書》言黄比參左肩是也。右肩爲二等星，其色灰黄。南二星爲左右股，右股亦爲一等大星，其色青白。據近測此星熱度在攝氏一萬六千度。比太陽約高三倍。爲已經測得恒星温度之最高者。左股爲二等星，其色微白。衡石三星，皆爲二等。其西一星爲雙星，正副兩星皆白。中一星亦爲雙星，副星甚小，其色青蒼。東一星爲聚星，三星相聚，正星色黄，兩副星一灰一紫。如以遠鏡窺之，頗爲美觀。罰星四周，有星氣甚著。即不用遠鏡亦可辨認。如在冬夜，三宿中天，畢大星在其前，南北河在其後，天狼五車輝映於上下，大星棋布，美不勝收。然終不如參之呈現各色，包羅衆象也。"[1]

又説"觜宿三星在參兩肩之上，故曰虎首，形如品字。《觀象

---

〔1〕《圖考》第44—45頁。

玩占》曰：'參爲虎身，觜爲虎首，罰爲虎尾，共爲白虎'。《明史·天文志》曰：'觜宿距星，唐測在參前三度，元測在參前五分，今測已侵入參宿。'《儀象考成》曰：'康熙壬子以三中三星之西一星作距星，觜在參後'。乾隆甲子以參中三星之東一星作距星。觜在參前。案觜宿經度與參中三星之經度略同，觀明志之言，唐元明所測，因歲差而生前後。考成之言，康熙、乾隆所測，因距星而有前後也。"〔1〕

案《淮南子·天文訓》論星分度，觜二，參九。

"其南有四星，曰天廁。廁下一星，曰天矢。矢黃則吉，青、白、黑，凶。"

在參宿——白虎座——之南，有四星聯成一四邊形，適當西方所析"天兔座"(Lep)之 α、β、δ、γ。其所以名之爲"天廁"者，因在白虎尾下作槽，張口向上，若有所承接——正像廁裏承糞便之口。廁下一星，正是"天鴿座"(Col)的 α 星，在廁下一星獨明，彷彿白虎所排泄的糞蛋，通過廁中向下墜落。"矢"，現在多寫成屎字。

"天鴿座"(Col)α 星，後人目爲"大人"。因別取其一小星以當"天矢"，非可舉目即得。朱先生以"天鴿座"α 上小星當之，飯島氏用天兔座尾後一小星當之，皆非。朱先生之星位雖與此論不同，然所論"變色"之事則可參考。他說："廁南一星曰天矢。此星近南地平界。蒙氣差較大，星光因空氣之曲折，而現諸色。"〔2〕

"其西有句曲九星。三處羅：一曰天旗。二曰天苑。三曰九游。"

---

〔1〕《圖考》第 45—46 頁。
〔2〕《圖考》第 46 頁。

在三宿的西面有句曲九星，分在三處羅列著。一組是天旗，一組是天苑，一組是九游。

天旗，九游和前論的觜頭是基於一個聯想。從"天兔座"的 ε、μ、χ、ι 聯到"波江座"(Eri)的 λ、β（β《弗蘭斯替德星圖》作 h）是旗竿，由波江的 β 橫折到 ω、μ、υ 是旗的正幅，這九顆星是"天旗"。在旗竿的上方聯繫著"獵户座"的獸皮 π1、π3、π4、π5、π6 到 o1、o2 迤邐九星，象旗上的九條"游"，我們現在所謂的飄帶。古金裏"作妣已觶"的 E 形正和他相同。

天苑九星是"波江座"的 γ、δ、ε、τ、τ1、τ3、τ4、τ5 中間加上"鯨魚座"(Cet)的 π。全是四等以上的星星。後人放大了，把五等星也加入，看成十六顆星星。

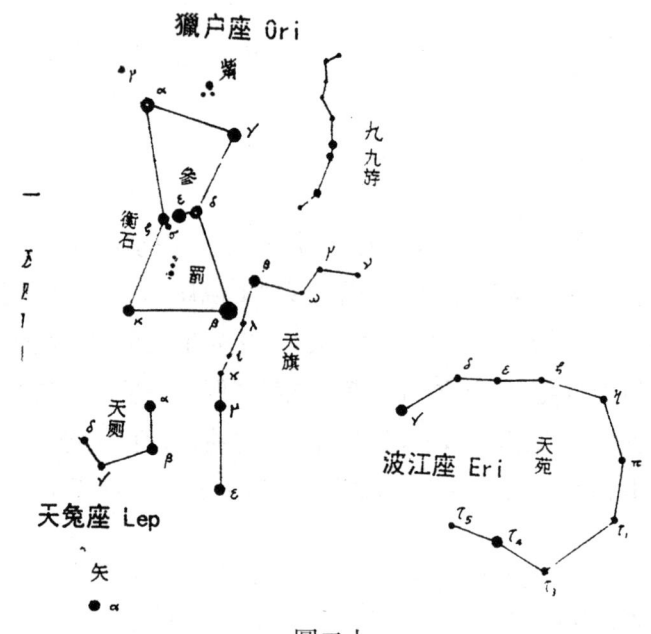

圖二十

"其東有大星曰狼。狼角變色,——多盜賊。"

在參的東邊有一顆大星:一等的一顆,二等的四顆。

這幾顆大星,東西方人都把他看成一匹獸。西方說是"大犬座"(CMa),東方說是"狼"——狼和犬的形也差不多。

舊來,都以爲"狼"是一顆星——那一等白色的大星。三宿用首股諸星組合成一只虎,狼似乎也不能單用孤星像獸。如果把《天官書》"其東有大星"的"大星"看成是"一群大星"而不是"一顆大星"的時候,則與"大犬"的構想相信,正得狼形。《楚辭·九歌·東君》篇"舉長矢兮射天狼"正是看作一匹猛獸。我

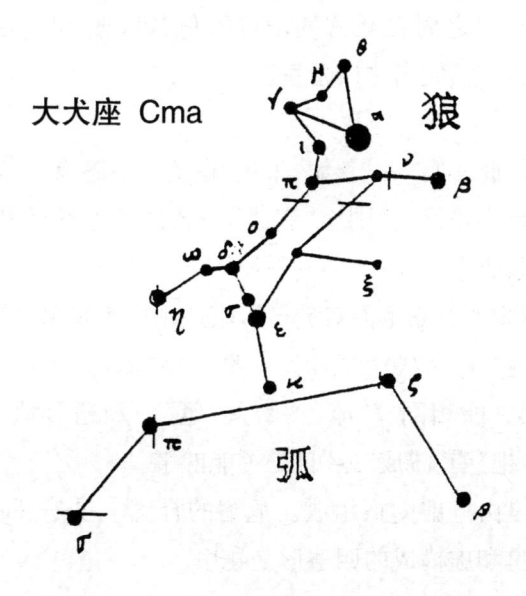

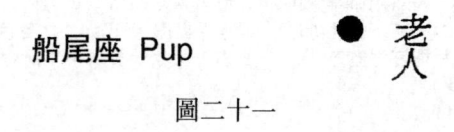

大犬座 Cma　　狼

弧

船尾座 Pup　　● 老人

圖二十一

於是想：狼説是和大犬相近。用大犬 α、θ、μ、γ 作頭與雙耳，β、υ2、π 作前足，ι、π、o2、δ 作脊，δ、σ、ε、κ 作後足，而把 δ、η 看作尾巴。——這種想法和舊傳有出入。

"角，變色。"朱先生説："天狼爲恒星中最明者。由衡石三星，虚引一直線，偏東南約十餘度，即得其所在。"[1]豈得因盜賊之説，目爲占驗而忽之哉！[2]

八、北　宮

二十八宿之屬在北宮的，有虚、危、室、壁、斗、牛、女七宿。室和壁《天官書》統名之曰營室。

玄武

依照前此三宫——蒼龍、朱雀、白虎——各有一個具體的象形的動物星座作代表，則這"玄武"一名自然也不是單純的象徵武事的抽象概念。

張衡《靈憲》"靈龜圈首於後"，玄武也或者是這"圈首"的龜。"武"或許是"黽"的雙聲相借。《説文》："黽，圭黽也。从它，象形，黽頭與它頭相同。""鼃"、"鱉"、"鼇"一類龜形動物，也都從"黽"爲誼，把"黽"説成"龜"自是可能的事。

玄武是由危虚兩宿組成。危宿的脊處一星是圈首的龜頭，而其他兩星和虚構成的四邊形是龜甲。

---

[1] 按：這是以爲天狼只是一顆大星，和我所説的確有不同，但作爲代表星則一致。因"大犬座"(Cma)中惟此獨明也。西名爲 Sirius，其色青白。光强眩目，有芒角之象，故曰"狼角"。當其初升時，近地平界處，恒現如虹之各色，故曰變色。史公測候至密，故能言之盡善（原注：西國天文家始於二十年前證明天狼變色之象。載蘇氏觀象）。

[2] 《圖考》第46頁。

飛馬座 Peg

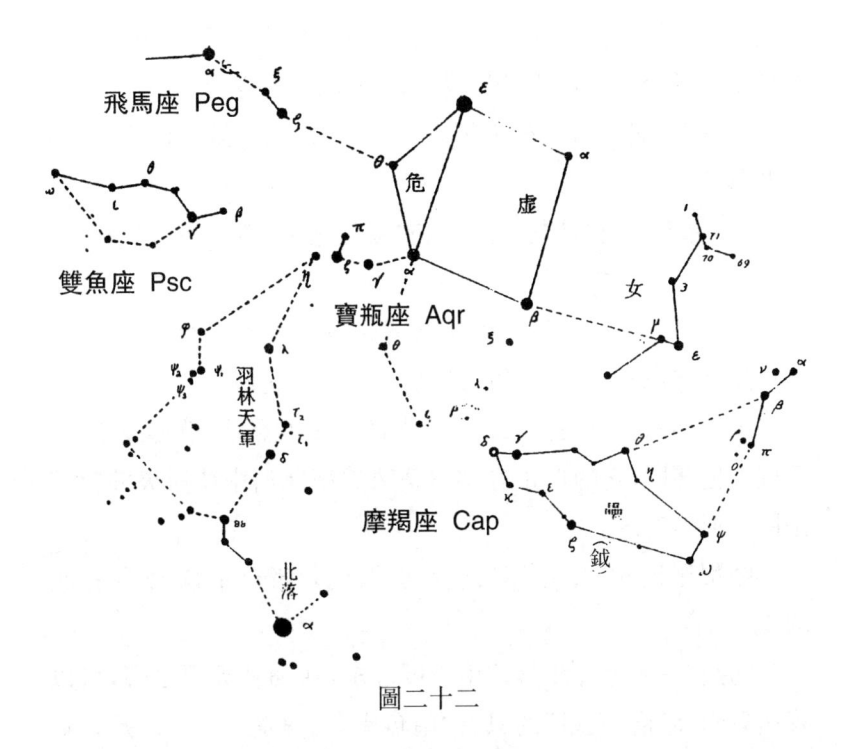

雙魚座 Psc

危

虛

寶瓶座 Aqr

女

羽林天軍

摩羯座 Cap

鈇

北落

圖二十二

"虛,危。危爲蓋屋;虛爲哭泣之事。"

"危"和"虛"兩宿構成一架屋形。

　　危是房蓋兒,中將突起的鈍角是脊,脊左右是前後坡。適當於"飛馬座"的馬頭θ、ε和"寶瓶座"的α。《史記·魏世家》"痤因上屋騎危",所謂"騎危"的"危"正好和這"危宿"的"危"同誼。《天官書》說:"危在蓋屋",也正是記他的形狀。

　　虛是房子的基址。《風俗通》:"今故廬居高處下者,亦名爲墟。"墟就是虛。《左氏·昭公十七年傳》"大辰之虛也",孔疏:"虛者,舊居之處也。"虛宿是危宿蓋屋之下基,所以叫"虛",是取基址之誼,適當"寶瓶座"的β和"小馬座"馬頭α兩星。至於"虛爲哭泣之事",則由於同音假借,借作"欷虛"的"虛"。《離騷》"曾虛欷余鬱邑兮",注:"懼(瞿)貌,或曰哀泣之聲也。"

"其南有衆星曰羽林天軍。軍西爲壘,或曰鈇,旁有一大星爲北落。"

"羽林天軍"當是"寶瓶座"和"南魚座"一帶衆星,多數是五六等的。

"軍西爲壘,或曰鈇。"這是指寶瓶座西邊的"摩羯座"尾巴,衆星迤邐聯成句曲之形,彷彿是羽林天軍的壁壘。

這一句曲星也叫作"鈇"。是拋開天軍的聯繫,就形論象,又看成一把斧頭,它的形正好和井宿東邊南北河中間所夾的"鈇"是同一形勢的。

摩羯尾巴由 θ、η、χ、ϕ、ζ、ε、κ、δ、μ、λ 諸星上聯到寶瓶座的 ξ。

"旁有一大星爲北落。"用光度去求,在羽林天軍之旁,可以皎然獨明,堪稱"大星"的只有"南魚座"的魚嘴 α 星——是一顆橙黃色有 1.3 等的光度,在羽林軍的西旁。

"北落若微亡,軍星動角益希,及五星犯北落,入軍,軍起。火金水尤甚。火,軍憂水患,木土軍吉。"

這附會的占驗。

假若北落星,這橙黃色的大星,若是忽然減縮了亮度,光色"微弱"。或者竟至消失,到了"沒有"——滅亡。或者時羽林天軍衆星忽地個個"動搖",長出"芒角",乃至於"增益"或"減少"了數目,或者是五星"侵犯"了北落。或者是否走進羽林天軍裏。一旦有了這任一種現象,一定會有"軍事行動"的。

朱釋說:"北落師門爲航海九星之一,月道所必經。故五星皆得犯之。羽林軍自黃道南一度至十六度,故五星皆得入之。"[1]

"危東六星,兩兩相比,曰司空。"

這一段和中宮"魁下六星,兩兩相比,曰三能。"的句法相同。

後世星圖和《天官書》文意不符,以故注家很多迷惑。或說東字是西字之誤,或說危字是虛字的誤。

我們如果用"危東"和"兩兩相比"的兩條件去搜索,一目即得,知道文字並無錯誤。我想這兩兩相比的"司空"就是"飛馬座"馬前足的 η,和 $\mu\lambda$ 再加上馬頸上的 $\xi\zeta$ 三組星。構想的方法,正和北斗下的三台同出一轍。

"營室爲清廟,曰離宮。"

營室便是"飛馬座"的大四方形。由於飛馬的 $\alpha\beta\gamma$ 和仙女頭 α 所組成,像一所房基。《爾雅·釋天》"營室謂之定",《詩》"定之方中",即指這大四方。

在二十八宿裏,用飛馬的 $\alpha\beta$ 作營室的代表叫"室",而別起一名"壁"叫飛馬的 $\gamma\alpha$。《爾雅》又說:"娵,觜之口,營室東壁也。"這兩名也很古。營室東壁兩兩相聯的大四方形也像"口"形。

"閣道漢中四星,曰天駟,旁一星,曰王良。王良策馬,車騎滿野。"

"閣道"二字,朱氏連到離宮之下(依舊本),把上文讀成"離宮閣道",不很可信。

"閣道漢中四星",是說:在"閣道"通過的"天河"裏,有四顆星。這四顆星省"仙后座"的 $\gamma\eta\alpha\zeta$,好像車前四馬,於是叫"天駟"。

---

[1]《圖考》第50頁。

在四馬之後，正有一顆明星——仙后的 α——好像在駕御著，把古代有名的"御手"王良的名字送給他。

"王良策馬"的"策"是說星的動搖，萬一王良星動搖起來，像是"鞭策"四馬時，車一定是跑了，於是有"車騎滿野"的占驗。後別增策星，失《天官書》意。

"旁有八星絕漢，曰天潢。天潢旁，江星。江星動，人涉水。"

就天河去說：在天駟和王良之旁，有八顆星星橫渡著，是"天潢"。

"潢"在前"天五潢"用了一次，是水池之意。這八顆星當是"天鵝座"ζ、ε、γ、δ、ι、ο、υ、τ所圈成的長方形，正在天鵝的兩翼上，後世叫"天津"。

天潢旁的江星，想是天鵝的 α 星。

"江星動，人涉水。"是想到江星司水，假如江星動，發動了水，天下必有水災，人們將要涉水了。後世由這句"人涉水"又增添"人星"。

朱氏說："江星動者，閃光之象也。"

"杵臼四星，在危南"。就其數目和方向，知是"寶瓶座"的 η、γ、π、ζ 四星。π、ζ 是"杵"而 η、γ 是臼。若更就 η 下數小星計之，則正是臼形，特指四星者，專就其最明者言之。

朱氏就後代星圖說："杵三星，臼四星，與人星相近，在危之北，而非危之南。北落之旁者，有敗臼四星，而無杵星。《正義》謂杵臼三星在丈人星旁。然丈人星在天廁之南，屬井宿，失之太遠。若在農人旁，尾宿之南，有杵三星，而無臼星，屬尾宿，與此無涉。《正義》丈字或爲衍文，而正文南字疑爲北之譌，傳寫之誤也。蓋《天官書》上述天津，下述瓠瓜，杵臼諸星，正在天津瓠瓜間,次序合焉。"[1]牽就後人附益之星座,遂多迷惑。

"瓠瓜,有青黑星守之,魚鹽貴。"

"瓠瓜",當是西方的"海豚座"。海豚頭γ、α、ζ、β、δ是瓜,他的尾巴ε、κ是瓜的蒂。

朱氏引《宋史·天文志》:"瓠瓜,天子之果園也。客星守之,魚鹽貴。"以爲"青黑星似指客星也"。[2]

朱氏又引《宋史》又曰:"蒼白雲氣入之,果不可食。青爲天子攻城邑。黃則天子賜諸候果。黑則天子食果而後致疾。"以爲"則青黑星又指五色雲氣矣。"(同上)不如以客星説之爲妥。

"南斗爲廟。其北建星。建星者,旗也。"

"南斗","人馬座"的ζ、τ、σ、ϕ、λ、μ六星。結體和北斗相似,只是在杓上少一顆星。南斗的北方,適當人馬座的ξ、o、π、α、ζ、υ諸星,以ν至ν'、ξ作竿,以ν、ζ、π、o作旗的正幅,正像一面旗子。因此説他是"旗"。

爲什麽叫"建星"? 我想這和古曆算起,用冬至點作元而來。冬至點隨著歲差而遷移,大約七十一年又九月而差一度。劉韻説:"冬至在牽牛初",繼言"冬至在建星",後復猶豫地説:"冬至進退牛前四度五分"。俱見《漢書·律曆志》、後漢賈逵《論曆》明言"冬夏至不及太初五度。冬至日在斗二十一度又四分度之一。"這是在永元元年,冬至已經在斗。《天官書》寫定的時候,冬至——那曆法的元點正在這一面旗上,因爲就他建時日,所以名之曰"建星"。[3]今日冬至點在人馬座γ星,第十八時。春分

---

[1]《圖考》第52—53頁。
[2]《圖考》第53頁。
[3] 朱文鑫:《天文考古録》萬有文庫本第39—41頁。

點據《漢書》日在婁,今第二時。以三十度之差,二者相較,知春分在婁時,則冬至必在建星。

《爾雅·釋天》:"星紀,斗,牽牛也。"斗自是一個很重要標準然。

"牽牛爲犧牲。"

牽牛當是牛宿的誤名。適當西方"摩羯座"的頭角,以β爲中心,北有ν、α1、α2、ζ、π,結體很像古文牛字。

"牽牛"應該是"河鼓"的別名。《爾雅·釋天》:"河鼓謂之牽牛。"牟廷相説:"牛宿其狀如牛。何鼓直牛頭上,則是牽牛人也。《詩》云:睆彼牽牛。睆,明星貌也。何鼓,中星最明,舉頭即見,而牛宿差不甚顯。詩人觸景攄情,不宜舍極明之何鼓而取難見之牛宿。睆彼之詠,謂何鼓,不謂牛蘇宿,明矣。《毛傳》取《爾雅》爲釋,精當不移。《月令》:'季春,旦牽牛中。仲秋,昏牽牛中',皆何鼓也。凡舉中星,不必皆正指其宿。有'仲春弧建'之例。《夏小正》之'織女南門',亦其比也。考諸經典,無名牛宿曰牽牛者。《天官書》云:'牽牛爲犧牲,其北何鼓'。蓋星家失傳自此始。"牟氏説,是訂《史記》之誤。而《爾雅義疏·釋天》引"犧牲",蓋就牛之可以用太牢著想。

"其北河鼓。河鼓:大星,上將。左右,左右將。"

"河鼓",《爾雅》作"何鼓"。郭璞注:"今前楚人呼牽牛星爲擔鼓。擔者頜,荷也。"郝懿行説:"擔荷,《説文》作擔何,今南方農語尤呼此星爲扁擔,蓋因何鼓三星,中豐而兩頭鋭下,有儋何之象,故因名焉。《史記》誤以何鼓牽牛爲二星。"[1]

---

[1]《爾雅義疏·釋天》。

"上將"是"鷹座"的α星,左將是β星,右將是γ星。

《文選·長揚賦》:"順斗極,運天關。"注:"《星經》曰:牽牛神一名天關。"α是牽牛神的1身首,βγ是他的左右手,β星下臨牛宿,像用手牽牛之形。

"婺女。其北織女。織女,天女孫也。"

"婺女",也簡稱女。《淮南子·天文訓》作"須女"。《廣雅·釋天》:"須女,謂之婺女。"

舊傳女宿四星。按四星相綴,不見女意。如果把所謂"離珠"諸星連上,即將寶瓶座的γεμκ諸星和天鷹座的一串曲星相繫,則其形正像一位跪坐伸手操作的女人。

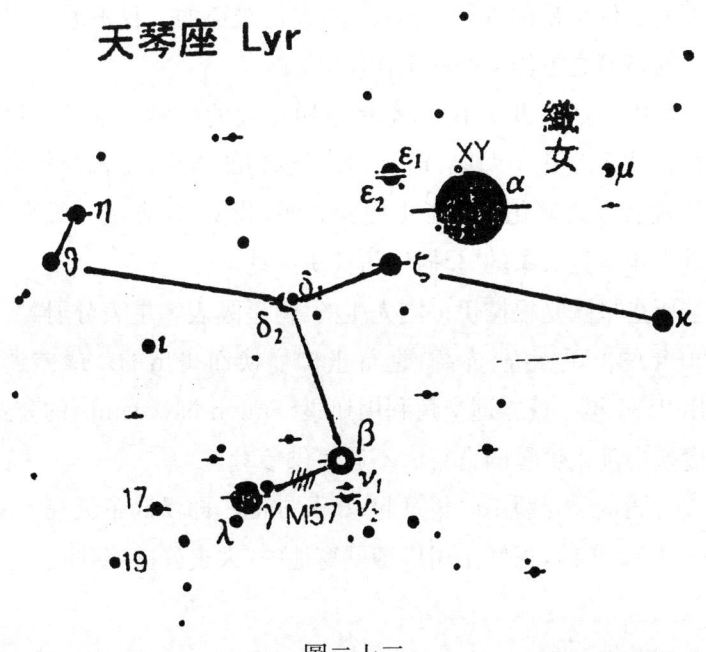

圖二十三

織女星座，舊傳是三顆星，一大二小，形如"只"字。按"只"字形也看不出"織"意。如果把他附近的小星——尤其所謂漸臺——加上，正可構成一架織機，大星像坐在機上的女人。這一組和"天琴座"相一致。ν、β、δ、ζ、κ、θ、η等星是織布機，α、ε是正在織布的天孫女。

朱氏説："按歲差之理，赤極繞行黃極一周約二萬五千八百年。今赤極距句陳一約一度六分。一萬二千年後，赤極行近織女大星，則此星將爲極星矣。《天官書》以天極起，以織女結，五官部星，環天一周，起迄有序。觀察至密。"[1]

關於《史記·天官書》所説的主要天體座位，説到此處，我用了朱文鑫先生所做的結論，結束這段文字。開始我已經説過，我對天文是個十足的外行。因此，錯誤是難免的。我不過是在朱先生的啓發之下作了一些工作而已。

書中的插圖畫了不少，都是參照近代的星圖。儘管恒星間的相對位置變化不明顯，但是，歲差運動的結果，使古今年内星座位置有大的變化。爲了更便於説明，我畫出《史記·天官書》作者當年所見天象的"星圖"，可能更好些。

所畫星圖是根據伊世同先生的《恒星圖表·星表分冊》所列1950年的恒星赤經、赤緯，進行坐標變換而畫出的。歲差週期採用2580年。黃赤理交角利用鈕康（Simon Newcomp）的公式。在變換中計入恒星的自行。不過僅供參考。

時間從公元前100年算起（爲了方便），即漢武帝天漢元年，距今2095年前，正好是司馬遷撰寫他的《太史公書》期間。

---

[1]《圖考》第55頁。

寶瓶座 Aqr

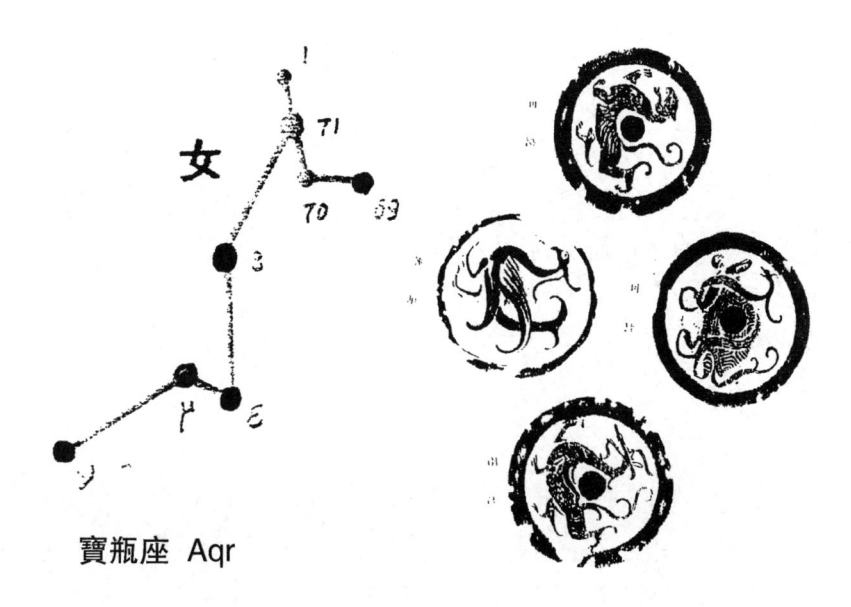

洛陽西漢壁畫墓星象圖考證[1]

---

[1] 本文原刊於 1965 年《吉林師大學報》第 1 期,收入本書時略有改動。

一、以天極星爲中心的星象 ………………………………… 862
　（一）第九幅　天極星 ………………………………… 864
　（二）第十幅　陰德 …………………………………… 864
　（三）第十一幅　北斗 ………………………………… 865
　（四）第十二幅　三能(三台) ………………………… 865
　（五）第七幅　營室　第八幅　閣道 ………………… 866
　（六）第五幅　天槍　第六幅　天棓 ………………… 867
　（七）第三幅　矛、盾、賤人之牢 …………………… 868
二、靠近黄道的星象 ………………………………………… 871
　（一）第二幅　軒轅、咸池 …………………………… 871
　（二）第四幅　北河、南河、鉞 ……………………… 872
三、十一幅星象體系是"四守" …………………………… 874
四、結語 ……………………………………………………… 876

一九六四年《考古學報》第二期，發表了河南省文化局文物工作隊的《洛陽西漢墓發掘報告》。在《報告》的壁畫部分裏，介紹了墓壙主室頂脊空心磚上的彩繪——日月星雲圖（《報告》把它叫作"天漢圖"），給我國天文學史漢代星座和星圖研究工作，提供了相對更早而又比較有系統的新的史料。這是很值得重視的。一九六五年第二期《考古》，夏鼐先生又以《洛陽西漢壁畫墓中的星象圖》一文，對它"重行介紹，並加詮釋"，同時還發表了它的摹本，使我們進一步明確了許多問題，受到了很大啓發。

　　《報告》中的星象解說，誠如夏先生所說，"是拿現代西洋的天文學教科書中的星座圖來做對照，這在方法上是大有問題的。""我們這星象圖是屬於西漢末年的"，——夏先生說，——"我們應以《天官書》作爲主要的比較材料"——這是很對的。

　　西漢時代的天文書，就現在流行傳本來說，除《史記·天官書》外，《淮南子·天文訓》也是比較完整的系統材料。它雖然沒有形象地描述各個星座的結構形式，但是在星座關係上卻也有些比較明確的線索，也應該作爲比較材料。

　　陳卓系統，淩雜米鹽，是"總甘、石、巫咸三家所著星圖"而成的。三家之書不見於《漢書·藝文志》，乃東漢人之偽託，對《天官書》星座體系多所破壞。當然，在適應後來加密的觀象要求上，它是自有其歷史地位和影響的。不過時代不同，系統不同，若用陳卓系統的星圖來確定西漢星座，終嫌隔越。這樣做，必然要產生混淆和誤解。因此，我們只能在必要時使用它們和《天官書》相同或基本相同的部分作爲參證，而不把兩個不同系統錯綜並舉。

恒星移動,就我們的歷史時間來説,是很微小的。從《天官書》的寫作到洛陽壁畫墓的發掘,兩千年來,除個别天體,例如:天狼、大角、畢宿五等,各以不同度數自行,稍稍有點兒移動外[1],從地球上看星空,一般説來是没有改變的。滿天星斗,到而今還是和《天官書》完全相應的。换句話説,除了書上的記載之外,我們還有舉目可見的最完整的直接史料可做印證。爲了便於和星空印證,必須有指點星星的工具才好。我們借用西洋星座來步天,把天上星體、墓中星圖和書上記載三方面聯繫起來,這在説明上是比較方便的。但是,這和用西洋星座來套换西漢星座是根本不同的。

如何研究這十一幅星象圖?我們是既分析每幅星象的基本結構和形象特點,又研究它們各幅之間的相互關係。從部分和整體的統一關係上,在它們相互制約相互作用的條件下,結合記載,審定這些星象。然後在星象圖、星空、記載三方面一致的情况下,推定各幅星象的西漢星座名目。

爲了便於弄清問題,在討論中把各幅星象圖的順序作了一定的組合和移動。

一、以天極星爲中心的星象

在洛陽西漢壁畫墓主室頂脊上的十二幅日月星雲圖中,除

---

[1] 侯失勒《談天》卷十六:"恒星俱有自行。初,好里於康熙五十六年(1717),測恒星方位,上考多禄某依漢光五年(前130)依巴谷測數所作表,其中天狼、大角、畢宿第五星,較已測俱差而北。一爲二十分,一爲二十二分,一爲三十三分,古今相距一千八百四十七年(下略)。"

第一幅日圖無星外，共有十一幅星象，而第七幅又是星月相間的。在這十一幅星象圖中，第三、第五以至第十二，這九幅衆星都是以天極星爲中心的紫宮内外的主要星座。每幅星象的聯綴形式以及各幅星象的相互關係、排列順序，都是和《史記·天官書》中官[1]一章相應的。如果我們把《史記》這段文字分節編號，那麽，這九幅星象是可以在《天官書》中找到它的主次系統和入座號位的。

《天官書》第一章就是中官。這一章說：[2]

(1) 天極星。其一明者，太一常居也。旁三星，三公，或曰子屬。後句四星，末大星，正妃，餘三星，後宫之屬也。

(2) 環之匡衛十二星，藩臣。皆曰紫宫。

(3) 前列直斗口三星，隋北端兑，若見若不，曰陰德，或曰天一。

(4) 紫宫左三星曰天槍，右五星曰天棓。

(5) 後六星，絶漢抵營室，曰閣道。

(6) 北斗七星，所謂"旋璣玉衡以齊七政，"杓攜龍角，衡殷南門，魁枕參首。……

(7) 斗魁戴匡六星，曰文昌宫。……

(8) 在斗魁中，貴人之牢。

(9) 魁下六星兩兩相比者，各曰三能。……

(10) 輔星。……

---

[1] 今本《史記》作"中宫。"錢大昕《廿二史考異》卷三（《史記》三）云："此中宫天極星及東宫蒼龍、南宫朱鳥、西宫咸池、北宫玄武，五'宫'字皆當作'官'。按：下文云：紫宫，房、心、權、衡，咸池，虛、危，……此天之五官坐位也。可證史公本文此後作'官'矣（下略）。"王念孫也有這個看法，見《讀書雜志》不另舉。

[2] 數字是臨時加上的分節號數，下同。

(11) 杓端有兩星：一内爲矛，招搖；一外爲盾，天鋒。

(12) 有句圜十五星屬杓，曰賤人之牢。……

洛陽西漢壁畫墓頂脊星象圖的排列順序是比較嚴整的。爲了突出它的中心，這裏且從第九幅説起。

（一）第九幅　天極星

這幅星象，如夏先生所説，是"中央斜繪一排三星，在它的東北邊另繪一排三星，湊成了丁字形"的。這個星象是和《天官書》中官第一節天極星相同的。我們借用西洋星座步天，可以説天極星"其一明者"是小熊座的 β 星，"旁三星"則是 β 星左右的 γ、5、4、三星。這四顆星聯綴成一條弧線。"句後四星"是小熊臀 ζ、ε、δ、α 四星，而 α 爲其"末大星"。這四星也是近似等距的關係綴成一條弧線。兩條弧線一橫一豎，構成一個"丁"字。當太一常居在子午圈時，居於北極之上，則是個倒"丁"字的形象。《天官書》所記的天極星和這第九幅星象圖的結構、形勢完全相同，只是在星數上橫豎各差一星而已。這可能是只取常明易見而略去微弱之星。（而今流星觀測者所用的記録星圖小熊只著七星，與此意相同。）這一點並不影響這幅星象的主要形象和天極星的一致。確定它爲天極星，不僅是因爲它的主要形象和《天官書》第一節相符，而且還有它和第八、第七、第十、第十一、第十二等五幅星象的系統關係（見下文）作爲相互制約的條件。

（二）第十幅　陰德

《報告》説這幅星象是"正北、東南、西南各繪一顆朱星，構成'V'形"的。這個三角形星象尖端向北，而又介於第九幅天極星、第十一幅北斗之間，正和《天官書》第三節"前列直斗口三星，隋北端兌（鋭），若見若不，曰陰德，或曰天一"相合。借用西洋星座指説，它就是天龍座龍尾 $\alpha\chi$ 兩星間，近 χ 而稍前，正對北斗口的 7、8、9 三顆五等小星。它們三星相倚，構成一個尖端對著天極星的近似於等邊的三角形。

（三）第十一幅　北斗

《報告》説是共十顆朱星。夏先生據摹本説是"南部偏東四星，北部三星，共七星，象斗形。"比《報告》少三星。可是《報告》也説它"很近似北天星之一的'大熊'星（大北斗）"，在《報告》插圖三之 2 墓頂仰視圖上的星象摹本中，這幅星象雖隔牆掩住西半部分，然而斗形形象是和摹本相應的。可以肯定斗形是第十一幅星象特點。把這個特點和第九幅天極星、第十幅陰德聯繫起來，可以肯定它是北斗。這個形象和這種關係是與《天官書》第一、三、六三節相應的。北斗不就是大熊星。借西洋星座步天，按弗蘭斯替德《天球圖譜》第六圖指説，北斗只是大熊的腰臀尾三部的七顆星星 $\alpha\beta\gamma\delta\epsilon\zeta\eta$。第十一幅星象圖，斗魁哆口斂底與實際星象相符。不過作者把斗杓三星接反了，和實際不合。這個錯誤現象在道士的七星寶劍上往往而見的。人們對北斗七星一般是只有模糊印象，而沒有確實的表象。作畫時的出入是不足怪的。

（四）第十二幅　三能（三台）

《報告》説"由西南向東北，在一線上繪了三顆星，其中間的一顆稍偏西。"（照片和摹本都只有一星。《報告》插圖三之 2 墓頂仰視圖摹的是三星。)這三顆星,從它和前三幅星象關係上看,應該是和《天官書》第九節"魁下六星兩兩相比者,各曰三能"之三能(三台)相當的。借西洋星座來指數,則這"兩兩相比者"是大熊座 α、$\lambda\mu$、$\nu\xi$ 三組六星。其中 ι、μ、ν 三星在其組中較明。第十二幅星象圖一線三星,按墓頂仰視圖中摹仿本來看,等距疏列,這個特點是與三能之勢相合的。所不同的是每組各舉一星,不是"兩兩相比"。若非畫幅漫漶或畫工失摹,則當時作者可能在前幅北斗星象條件下,只將三能三組各拈其較明一星以示其意而已。

(五)第七幅　營室　第八幅　閣道

先接天極星說第八幅。《報告》說它"從東偏北起到西偏南止,繪三顆距離相等的朱星,形成一條斜直線。"《天官書》三星相聯者不止參星、河鼓。這三顆星畫的是哪一座星象,不能孤立認定。前面說過第九幅星象,從它形象特點以及和第十、十一、十二三幅的系統關係,可以確定是天極星。天極星在星空起指示或標記北極作用。"天樞衆拱,"它儼然爲全天中心(西漢時,北極不在小熊 β 星附近,已越5、4、兩星而在其北,但距 α 星尚遠一些)。我們以第九幅爲中心,聯繫第七幅來看第八幅。

第七幅星象圖是星月共見的。月亮的西邊,也就是緊靠第八幅那一邊,是在西南、西北兩角各點一星的。這兩星的特點是以很大的距離相向對峙的。在星空裏,只有所謂"大方框"的四邊是各以兩星大距對峙構成的。第七幅兩星正和"大方框"的一邊相當。所謂"大方框"就是《天官》的營室。借用西洋星座來指說,它就是飛馬座 α、δ、γ 三星和仙和仙女座 α 星,四星四線聯綴而成的"飛馬"之體。這幅星象當是營室而畫它向天極星一面的兩星。我們從第七、第九兩幅星象的形象特點和相互關係,可以推定第八幅一線三星是從天極星到營室的閣道。這樣,第七、八兩幅星象是和《天官書》"營室爲清廟,曰離宮閣道",和"中官"第五節"後六星,絕漢抵營室,曰閣道"是相合的。

閣道一線六星,而第八幅才僅有三星。按閣道六星多是小星,明度較弱。借用西洋星座來指説,從天極所在的紫宮到營室之間是有幾顆比較亮的,那是仙后座的 $\alpha\beta\gamma$ 三星。可是《天官書》把它們劃歸天駟和王良。能夠綴成閣道的只有 $\iota\epsilon\delta\theta\nu o$ 六星。其中以 $\epsilon\delta\theta$ 三星比較亮些[1]。閣道六星,突出三星,這或者是只畫三星的道理。

第七幅營室、第八幅閣道,是以第九幅天極星爲中心,向後延展的又一系星座。

(六) 第五幅 天槍 第六幅 天棓

第五幅照片和摹本只有三星。《報告》既説它"從東南到西北角,斜點著三顆朱星,又在東北角加點一顆朱星"。又説它"形成三角形,頗似北天之一的'三角'星。"語意函胡。今從摹本及夏先生説,定爲三角形的三星。

第六幅《報告》説"東南西北各一顆朱星,南北兩顆相距稍遠些,形成菱形。"

這兩幅星象,放在上面説過的以天極星爲中心的兩列星象關係上看,它們是和《天官書》第四節"紫宮左三星曰天槍,右五

----
[1] 弗蘭替德《天球圖譜》以 $\epsilon\delta$ 爲三等,以 θ 爲四等。

星曰天棓"相合的。《天官書》歲星"其失次舍以下,進而東北,三月生天棓,長四尺,末兌。……退而西南,三月生天槍,長數丈,兩頭兌。"棓、槍都是木兵,其形象於此可見。借西洋星座步天,按弗蘭斯替德《天球圖譜》指説,"左三星曰天槍"是牧夫座高舉犬繩的手臂——肘λ和手θ、χ。三星相倚,構成一個尖劈式的三角形,像木槍的一個鋭尖兒。天槍三星形象特點是和第五幅星象相合的。"右五星曰天棓"由天龍座龍頭β、γ、ξ、ν和武仙座ι星組成,β、γ、ι像其末兌(鋭),而β、ν、ξ、γ像其部分棓(棒)體。天棓五星而ν星爲小,驟觀之只見菱形四星,故《漢書·天文志》作"右四星天棓"。天棓四星形象特點與第六幅星象相合。天槍、天棓都是武器的象徵,當時觀念以爲它們是"所以禦兵""備非常也"。它們都在紫宮外,而天槍緊靠於北斗,繫在斗杓末星(大熊尾端η星)之旁,是保衛天極星的。

以上兩幅星象——天槍、天棓——也是以天極星爲中心聯類而及的又一系列星象。

(七)第三幅　矛、盾、賤人之牢

《報告》説"畫面東部畫有環繞成圈的七星。西部的南北兩側各繪一星,共九顆"。夏先生據摹本加以補充,説"西部的南北兩側各一星而西側又有一星,共十顆"。按摹本西側中間一顆星接於邊際,是否星點,頗有可疑。今依《報告》以九星論之。這九星顯然兩組:一組聯綴如環,一組散爲兩點。它們的結構形式和相互關係是和《天官書》第十一、十二兩節"杓端有兩星:一内爲矛,招摇;一外爲盾,天鋒。有句圜十五星屬杓,曰賤人之牢"相合的。那"句圜十五星"的賤人之牢,借用西洋星座來指説,是由牧夫座χ、δ、μ、北冕座ζ、χ、ρ、ι、ε、δ、γ、α、β、η、θ、π諸星聯綴而成的一個近似"の"形的星座。若就其常明易見者視之,略去牧夫χ、北冕η,使北冕β直與牧夫δ星相連,則又成爲一個環狀。它的形式正和第三幅"環繞成圈的七星"相同。按弗蘭斯替德《天球圖譜》第七、第八兩幅所畫牧夫、北冕,此一環衆星中,四等以上之星才有九顆。九與七數很相近,星象圖七星成圈,蓋舉其約數耳。至於那一灑兩星,西部北面一星是矛,招搖;南面一星是盾,天鋒。就弗蘭斯替德《圖譜》來說,牧夫腋下的γ星是矛,是招搖;腰帶下的ε星是盾,是天鋒。

《天官書》"句圜十五星"的賤人之牢和貫索是不完全相同的。在體系上,貫索是東漢人僞託的石申系統,有貫索,同時又有七公。《天官書》只有賤人之牢,而無七公之目。七公是從"句圜十五星"中剔出牧夫δμ兩星而使之與牧夫ν武仙χφι等星組織而成的。因此貫索只是賤人之牢的一個部分,不能說賤人之牢完全等於貫索。

這第三幅星象也是以天極星爲中心的。它是北斗勢力的延伸,是由北斗連類而及的又一系列星象。兩星:矛、盾。一則以之助斗擊[1],一則以之内示時辰[2]。圜星一圍,則賤人之牢。它是和"在斗魁中,貴人之牢"對舉的,用以反映拘人場所和罰人力量。

至此,我們已經論列了九幅星象圖,系統地得到十一個星座:賤人之牢、矛、盾、天槍、天棓、營室、閣道、天極星、陰德、北斗、三能——貴人之牢在斗魁中,不另計。

---

[1] 《淮南子·天文訓》"北斗所擊不可與敵。"
[2] 《淮南子·時則訓》。

這些星象的形象和關係都是和《史記·天官書》中官相合的。中官衆星不見於星象圖的有三：第二節紫宮、第七節文昌宮、第十節輔星。茲將九幅星象關係圖解如下：[1]

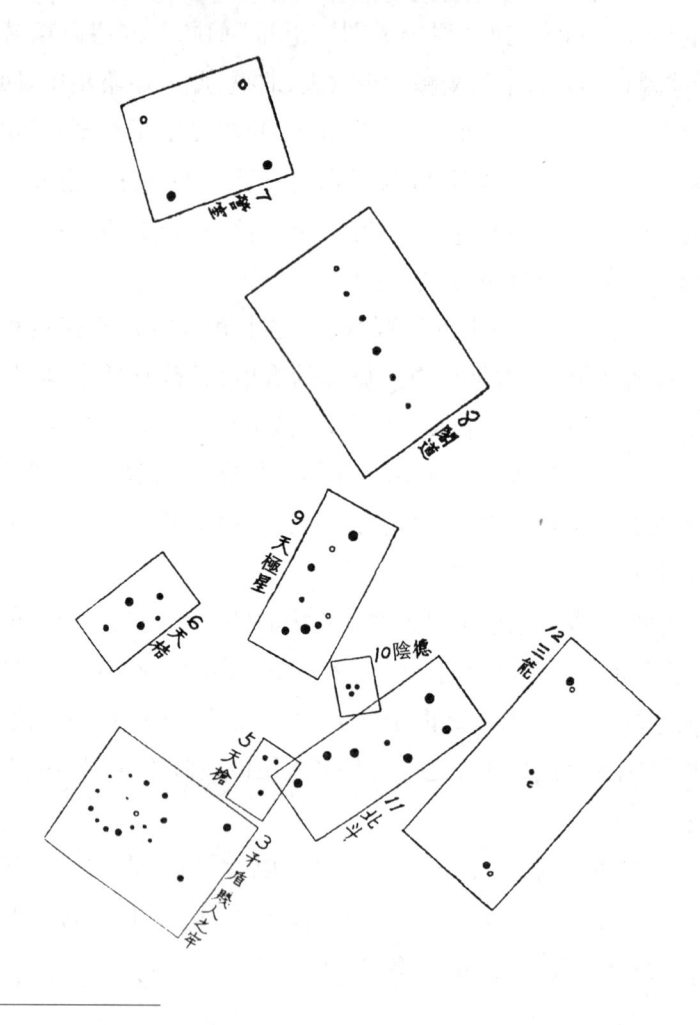

〔1〕長方形框子表示星象圖的畫幅；數目字表示星象圖在《報告》中的排列次序；"○"表示星象圖未錄之星。

二、靠近黃道的星象

（一）第二幅　軒轅、咸池

這幅星象東部七星，西部偏北有五星相倚構成一個五邊形的框框。夏先生把這個五邊形看作五車星，相當於西洋的御夫座。這是完全正確的。

五車在《天官書》中叫作咸池，説"西官：咸池，曰天五潢。五潢，五帝車舍。"借西洋星座指説，它是由御夫座 $\alpha\beta\theta\iota$ 和金牛座 β 星聯綴而成的。銀河正從這個五邊形中通過，因而被看作池潢，以爲是古神話傳説中的咸池。它以金牛 β 星一角斜臨黃道。

東面七星既不是小熊座（小北斗星），又不是相當於大熊座的北斗七星。在十一幅星象圖中，與小熊基本相應的天極星已見於第九幅，而第十一幅又正是和大熊部分相合的北斗七星。

東面七星，從東南一星起，先是西北斜上一星，然後又折而北東一星，折而東北一星，再北折偏西以漫弧之勢分列三星。這個聯綴形勢和《天官書》軒轅相似。《天官書》説"軒轅，黃龍體。前大星，女主象，旁小星，御者；後宫屬。"《説文》"軒，曲輈藩車也"，"輈、轅也"，"轅、輈也。"藩即鐮，車箱。可見軒轅本義原是獨轅曲輈而有箱的車子。這個星象借用西洋星座來説，它是以獅子座 ρo 兩星所聯之線爲車箱前壁，以起 ρ、o 之中先直後曲之六星 α、η、γ、ζ、μ、ε，（日本以謂"大鐮"之形，）爲前伸而曲之車轅；而以居車箱 ρ、o 之間面對車轅 α 之 A 星爲御者的。軒轅，轅獨且曲而有車箱兩星左右對稱，從另一角度相之，則蜿然是一條雙角之龍,故又以龍體目之。除御者小星外,軒轅主星八顆,其勾曲形式和第二幅星象圖東側七星相同,所不足者只是缺少與東南一星對稱的西南一星(獅子ο)而已。由於表現車箱之星不具足,因而被認作北斗或"小北斗"之形。此一星之失,可能是當時畫工失摹,也可能是年久漫漶。

後人以車制已改,不見獨轅曲輈之車,漸忘軒轅命名之意,從而追求龍體,延展轅端,借西洋星座來說,從獅子座ε星經過λ星,曲折延伸,直入天貓座中。這已經不是《天官書》的軒轅了。

軒轅是以"前大星"(獅子α)爲主緊臨黄道的。

(二)第四幅　北河、南河、鉞

這一幅星象《報告》說是"東北部點著'Y'字形的五顆朱星,東南角點一顆朱星。"摹本只有五星,缺少"Y"形中間的一星。夏先生說"作'Y'字形的一組,很可能是畢宿。"畢宿確實像"Y"字之形,定點是有道理的。問題是:若以此爲畢,則必將以東南角一星爲昴,而昴不在畢南。再者,借西洋星座步天,畢是由金牛座α、θ、ε、δ、γ、λ諸星聯綴而成的。它以α、θ、γ、δ、ε爲田網,以γ、λ爲網柄。柄長是大於網叉之距的。按摹本,西部中間兩星之距甚短,而距東北部兩星又很遠,顯見兩下裏各爲一組,並無柄叉的結構關係。設如《報告》圖三之2所,西部中間一三星,也不是畢宿形象,畢柄自γ至λ明是兩星。我們可以說這個星象不像畢宿。

若從全幅來看,東北兩星和東南一星大距相對,而中間兩星靠西,這些形勢和關係很像《天官書》東井一節所說,"其西曲星曰鉞。鉞北,北河;南,南河。兩河天闕間爲關梁。"東井,若借西洋星座步之,是雙子座 ε、α、ζ、λ 和 μ、ν、γ、ξ 八星。井西之"曲星曰鉞"是以雙子 μ(與井相共)η1 三星和金牛座 139、136 諸星聯綴而成的曲線形(東漢以後以 η 一星爲鉞,前後無相應條件,一星不能成象)。曲星之中以 μη 兩星爲明。"鉞北,北河;南,南河"。北河是雙子之頭 α、β 和 ρ。其中以 α、β 兩星爲特明。南河是小犬座 α、β 和 ε。其中以 α 星爲特明。從明星來看兩河形勢,則是東北兩星並耀,東南一星獨明。在它們大距相對之間,西邊又有兩星相聯爲鉞。南北河和鉞三角相峙,這個形勢是和第四幅星象圖一樣的,和流星記錄星圖上的雙子、小犬的明星特點也是一樣的。因此,我們說第四幅畫的是兩河——北河、南河——和鉞。

上述第二、第四兩幅星象圖有一個共同點,它們都是緊臨黃道的星座。

它們的形象和關係,按《天官書》圖解如下:[1]

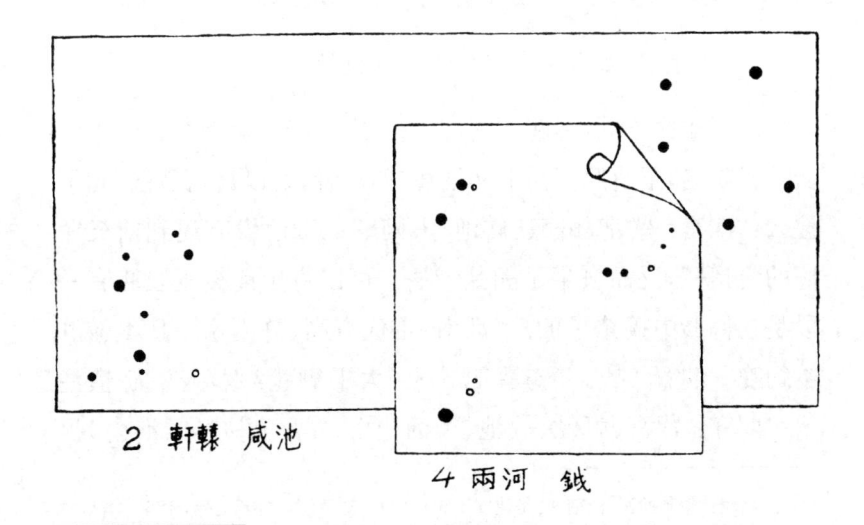

2 軒轅 咸池

4 兩河 鉞

---

[1] 圖例同前。

三、十一幅星象體系是"四守"

軒轅、咸池、兩河（北河、南河）和鉞，分別以第二、第四兩幅與以天極星爲中心的九幅星象並列地畫入洛陽西漢壁畫墓中，不是偶然的。它們是以一個體系反映當時人們一部分星象觀念的。

高誘本《淮南子·天文訓》有這樣一段話：

> 太微者，三一之庭也。紫宮者，太一之居也。軒轅者，帝妃之舍也。咸池者，水魚之囿也。天阿者，群神之闕也。四宮者，所以爲司賞罰。

這段話和《天文訓》前文提綱是不相應的。提綱在"五官、六府"之下是——

> 紫宮、太微、軒轅、咸池、四守、天阿。

兩者順序不同，注解不同，個別文字不同。提綱"天阿"下注云："皆星名，下自解。"而下文則在"四宮者，所以爲司賞罰"句下注云："四宮：紫宮、軒轅、咸池、天阿。"這不但沒有達到前後照應的"自解"，反而發生了齟齬矛盾。可以肯定前後兩段必有一段是在傳鈔中搞錯了的。《淮南》古注有高、許兩家。高本較許本約晚一世紀[1]。《初學記》一、《太平御覽》六，並引許慎注云："四守：紫宮、軒轅、咸池、天河也。""四守"亦見《淮南》提

---

[1] 高誘自敘其始注《淮南》時是建安十年（205）。許慎注《淮南》之年，不詳。若以許著《說文解字》之永元十二年（100）前後估計之，則高氏注本比許本約晚一世紀。許氏本可能較近原本。

綱，與引文合，當據以正"四宮"之誤。"天河"即"天阿"。《天文訓》在"太微者，太一之庭也。紫宮者，太一之居也。……四守[宮]者，所以爲司賞罰"之後，接著分論"太微者，主朱雀。紫宮執斗而左旋"。可見太微不在四守之内。高本《天文訓》前段提綱錯亂有誤，應依後文及許注改爲——

太微。紫宮、軒轅、咸池、天阿，——四守。

這樣，才既合乎"四守，乃統括之詞"；又能與下文太微、紫宮分論相應。

天河，俞樾説它是"兩河"之誤〔1〕。這是對的。可是兩河之"河"應是"阿"的借字。一則北河、南河並不分夾於銀河兩岸，而北河根本就不在銀河，一則兩河並以三星相倚，構成曲尺之形，以"┌""┐"之勢相抱。上視曲角，則與"大陵也"之"阿"〔2〕相應。南北兩阿夾黄道而對峙，爲五星之所經過，有兩觀象魏之勢，儼然天上魏闕，故《天官書》説"兩阿[河]天闕爲關梁"。

天極星乃太一常居之所，而紫宮之所屏藩者。紫宮之外，與天極星相系衆星又都是所以張太一之靈威者。以第九幅爲中心的九幅星象乃紫宮權勢之圖，特未著"環之匡衛十二星"者，略其宮牆而已。這九幅星象作爲一個單位來和軒轅、咸池、兩阿[天阿](兩河)相配（鉞是隨兩阿連類而及者）。這是和《淮南子》以紫宮軒轅、咸池、兩阿[天阿]爲四守相合的。星座自然次第是兩阿居軒轅、咸池之間的。壁畫墓十一幅星象卻把軒轅、咸池合爲

---

〔1〕俞樾《諸子平議》卷二十九"天阿者，群神之闕也"條下云："《北堂書鈔》、《太平御覽》引此，並作'天河'。然天河非星也。偏考書傳，無以天河爲星名者。今按'天河'當作'兩河'。《史記·天官書》曲：'鉞北北河，南、南河。兩河天闕'。是其證也。'天'字篆文作'兲'，與'兩'字相似，故'兩'誤爲'天'矣。"

〔2〕《説文解字》："阿，天陵也。一曰：曲阜也。"

一幅，而使兩阿居咸池之後，看來是次序紊亂，實際上正和《淮南》軒轅、咸池、兩阿的排列相應，這也是和四守相合的。

墓頂是用二十二塊空心磚排成的。《報告》插圖三之 2 充分地表現了這種情況。二十二塊磚爲什麽沒有滿畫上星象？我們可以從十一幅星象的四守體系得到解答。作圖人的意圖只在表現"所以爲司賞罰"的四守，因而不畫其餘。這半天星斗是被當時造墓人的時代思想決定的。

四、結　語

洛陽西漢壁畫墓星象圖畫的是"所以以司賞罰"的四守——紫宮、軒轅、咸池、兩阿（天阿）。四守以紫宮爲重點。紫宮以天極星爲中心，系統地列舉了足以顯示太一靈威的主要星象。以畫幅爲單位，各幅所畫星座如下：

第二幅　軒轅　咸池
第三幅　矛　盾　賤人之牢
第四幅　兩阿（南河、北河）　鉞
第五幅　天槍
第六幅　天棓
第七幅　營室[1]
第八幅　閣道
第九幅　天極星
第十幅　陰德

---

[1] 不屬紫宮，以作閣道條件，附月圖出之。與《天官書》述閣道而及營室同意。

第十一幅　北斗
第十二幅　三能

《報告》據此墓出土的半兩錢和五銖錢與燒溝出土的西漢半兩和西漢五銖同型式,"推知此墓的年代相當於《洛陽燒溝漢墓》所分的第二期或第三期前期,約當元帝——成帝之間"。以兩種錢幣定時代,或嫌其證據較弱。今以其頂脊星象圖考之:四守與《淮南子·天文訓》相合,星象的形象和關係與《史記·天官書》相合。這兩點,倘如推論不誤,可以給此墓之屬於西漢提出另一個比較有力的證據。

附記

在四守圖中,紫宫內外諸星系統是相當嚴整的。可是應該和天槍、天棓並列,而近屬斗杓之下的賤人之牢和矛、盾一幅,卻和兩阿(兩河)之圖位置相錯,造成一段不銜接的現象。換句話說,第三幅和第四幅兩幅的次序似乎排顛倒了。如果把第三移作第四,第四調爲第三,則賤人之牢和矛、盾可與天槍、天爲一列,而兩阿[天阿]正次於軒轅、咸池之後。這樣,則四守的系統就更爲清晰嚴整了。

從《報告》的圖版二之3《墓頂壁畫(東段)》照片上,可以看出這三、四兩幅星象圖在發現時就已經脫落在地,而不在頂脊原位了。《報告》中的星象圖次序,可能是依照磚背上原來刻畫的號數排比復原的。[1]

畫幅號數與星象次第不相應,這可能因爲磚號是磚坯未乾時刻劃的,而星象則是磚成之後繪畫的。翻磚彩畫,個別磚次可

---

[1]《報告》說"頂脊磚和壁磚上都保存有造墓時的編號數字。脊磚上的編號數字是在磚坯還未乾時刻劃成的,自西向東順序刻劃一到二十二。"

能偶誤；也可能是磚未翻誤，而摹繪時稿本有一幅偶然誤插，將三插入四五之中。至於當時如何上脊，我們不得而知。但可以肯定落地位置必與頂脊原位相應。惟不審發現時地上原位磚號是否與畫幅次序一致。未得目驗，不敢輒定。謹附記於此，作爲進一步討論的參考。